Silvia Stolzenburg
Tribut der Sünde

TINTE & FEDER

Das Buch

Stuttgart, 1513. Ein mörderisches Komplott zerstört die heile Welt der sechzehnjährigen Franziska Hochperger, Tochter eines wohlhabenden Weinhändlers. Die Bluttat lässt sie vaterlos, arm und entehrt zurück, gejagt von der Obrigkeit, die sie mundtot machen will. Auf der Suche nach Rache und Gerechtigkeit findet Franziska Unterschlupf bei ihrem Freund Jakob, der sich Aufständischen angeschlossen hat. Sie wollen sich gegen den verhassten Herzog von Württemberg zur Wehr setzen, dessen Prunksucht das einfache Volk an den Bettelstab bringt. Um den Verursacher ihres Leids zu überführen, wagt Franziska einen gefährlichen Schritt …

Die Autorin

Dr. phil. Silvia Stolzenburg, Jahrgang 1974, studierte Germanistik und Anglistik an der Universität Tübingen. Im Jahr 2006 erfolgte die Promotion über zeitgenössische Bestseller, in dieser Zeit reifte auch der Entschluss, selbst Romane zu verfassen. Die Vollzeitautorin lebt mit ihrem Mann auf der Schwäbischen Alb, fährt leidenschaftlich Rennrad, gräbt in Museen und Archiven oder kraxelt auf steilen Burgfelsen herum – immer in der Hoffnung, etwas Spannendes zu entdecken.

SILVIA
STOLZENBURG

TRIBUT DER SÜNDE

ROMAN

TINTE & FEDER

Deutsche Erstveröffentlichung bei
Tinte & Feder, Amazon Media EU S.à r.l.
38, avenue John F. Kennedy, L-1855 Luxembourg
April 2020

Umschlaggestaltung: semper smile, München, www.sempersmile.de
Umschlagmotiv: © Valentin Agapov / Shutterstock;
© vetre / Shutterstock; © Dalhazz / Shutterstock;
© AcantStudio / Shutterstock; © Lukasz Szwaj / Shutterstock;
© duncan1890 / Getty Images
1. Lektorat: Dr. Ulrike Strerath-Bolz, usb bücherbüro
2. Lektorat und Korrektorat: VLG Verlag & Agentur, Haar bei München,
www.vlg.de
Gedruckt durch:
Amazon Distribution GmbH, Amazonstraße 1, 04347 Leipzig /
Canon Deutschland Business Services GmbH, Ferdinand-Jühlke-Straße 7,
99095 Erfurt /
CPI books GmbH, Birkstraße 10, 25917 Leck

ISBN 978-2-49670-397-9

www.tinte-feder.de

Für Effan, den kunterbunten Regenbogen in meinem Leben

Prolog

Stuttgart, August 1513

»Was soll das? Seid Ihr von Sinnen?«

»Halt dein Maul! Das hast du dir selbst zuzuschreiben!«

Ein Schrei gellte durch die Stube, die nur von einer halb heruntergebrannten Kerze erleuchtet wurde.

Dem Schrei folgten ein Gurgeln und ein dumpfes Geräusch.

»Narr!«, knurrte jemand, dann fiel etwas polternd zu Boden. »Du hättest dir früher überlegen sollen, mit wem du dich abgibst.«

Martin Wengert öffnete die Augen einen Spalt weit und stöhnte leise, als er den Kopf hob. Sein Schädel dröhnte, als würde ein Kobold auf ihm sitzen und ihn mit einem Schmiedehammer wütend bearbeiten. Das Schlucken fiel ihm schwer, einen Moment lang hatte er Mühe, den Brechreiz zu unterdrücken. Sein Mund war staubtrocken.

»Goooootl«, ächzte er. Wo war er? Wie spät war es? Und woher waren die Stimmen gekommen? Er stemmte sich mühsam auf die Ellbogen und sah sich um. Beim Anblick der Würfel und der zahllosen Weinbecher auf dem Tisch kam die Erinnerung mit aller Macht zurück. »Goooootl!«, stöhnte er erneut. Er musste auf einer der Bänke in der Schankstube eingeschlafen sein, nachdem er auch den letzten Gulden an den vermaledeiten Sohn des Bürgermeisters verloren hatte. Wo waren die anderen? Hatten sie ihn einfach liegen lassen, damit er seinen Rausch ausschlief? Er setzte sich auf und hielt sich den Kopf. Wie hatte er nur so dumm sein können, sich wieder ausnehmen zu lassen wie eine Weihnachtsgans? Wenn er so weitermachte, würde bald nicht mehr viel übrig sein von dem Besitz, den sein Vater ihm vererbt hatte.

Obwohl die Kerze nur schwach flackerte im Windzug, der durch ein geöffnetes Fenster kam, tat Martin das Licht in den Augen weh. Er fuhr sich mit den Händen übers Gesicht und versuchte, die Benommenheit loszuwerden, die ihn niederdrückte wie ein bleiernes Gewicht. »Ist jemand hier?«, fragte er.

Nichts rührte sich in der Stube. Außer dem Tosen in seinen Ohren war kein Geräusch zu vernehmen.

Mit einem Prusten ließ er die Hände sinken und griff nach einem der Krüge, um nachzusehen, ob noch Wein darin war. Er spürte einen quälenden Durst. Allerdings schienen die anderen keinen Tropfen des teuren Malvasiers übrig gelassen zu haben. »Mist!«, schimpfte er, stemmte die Ellbogen auf den Tisch und vergrub das Gesicht in den Händen. So hundeelend hatte er sich schon lange nicht mehr gefühlt. Ob es am Wein lag oder an der Tatsache, dass er sich immer tiefer verschuldete, wusste er nicht. Es war ihm auch gleich. Hauptsache, das Dröhnen in seinem Kopf ließ endlich nach.

Lange Zeit saß er einfach nur da und wartete, bis die hässliche Mischung aus Rausch und Kater ein wenig abklang. Als die Übelkeit schließlich abebbte und sein Kopf anfing klarer zu werden, beschloss er, es den anderen gleichzutun und nach Hause zu gehen. Der fast heruntergebrannten Kerze nach zu urteilen, würde bald die Dämmerung einsetzen. Das bedeutete, dass die Tore zwischen der Stuttgarter Altstadt und der

Leonhardsvorstadt, in der Martin wohnte, geöffnet wurden. Anders als die Tore zur reichen Turnierackervorstadt wurden sie jeden Abend bei Einbruch der Dunkelheit geschlossen. Vermutlich trauten die »Großkopferten« und der Herzog den Bewohnern der Leonhardsvorstadt weniger als den reichen Mitgliedern der Ehrbarkeit, die sich in der Turnierackervorstadt niedergelassen hatten. Oder man fürchtete sich vor Feuer, das in einer der Schmieden oder Hafnerwerkstätten der Töpfer ausbrechen mochte.

»Scheißegal«, murmelte Martin und kam mit einiger Mühe auf die Beine. Wenn der Wirt ihn am Morgen noch in seiner Schankstube vorfand, lief er Gefahr, offene Rechnungen bezahlen zu müssen. Er wusste nicht, ob die anderen ihre Zeche beglichen hatten, und plante nicht, es herauszufinden. Je eher er sich trollte, desto besser. Er hielt sich einige Augenblicke an der Tischkante fest, ehe er es wagte, loszulassen und auf die Tür zuzutorkeln. Der Raum schien sich um ihn zu drehen, und als er mit dem Fuß gegen etwas stieß, verlor er den Halt und schlug lang hin.

»Verdammt!«, schimpfte er. »Wer lässt denn einfach einen Sack hier herumliegen?« Er rappelte sich auf, rieb sich die schmerzenden Knie und versetzte dem Hindernis einen Tritt.

Ein leises Stöhnen ließ ihn zusammenzucken.

»Hilf mir!«

Die Worte waren kaum zu verstehen, doch Martin begriff mit eisigem Schreck, dass er nicht über einen Sack gestolpert war, sondern über einen reglos am Boden liegenden Körper.

»Hilf …« Die Stimme erstarb in einem Röcheln.

Wie von einer Natter gebissen, wich Martin zurück und starrte entsetzt auf seine Hände.

Sie waren rot vom Blut des Mannes, an dessen Kehle eine furchtbare Wunde klaffte. »Heilige Muttergottes!«, keuchte er. Die Benommenheit fiel schlagartig von ihm ab. Hastig wischte er sich die Hände an der Hose ab, deren Knie ebenfalls blutbesudelt waren. Während sein Herz raste, überschlugen sich die Gedanken in seinem Kopf. Sein Blick zuckte wie der eines gehetzten Tieres durch die Stube, doch außer ihm und dem Verletzten war niemand im Raum. Erst jetzt sah er, dass sich um den Kopf des Mannes eine Blutlache gebildet hatte. Er griff zitternd nach der Kerze und hielt sie über das Opfer. »Moritz Welling«, wisperte er entsetzt. Der Sohn des Bürgermeisters. Obwohl sich alles in ihm dagegen sträubte, beugte er sich über den Mann, bei dem er gewaltige Spielschulden hatte, und tastete nach einem Puls.

Es gab keinen mehr.

Moritz Welling war tot.

»Scheiße!« Martin ließ die Kerze fallen. Ohne lange zu überlegen, rannte er zur Tür, stieß sie auf und floh aus der Schankstube. Allerdings kam er nicht weit, da der Gastwirt den Ausgang zur Straße verschlossen hatte.

Er saß in der Falle.

Was hatte er getan? Furcht und Entsetzen schlugen wie eine Woge über ihm zusammen. Hatte er Moritz im Rausch getötet? Waren die Stimmen nur ein Traum gewesen? Mit einem gepressten Laut schlug er die Hände vors Gesicht. Er musste fort von hier! Das Grauen saß ihm im Nacken, als er zurück in die Schankstube eilte, das Fenster weiter aufstieß und ins Freie kletterte.

Der Horizont färbte sich bereits rot, als er wie von Furien gehetzt zum Graben lief, um durchs Schultörlein in die Schulstraße zu gelangen. Vorbei am Schulgebäude, den Stiftsherrenhäusern und dem Lorcher Hof stolperte er weiter über das Kopfsteinpflaster der Altstadt, bis er den Marktplatz erreichte.

»Halt! Wer da?«

Martin fuhr erschrocken zusammen.

»Bleibt stehen!« Keinen Steinwurf vor ihm blitzte der Spieß eines Nachtwächters im Licht der Laterne auf, die er trug. Der dumpfe Ton des Nachtwächterhorns hallte gespenstisch durch die Gassen.

Einen Augenblick verharrte Martin wie versteinert auf der Stelle. Dann machte er kehrt und rannte am Rathaus vorbei in Richtung Stadtschreiberei.

Der Weg in die Leonhardsvorstadt wurde durch zwei weitere herbeieilende Wächter abgeschnitten. »Haltet ihn!«, hörte er einen der Männer rufen.

Erneut erklang der warnende Ruf des Horns.

Martins Herz setzte einen Schlag aus, als ihm klar wurde, was ihm bevorstand, sollten die Stadtsoldaten ihn ergreifen. Seine Kleider waren blutgetränkt, seine Erscheinung alles andere als vertrauenerweckend. Zwar steckte sein Dolch noch in seinem Gürtel, doch bis jetzt hatte er noch nicht nachgesehen, ob die Klinge so sauber war, wie sie sein sollte. Was, wenn Moritz Wellings Blut daran klebte? Was, wenn er ihn getötet hatte und dann volltrunken eingeschlafen war? Warum war er überhaupt noch in der Schankstube gewesen? Hätte er sich doch nur erinnern können! Die Furcht war wie eine Klaue, die nach ihm griff.

Während die schweren Schritte der Wächter immer näher kamen, floh er blindlings durch die engen Gassen. Mehr als einmal musste er einem weit in den Weg hineinragenden Kellerhals oder einer Miststätte ausweichen, und beinahe wäre er gestolpert und in der Gosse gelandet, als eine Katze direkt vor ihm über den Weg schoss. Sein Herz schlug so heftig, dass er es bis in die Kehle spürte.

»Teilt euch auf!« Der Befehl hallte von den Hauswänden wider und schien von überall gleichzeitig zu kommen.

Martin duckte sich in einen Durchgang, als einer der Nachtwächter auf ihn zurannte. Er presste die Faust auf den

Mund, um sich nicht durch ein Geräusch zu verraten, und wartete, bis der Mann in der nächsten Gasse verschwand. Dann eilte er weiter. Es war nicht mehr weit. Wenn es ihm gelang, das Haus seiner Verlobten zu erreichen, konnte er diesem Albtraum vielleicht entrinnen. Wenn nicht … Er wagte nicht, den Gedanken zu Ende zu denken.

Eins

Die sechzehnjährige Franziska fuhr mit einem erschrockenen Keuchen aus dem Schlaf auf. Ein Geräusch hatte sie geweckt, aber es dauerte einige Augenblicke, bis sie begriff, was es war.

»Franziska!« Der Ruf war gedämpft, schien von draußen zu kommen.

Etwas landete mit einem leisen Klirren an der Scheibe des winzigen Fensters ihrer Schlafstube.

Franziska setzte sich im Bett auf, wickelte die dünne Decke um sich und schlug ein Kreuz vor der Brust.

Es klirrte erneut.

»Franziska!«

Sie umfasste das goldene Kruzifix an ihrem Hals und sandte ein Gebet zum Himmel. Wollte der Leibhaftige sie holen? Die Nacht war die Zeit der Versuchung und des Teufels, predigte der Priester jeden Sonntag. Lauerte im dunklen Hof ihres Vaters ein Dämon?

»Franziska! Ich bin es, Martin.«

Mit einem Stirnrunzeln ließ sie das Kruzifix los. Martin? Was hatte Martin mitten in der Nacht vor ihrem Fenster zu suchen? War er verrückt? Wollte er dem Gesinde noch vor ihrer Hochzeit Grund zum Klatsch geben? Sie warf die Decke ab, schlüpfte in ein Untergewand und strich sich das lange schwarze Haar aus der Stirn. Dann tastete sie sich im Dunkeln durch den Raum, bis sie das winzige Fenster erreichte. Als sie mit dem Fuß gegen ihr Waschgestell stieß, verzog sie schmerzhaft das Gesicht.

Ein weiterer Kieselstein landete an ihrer Scheibe.

»Ich komm ja schon«, murmelte sie und entriegelte das Fenster. Da es bereits dämmerte, konnte sie Martin deutlich erkennen. »Was in aller Welt tust du hier um diese Zeit?«, zischte sie. »Wie bist du überhaupt in den Hof gekommen?«

»Mach die Tür auf!«, forderte er anstelle einer Antwort. »Beeil dich!« Die Furcht in seiner Stimme war deutlich zu hören.

»Ich kann dich nicht ins Haus lassen, hab keinen Schlüssel«, gab sie zurück.

»Dann weck deinen Vater!«

»Wie stellst du dir das vor? Was ist passiert? Wieso …?«

»Beeil dich!«, fiel er ihr ins Wort. »Es geht um mein Leben!«

Franziska erschrak. War das sein Ernst? Selbst aus der Entfernung konnte sie sehen, dass sein Gesicht totenbleich und sein Haar zerzaust war. Seine Kleider schienen fleckig und die Kappe, die normalerweise auf seinem blonden Schopf saß, fehlte.

In der Ferne vernahm sie den Klang eines Nachtwächterhorns.

»Mach schon!«, drängte Martin. Hektisch sah er sich um, als sich vom Süden her Fackelschein näherte.

Ein dumpfes Gefühl breitete sich in Franziskas Magengegend aus. Wovor hatte Martin solche Angst? Und warum fürchtete er sich vor den Nachtwächtern? Obwohl sie sicher war, dass ihr Vater ihr Verhalten nicht gutheißen würde, blieb ihr keine andere Wahl. Sie konnte Martin unmöglich einfach im Hof stehen lassen. »Bleib, wo du bist!«, flüsterte sie, kehrte dem Fenster den Rücken und ging zur Tür. Ein schmaler Streifen Mondlicht fiel auf den Boden und wies ihr den Weg.

Im Korridor angekommen, streckte sie die Hand aus, bis ihre Fingerkuppen die Wand fanden. Langsam und vorsichtig, um nicht über die zahlreichen Truhen zu stolpern, ging sie den Gang entlang, bis sie die Schlafstube ihres Vaters erreichte. Unter der Tür drang schwacher Lichtschein auf den Flur.

Sie klopfte zaghaft an. »Vater?«

Nichts rührte sich.

Sie klopfte etwas stärker. »Vater? Seid Ihr wach?«

Ein Knarren verriet ihr, dass sich etwas regte. Kurz darauf öffnete ihr Vater die Tür und bedachte sie mit einem fragenden Blick. Er steckte bereits in einem weißen Leinenhemd und einer schwarzen Hose, in der Hand hielt er ein schwarzes Samtwams. »Was ist denn?« Er musterte sie von Kopf bis Fuß. »Soll das Gesinde dich so sehen?«

Franziska schlang die Arme um sich und schüttelte den Kopf. »Martin hat mich geweckt. Er …«

»Martin?« Ihr Vater runzelte die Stirn.

»Er steht im Hof und hat mich gebeten, ihn einzulassen.«

Der Vater überlegte einen Moment, dann schlüpfte er in das Wams, legte einen Gürtel um und zog sich Schuhe an. Von dem klobigen Kastentisch, auf dem auch sein Dolch und seine Kappe lagen, nahm er einen schweren Schlüsselbund. »Zieh dir was Ordentliches an!«, befahl er. »Ich kümmere mich um Martin. Derlei Unsitten sollte er sich besser sofort wieder abgewöhnen!« Er zündete eine tragbare Kerzenlampe an und schob Franziska zur Seite. Dann machte er sich brummend auf den Weg ins Erdgeschoss.

Franziska blickte ihm nach, bis der Kerzenschein kaum mehr zu sehen war, ehe sie zurück zu ihrer Kammer ging. Auch wenn ihr Vater ihr gegenüber oft streng und bärbeißig war, wusste sie doch, wie sehr er sie liebte. Seit ihre Mutter und ihre vier Geschwister bei der großen Pestepidemie vor elf Jahren ums Leben gekommen waren, hatte er sie behütet wie seinen

Augapfel. Obwohl ihn Freunde und Verwandte dazu gedrängt hatten, sich erneut zu vermählen, um einen Stammhalter zu zeugen, hatte er nicht wieder geheiratet. Sie schob die Erinnerungen an die furchtbare Zeit, an den Gestank der Räucherungen, der Fäulnis und des Todes hastig beiseite.

»Das ist der Sold der Sünde!«, hatte der Priester in der Stiftskirche gewettert, als immer mehr Stuttgarter der Pest zum Opfer gefallen waren. »Tut Buße und fleht um Vergebung!«

Eine Woche später war er in einem Sarg zum Gottesacker getragen worden, genau wie Franziskas Mutter und ihre Geschwister.

Mit einem Seufzen betrat sie ihre Kammer, ging zu einem Tisch neben dem Bett und zündete ebenfalls eine Kerzenlampe an. Dann holte sie eine hellgraue Fucke – ein eng anliegendes Kleid – aus der Truhenbank am Fußende des Bettes und schlüpfte hastig hinein. Ihr Haar flocht sie zu einem dicken Zopf und band ein Dreieckstuch darüber.

Durch das geöffnete Fenster drang erneut der Ruf des Nachtwächterhorns an ihr Ohr.

»Was soll das denn?«, hörte sie ihren Vater im Hof schimpfen. »Wieso treibst du dich unter dem Fenster meiner Tochter herum?«

»Ihr müsst mich einlassen!«, flehte Martin.

»Ist das Blut?«, hörte Franziska den Vater fragen.

Ihr Herzschlag beschleunigte sich. In was für Schwierigkeiten steckte Martin? War er verletzt? Sie hob die Lampe auf, verließ die Kammer und eilte in die große Gewölbehalle im Erdgeschoss. Dort lagerte der Vater einen Teil der Weinfässer, mit denen er handelte. Das gewaltige Flügeltor zum Hof war verschlossen, die kleinere Tür darin stand jedoch offen. Durch sie konnte Franziska Martin und ihren Vater sehen.

»Lasst mich ein!«, flehte Martin erneut. »Die Nachtwächter sind mir auf den Fersen. Ihr müsst mir Unterschlupf gewähren!«

»Und weshalb sind dir die Wächter auf den Fersen?«, fragte Franziskas Vater. Er zeigte auf Martins Hosen, die an einigen Stellen dunkle Flecken hatten. »Das ist Blut, nicht wahr?« Offenbar hatte Martin seine Frage bisher nicht beantwortet.

»Martin!« Franziska eilte in den Hof. »Was ist geschehen?«

»Geh zurück ins Haus!«, herrschte der Vater sie an.

»Aber …«

»Ich habe gesagt, du sollst zurück ins Haus gehen!« Eine steile Falte grub sich zwischen seine Brauen.

Franziska rührte sich nicht von der Stelle.

»Bitte!« Martin hob die Hände. »Ich weiß nicht, was passiert ist.«

»Vater, bitte!« Franziska fasste ihren Vater beim Arm und sah flehend zu ihm auf. »Er ist mein Verlobter.«

Einen Moment lang sah es so aus, als wollte ihr Vater sie abschütteln wie eine lästige Fliege, doch dann schien er es sich anders zu überlegen. »Haben die Wächter dich erkannt?«, fragte er.

Martin schüttelte den Kopf. »Ich glaube nicht. Es war zu dunkel.«

»Wissen sie, wohin du gelaufen bist?«

Erneut verneinte Martin.

Franziskas Vater schnaubte. Dann packte er Martin am Arm und zog ihn zum Tor. »Du wirst mir in allen Einzelheiten berichten, was vorgefallen ist. Dann entscheide ich, ob ich den Hauptmann rufe oder nicht.«

Martin erbleichte.

»Einen anderen Ausweg gibt es nicht!«

»Aber ich kann mich nicht erinnern!«, jammerte Martin.

»Dann solltest du dich anstrengen«, war die ungerührte Antwort. »Wie bist du überhaupt in den Hof gelangt?«

Martin zeigte zu einem Teil der Mauer, an dem eine knorrige Linde ihre Äste weit in das Anwesen hineinstreckte.

Franziskas Vater verzog das Gesicht. »Ich frage mich, wozu wir den vermaledeiten Hofhund durchfüttern«, knurrte er. »Komm schon!« Er versetzte Martin einen unsanften Stoß in den Rücken und bedachte Franziska mit einem Blick, der jeden anderen geängstigt hätte. »Und dann wirst du mir haarklein erzählen, warum du dich mitten in der Nacht in meinem Hof herumtreibst.«

Zwei

Während das Horn des Nachtwächters weiter durch die Stadt schallte, folgte Franziska den beiden Männern und schloss die Tür zum Hof hinter sich. Da das Gesinde noch nicht auf war, herrschte eine beinahe gespenstische Ruhe im Haus, die sich bei Anbruch des Tages in geschäftiges Treiben verwandeln würde. Die meisten Bediensteten wohnten in Kammern über der Küche, in denen auch das Feuerholz für die Kochstellen gelagert wurde.

»In die Stube!«, befahl der Vater und ging mit energischen Schritten voraus ins Obergeschoss. Dort führte er Martin in einen großen Raum mit Buntglasscheiben und zündete Kerzen in einem Leuchter an. »Setz dich!«, sagte er und deutete auf eine der beiden Bänke an dem langen Tisch. Der Kerzenschein warf zuckende Schatten auf die dunklen Deckenbalken und die Tonfliesen am Boden. In einem hohen Schränkchen an der Wand neben dem Kachelofen blitzten fein geschliffene Gläser auf, Silberbecher und eine Goldschale voller Äpfel. Der Heilige auf dem Bild, das direkt über einer der Bänke hing, schien Martin mit trauriger Miene zu betrachten.

»Und jetzt will ich ganz genau wissen, was passiert ist!« Franziskas Vater zog sich einen Schemel heran und setzte sich Martin gegenüber.

Franziska blieb bei der Tür stehen. Der Anblick ihres Verlobten machte ihr mit jeder Minute, die verstrich, mehr Angst. Er sah aus, als wäre er unter die Räuber gefallen.

»Ich … ich weiß es nicht«, stammelte Martin. »Der Sohn des Bürgermeisters …«

»Der Sohn des Bürgermeisters?«, unterbrach ihn Franziskas Vater.

»Er ist tot!« Martin vergrub das Gesicht in den Händen. »Es ist furchtbar«, flüsterte er.

Franziskas Vater schüttelte ungläubig den Kopf. »Hast du etwas damit zu tun?«, fragte er schließlich leise.

»Nein!« Martin schossen Tränen in die Augen. »Ich habe …«

Er kam nicht dazu, den Satz zu beenden, da in diesem Moment heftig an das äußere Hoftor geschlagen wurde.

»Stadtwache! Aufmachen!«

Martin zuckte zusammen. Seine Augen weiteten sich voller Furcht, als Franziskas Vater Anstalten machte, sich zu erheben. »Ihr dürft sie nicht einlassen!«

»Was soll ich denn sonst tun?«, herrschte der Ältere ihn an. »Jemand muss gesehen haben, wie du über die Mauer geklettert bist.«

»Nein!« Martin schüttelte schwach den Kopf. »Ich bin kein Mörder.«

»Wenn du unschuldig bist, hast du nichts zu befürchten«, entgegnete der Vater, schob den Schemel zurück und ging zur Tür.

Franziska trat zur Seite, um ihm Platz zu machen.

»Keinen Mucks!«, befahl er. »Vielleicht werde ich sie irgendwie los.«

»O Gott!«, stöhnte Martin, sobald Franziskas Vater die Stube verlassen hatte. »Sie werden mir kein Wort glauben. Man wird mich vor Gericht stellen und als Mörder hinrichten!«

Franziska setzte sich neben ihn und strich ihm beruhigend mit der Hand über den Rücken. »Das werde ich nicht zulassen«, sagte sie.

Martin hob den Blick und sah sie mit geröteten Augen an. »Wie willst du das denn anstellen, Franzi? Wir sind keine Kinder mehr!«

Franziska versuchte, sich ihre Angst nicht anmerken zu lassen. Sie kannte Martin schon fast ihr ganzes Leben lang. Als Kinder hatten sie oft zusammen gespielt, und mehr als einmal hatte Franziska ihn und die anderen Jungen davor bewahrt, eine Tracht Prügel einzustecken, indem sie die Schuld auf sich genommen hatte. Das würde in diesem Fall nicht möglich sein, da Martin recht hatte: Es ging um sein Leben.

»Weißt du denn wirklich gar nichts mehr?«, fragte sie.

Martin schüttelte den Kopf. »Ich habe mich mit ein paar Freunden in einem Gasthaus getroffen.«

»Und dann?«

»Wir haben geredet und etwas getrunken.« Martin verstummte.

Franziska hatte den Eindruck, dass er ihr etwas verschwieg. »Gab es einen besonderen Anlass?«, hakte sie nach.

Martin zuckte mit den Schultern. »Wir heiraten bald«, antwortete er leise.

Franziska musterte ihn forschend. Sie kannte ihn gut genug, um ihm anzusehen, wann er log. Was verschwieg er ihr? »Und der Sohn des Bürgermeisters war in derselben Schankstube?«

Martin nickte.

»Gab es einen Streit?«

Martin presste die Lippen aufeinander und schüttelte den Kopf. Plötzlich schien ihm etwas einzufallen, da er hastig seinen

Dolch vom Gürtel losmachte und aus der Scheide zog. »Dem Himmel sei Dank!«, murmelte er, drehte die Waffe mehrmals hin und her und steckte sie dann wieder zurück.

»Hast du befürchtet, es könnte Blut dran sein?« Franziska wusste nicht, was sie denken sollte. Selbst in ihren Augen verhielt Martin sich seltsam. Wenn die Stadtsoldaten ihn verhörten, würde er eine bessere Erklärung finden müssen als die, die er ihr aufgetischt hatte.

Martin wollte gerade etwas erwidern, als sich tiefe Stimmen und schwere Schritte näherten.

Er warf Franziska einen hilfesuchenden Blick zu, doch sie konnte ihn nicht einfach aus der Stube verschwinden lassen. Es gab nur eine Tür, und durch die traten kurz darauf ihr Vater und ein halbes Dutzend Stadtwächter. Der vorderste war an seinem blitzenden Harnisch und den Federn an seinem Helm als Hauptmann zu erkennen.

»Das ist er«, stellte einer der Soldaten mit einem Blick auf Martin fest. »Ich erkenne ihn.«

»Steht auf!«, befahl der Hauptmann.

Als Martin dem Befehl nicht sofort Folge leistete, machte einer der Männer einen Schritt auf ihn zu und zog ihn grob von der Bank hoch. »Seht Ihr?« Er zeigte auf Martins Kleider. »Das ist Blut.«

»Ich …«, hob Martin an.

»Ihr seid verhaftet!«, schnitt ihm der Hauptmann das Wort ab. »Bringt ihn zum Verhör ins Herrenhaus!«, befahl er seinen Männern. An Franziskas Vater gewandt, sagte er: »Ihr habt klug gehandelt. Es ist ein Verbrechen, einen Flüchtigen zu beherbergen.«

»Ich habe nichts getan!«, protestierte Martin, dem einer der Soldaten den Arm auf den Rücken drehte.

»Warum seid Ihr dann vor dem Nachtwächter geflohen?«

»Er war schon tot!«, platzte es aus Martin heraus.

Die Männer erstarrten.

»Wer?« Der Hauptmann bedachte ihn mit einem grimmigen Blick. »Wessen Blut ist das?«

Martin verzog vor Schmerzen das Gesicht, als der Soldat seinen Arm noch weiter verdrehte. »Der Sohn des Bürgermeisters«, keuchte er. »Jemand hat ihn umgebracht.«

»Jemand?«, höhnte der Hauptmann. Er gab seinen Männern mit einem Nicken zu verstehen, Martin abzuführen. »Keine Angst, Ihr werdet Euer Gewissen schon bald erleichtern dürfen. Sobald das Gericht die peinliche Befragung angeordnet hat.«

Franziska schlug die Hand vor den Mund. Sie wollten Martin foltern!

»Ich habe nichts getan!«, heulte Martin auf, als ihn die Wachen aus der Stube zerrten. »Ihr müsst mir glauben!« Sein Blick blieb an Franziska haften. »Franzi! Ihr müsst für mich bürgen!«

Franziska konnte nichts weiter tun, als hilflos dabei zuzusehen, wie die Wächter ihren zukünftigen Gemahl die Treppe hinabstießen, um ihn zum Herrenhaus beim Markt zu bringen. Was ihn dort erwartete, wollte sie sich lieber nicht vorstellen.

»Vater!« Sie sah erschüttert zu ihrem Vater auf, der warnend die Hand hob und den Kopf schüttelte. Dann folgte er den Männern und ließ sie allein in der Stube zurück.

Einige Augenblicke verharrte sie auf der Stelle, ehe Leben in sie kam und sie zum Fenster lief. Ihre Hände zitterten, als sie den Riegel öffnete und die Flügel weit aufstieß.

Unten im Hof hatten die Männer bereits das Tor erreicht.

»Lasst mich los!«, protestierte Martin. »Ich hab nichts getan!«

»Bringt ihn zum Schweigen!«, befahl der Hauptmann, woraufhin einer der Männer Martin die Faust in den Bauch rammte.

Franziska stieß einen spitzen Schrei aus.

»Schafft ihn fort!«

Ein weiterer brutaler Hieb ließ Martin nach vorn stolpern.

»Ich besorge dir einen Fürsprecher«, hörte Franziska ihren Vater sagen.

»Der wird ihm nicht viel nützen, wenn er den Sohn des Bürgermeisters erschlagen hat«, brummte der Hauptmann. »Bei einem solch abscheulichen Verbrechen werden weder Vogt noch Gericht zögern, eine peinliche Befragung anzuordnen. Und unter der Folter hat bislang noch jeder gestanden.« Mit diesen Worten kehrte er Franziskas Vater den Rücken und folgte seinen Männern.

Die ersten Sonnenstrahlen tauchten die Stadt bereits in ein warmes Licht, als Franziska mit einem Schluchzen vom Fenster zurücktrat und sich auf die Knie fallen ließ. Weinend umklammerte sie das Kruzifix an ihrem Hals und betete, dass Gott ihren Liebsten beschützen möge.

Drei

»Heulen wird Martin nicht vor dem Scharfrichter retten«, brummte Franziskas Vater, als er wenig später zurück in die Stube kam. Er trat auf seine Tochter zu, half ihr auf die Beine und musterte sie einige Augenblicke schweigend. »Hier.« Er hielt ihr ein Tüchlein hin, mit dem sie sich die Tränen aus dem Gesicht wischen konnte. »Falls Martin unschuldig ist, wird Gott ihm die Kraft geben, die Befragung auszuhalten.«

»Falls?«, hauchte Franziska. »Ihr glaubt ihm nicht?«

Ihr Vater blies die Wangen auf. »Er hat gestunken wie ein ganzes Weinfass«, stellte er fest. »So mancher Mann hat im Rausch etwas getan, was er später bereut hat.«

»Aber Martin wäre niemals dazu fähig!«

»Glaub mir, Kind, jeder Mann ist dazu fähig, einen anderen im Streit zu erschlagen.« Er schüttelte den Kopf. »Ich werde ihm einen der besten Fürsprecher der Stadt besorgen. Ich hoffe nur, dass sich das Gericht etwas Zeit damit lässt, die peinliche Befragung anzuordnen. Gewiss wird es vorher eine Anhörung geben.« Er tätschelte Franziska ein wenig ungeschickt den Arm. »Noch ist nicht alles verloren.«

Franziska sah verzweifelt zu ihm auf. »Das habt Ihr auch gesagt, als ...« Ein Schluchzen raubte ihr die Stimme, als die

Erinnerungen an den Tod ihrer Mutter und ihrer Geschwister sich erneut Bahn brachen.

Die Miene ihres Vaters verdunkelte sich. »Gegen Gottes Zorn kann selbst der stärkste Mann nichts ausrichten. Aber noch ist Martin nicht verurteilt. Vergiss nicht, dass ich ein Mitglied des Magistrates bin.«

Franziska fuhr sich mit dem Ärmel ihrer Fucke über die Augen. »Der Magistrat ist nicht das Gericht«, gab sie verzweifelt zurück. »Wenn die Richter und der Vogt entscheiden, dass Martin schuldig ist, könnt Ihr nichts dagegen ausrichten. Oder?«

Ihr Vater verzog das Gesicht. »Nicht viel«, gestand er. »Aber ich werde mein Bestes versuchen.«

Klappern und Poltern aus dem Erdgeschoss verrieten Franziska, dass das Gesinde inzwischen ebenfalls auf den Beinen war. Vermutlich würde es nicht mehr lange dauern, bis die ersten Fuhrleute vor dem Tor standen und Einlass begehrten, um ihre Fässer im Hof abzuladen. Auch wenn es Franziska so vorkam, als wäre die Zeit seit Martins Verhaftung stehen geblieben, ging das Leben ohne Rücksicht auf ihre Verzweiflung weiter.

»Hab Vertrauen in Gottes Weisheit«, sagte ihr Vater. Dann drückte er ihr noch einmal tröstend die Hand und verließ die Stube.

Wenig später betrat eine der Küchenmägde mit einer Schale voll dampfendem Haferbrei den Raum. Außerdem trug sie Würzwein, warme Milch und mit Zimt und Honig gesüßte Pflaumen auf. Nachdem sie das Essgeschirr aus einem kleinen Schrank neben dem Kachelofen geholt und auf den Tisch gestellt hatte, sah sie Franziska neugierig an. »Ist es wahr, dass die Stadtwachen Euren Verlobten verhaftet haben?«, fragte sie.

Franziska verkniff sich ein Stöhnen. Der Aufruhr im Haus war vom Gesinde natürlich nicht unbemerkt geblieben. Vermutlich war in der Küche bereits ausgiebig geklatscht und getratscht worden. »Die Neugier ist die Tugend des Teufels«, wiederholte sie die Worte des neuen Pfaffen, der am vergangenen Sonntag von der Kanzel der Stiftskirche gepredigt hatte. »Du solltest deine Nase nicht in Angelegenheiten stecken, die dich nichts angehen.«

Die Magd senkte den Kopf und murmelte eine Entschuldigung. Dann drückte sie sich durch die Tür aus der Stube und ließ Franziska allein.

Mit einem Gefühl, als laste ein Gebirge auf ihrem Herzen, ließ Franziska sich auf eine der Bänke sinken und starrte auf den dampfenden Brei. Der Hunger war ihr vergangen. Dennoch sprach sie ein Tischgebet, füllte eine kleine Schale und stocherte lustlos darin herum. Auf ihren Vater brauchte sie nicht zu warten, da er morgens so gut wie nie etwas aß. Obwohl sie daran gewöhnt war, ihr Frühstück allein einzunehmen, fühlte sie sich an diesem Tag so einsam wie noch nie zuvor in ihrem Leben. Was, wenn Martin schuldig gesprochen wurde? Würde man ihn dann wie einen gemeinen Verbrecher hinrichten? War es möglich, dass er jemanden im Rausch getötet hatte? Sie trank einen Schluck Milch und stocherte weiter in ihrem Brei herum. Sie kannte Martin besser als jeder andere. Zwar konnte er manchmal leichtsinnig und aufbrausend sein, aber er hätte nicht einmal einer Fliege etwas zuleide getan. Sie dachte daran, wie er ihr einmal auf dem Weg zur Schule einen lebenden Frosch geschenkt hatte. Damit dem Tier kein Leid geschah, hatte er es in eine kleine Holzkiste gesetzt, die mit Gras und Blättern ausgelegt war. Obwohl ihr Herz schwer war, malte die Erinnerung ein Lächeln auf ihr Gesicht. Zwar war ihr der Frosch mitten im Unterricht davongehopst und hatte ihr Schelte von der frommen Schwester eingebracht, doch Martin hatte versprochen, ihr einen neuen zu fangen.

Tränen stiegen ihr in die Augen, als ihr klar wurde, dass all ihre Träume von einer gemeinsamen Zukunft schon bald vorbei sein konnten. Martin war der beste Freund, den sie je gehabt hatte. Die Vorstellung, ihn zu verlieren, schnürte ihr die Kehle zu.

Wütend wischte sie die Tränen fort und schob den Haferbrei von sich. Sie würde nicht einfach herumsitzen und heulen wie ein Schlosshund! Ihr Vater hatte recht: Damit konnte sie Martin nicht retten. Sie erhob sich, verließ die Stube und ging zurück in ihre Kammer. Dort legte sie sich einen leichten Umhang um die Schultern, befestigte eine Geldkatze an ihrem Gürtel und verbarg ihr Haar unter einem weißen Tuch. Dann holte sie ein paarmal tief Luft und machte sich auf den Weg nach unten.

Im Erdgeschoss herrschte, wie nicht anders zu erwarten, bereits reges Treiben. Fast ein halbes Dutzend Fuhrwerke stand im Hof, um von den Knechten entladen zu werden. Fässer mit süßem Malvasier, schwerem Muskateller und aromatischem Claret – gewürzt mit Ingwer, Zimt, Nelken, Safran und Nardenwurzel – lagerten ebenso in den Kellern wie »gefeuerter Wein« aus dem Elsass, Trollinger und Traminer. Viele der Fässer mit dem weniger süßen Neckarwein veredelten ihr Vater und die anderen Weinhändler mit Säckchen voller Salbei, Rosenblätter, Fenchel, Tannenzapfen oder Lauch.

Polternd rollten die Fässer die Laufschrägen hinab und wurden von den kräftigen Männern in die große Halle gebracht.

Erleichtert sah Franziska, dass ihr Vater beschäftigt war und kaum auf sie achten würde. Obwohl sie sich eine Ausrede zurechtgelegt hatte, war sie fast sicher, dass er ihr nicht glauben würde, wenn sie behauptete, ausgerechnet jetzt den Markt besuchen zu wollen. Mit einem dumpfen Gefühl schlüpfte sie durchs Tor und machte sich auf den Weg zum Rathaus, das nicht weit entfernt lag. Da ihr Vater zu den reichsten Mitgliedern der Stuttgarter »Ehrbarkeit« gehörte, wohnten sie in unmittelbarer Nähe des Marktplatzes, in dessen Mitte das Herrenhaus stand. Auf dem Dach dieses großen Fachwerkgebäudes leuchtete das

Malefizglöckchen in der Morgensonne, im Erdgeschoss gab es zahlreiche Verkaufsbuden. In großen Arkadengängen fanden sich die Fruchtschranne – der Getreidemarkt –, Brot- und Fleischlauben und andere Stände. In den oberen Stockwerken waren Gerichtsräume und mehrere Zellen untergebracht.

Mühsam bahnte Franziska sich einen Weg zwischen den vielen Laufburschen, Mägden und Fuhrleuten hindurch, die zum Marktplatz drängten. Obwohl an diesem Tag kein Wochenmarkt stattfand, hatten Dutzende von Bäckern, Krämern, Bauern und »Gremblern« – einfachen Trödlern – auf dem Platz und in den angrenzenden Gassen ihre kleinen Stände aufgebaut. Das Standgeld für diesen Zufallsmarkt war billiger als das für die Wochenmärkte. Überall waren die Männer der Marktaufsicht zu sehen, die Gewichte, Maße und Butterfässer überprüften.

Je weiter Franziska in das Gewimmel eintauchte, desto verlorener fühlte sie sich. Was hatte sie sich nur gedacht? Wie sollte sie allein irgendetwas ausrichten? Wo sollte sie anfangen, nach der Wahrheit zu suchen? Hatte Martin sich vielleicht geirrt? Lebte der Sohn des Bürgermeisters noch? Wäre er tot, wie Martin behauptet hatte, wäre dann nicht mehr Aufruhr vor dem Haus seines Vaters? Sie schielte zu dem Gebäude, das so prächtig war, dass der Herzog von Bayern es zur Hochzeit seiner Tochter mit dem Herzog von Württemberg mit seiner Anwesenheit geehrt hatte. Nichts verriet, dass unter dem Dach mit den vielen Gauben ein Todesfall zu beklagen war.

Sie versuchte, sich daran zu erinnern, ob Martin den Namen des Gasthauses erwähnt hatte, in dem er mit seinen Freunden gezecht hatte. Allein in der Altstadt gab es Dutzende von Herbergen, Schenken und Gastwirtschaften, in denen er sich aufgehalten haben konnte. Wie sollte sie herausfinden, wo sich die Bluttat ereignet hatte?

»Du stehst im Weg!«, riss sie ein Mann mit einem schwer beladenen Handkarren aus den Gedanken. Mühsam zog er seine Last über das unebene Pflaster, das an einigen Stellen ausgebessert werden musste.

Franziska machte ihm Platz und schlug den Weg Richtung Hauptzoll ein. Im Keller dieses Gebäudes, das von den Stuttgartern auch »Kleines Kelterlein« genannt wurde, lagerte der Weinzoll der Stuttgarter Weingärtner. Wenn Franziska Glück hatte, waren einige von Martins Freunden dort, die ihr vielleicht Auskunft geben konnten.

Sie hatte das Gebäude fast erreicht, als auf dem Marktplatz Rufe laut wurden. Neugierig stellte sie sich auf die Zehenspitzen, um zu sehen, was den Aufruhr verursacht hatte. Was sie erblickte, ließ ihr Herz einen Schlag aussetzen. Eine Gruppe schwer bewaffneter Stadtsoldaten führte Martin aus dem Herrenhaus über den Platz auf den Bebenhäuser Hof zu, hinter dem sich die innere Stadtmauer erstreckte. Wie erstarrt verfolgte Franziska die Prozession, um die sich rasch eine große Menschentraube versammelte.

Übelkeit stieg in ihr auf, da es keinen Zweifel gab, wohin man Martin führte. Hinter der Kirche des Klosterhofes erhoben sich die beiden Gefängnistürme der Stadt in den trügerisch blauen Himmel.

»Wer ist das?«, fragte eine Frau hinter ihr.

»Ich weiß nicht. Es soll einen Mord gegeben haben.«

Franziska presste die Hand auf den Mund. Wenn die Anschuldigungen bereits die Runde in der Stadt machten … Wenn kein Wunder geschah, war Martin verloren.

VIER

Herzogin Sabina von Bayern runzelte die Stirn, als der Aufruhr an ihr Ohr drang. Sie war mit einigen Begleiterinnen und bewaffneten Soldaten ihres Gemahls auf dem Weg in die Stiftskirche, um dort eine Opferkerze anzuzünden und um die Fürsprache der Heiligen Jungfrau bei Gott zu bitten.

»Verbrecher!«, brüllte jemand.

»Hängt ihn auf!«, ein anderer.

Augenblicklich bildeten die Soldaten einen schützenden Ring um die Frauen und zückten ihre Waffen.

»Was geht da vor?«, fragte eine der Hofdamen.

Sabina widerstand der Versuchung, die Männer zur Seite zu schieben, um besser sehen zu können, und verfluchte das enge Kleid, das sie an diesem Tag angezogen hatte. Es behinderte sie nicht nur beim Gehen, sie fühlte sich darin auch wie eine Presswurst. Der elegante Hut mit der breiten, federbesetzten Krempe spendete zwar Schatten, allerdings musste sie ihn immer wieder zurechtrücken, damit ihr die Federn nicht in die Augen hingen.

»Nur eine Ansammlung des Böfels«, erwiderte einer der Soldaten und bedeutete den Damen weiterzugehen.

»Sie führen einen Mann ab«, stellte eine zweite Hofdame fest, ein junges Ding mit großen blauen Augen.

Sabina schob mit einer Hand den Hut auf ihrem Kopf etwas zurück und kniff die Augen zusammen. Tatsächlich schienen die Stadtwächter einen Gefangenen in Ketten zur Stadtmauer zu führen, vermutlich, um ihn dort ins Loch zu sperren oder zu foltern. Eine große Menge Volk hatte sich um die schwer bewaffneten Wachen versammelt, grölend und lärmend, wie es der Pöbel an sich hatte.

»Geht zur Seite!«, befahl einer der Leibgardisten und hob drohend sein Schwert.

Sabina warf einen Blick zum Turm der Stiftskirche, die nicht weit entfernt war. Da der Weg von der Burg zur Kirche nur über den Platz vor dem Dürnitzbau führte, hatte sie darauf verzichtet, in eine Kutsche zu steigen. Diese Entscheidung bereute sie allerdings mit jedem Schritt mehr, da ihre Schienbeine immer noch heftig schmerzten. Am Abend zuvor war es zu einer der zahllosen Auseinandersetzungen mit ihrem Gemahl Ulrich von Württemberg gekommen, bei der er sie mit grimmiger Miene zum Tanz aufgefordert hatte.

»Ich weiß, was du mit dem Vogt von Urach treibst«, hatte er ihr ins Ohr geraunt und sie beim Tanz vor den Augen des gesamten Hofgesindes mit seinen Reitsporen malträtiert, bis ihre Beine geblutet hatten.

»Ich treibe überhaupt nichts mit dem Vogt von Urach«, war Sabinas kühle Antwort gewesen. Die Lüge war ihr leicht über die Lippen gegangen. Sie hoffte, dass Ritter Dietrich Spät, ihr feuriger Liebhaber, nichts von der Auseinandersetzung mit dem Herzog erfahren würde.

Ulrich hatte gelacht und sie grob im Kreis gedreht.

»Solltest du dich nicht an die eigene Nase fassen?«, hatte Sabina zurückgeschossen. Seit ihrer ersten Begegnung mit ihrem Gemahl vor fast zweieinhalb Jahren verabscheute sie ihn zutiefst. Er war ein Nichts, ein Emporkömmling, Sohn eines Grafen, wohingegen sie die Enkelin und Nichte eines Kaisers war.

»Was erlaubst du dir?«, hatte Ulrich sie angefaucht.

»Dasselbe, was du dir erlaubst.« Sie hatte die Zähne zusammengebissen und weiter mit ihm getanzt, bis der Etikette Genüge getan war. Dann hatte sie sich in ihre Gemächer zurückgezogen und den Tag verwünscht, an dem sie mit Ulrich vor den Altar getreten war. Gott, wie sehr sie ihn hasste! Sie hoffte inständig, er möge niemals in Erfahrung bringen, dass ihre Tochter Anna, die kaum ein halbes Jahr alt war, die Frucht ihrer sündigen Liebe war und nicht der herzoglichen Lenden.

Sie verkniff sich ein verächtliches Lächeln. Als ob Ulrichs Lenden viel zu bieten gehabt hätten. Die wenigen Male, die sie das Bett mit ihm geteilt hatte, war er kaum dazu in der Lage gewesen, den Akt zu vollziehen. Sie wusste, dass er sie fast genauso verabscheute wie sie ihn. Dennoch war die Vorstellung, dass er die Nächte mit seiner Geliebten verbrachte, ein Stachel in ihrem Fleische.

»Ursula ist die Tochter meines Marschalls!«, hatte Ulrich ihre Anschuldigungen abgeschmettert. »Sie ist mir seit Kindertagen eine gute Freundin.«

»Und sie ist außerdem die Braut deines Stallmeisters«, hatte Sabina kühl erwidert. »Was sagt er dazu, dass du sie immerzu in ihrem Frauenzimmer besuchst?«

Ulrich hatte lediglich geschnaubt und den Kopf geschüttelt.

Einen Augenblick war Sabina versucht gewesen, den Streit weiter auf die Spitze zu treiben, doch die Gefahr, dass er den Spieß umdrehte, war zu groß. Sie war gut damit beraten, ihn nicht zu sehr zu reizen, da es zwischen ihnen schon mehr als einmal zu handgreiflichen Auseinandersetzungen im Ehegemach gekommen war. Sabina wusste, dass ihre Hofdamen und das

Gesinde darüber klatschten, allerdings war es ihr gleichgültig, was die Bediensteten dachten.

Sie war erleichtert, als sich die Menschenmenge vor ihnen zerstreute und sie den Weg zur Kirche fortsetzen konnten. Ihre Verbindung mit Dietrich Spät war sündig, dessen war sie sich bewusst. Deshalb drängte es sie an diesem Tag, eine Opferkerze anzuzünden, um für ihre Tochter zu beten. Wenn sie das Fieber überlebte, an dem sie seit Wochen litt, würde sie allen Schutz nötig haben, den Gott ihr bieten konnte.

Fünf

Franziska stand regungslos da und sah, wie die Soldaten und Martin bei der Stadtmauer verschwanden. Die Welt um sie schien zum Stillstand zu kommen, als sie sich ausmalte, was ihn in dem dunklen Verlies erwartete. Allzu oft drangen die Schreie der Gefolterten durch die winzigen Fensterschlitze ins Freie, und schon als Kind hatte Franziska sich vor diesem Teil der Stadt gefürchtet. Da die Türme in der Nähe der Schule lagen, hatten die Jungen sich immer einen Spaß daraus gemacht, die Mädchen mit fürchterlichen Geschichten zu ängstigen. Auch Martin hatte von Gefangenen erzählt, denen das Fleisch von den Knochen faulte, während Ratten an ihren Augen nagten.

Sie schlang schaudernd die Arme um sich. Es waren nur Geschichten, versuchte sie, sich zu beruhigen. Doch wie alle Stuttgarter wusste sie, was einem Gefangenen bei der Folter bevorstand. Da sie sich nicht damit quälen wollte, dem Gerede der Leute zuzuhören, verschloss sie die Ohren vor den halb schadenfrohen, halb entsetzten Bemerkungen und floh zum Hauptzoll, in dem sie jedoch keinen von Martins Freunden antraf. Die Weinlese hatte erst begonnen, weshalb es noch keine Fässer mit frischem Wein gab, die in den Keller des herzoglichen Gebäudes gebracht werden konnten. Daran hatte

Franziska nicht gedacht. Enttäuscht machte sie kehrt und ging weiter zur Aulberschen Kelter in der Alten Münzgasse gegenüber der Münze. In der Nähe des Hofmeisterhauses gelegen, befand sich die Kelter dicht bei der Mauer, die an vielen Stellen von Stangengerüsten gesäumt wurde. Die Gerüste knarrten im Wind, der den brackigen Geruch des Wassergrabens in die Stadt trug.

Als Franziska die Kelter erreichte, mischte sie sich unter die Träger mit Bütten voller Trauben, die in einer langen Reihe auf das große Tor des Gebäudes zuströmten. Drinnen empfingen sie eine angenehme Kühle und der Duft des Vorlasses – des beim Verteilen des Traubenguts auf dem Presskasten auslaufenden Saftes. Zahllose Treter waren in großen Bottichen damit beschäftigt, mit nackten Füßen die Trauben zu zerstampfen, damit diese im Anschluss von dem schweren Kelterbaum ausgepresst werden konnten. Die hölzerne Führung des Baumes quietschte und knarrte, während der Stamm von einem schweren Steingewicht auf das Traubengut gedrückt wurde.

»Franzi! Was tust du denn hier?«

Franziska wirbelte herum und sah einen jungen Mann mit krebsrotem Gesicht auf sich zukommen. Sein Haar war fast noch dunkler als ihres und stand wild von seinem Kopf ab. Er wirkte erhitzt.

»Jakob!«, begrüßte sie ihn. Er war wie Martin ein Freund aus Kindertagen. Seiner Familie gehörten Weingärten am Münchberg und am Kriegberg, und ihm war anzusehen, dass er schon seit Stunden auf den Beinen war. Von dem Aufruhr auf dem Marktplatz hatte er in der Kelter vermutlich nichts mitbekommen.

»Was ist los? Was tust du hier? Suchst du nach Martin?«, erkundigte er sich. Er fuhr sich mit dem Ärmel über die Stirn.

»Martin ist verhaftet worden«, sagte Franziska leise.

»Was?« Jakob sah sie fassungslos an. »Du willst mich auf den Arm nehmen, oder?« Er lachte.

Franziska schüttelte den Kopf.

Schlagartig wurde Jakob ernst. »Warum? Was wirft man ihm vor?«

»Er soll den Sohn des Bürgermeisters ermordet haben«, erwiderte Franziska.

»Moritz Welling?«

»Kennst du ihn?« Franziska zog Jakob zu einem Bereich der Kelter, in dem es nicht so viele neugierige Ohren gab wie in der Nähe des Presskastens.

Jakob verzog das Gesicht. »Kennen wäre zu viel gesagt«, brummte er. »Aber ich hab so einiges über ihn gehört.«

»Was denn?«

Jakob zuckte mit den Schultern. »Nichts Gutes«, wich er aus.

Franziska fasste ihn bei den Schultern. »Du musst mir sagen, was du weißt!«, drängte sie ihn. »Man wird Martin foltern!«

Jakob sah mit einem schwer zu deutenden Gesichtsausdruck auf sie hinab. Er überragte sie um mehr als einen Kopf, obwohl Franziska hochgewachsen war für eine Frau. »Das sind keine Dinge, die dir zu Ohren kommen sollten«, sagte er und errötete. »Es ist unschicklich.«

»Bist du nicht ganz bei Trost?«, brauste Franziska auf. »Mein Verlobter ist vor meinen Augen von den Stadtwachen abgeführt worden und du sorgst dich um die Schicklichkeit?«

»Vor deinen Augen?«

Sie ließ ihn los und warf die Hände in die Luft. »Ja!«, versetzte sie barsch.

Für den Bruchteil eines Augenblicks hatte es den Anschein, als würde ein Lächeln über Jakobs Gesicht huschen. Allerdings war sich Franziska nicht sicher. Es konnte sich auch um den

Schatten des Kelterbaums gehandelt haben. »Sag mir, was du über den Sohn des Bürgermeisters weißt!«, beharrte sie.

Jakob fuhr sich mit den Fingern durchs Haar. »Er hat …«, hob er an, brach den Satz jedoch ab.

»Er hat *was?*«

»Er war ein gern gesehener Gast in den Hurenhäusern der Stadt«, murmelte er schließlich.

Die Worte waren für Franziska wie ein Schlag ins Gesicht. Hatte sich Martin ebenfalls in einem Hurenhaus herumgetrieben? War es das, was er ihr verschwiegen hatte? Sie versuchte, sich nicht anmerken zu lassen, was sie dachte. »Weißt du, wo er gestern Abend gewesen ist?«, fragte sie.

Jakob verneinte. »Nur weil die Leute sich Dinge erzählen, bedeutet es nicht, dass ihr Gerede der Wahrheit entspricht«, versuchte er, sie zu beruhigen. »Martin war gewiss nicht einer, der …«

»… der sich mit Huren die Zeit vertrieben hat?«, fiel Franziska ihm ins Wort.

Jakob seufzte. »Hör zu, ich weiß nicht, ob Martin und Moritz Welling in denselben Kreisen verkehrt haben. Aber ich kann mir nicht vorstellen, dass er so dumm wäre, kurz vor eurer Hochzeit alles aufs Spiel zu setzen. Wenn dein Vater davon erfahren hätte …«

»Also *war* Martin auch im Hurenhaus«, stellte Franziska fest. Sie kannte Jakob lange genug, um zu erkennen, wenn er um den heißen Brei herumredete.

»Das habe ich nicht gesagt!«

»Das brauchst du gar nicht«, seufzte Franziska. Sie schluckte die Bitterkeit herunter, die ihr in die Kehle stieg.

»Was hast du jetzt vor?«, wollte Jakob wissen, als sie sich zum Gehen wandte.

»Das weiß ich nicht«, erwiderte Franziska. »Aber ich werde nicht zulassen, dass man Martin für etwas bestraft, was er nicht getan hat.« Ehe Jakob etwas entgegnen konnte, floh sie aus der Kelter, damit er die Tränen nicht sehen konnte, die ihr erneut in die Augen stiegen.

Im Freien atmete sie ein paarmal tief ein und aus, um sich zu beruhigen, und straffte die Schultern. Dann nahm sie all ihren Mut zusammen und ging zurück zum Marktplatz. Dort herrschte inzwischen ein so gewaltiges Getümmel, dass es kaum mehr ein Durchkommen gab, doch Franziska bahnte sich ihren Weg zum Brunnen vor dem Rathaus. Dort mischte sie sich unter eine Gruppe von Stuttgartern, die sich lautstark unterhielten.

»Er soll jemanden umgebracht haben«, hörte sie einen Mann sagen.

»Wer's glaubt, wird selig«, hielt ein anderer dagegen. »Erinnert ihr euch an den Letzten, den sie in den Turm gesteckt haben? Der hat sich als gänzlich harmlos herausgestellt.«

Die Männer lachten.

»Ich hab gesehen, wie der Bürgermeister ins Herrenhaus geeilt ist«, meldete sich eine Frau zu Wort. »Angeblich ist sein Sohn umgebracht worden.«

»Wirklich?«, fragte der, der zuerst gesprochen hatte.

Die Frau bejahte.

Franziska rückte näher an die Gruppe heran. »Hat man seine Leiche schon gefunden?«, fragte sie.

Die Männer drehten sich zu ihr um und musterten sie neugierig.

»Vorhin sind ein paar Wächter und der Pfaff der Stiftskirche durchs Schultörlein gerannt«, gab einer von ihnen zurück.

Die Frau schüttelte den Kopf. »Er war so ein hübscher Kerl.«

»Du solltest dich schämen, so zu reden, Elsbeth!«, schalt eine Greisin, die sich ebenfalls zu der Gruppe gesellt hatte. »Man könnte meinen, du seiest ein loses Weib!«

»Ach, spiel dich nicht so auf, Anna!«, war die belustigte Antwort. »Würdest du noch aussehen wie vor zwanzig Jahren, hättest du dir auch den Hals nach ihm verdreht.«

Die Männer lachten erneut.

Franziska war froh, dass niemand mehr auf sie achtete, und zog sich zurück. Sie hatte genug gehört. Obwohl der Weg durchs Schultörlein sie an den beiden Gefängnistürmen vorbeiführen würde, machte sie sich auf den Weg dorthin und näherte sich schon bald der trutzigen Mauer. Links und rechts des schmalen Tores erhoben sich die beiden Türme, auf deren Dächern große schwarze Vögel saßen. Ihr Krächzen schien weithin Unheil zu verkünden, doch zu Franziskas Erleichterung drangen keine Schreie eines Gemarterten ins Freie. Je näher sie dem Tor kam, desto dunkler schien es zu werden, und sie war froh, als sie auf der anderen Seite wieder ins Sonnenlicht trat.

Sechs

Es dauerte eine Weile, bis Franziska die Stadtsoldaten ausfindig gemacht hatte. Obwohl die Straßen der Turnierackervorstadt breiter und gerader waren, die Häuser größer und ansehnlicher, drängten sich auch hier zahllose Menschen. Herzogliche Reiter preschten vom Seegassentor Richtung Stadtmitte, und Dutzende von Karren, die mit Baumstämmen und Steinquadern beladen waren, holperten über das Kopfsteinpflaster. Ziel dieser Fuhrwerke war zweifellos der Bereich der Stadtmauer unterhalb des Sees, an dem emsig gearbeitet wurde. Während ein Teil des Schutzwalls aus angespitzten Palisaden bestand, wuchs in diesem Abschnitt eine Mauer aus Stein empor. Männer in groben Röcken entluden die Fuhrwerke und wuchteten die kleineren Steinblöcke auf Schubkarren. Die größeren Quader wurden an Galgenkräne gehängt, und eine wahre Heerschar von Mörtelträgern, Maurern und Zimmerleuten erklomm Leitern und Laufschrägen, um ihre Arbeit zu tun. Das Brüllen der Kranführer vermischte sich mit dem Knarren der Stangengerüste und dem Geräusch von Metall auf Stein.

Inmitten all diesen Gewimmels machte Franziska schließlich zwei der Stadtsoldaten aus. Sie flankierten den Eingang einer Gastwirtschaft, deren Schild verkündete, dass sie »Zum

Hirschen« hieß. Zu Franziskas Erleichterung sah das Haus von außen respektabel aus, nichts deutete darauf hin, dass es sich um mehr als eine Schankstube handelte. Sie verbarg sich im Schatten einer Eiche und verfolgte, wie eine Bahre mit einem zugedeckten Leichnam aus dem Gebäude getragen wurde. Der Priester der Stiftskirche ging neben dem Kopf des Toten, auf dessen Brust ein großes Kruzifix lag. Zwei Knaben schwenkten Weihrauchfässer und sprachen Gebete.

»Eine Leichenschau wird kaum nötig sein«, hörte Franziska einen Mann sagen, der den Stadtwächtern ins Freie folgte.

Sie wich tiefer in den Schatten zurück. Der Anblick des Hünen jagte ihr einen Schauer über den Rücken. Der Nachrichter, der Henker der Stadt Stuttgart, war eine furchteinflößende Erscheinung.

»Etwas mehr Kraft, und der Mörder hätte ihm den Kopf mit einem einzigen Schnitt abgetrennt«, brummte der Nachrichter. »Dafür ist Übung oder viel Wut nötig.«

»Ob der Kerl Übung hatte, wirst du bald herausfinden«, erwiderte der Soldat. »Es wird nicht lange dauern, bis Vogt und Gericht die peinliche Befragung anordnen. Der Bürgermeister hat persönlich darum ersucht, dabei anwesend sein zu dürfen.«

Der Henker hob die Brauen. »Das ist nicht üblich«, wandte er ein.

Der Stadtwächter schnaubte. »Glaub mir, bei diesem Fall wird sich niemand darum scheren, was üblich ist und was nicht.«

Die Worte ließen Franziskas Mut weiter sinken. Hatte man Martin schon längst verurteilt? Was sollte sie gegen so viele mächtige Männer ausrichten? Sie wusste nicht, was sie sich erhofft hatte, aber dieser Ausflug in die Turnierackervorstadt hatte ihre Ängste nur noch weiter angefacht.

»Schafft ihn fort!«, befahl einer der Soldaten, woraufhin sich der kleine Zug in Bewegung setzte.

Es dauerte nicht lange, bis sich eine Schar Schaulustiger um die Stadtwachen sammelte, deren Spieße das Licht der Sonne zurückwarfen.

Franziska wartete, bis sie weit genug entfernt waren, dann kam sie aus ihrem Versteck hervor und überlegte, was sie tun sollte. Es hatte keinen Zweck, den Wächtern und dem Nachrichter zu folgen, da sie den Toten vermutlich ins Rathaus bringen würden. Sie warf einen Blick zum Himmel. Die Sonne stand bereits so hoch, dass die Hitze anfing, sich im Talkessel zu sammeln. Bald würde es unerträglich heiß werden zwischen den Häusern. Obwohl es sie all ihren Mut kostete, fasste sie einen Entschluss und näherte sich dem Gasthaus. Vielleicht wusste der Wirt etwas, was Martin helfen konnte. Als sie die Tür erreichte, hob sie zögernd die Hand, um anzuklopfen.

Der Wirt kam ihr zuvor.

Franziska stieß einen erschrockenen Laut aus, als er unvermittelt die Tür öffnete und sich vor ihr aufbaute. Er hatte sie wohl kommen sehen. »Hier gibt es nichts zu gaffen!«, herrschte er sie an. »Verschwinde!«

»Aber ich wollte …«

»Ich weiß genau, was du wolltest«, spuckte der Mann verächtlich aus. »Verschwinde, oder ich rufe die Wachen! Du wirst früh genug erfahren, was passiert ist. Ihr Gesindel seid schlimmer als die Aasfresser!«

»Ihr irrt Euch!«, protestierte Franziska. »Ihr müsst verstehen …«

»Ich muss gar nichts!« Mit diesen Worten schlug er ihr die Tür vor der Nase zu und ließ sie stehen.

Franziska schluckte die Verwünschung, die ihr auf der Zunge lag, herunter und widerstand dem Drang, mit dem Fuß gegen die Tür zu treten. Wenn sie den Zorn des Wirts auf sich zog, half das niemandem. Wenigstens wusste sie jetzt, wo das Verbrechen geschehen war. Sie schnitt eine Grimasse. Als ob das

Martins Unschuld bewiesen hätte. Da sie im Moment nichts weiter auszurichten vermochte, beschloss sie schweren Herzens, sich auf den Heimweg zu machen und ihren Vater um Hilfe zu bitten. Er war ein Mitglied der »Ehrbarkeit«, kannte viele einflussreiche Männer in der Stadt. Vielleicht gelang es ihm, mehr in Erfahrung zu bringen und Martin vor der Folter zu bewahren.

Sie kehrte dem Gasthof den Rücken und ging zurück in die Innere Stadt. Der Weg nach Hause kam ihr länger vor als sonst, da das Gewicht, das auf ihrem Herzen lastete, mit jedem Schritt schwerer wurde.

»Da bist du ja«, empfing der Vater sie, als sie wenig später den Hof betrat. »Wo warst du? Ich hab nach dir gesucht! Jemand muss die Waren ins Buch eintragen.« Er musterte sie forschend.

»Ich muss mit Euch reden, Vater«, bat Franziska.

»Jetzt?« Er zeigte auf die vielen Fuhrwerke, die immer noch nicht fertig entladen waren. »Das muss warten. Ich hab jetzt keine Zeit.«

»Es ist wichtig«, drängte sie.

Er schüttelte mit einem Seufzen den Kopf. »Ich weiß, was dir auf dem Herzen liegt. Aber um Martin muss sich das Gericht kümmern. Ich habe bereits nach einem Fürsprecher schicken lassen, der ihn im Prozess vertritt. Mach dir keine Sorgen, die Anschuldigungen werden sich als falsch herausstellen.«

Franziska biss sich auf die Lippe. »Der Bürgermeister will bei der peinlichen Befragung dabei sein«, sagte sie.

Ihr Vater runzelte die Stirn. »Woher weißt du das? Hat das Gericht bereits entschieden? Ohne eine Anhörung?«

»Ich habe gehört, wie der Nachrichter und die Stadtwachen darüber geredet haben«, erwiderte Franziska. »Und ich habe den Toten gesehen.«

Ihr Vater packte sie beim Arm und zog sie in die Halle. »Hast du den Verstand verloren?«, zischte er und bugsierte sie auf die Treppe ins Obergeschoss zu. »Willst du, dass man dich als Mitwisserin verhaftet?«

Angst fuhr Franziska bis ins Mark. »Als Mitwisserin?«

Ihr Vater schob sie in die Stube. Dort drückte er sie auf eine der Bänke und verschränkte die Arme vor der Brust. »Du wirst dich nicht mehr in der Nähe des Herrenhauses oder des Rathauses blicken lassen, bis ich mich um die Sache gekümmert habe!«, befahl er. »Ich werde gleich morgen beim Vogt und beim Bürgermeister vorsprechen und versuchen, das Schlimmste zu verhindern. Vielleicht kann man die Sache mit einer Geldbuße aus der Welt schaffen.«

»Aber Martin ist unschuldig!«

»Das, mein Kind, ist in solch einem Fall von nachrangiger Bedeutung.« Ihr Vater bedachte sie mit einem strengen Blick. »Und jetzt geh ins Kontor und kümmere dich um die Bücher!«

Franziska sah ihm fassungslos nach, als er aus der Stube stürmte. Sie sollte einfach untätig herumsitzen und darauf warten, dass das Schicksal seinen Lauf nahm? Für einen Moment schloss sie die Augen und versuchte, ihr wild klopfendes Herz zu beruhigen. *Was willst du denn sonst tun?*, fragte sie sich. Sie war eine unverheiratete Frau, und als solche war sie kaum in der Lage, sich gegen die mächtigsten Männer der Stadt zu stellen. Folglich blieb ihr nichts anderes übrig, als dem Vater zu gehorchen. Mit einem furchtbaren Gefühl im Bauch kam sie auf die Beine und verließ den Raum, um sich ins Kontor zu begeben.

Sieben

Sabina von Bayern wünschte sich, die Ruhe und der Frieden im Tiergarten würden ewig währen. Nach dem Besuch der Stiftskirche hatte sie sich zurück in die Burg begeben, wo ihr Herzog Ulrich mit einem Gefolge aus Reitern entgegengekommen war. Er hatte sie keines Blickes gewürdigt, und auch sie hatte vorgegeben, ihn nicht zu bemerken, obwohl das kaum möglich war. Wie immer war er von zahllosen Günstlingen und Schmeichlern umgeben, die darauf hofften, von ihm beschenkt oder mit einem Amt bedacht zu werden.

Das lockere Leben, die zahllosen Gastereien und Feste waren nicht nur Sabina ein Dorn im Auge. Auch der Landtag, auf den der Herzog angewiesen war, verweigerte ihm immer wieder weitere Finanzmittel für seinen ausschweifenden Lebenswandel. Sabina begriff nicht, warum Ulrich zu stur war, um auf seine Berater zu hören. Wenn er so weitermachte, stand das Herzogtum vor dem Ruin.

»Ich brauche diese Narren nicht«, hatte Ulrich vor ein paar Tagen gepoltert. »Ich komme auch ohne sie an Geld.«

Allerdings schien sein Vorhaben, den Landtag zu umgehen und eine Vermögenssteuer zu erheben, am Widerstand der reichen Bürger im Herzogtum zu scheitern. Zwar hatten die meisten Städte und Ämter dem Vorschlag seiner Ratgeber zugestimmt, die Reichen zwölf Jahre lang zur Kasse zu bitten. Doch innerhalb der Tübinger und der Stuttgarter Ehrbarkeit regten sich Bedenken. Vor allem die reichsten Bürger und Weinhändler, die auch im Magistrat saßen, verweigerten ihre Zustimmung zu der neuen Abgabe.

Sabina verzog das Gesicht, als hätte sie in etwas Bitteres gebissen. Anstatt sich Sorgen wegen der desolaten Zustände seiner Finanzen zu machen, hatte ihr wundervoller Gemahl natürlich nichts anderes im Kopf, als mit seinem Gefolge zur Jagd zu reiten oder eines dieser hirnlosen Ritterturniere abzuhalten, die ihn so zu begeistern schienen.

Als ein zutrauliches Reh auf sie zukam und sie mit der Nase anstupste, schob sie die Gedanken an Ulrich beiseite und ließ sich von einer ihrer Begleiterinnen ein Stück altes Brot geben, das sie zerbrach und dem Tier reichte.

»Sind sie nicht possierlich?«, säuselte die junge Hofdame.

Sabina streichelte dem Tier den Kopf, wischte sich die Hand an einem Tuch ab, das man ihr reichte, und wandelte weiter durch das grüne Paradies. Überall blühten Rosen, rankten sich um Torbögen und Mäuerchen. Bienen summten, und der Duft von zahllosen Kräutern überdeckte den fauligen Gestank des Wassergrabens. In den Bäumen zwitscherten Vögel, denen die zunehmende Hitze des Sommertages nichts auszumachen schien.

Sabina war froh über den Schatten, den ihr Hut spendete, und über die Wasserspiele, an denen sie sich die Handgelenke kühlen konnte. Sie hatte sich ein Buch mit frommen Texten aus ihren Gemächern bringen lassen und setzte sich in einer kleinen Laube nieder, um wenigstens für einige Zeit so zu tun, als würde Ulrich nicht existieren. Mit einem Seufzen schlug sie das Buch auf und starrte auf die farbenprächtigen Verzierungen.

Während ihre Augen über die Buchstaben glitten, gingen ihre Gedanken jedoch bereits nach kurzer Zeit auf Wanderschaft.

Wie hätte ihr Leben wohl ausgesehen, wenn ihr Onkel, der Kaiser, nicht beschlossen hätte, sie im Alter von sechs Jahren mit dem elfjährigen Ulrich zu verloben? Müsste sie sich dann nicht immer unter Vorwänden nach Urach stehlen, um sich dort mit ihrem Liebhaber zu treffen? Wäre ihr Leben glücklicher? Da ihre Hofdamen sie beobachteten, blätterte sie eine Seite in dem Gebetsbüchlein um, obwohl sie kaum ein Wort gelesen hatte.

Wie so oft seit der Geburt ihrer Tochter dachte sie an die prunkvolle Hochzeit zurück – und an die Enttäuschung, die sie wie ein Faustschlag getroffen hatte, als sie Ulrich das erste Mal zu Gesicht bekommen hatte. Der Märztag, an dem sie mit ihren Brüdern und ihrer Großmutter württembergischen Boden betreten hatte, war sonnig und warm gewesen. Ganz anders als der Empfang, den ihr zukünftiger Gemahl ihr bereitet hatte. Zwar waren sie und ihr Gefolge von einer Delegation des Herzogs begrüßt worden, doch er selbst hatte es erst am nächsten Tag für nötig befunden, ihr vor den Toren Stuttgarts in Begleitung von eintausend Reitern entgegenzukommen. Nie würde sie seinen Anblick vergessen, wie er ganz in Rot gekleidet, mit Gold und Edelsteinen geschmückt, auf seinem Ross auf sie zugetrabt war. Pauken und Trompetenschall hatten ihn angekündigt, und erst als das Getöse verstummt war, waren Sabina und er aufeinander zugeschritten, um sich steif zu umarmen. Selbst Sabinas Brüder hatten ihm den Unwillen und die Unlust angesehen, mit denen er seine Braut empfing.

Ein bitteres Lächeln huschte über ihr Gesicht, als sie an den Spruch dachte, mit dem der Bischof von Konstanz ihnen am nächsten Tag die Ringe an die Finger gesteckt hatte. »Wie dieser Ring rund und von reinem Golde, so soll bündig und rein die Liebe bleiben.« Die Worte kamen ihr inzwischen vor wie blanker Hohn. Voller Abscheu hatte sie sich nach der Zeremonie von Ulrich ins Brautgemach führen lassen, damit er sie dort in das große, kunstvoll gearbeitete Prachtbett mit elfenbeinernen Füßen legen konnte. Glückwünsche und derbe Scherze der Zeugen hatten diese Geste begleitet, die dazu gedacht war, das Beilager feierlich zu symbolisieren.

Sabina zog schaudernd die Schultern hoch, da diese Erinnerung weitere mit sich brachte. Als sie und Ulrich die Ehe in der Nacht ihrer Vermählung vollzogen hatten, war er so betrunken gewesen, dass er es fast nicht geschafft hätte, seine eheliche Pflicht zu erfüllen. Seitdem hatten sie kaum öfter als zwei Dutzend Mal das Lager miteinander geteilt, da ihre Abneigung gegenseitig war. Allerdings befürchtete sie, dass sie sich in Zukunft wieder öfter auf seine Besuche einstellen musste, da es ihr nicht gelungen war, ihm einen Thronfolger zu schenken.

»Oh, seht nur!«, unterbrach eine der Hofdamen ihr dumpfes Brüten. »Wie wunderschön!« Sie zeigte auf einen bunten Schmetterling, der mit den Flügeln wippend auf Sabinas Knie saß.

Sabina betrachtete ihn wehmütig. Wie sehr sie sich manchmal wünschte, genauso frei und unbeschwert zu sein wie die Geschöpfe der Natur. Wenn sie doch nur Flügel gehabt hätte! Dann hätte sie dieses goldene Gefängnis verlassen und ihren widerwärtigen Gemahl für immer vergessen können.

Acht

»Was ist denn das schon wieder für ein Aufruhr?« Franziskas Vater blickte stirnrunzelnd von den Fässern auf, die er mit Kreidezeichen versehen hatte, um die älteren von den neueren zu unterscheiden.

Aus dem Hof drangen laute Stimmen ins Haus.

Franziska, die ihm bei der Arbeit zur Hand ging, hob ebenfalls den Kopf.

Zwei Tage waren seit Martins Verhaftung vergangen, doch bis jetzt schienen die Bemühungen ihres Vaters keine Früchte getragen zu haben. Sollten endlich gute Nachrichten eingetroffen sein? Voller Hoffnung tauschte sie einen Blick mit ihm, als er unwillig die Kreide auf ein Fass legte.

»Herr!« Ein Knecht kam mit hochrotem Kopf in das Gewölbe gerannt, in dem Franziska und ihr Vater sich aufhielten. »Man verlangt nach Euch.«

»*Wer* verlangt nach mir?«

»Stadtsoldaten«, war die aufgeregte Antwort.

Franziska wischte sich die plötzlich feuchten Handflächen am Rock ihrer Fucke ab und sandte ein Dankgebet zum Himmel. Ihr Flehen musste erhört worden sein.

»Das wird aber auch langsam Zeit«, brummte ihr Vater, setzte sich die Samtkappe auf, die er für die Arbeit abgelegt hatte, und folgte dem Knecht in die große Halle.

Franziska schloss sich ihnen an. Durch das offen stehende Tor sah sie eine Gruppe von Stadtwächtern, in deren Mitte sich ein fein gekleideter Herr befand.

»Der Vogt höchstpersönlich«, hörte sie ihren Vater murmeln.

Ihr Herz tat einen Sprung. Wenn der Stadtvogt sich die Mühe machte, bei ihrem Vater zu erscheinen, konnte das nur bedeuten, dass er erfreuliche Nachrichten brachte. Sie blinzelte geblendet, als sie ins Freie trat, und hielt sich im Hintergrund, wie es sich für die Tochter des Hauses ziemte.

»Habt Ihr Neuigkeiten?«, fragte der Vater, nachdem er den Vogt begrüßt hatte.

Dieser nickte mit grimmiger Miene. »In der Tat«, erwiderte er. »Allerdings fürchte ich, dass sie Euch nicht gefallen werden.«

Franziska hielt den Atem an.

Der Vogt gab den Wachen ein Zeichen, woraufhin zwei von ihnen vortraten, um ihren Vater bei den Armen zu packen.

»Was soll das?«, protestierte er.

»Johannes Hochperger, ich verhafte Euch wegen Mitwisserschaft und Beihilfe zum Mord an Moritz Welling.«

Franziska stieß einen Schrei aus.

»Seid Ihr von allen guten Geistern verlassen?«, schimpfte ihr Vater. Er setzte sich mit aller Kraft gegen die Stadtwächter zur Wehr. »Was bezweckt Ihr mit diesem Unfug? Wenn das ein Scherz sein soll, ist es ein überaus geschmackloser. Lasst mich sofort los!«

»Es tut mir leid, Johannes«, sagte der Vogt bedauernd. »Glaubt mir, nichts wäre mir lieber, als Euch sagen zu können, dass wir uns irren. Aber Martin Wengert hat unter der Folter ausgesagt, dass Ihr ein Mitwisser seid.«

»Das sind doch nichts als Lügen!«, wütete Franziskas Vater. »Habt Ihr ihn so lange bearbeitet, bis er gesagt hat, was der Bürgermeister hören wollte? Glaubt Ihr, ich weiß nicht, was hier vor sich geht?« Er versetzte einem der Soldaten einen Tritt, woraufhin dieser ihm den Arm so brutal auf den Rücken drehte, dass ein lautes Knacken zu vernehmen war.

Franziskas Vater brüllte vor Schmerz.

»Lasst ihn los!« Die Lähmung fiel von Franziska ab. Mit geballten Fäusten rannte sie auf die Gruppe zu und schlug blindlings auf einen der Soldaten ein.

Der schien ihre Schläge jedoch kaum zu spüren.

»Lass das, Weib!« Der Vogt packte sie hart beim Arm und zog sie von dem Mann weg. »Oder willst du die Zelle mit deinem Vater und deinem Verlobten teilen?«

Die Drohung sorgte dafür, dass Franziskas Wut verpuffte. Todesangst trat an ihre Stelle.

»Schafft ihn in den Turm!«, befahl der Vogt.

»Nein!« Franziska wollte sich erneut auf die Wachen stürzen, doch ihr Vater hielt sie mit einem scharfen Blick davon ab.

»Alles wird sich aufklären«, presste er durch zusammengebissene Zähne hervor. »Verhalte dich still und sieh zu, dass das Geschäft weiterläuft«, wies er sie an. »Ich bin bald wieder da. Mach dir keine Sorgen.«

»Führt ihn ab!« Der Vogt kehrte dem Hof den Rücken und gab den Soldaten ein Zeichen, ihm zu folgen.

»Vater!«, rief Franziska verzweifelt.

»Tu, was ich gesagt habe!«

»O mein Gott«, wisperte Franziska, als sie den Männern hinterhersah. Wie einen gemeinen Verbrecher zerrten die Stadtwachen ihren Vater weg, und die ersten Schaulustigen hefteten sich bereits an die Fersen des kleinen Zuges. Bis zum Marktplatz würde die Gruppe von Dutzenden umringt sein. Schon bald würde die ganze Stadt über den »großkopferten«

Weinhändler reden, den man verhaftet hatte. Wie sollte sie sich da keine Sorgen machen? Was auch immer Martin den Folterern erzählt hatte, es war gelogen. Wie konnte er so etwas nur tun?

Sie starrte auf die Straße hinaus, bis von den Männern nichts mehr zu sehen war, und zermarterte sich den Kopf, was sie unternehmen konnte, um das Unheil von ihrer Familie abzuwenden. Sollte man ihren Vater auch der peinlichen Befragung unterziehen ... Die Vorstellung war so schrecklich, dass ihr bittere Galle in die Kehle schoss. Mit einem erstickten Laut schlug sie die Hand vor den Mund und rannte in den Garten, um sich auf einen der Misthaufen dort zu erbrechen.

Als ihr Magen nichts mehr hergab, ließ sie sich zitternd auf einen Stein sinken und wischte sich den Schweiß aus dem Gesicht. Der Tag schien plötzlich unerträglich heiß zu sein. »Heilige Muttergottes, hilf mir!«, flüsterte sie. Was hatten die Stadtsoldaten Martin angetan, dass er ihren Vater der Mitwisserschaft bezichtigt hatte? Die Qualen mussten unerträglich gewesen sein. Hatte man ihm auf der Streckbank die Glieder aus den Gelenken gerissen? Oder war er an der Waage mit einem Gewicht an den Füßen aufgezogen worden, die Hände auf dem Rücken gefesselt? Die Möglichkeiten der Folter schienen unerschöpflich zu sein, wenn man dem Gerede der Leute glauben konnte. Franziska zog die Beine an den Körper und schlang die Arme darum. Hätte sie selbst solche Schmerzen ausgehalten, ohne alles zu gestehen, was man ihr vorwarf? Vor ihrem inneren Auge tauchten Bilder von Menschen auf, deren Haut mit Talgkerzen verbrannt wurde, bis sie Blasen warf. Schaudernd vergrub sie den Kopf zwischen den Knien und versuchte, ihre Gedanken zu ordnen. Würde man bei ihrem Vater, einem Mitglied des Magistrats, Milde walten lassen? Oder stand ihm gar noch Schlimmeres bevor? Die Furcht legte sich wie ein Mantel aus Blei um sie und drückte sie zu Boden.

»Herrin?«, schreckte sie einer der Knechte auf.

Franziska zuckte zusammen und hob den Kopf. Mit einer beschämten Geste fuhr sie sich über die Augen und sah zu dem Mann auf, der seit über zehn Jahren in den Diensten ihres Vaters stand. Als sie ein kleines Mädchen gewesen war, hatte sie oft auf seinen Schultern reiten dürfen. »Was soll ich jetzt nur tun, Cuntz?«, fragte sie verzweifelt.

Der Knecht seufzte. »Das, was Euer Vater gesagt hat«, entgegnete er. »Die Anschuldigungen werden sich gewiss als falsch herausstellen.«

»Und wenn nicht?«

»Man wird es nicht wagen, einen so wohlhabenden und wichtigen Mann wie Euren Vater zu foltern wie einen gemeinen Verbrecher«, versuchte Cuntz, sie zu beruhigen.

Franziska lachte freudlos. »Martin ist auch wohlhabend.«

»Aber er sitzt nicht im Rat wie Euer Vater«, hielt Cuntz dagegen. Er streckte Franziska die Hand hin, um ihr aufzuhelfen. »Was soll ich den Fuhrleuten sagen?« Er zeigte auf drei große Wagen, die bis obenhin mit Fässern beladen waren.

Franziska zog die Nase hoch. Dann atmete sie tief ein und straffte die Schultern. »Sag ihnen, sie sollen abladen«, erwiderte sie. Die Anweisung ihres Vaters war eindeutig gewesen. Bis er zurückkam, würde sie dafür sorgen, dass das Geschäft weiterlief.

»Kommt Ihr zurecht?«, fragte Cuntz mit einem besorgten Blick.

Franziska nickte tapfer. Dann machte sie sich auf den Weg ins Kontor, um die nötigen Papiere zu holen und die Fuhrleute zu bezahlen. Die an ihr nagende Furcht drängte sie unter Aufbietung all ihrer Willenskraft zurück. Sie würde nach dem Fürsprecher schicken, den ihr Vater Martin versprochen hatte. Jetzt musste er eben statt eines Angeklagten zwei vor Gericht verteidigen. Als ihr erneut die Kehle eng wurde, stieg Wut in ihr auf. Sie musste aufhören, sich selbst zu bemitleiden. *Sie* war auf freiem Fuß. Wenn sie sich jetzt nicht zusammenriss, waren ihr Vater und Martin auf sich allein gestellt. Und das durfte sie unter keinen Umständen zulassen.

Als sie das Kontor ihres Vaters erreichte, zögerte sie einen Augenblick, ehe sie die Tür öffnete und es betrat. Der wohlbekannte Geruch von warmem Holz, Staub und Papier schlug ihr entgegen. In dem großen Raum stapelten sich unzählige Papierrollen, in Leder gebundene Bücher und Siegelwachsstangen. Auf einem schweren Eichentisch standen ein Lesepult, eine Waage und ein goldenes Kruzifix. Die Brille ihres Vaters lag auf einem Haufen Briefe. Mehrere silberne Probierbecher standen in einem Regal neben dem Buntglasfenster.

Da Franziska ihrem Vater schon seit Längerem bei der Arbeit zur Hand ging, fand sie die Schatulle mit dem Geld für die Läufer, Fuhrleute und Boten sofort. Auch wenn ihr Vater den Schlüsselbund mitgenommen hatte, gelang es ihr doch, die Schatulle zu öffnen. Nachdem sie das Geld eingesteckt hatte, schrieb sie einen Brief an den Fürsprecher, versiegelte ihn und gab ihn einem Botenjungen. »Lauf, so schnell du kannst!«, trug sie ihm auf. Dann ging sie zurück in den Hof, um das Abladen der Fässer zu überwachen und die Weinlieferanten zu bezahlen. Alles würde sich aufklären, redete sie sich selbst ein. Schon bald würden ihr die Ereignisse vorkommen wie ein böser Spuk.

Neun

Während Franziska auf die Antwort des Fürsprechers wartete, lenkte sie sich mit Arbeit ab. Obwohl ihr Vater sie in nahezu alle Belange des Geschäfts eingewiesen, sie wie einen Sohn alles gelehrt hatte, war sie noch nie zuvor auf sich allein gestellt gewesen. Um den teils mitleidigen, teils neugierigen Blicken des Gesindes zu entkommen, verkroch sie sich in dem Gewölbe, in das die Fuhrleute die neuen Weinfässer gerollt hatten, und begann damit, die Waren in ein dickes Buch einzutragen. Die ganze Zeit über versuchte sie, nicht daran zu denken, wie es Martin und ihrem Vater wohl im Augenblick erging. Wenn sie sich nur lange genug einredete, dass alles wieder gut würde, hatte Gott vielleicht ein Einsehen mit ihr.

Sorgsam trug sie den Namen der Weinsorte, den Herkunftsort und die Menge, die ein jedes Fass enthielt, in eine Liste ein. Dann folgten der Wert der Ware und der Preis, den der Kunde für einen Schoppen oder ein ganzes Fass bezahlen musste. Der Wert des Weines, der allein in diesem Teil des Kellers lagerte, war gewaltig. Als sie zu einer Fuhre kam, die als Claret ausgewiesen war, ließ sie mit einem Stirnrunzeln das Buch sinken. Die Fässer, in denen der teure, mit kostbaren Gewürzen und Honig versetzte Wein lagerte, kamen ihr seltsam bekannt vor. Bei genauerem Hinsehen entdeckte sie Überreste von Kreidezeichen, wie sie ihr Vater immer anbrachte. Sie legte das Buch zur Seite und nahm die Stempel und Wachssiegel auf den Deckeln genauer in Augenschein. Diesen zufolge war die Ware in der Ulmer Gräth geprüft und verzollt worden und stammte von südlich der Alpen.

»Wie kann das sein?«, murmelte Franziska. Sie suchte nach einem Fass, bei dem das Siegel den Rand nicht bedeckte, und holte Werkzeug. Vorsichtig, um es nicht zu beschädigen, zog sie die Nägel aus dem Holz und hob den Deckel an. Augenblicklich schlug ihr der starke Geruch von Zimt und Gewürznelken entgegen. Jeden anderen hätte der schwere Duft getäuscht, doch Franziska beugte sich tiefer über das Fass und schüttelte den Kopf.

»Ist etwas nicht in Ordnung?«, fragte Cuntz, der in diesem Moment das Gewölbe betrat. Er bedachte sie mit einem besorgten Blick.

»Dieser Claret …« Franziska richtete sich wieder auf. »Kannst du mir einen Probierbecher bringen?«

Cuntz nickte, verließ den Keller und kehrte wenig später mit dem Becher zurück.

Franziska nahm ihn entgegen.

»Was ist mit dem Wein?«, fragte Cuntz. »Ist er sauer?«

Franziska tauchte den Becher ins Fass und nahm dann einen Schluck. Sie rümpfte die Nase. »Wenn das Claret ist, bin ich die Kaiserin«, sagte sie und hielt Cuntz den Becher hin.

Er machte ein ratloses Gesicht. »Er schmeckt wie Claret«, stellte er fest.

»Nein, das tut er eben nicht«, widersprach Franziska. »Das ist ein Trollinger!«

Cuntz trank noch einen Schluck. »Für mich schmeckt er wie ein Claret«, beharrte er.

Franziska nahm ihm den Becher ab und probierte den Wein erneut. »Jeden anderen könnte man damit täuschen«, sagte sie, nachdem sie geschluckt hatte. »Aber ich weiß, wie ein echter Claret schmeckt. Das hier ist keiner.« Sie legte den Deckel zurück auf das Fass und ließ Cuntz die Nägel wieder ins Holz schlagen.

»Wo ist der Fuhrmann, der den Wein gebracht hat?«, fragte sie.

»Der ist bereits fort«, antwortete Cuntz. Er bedachte Franziska mit einem zweifelnden Blick. »Seid Ihr sicher, dass es nicht doch …?«

»Ja, ich bin sicher«, fiel Franziska ihm ins Wort. »Wäre Vater hier, er hätte es auch sofort bemerkt!« Sie ließ Cuntz stehen, eilte aus dem Gewölbe in den Hof und sah sich nach dem Fuhrmann um. Aber von dem war tatsächlich weit und breit nichts mehr zu entdecken. »Schick einen Burschen zu dem Mann und sag ihm, ich will ihn augenblicklich sprechen!«, trug Franziska Cuntz auf, der ihr in den Hof gefolgt war.

»Wollt Ihr nicht lieber warten, bis Euer Vater wieder im Haus ist?«

Franziska schnaubte. »Das würde ich gerne, aber bis dahin ist der Kerl vielleicht schon über alle Berge. Weißt du, wie viel Schaden unserem Weinhandel entsteht, wenn wir falschen Claret an die Ehrbarkeit oder den Herzog verkaufen? Man könnte meinen Vater des Betrugs bezichtigen!« Sie holte tief Luft und versuchte, sich zu beruhigen. Als ob das jetzt noch etwas ausmachen würde, schien ihr eine Stimme ins Ohr zu raunen. Sie ballte die Fäuste. »Tu, was ich sage!«, befahl sie und machte kehrt, um ins Gewölbe zurückzugehen. Wenn ihnen einer der Fuhrleute gepanschten Wein verkaufte, war in den anderen Fässern vielleicht auch nicht das, was sie eigentlich enthalten sollten.

Die nächste halbe Stunde brachte sie damit zu, die übrigen Weinfässer der Fuhre zu untersuchen, und stellte zu ihrem Verdruss fest, dass sie alle Trollinger enthielten. Etwas anderes fiel ihr jedoch auch noch auf: Sämtliche Fässer mit dem falschen Claret trugen die Spuren von Kreidezeichen ihres Vaters. Ein furchtbarer Verdacht keimte in ihr auf. Wusste ihr Vater von dem Betrug? Hatte er billigen Neckarwein eingekauft und ihn durch ungesetzliche Kniffe erst aus- und dann wieder einführen lassen? Wie sonst sollte sie sich erklären, dass der angebliche Claret das Waag- und Zollhaus in Ulm passiert hatte?

Sie hatte sich gerade vor eines der Fässer gekniet, auf dem die Kreidezeichen besonders deutlich zu sehen waren, als der Laufbursche, den sie zum Fürsprecher geschickt hatte, ins Gewölbe kam. »Ich soll Euch ausrichten, dass der gnädige Herr Euch erwartet«, sagte er.

Franziska sprang auf. Augenblicklich war der Wein vergessen. »Hat er dich begleitet?«, wollte sie wissen.

Der Junge schüttelte den Kopf. »Er erwartet Euch in seinem Haus.«

»Warte hier!«, befahl sie dem Burschen. Dann lief sie ins Obergeschoss, zog sich ein feineres Gewand an und verbarg ihr Haar unter einer züchtigen Haube. »Führ mich hin!«, trug sie dem Jungen auf, als sie zurück ins Erdgeschoss kam.

Der Weg bis zum Marktplatz erschien ihr länger als sonst. Obwohl sie den Kopf gesenkt hielt und die Blicke der Entgegenkommenden mied, hatte sie den Eindruck, dass alle sie anstarrten. Als sie endlich das prächtige Haus des Fürsprechers erreichten, war sie froh, sich ins Innere flüchten zu können.

»Der Herr erwartet Euch bereits«, ließ sie der Mann wissen, der sie eingelassen hatte. Er brachte sie durch einen schmalen Korridor die Treppe ins erste Obergeschoss hinauf, wo er vor einer schweren Eichentür haltmachte, um anzuklopfen.

»Herein!«, erklang eine tiefe Stimme.

Franziska betrat einen großen, lichtdurchfluteten Raum, dessen Fenster beinahe so groß waren wie die der Stiftskirche. Jedenfalls kam es ihr so vor, als sie staunend den Blick zu der hohen Decke wandern ließ, die von dicken Balken getragen wurde.

»Setzt Euch«, lud der Fürsprecher sie ein. Er war ein Mann in mittleren Jahren, dessen Haar bereits aus der Stirn zurückwich. Auf seiner Nase saß eine kleine Brille, und er schien in das Studium eines dicken Folianten vertieft gewesen zu sein, den er jetzt zuklappte und zur Seite legte. »Ihr seid die Tochter von Johannes Hochperger?«

Franziska nickte. »Ihr müsst meinem Vater und meinem Verlobten helfen«, sagte sie. »Sie sind unschuldig!«

Der Fürsprecher nahm seine Brille ab und rieb sich die Augen. »Euer Vater hat mich bereits über die Anschuldigungen informiert, die Eurem Verlobten zur Last gelegt werden. Allerdings hatte niemand damit gerechnet, dass das Gericht so schnell eine peinliche Befragung anordnet.« Er zuckte mit den Schultern. »Nachdem Euer Verlobter gestanden hat, den Sohn des Bürgermeisters getötet zu haben, kann ich für ihn nicht mehr viel tun.«

Als Franziska aufkeuchte, hob er beschwichtigend die Hand.

»Das bedeutet nicht, dass man ihn hinrichtet, sollte man ihn für schuldig befinden. Normalerweise lässt sich so gut wie jede Strafe in eine Geldstrafe oder eine andere Buße umwandeln.« Er fasste Franziska scharf ins Auge. »Ihr seid doch bereit, für das Leben Eures Verlobten zu bezahlen, oder?«

Sie nickte. »Natürlich! Aber es muss doch möglich sein, seine Unschuld zu beweisen!«

»Damit sollten wir uns im Augenblick nicht weiter aufhalten«, entgegnete der Fürsprecher. »Viel wichtiger ist es jetzt, Euren Vater vor der Folter zu bewahren.« Er presste die Lippen aufeinander. »Ein junger Mann kann derlei Marter ertragen, Euer Vater hingegen …« Er brauchte den Satz nicht zu beenden.

Franziska sah ihn flehend an. »Was wollt Ihr unternehmen?«

Der Fürsprecher erhob sich und setzte sich auf die Kante seines Tisches. »Ich will ganz ehrlich zu Euch sein«, sagte er. »Euer Vater würde eine peinliche Befragung nicht überleben. Ich werde mich so schnell wie möglich ins Rathaus begeben, um dort in Erfahrung zu bringen, ob und wann eine Anhörung stattfindet. Wäre Euer Vater ein normaler Bürger, könnten Magistrat und Gericht ohne eine Anhörung über die Befragung entscheiden. Da Euer Vater aber selbst Mitglied des Rates ist, stehen die Dinge anders.«

Franziska kramte ihre Geldkatze hervor. »Wie viel verlangt Ihr als Honorar?«

Der Mann nannte eine stolze Summe.

Franziska zählte die Goldmünzen ab und legte sie auf den Tisch. »Ich will darüber unterrichtet werden, wann die Anhörung stattfindet«, sagte sie tapfer. »Kann ich dabei anwesend sein?«

Der Fürsprecher neigte den Kopf zur Seite. »Ich werde meinen Einfluss geltend machen«, gab er zurück. »Ich lasse nach Euch schicken, sobald ich mehr weiß.« Dann ging er zur Tür, rief nach seinem Bediensteten und schenkte Franziska ein Lächeln. »Macht Euch nicht allzu viele Sorgen. Bisher habe ich noch jeden vor dem Henker bewahrt.«

Zehn

Die Nachricht des Fürsprechers ließ zwei Tage auf sich warten. Es war ein drückend schwüler Morgen, als der Bote in den Hof gelaufen kam.

»Der Herr lässt Euch ausrichten, dass die Anhörung in einer Stunde beginnt«, informierte der Bursche Franziska. »Wenn Ihr dabei sein wollt, soll ich Euch zu ihm bringen.«

Franziska, die gerade einen weiteren Versuch hatte unternehmen wollen, den Fuhrmann mit dem falschen Claret ausfindig zu machen, ließ alles stehen und liegen und folgte dem Burschen zum Haus des Fürsprechers. Der bleigraue, wolkenverhangene Himmel schien ihre Stimmung widerzuspiegeln, das Donnergrollen in der Ferne war wie eine Warnung. Mit jedem Schritt nahm ihre Aufregung zu, und ihre Hand wanderte immer wieder zu dem Kruzifix an ihrem Hals. Gewiss würde Gott ein Einsehen haben.

»Da seid Ihr ja«, begrüßte der Fürsprecher sie, als der Bursche sie zu ihm geführt hatte. Er steckte in einem strengen, altmodischen Tappert, einem knielangen Obergewand, in dem er gewichtig und ernst aussah. In der Hand hielt er einen Stock mit einem silbernen Knauf und ein dickes Buch. »Ihr könnt bei der Anhörung anwesend sein«, sagte er. »Aber Ihr müsst Euch im Hintergrund halten und dürft die hohen Herren auf keinen Fall unterbrechen«, ermahnte er sie.

Franziska nickte. »Wird mein Vater dort sein?«, fragte sie.

Der Fürsprecher bejahte.

»Geht es ihm gut? Habt Ihr ihn gesehen?«

»Er ist wohlauf«, war die Antwort, die Franziska vor Erleichterung beinahe schwindelig machte.

»Und mein Verlobter?«, fragte sie.

»Bleibt in Haft, bis ihm der Prozess gemacht wird«, entgegnete der Fürsprecher. »Aber, wie gesagt, selbst falls er verurteilt werden sollte, gibt es sicher eine Möglichkeit, ihn freizukaufen. Allerdings …« Er verstummte.

»Allerdings?« Franziska sah ihn fragend an.

»Allerdings wäre es dann vermutlich nicht mehr ratsam, eine eheliche Verbindung mit ihm einzugehen«, vervollständigte er den Satz.

»Aber wir sind verlobt!«, protestierte Franziska.

»Ich denke, Ihr solltet nach der Anhörung darüber entscheiden«, wich der Fürsprecher aus. »Wenn Euer Vater wieder auf freiem Fuß ist, wird er sicher die richtige Entscheidung für Euch fällen.«

Die Worte waren wie glühende Nadeln, die sich in Franziskas Herz bohrten. Martin war ihr bester Freund, seit sie denken konnte. Allein die Vorstellung, ihn fallenzulassen wie eine heiße Kastanie, war ungeheuerlich. Sie wollte etwas entgegnen, aber der Fürsprecher war bereits auf dem Weg zur Treppe. Deshalb schluckte sie die Worte, die ihr auf der Zunge lagen, hinunter und eilte ihm nach ins Freie, wo erste dicke Regentropfen auf das heiße Kopfsteinpflaster klatschten.

»Denkt daran«, wiederholte der Fürsprecher, »Ihr dürft die Anhörung auf keinen Fall stören.«

Franziska nickte und folgte ihm schweigend zum Marktplatz, wo ihr Blick von dem Malefizglöckchen auf dem

Dach angezogen wurde. Würde es auch für Martin oder ihren Vater läuten? Was würde aus dem Ansehen ihrer Familie, wenn das Gericht ihren Vater verurteilte?

Der Regen wurde stärker, doch sie erreichten das schützende Dach des Herrenhauses, ehe der Himmel alle Schleusen öffnete. Ein gewaltiger Donner ließ das Gebäude erzittern und die Händler im Erdgeschoss hastig ihre Waren ins Trockene holen. Franziska hielt sich, so gut sie konnte, hinter dem Fürsprecher verborgen und war froh, als sie das Obergeschoss erreichten. Dort dämpften die dicken Steinmauern das Wüten des Unwetters. Als sie den langen Korridor entlanggingen, kamen sie an den Arrestzellen vorbei, vor denen je zwei Stadtsoldaten Wache hielten.

Der Fürsprecher steuerte zielstrebig auf eine hohe Doppeltür mit kostbaren Schnitzereien zu.

Ein Gerichtsdiener vertrat ihnen den Weg.

»Ich bin Ulrich Rüttel, Fürsprecher des angeklagten Johannes Hochperger«, ließ der Fürsprecher den Mann wissen. »Wir sind zur Anhörung geladen. Das ist die Tochter des Beschuldigten.« Er deutete mit dem Kinn auf Franziska.

»Wartet hier!« Der Gerichtsdiener verschwand in dem Raum hinter der Tür und kehrte kurz darauf zurück. »Tretet ein, das hohe Gericht erwartet Euch.«

Franziskas Herzschlag beschleunigte sich, als sie den getäfelten Saal betrat, in dem zwölf Richter und der Vogt auf einem Podest thronten. An den Wänden waren die Wappen der Stadt und des Herzogtums aufgezogen, außerdem prangten farbenprächtige Gemälde zahlreicher Märtyrer und Heiliger über den an diesem Tag zum Großteil unbesetzten Bankreihen. Lediglich im vordersten Teil des Raumes saßen etwa zwei Dutzend reich gekleideter Männer, unter denen Franziska den Bürgermeister erkannte. Trotz der Höhe des Saales war es unerträglich drückend, sodass ihr augenblicklich der Schweiß aus allen Poren trat.

»Hohes Gericht«, begrüßte Ulrich Rüttel die Männer. Er verneigte sich tief.

Franziska tat es ihm gleich.

»Nehmt Platz!«, wies einer der Richter sie an. »Der Gefangene wird aus seiner Zelle geholt.«

Franziska setzte sich stocksteif auf eine der harten Bänke und schlug die Augen nieder. Sie wagte es nicht, einen der mächtigen Männer anzusehen.

Es dauerte eine scheinbare Ewigkeit, bis endlich die Tür geöffnet und ihr Vater in den Raum geführt wurde. Bei seinem Anblick unterdrückte Franziska nur mit Mühe einen Schrei.

Er war bleich, und eine seiner Augenbrauen war blutverkrustet. Sein linker Arm hing schlaff an seiner Seite herab.

Was hatten sie ihm angetan? Sie biss sich auf die Lippe, presste die Handflächen aneinander und flehte zu Gott, dass dieser Tag kein weiteres Unglück bringen möge.

»Führt den Angeklagten vor die Bank!«, befahl der Vogt den Wachen.

Sobald ihr Vater am Kopfende des Raumes angelangt war, kam der Fürsprecher Ulrich Rüttel wieder auf die Beine und trat neben ihn.

»Johannes Hochperger«, hob der Vogt an, »Euch wird vorgeworfen, Mitwisser bei dem feigen Mord an Moritz Welling, dem Sohn des Bürgermeisters, gewesen zu sein.«

Franziska sah, wie sich der Bürgermeister auf seinem Platz nach vorn beugte, als wollte er sich auf ihren Vater stürzen.

Der Vogt schien die Bewegung auch bemerkt zu haben, da er dem Mann einen warnenden Blick zuwarf.

»Die Urgicht von Martin Wengert belastet Euch in dieser Angelegenheit schwer«, setzte der Vogt hinzu.

Franziska stöhnte auf. Natürlich verwendeten sie die Urgicht von Martin, das unter der Folter erzwungene Geständnis, gegen ihren Vater.

»Es geht in dieser Anhörung heute darum, ob wir, das hohe Gericht der Stadt, eine peinliche Befragung gegen Euch anordnen, um diese Mitwisserschaft zu bestätigen.« Der Vogt fasste Franziskas Vater scharf ins Auge. »Es steht Euch frei, sofort hier an Ort und Stelle zu gestehen.«

»Ich bitte um Erteilung des Wortes, ehrenwerter Vogt Gaisberger«, meldete sich Ulrich Rüttel.

Der Vogt nickte.

»Johannes Hochperger ist ein angesehenes Mitglied des Magistrats«, sagte der Fürsprecher. »Seine Familie gehört seit vielen Jahren zur Stuttgarter Ehrbarkeit, zu seinen Kunden zählt der Herzog höchstselbst. Sein Leumund könnte kaum besser sein.«

»Dennoch wird er durch die Aussage eines Mörders schwer belastet«, fiel ihm einer der Richter ins Wort.

Ulrich Rüttel hob die Hand. »Das mag sein«, wandte er ein. »Doch Martin Wengert ist ein weitaus weniger bekannter Mann, ein Weingärtner von recht einfacher Herkunft.«

Franziska holte empört Luft. Martin war alles, aber nicht von einfacher Herkunft. Seiner Familie gehörten einige der wertvollsten Weinberge in Stuttgart.

»Was wiegt mehr?«, fragte der Fürsprecher. »Das Wort eines angesehenen Mannes wie Johannes Hochperger oder das eines Mannes, der blutbesudelt aufgegriffen wurde und den Mord an Moritz Welling gestanden hat?« Ulrich Rüttel machte eine bedeutungsvolle Pause. »Hier«, er zeigte auf Franziskas Vater, »steht ein Mann von untadeligem Leumund. Ich beantrage daher, dass diesem unbescholtenen, ehrbaren Mitglied des Magistrats dieser Stadt das Recht zugestanden wird, sich durch einen Eid zu reinigen.«

»Niemals!«, brüllte der Bürgermeister. Er sprang von der Bank auf und machte Anstalten, sich auf Franziskas Vater zu stürzen.

»Schweigt!«, donnerte der Vogt. Etwas ruhiger setzte er hinzu: »Ich lasse Euch des Gerichts verweisen, wenn Ihr noch einmal den Ablauf stört.«

Der Bürgermeister rang sichtlich um Fassung.

»Es gibt keinerlei Zeugen für das, was Johannes Hochperger zur Last gelegt wird«, nahm der Fürsprecher das Wort wieder auf. »Daher bitte ich darum, ihm den Reinigungseid zu gestatten. Dadurch wäre seine Unschuld genügend bewiesen und eine weitere Befragung in dieser Sache unnötig.«

Franziska sah, wie die Richter die Köpfe zusammensteckten.

Nach einigem Getuschel sagte der Vogt: »Das hohe Gericht muss sich über diesen Antrag beraten. Verlasst den Saal! Wir lassen nach Euch schicken, sobald wir eine Entscheidung gefällt haben.«

Elf

Franziskas Beine drohten ihr den Dienst zu versagen, als sie sich erhob, um den Gerichtssaal zu verlassen. Sobald Ulrich Rüttel an ihre Seite trat, fasste er sie beim Arm und führte sie auf den Gang hinaus, wo er sich nach einem ruhigen Plätzchen umsah.

Wenig später tauchten auch der Bürgermeister und seine Begleiter auf dem Korridor auf. Die Blicke, die Sebastian Welling ihnen zuwarf, waren so hasserfüllt, dass Franziska angst und bange wurde. »Ihr werdet mit Eurem Leben für das bezahlen, was Ihr getan habt!«, zischte der Bürgermeister, als der Gerichtsdiener Franziskas Vater zurück zu seiner Zelle brachte. »Hängen sollt Ihr wie ein gemeiner Verbrecher!«

Franziska spürte, wie sich der Griff des Fürsprechers verstärkte.

»Hört nicht auf ihn«, raunte er ihr ins Ohr. »Wenn wir Glück haben, ist diese Posse bald vorbei.«

Franziska sah wütend zu ihm auf. »Warum habt Ihr Martin so schlecht gemacht?«, fragte sie. »Er ist ein ebenso angesehenes Mitglied der Gesellschaft wie mein Vater!«

Ulrich Rüttel bedachte sie mit einem milden Blick. »Mag sein«, erwiderte er. »Aber darum geht es heute nicht. Euer Verlobter hat sein Schicksal durch seine Urgicht besiegelt. Ich kann nur noch versuchen, seine Strafe umzuwandeln. Mehr kann ich nicht für ihn tun.« Er zuckte mit den Schultern. »Damit werdet Ihr Euch abfinden müssen. Euer Vater hingegen hat noch keinen solchen Fehler begangen. Und, wenn es nach mir geht, wird es so weit auch nicht kommen.«

»Wenn er einen Reinigungseid ablegt, lässt das Gericht ihn dann frei?«, wollte Franziska wissen.

Ulrich Rüttel seufzte. »Der Eid ist ein sehr altes Rechtsmittel. Vor vielen Gerichten wird er nicht mehr angewandt. Sollten die Richter den Eid ablehnen, dann stehen die Dinge schlecht. Allerdings könnte das hohe Gericht im Fall Eures Vaters durchaus bereit sein, eine Ausnahme zu machen.«

Franziskas Mut sank.

»Hat dieses lose Weib auch etwas mit dem Mord an meinem Jungen zu tun?«, unterbrach der Bürgermeister ihr Gespräch.

Franziska wich erschrocken einen Schritt zurück, als Sebastian Welling Anstalten machte, auf sie loszugehen.

Zwei seiner Begleiter hielten ihn jedoch an seinem Rock fest. »Lasst das Gericht entscheiden«, sagte einer von ihnen eindringlich. »Sie ist nur ein Weib.«

»Eva war auch ein Weib!«, spuckte der Bürgermeister aus.

»Mein Vater ist unschuldig!«, sagte Franziska mit zitternder Stimme.

Der Fürsprecher trat vor sie und richtete sich zu seiner vollen Größe auf. »Warum warten wir nicht alle ab, was das hohe Gericht zu sagen hat? Der Tod Eures Sohnes ist eine furchtbare Tragödie. Aber wäre es nicht eine Todsünde, wenn ein Unschuldiger durch Zorn und Hass sein Leben verlieren würde?«

»Hört auf, große Reden zu schwingen!«, fauchte der Bürgermeister. »Euresgleichen gehört gleich mit ins Loch!«

»Ihr seid aufgebracht«, entgegnete der Fürsprecher ruhig. »Wir sollten abwarten, was der Vogt und die Richter entscheiden.« Mit diesen Worten drehte er dem Bürgermeister den Rücken zu und zog Franziska weiter zum anderen Ende des Ganges, wo sich eine kleine Nische befand.

Dort warteten sie, bis eine halbe Stunde später die Tür des Gerichtssaals aufging und der Gerichtsdiener rief: »Das hohe Gericht hat entschieden.«

Franziska spürte Furcht in sich aufsteigen. Was, wenn die Richter den Eid ablehnten? War ihr Vater dann verloren?

»Wartet, bis der Bürgermeister im Saal ist«, raunte Ulrich Rüttel ihr ins Ohr. »Wir sollten ihm nicht unnötig in die Quere kommen.«

Sobald Sebastian Welling und seine Begleiter den Gang verlassen hatten, löste sich der Fürsprecher aus der Nische und ging voran.

Beim erneuten Betreten des Raumes hatte Franziska das Gefühl, dass die Luft noch schlechter, die Hitze noch drückender war als zuvor.

Die Mienen der Richter verrieten nichts. Sie warteten, bis zwei Wachen Franziskas Vater zurück in den Raum führten.

Ein Gerichtsdiener schloss die Tür hinter ihnen.

»Johannes Hochperger«, hob der Vogt an, nachdem Ruhe im Saal eingekehrt war. »Das hohe Gericht ist zu einer Entscheidung gekommen.« Er machte eine bedeutungsvolle Pause.

Franziska umklammerte ihr Kruzifix.

»Aufgrund der Schwere der Tat lehnt das Gericht den Reinigungseid ab.«

Franziska glaubte, ihren Ohren nicht zu trauen. »Was?«, hauchte sie.

»Dem Himmel sei Dank!«, frohlockte der Bürgermeister. »Und ich hatte schon befürchtet, Ihr …«

»Schweigt!«, dröhnte der Vogt. »Dies ist die letzte Verwarnung. Wenn Ihr das Gericht noch einmal unterbrecht, lasse ich Euch nicht nur des Saales verweisen, sondern verhänge zudem ein Bußgeld von eintausend Gulden!«

Das Gesicht des Bürgermeisters nahm die Farbe reifer Kirschen an. Einen Moment lang sah es so aus, als wollte er protestieren, doch dann ließ er sich mit einem Schnauben zurück auf die Bank fallen und verschränkte die Arme vor der Brust. Seine Blicke schienen Franziskas Vater jedoch durchbohren zu wollen.

»Das hohe Gericht ordnet hiermit die peinliche Befragung des Beschuldigten an«, fuhr der Vogt fort.

»Dagegen legen wir Berufung ein!«, rief der Fürsprecher.

Der Vogt schüttelte den Kopf. »Das ist nicht möglich. Eigentlich solltet Ihr Euch dessen bewusst sein. Ihr könnt erst Berufung beim Gericht von Landhofmeister und Räten einlegen, wenn Euer Mandant angeklagt und verurteilt worden ist.« Er musterte Franziskas Vater, der die Entscheidung mit steinerner Miene hinnahm. »Falls Ihr unschuldig seid«, wandte der Vogt sich an ihn, »habt Ihr nichts zu befürchten. Dann wird Gott Euch die Kraft geben, die Befragung auszuhalten, bis Eure Unschuld bewiesen ist.«

Franziska stöhnte. Hatte der Fürsprecher nicht gesagt, die Folter würde ihren Vater töten? Wieso stand er einfach nur da und schwieg? Gab es wirklich nichts mehr, was er gegen den Richterspruch tun konnte? Sie widerstand nur mit Mühe dem Drang, aufzuspringen und das Gericht um Gnade für ihren Vater anzuflehen. Als sich der Bürgermeister umdrehte und sie mit einem hasserfüllten Blick bedachte, legte sich eine Gänsehaut über ihre Arme. Würde sie auch im Loch landen?

»Bringt ihn zur Befragung in den Gefängnisturm!«, ordnete der Vogt an. Dann erhob er sich und entließ die Versammlung mit einem knappen Nicken.

Bevor die Soldaten ihren Vater wieder packen und abführen konnten, beugte sich der Fürsprecher zu ihm hinüber und flüsterte ihm etwas ins Ohr.

Franziskas Vater runzelte die Stirn, dann nickte er.

Als Ulrich Rüttel weiter auf ihn einreden wollte, traten die Wachen dazwischen und drängten ihn beiseite.

Franziska blieb wie angewurzelt auf der Bank sitzen. Ungläubig verfolgte sie, wie die Bewaffneten ihren Vater zum Ausgang führten, wo sich ein weiterer Büttel zu ihnen gesellte.

»Kommt!« Die Stimme des Fürsprechers drang wie aus weiter Ferne zu ihr vor. »Wir sollten verschwinden, bevor der Bürgermeister sich dazu entschließt, Euch zu seinem nächsten Opfer zu erküren.« Er zog Franziska auf die Beine und schob sie auf die Flügeltür zu.

»Was … Was soll jetzt werden?«, stammelte sie, als sie das Herrenhaus verließen und auf den regennassen Marktplatz traten.

Die Sonne blitzte bereits wieder durch die dicken Wolken, und die Feuchtigkeit hing wie eine Glocke über der Stadt.

»Jetzt bleibt uns nichts anderes übrig als zu hoffen, dass Euer Vater der Befragung standhält«, seufzte Ulrich Rüttel.

Franziska sah furchtsam zu ihm auf. »Und wenn nicht?«

»Dann wird er vermutlich zusammen mit Eurem Verlobten zum Tode verurteilt«, war die Antwort.

»Großer Gott!« Franziska schlug die Hände vors Gesicht. Die Angst um die beiden Männer, die sie liebte, drohte ihr den Verstand zu rauben.

»Bleibt ruhig«, riet der Fürsprecher. »*Falls* man Euren Vater ebenfalls für schuldig befindet, besteht auch hier die Möglichkeit, die Strafe in eine mildere Buße umzuwandeln. Allerdings wird er dann vermutlich der Stadt verwiesen.«

Franziska schüttelte mutlos den Kopf.

»Oder«, fuhr Ulrich Rüttel fort, »wir legen Berufung beim Gericht von Landhofmeister und Räten ein und hoffen darauf, dass das Urteil gegen Euren Vater dort für ungültig erklärt wird.

Damit wäre sein Ruf wiederhergestellt und alle Schuld von ihm gewiesen.«

»Was habt Ihr ihm gesagt?«, wollte Franziska wissen.

Der Fürsprecher verzog das Gesicht. »Ich habe ihm geraten, sich schuldig zu bekennen, falls er die Schmerzen nicht mehr aushält.«

»Ihr habt *was?*«, fragte Franziska entsetzt.

»Wenn man ihn so lange foltert, bis sein Herz versagt oder er an …« Er brach den Satz ab. »Bekennt er sich schuldig, haben wir die Möglichkeiten, die ich Euch bereits genannt habe. Stirbt er in der Fragstatt, wird der Magistrat Euer gesamtes Hab und Gut beschlagnahmen und Euch entweder ebenfalls verhaften lassen oder aus dem Haus jagen.«

Franziska wich entsetzt einen Schritt zurück. »Ist so etwas möglich?«

Ulrich Rüttel nickte. »Ihr könnt sicher sein, dass der Bürgermeister all seinen Einfluss geltend machen wird, um den Tod seines Sohnes zu rächen.«

Zwölf

Sabina von Bayern wandte desinteressiert den Blick von den Stadtwachen und ihrem Gefangenen ab und richtete ihre Aufmerksamkeit wieder auf ihre Stute. Sie kam von einem ausgedehnten Ausritt am Ufer des Neckars zurück und sehnte sich danach, die verschwitzten Kleider auszuziehen und sich mit kaltem Wasser zu erfrischen. Zwar war sie unterwegs von einem heftigen Gewitter überrascht worden, doch sie und ihre Begleiter hatten in einem Gehöft Schutz gefunden. Das Toben der Elemente war seltsam befreiend gewesen, und Sabina fühlte sich nicht mehr ganz so niedergedrückt wie vor ihrem Ausritt.

Mit hoch erhobenem Kopf trabte ihr Reittier auf den herzoglichen Stall zu, wo ein Bursche Sabina aus dem Sattel half und ihr die Zügel der Stute abnahm. Mit beschwingtem Schritt machte sie sich auf den Weg in den Burghof, auf dem Ulrich sie beinahe mit seinem Rappen niedertrampelte.

Ohne sie eines Blickes zu würdigen, sprang er aus dem Sattel und machte Anstalten, auf den Eingang zum Dürnitzbau zuzustürmen.

»Warst du wieder bei *ihr*?«, schickte Sabina ihm eisig hinterher. Die Worte hatten ihren Mund verlassen, ehe sie es sich anders hatte überlegen können.

Ulrich hielt mitten in der Bewegung inne. Langsam drehte er sich um und bedachte sie mit einem so verächtlichen Blick, dass sich ein Stachel in Sabina aufrichtete. Seine Wangen waren gerötet, die Augen glänzten beinahe fiebrig.

Seine Leibgarde lauerte angespannt im Hintergrund.

»Was hast du gesagt?«, fragte er gefährlich ruhig.

»Das hast du sehr wohl gehört«, schoss Sabina zurück. Sie streifte ihre Reithandschuhe ab und schritt energisch auf ihn zu. »Warst du wieder bei *ihr*?«

Ulrichs Mund verzog sich zu einem abfälligen Lächeln. »Ich habe nicht die geringste Ahnung, was du meinst«, gab er zurück. Dann machte er auf dem Absatz kehrt und verschwand in der Burg.

Wut wallte in Sabina auf. Wofür hielt sich dieser widerliche kleine Emporkömmling? Mit geballten Fäusten setzte sie ihm nach, die Blicke des Gesindes ignorierend. Bei der Treppe, die ins Obergeschoss führte, holte sie ihn ein. »Ich bin deine Gemahlin«, zischte sie. »Du wirst mir Rede und Antwort stehen!«

Ulrich wirbelte zu ihr herum. Auf seiner Stirn pulsierte eine Zornesader. »So, werde ich das?«, stieß er zwischen zusammengebissenen Zähnen hervor. Ehe Sabina reagieren konnte, packte er sie grob beim Handgelenk und zerrte sie die Treppe hinauf. Oben angekommen, stieß er sie in ihre Gemächer. »Raus!«, herrschte er die Hofdamen an, die daraufhin erbleichten und davonstoben wie eine aufgescheuchte Hühnerschar.

»Lass mich los!« Sabina befreite sich wütend von seinem Griff und stemmte die Hände in die Hüften. Da sie beinahe so groß war wie Ulrich, funkelte sie ihn fast auf Augenhöhe an. »Wie lange hast du vor, mich und deinen Stallmeister noch mit diesem ehrlosen Geplänkel zu demütigen?«, fauchte sie. »Dir ist sicher nicht entgangen, dass eine Kebsehe mit diesem ehrlosen Weib nicht möglich ist!«

Ulrich erbleichte vor Zorn. »Du wagst es, Ursula zu beleidigen?«

Sabina lachte. »Wer beleidigt hier wen?«

Ohne Vorwarnung holte Ulrich aus und versetzte ihr einen so brutalen Schlag, dass sie nach hinten taumelte. »Wag es nicht noch einmal, so mit mir zu reden!«, keuchte er.

Sabinas Wut verwandelte sich in blanken Hass. Obwohl ihr Kiefer schmerzte, als ob ein Pferd sie getreten hätte, holte sie aus und verabreichte Ulrich eine schallende Ohrfeige. »Und du, wag es nicht noch einmal, Hand an mich zu legen!« Sie ohrfeigte ihn erneut. »Vergiss niemals, dass du der Sohn eines Grafen bist! Hätte dich dein Onkel nicht als seinen Sohn angenommen, würdest du irgendwo um Almosen betteln!« Sie baute sich vor Ulrich auf, die Fäuste zum Kampf erhoben. »Du bist genauso verrückt wie dein Vater! Du gehörst mit ihm in Hohenurach eingesperrt!«

»Mein Vater ist nicht verrückt!«, stieß Ulrich gepresst hervor. Einen Augenblick sah es so aus, als ob er sein Schwert ziehen und sich auf Sabina stürzen wollte, doch im letzten Moment schien er es sich anders zu überlegen. »Bist du deshalb so oft in Urach, damit du dir voller Schadenfreude vorstellen kannst, wie es meinem Vater ergeht?«

Sabina schnaubte. »Dein Vater ist mir ebenso gleichgültig wie du. Was mir nicht gleichgültig ist, ist mein Ruf. Und den wirst du nicht weiter mit dieser Hure beflecken!«

Ulrichs Kiefermuskeln arbeiteten heftig. »Du bist meine Gemahlin«, knurrte er. »Und als meine Gemahlin bist du mir untertan. Es ist mir vollkommen gleichgültig, wie viele Kaiser du in deiner Familie hast. *Ich* bin dein Gatte!« Er machte einen Schritt auf Sabina zu.

Sie funkelte ihn drohend an.

»Sprich nie wieder von Ursula«, zischte er. »Oder ich schwöre dir, dass dir bei einem deiner Ausflüge nach Urach etwas zustößt. Dir und deinem Bastard!«

Alle Farbe wich aus Sabinas Gesicht. »Du würdest es nicht wagen, deiner Tochter etwas anzutun!«

»*Meiner* Tochter?«, höhnte Ulrich. »Würdest du das bei Gott und allen Heiligen schwören?« Er stach mit dem Zeigefinger nach Sabinas Brust. »Halt dich fern von mir. Dann wird niemand deinem Onkel, dem Kaiser, die hässliche Nachricht von deinem Tod überbringen müssen.« Er reckte streitlustig das Kinn, dann ließ er Sabina stehen und stürmte davon.

Sabina ließ die angehaltene Luft aus der Lunge entweichen. »Das wagst du nicht, du Wurm!«, stieß sie hervor. Doch trotz ihrer Wut griff Furcht nach ihrem Herzen.

Dreizehn

Der Weg nach Hause dauerte länger als sonst. Obwohl der Regenguss viele Stuttgarter in ihre Häuser getrieben hatte, war das Gedränge auf dem Marktplatz immer noch so dicht, dass sie nicht ungehindert vorwärtskam.

»Bleibt ruhig und verhaltet Euch wie immer«, riet ihr der Fürsprecher, als er sich von ihr verabschiedete. »Und gebt die Hoffnung nicht auf. Noch ist nicht alles verloren. Euer Vater ist ein tapferer Mann.«

Franziska konnte nur hoffen, dass er recht hatte. Es kostete sie große Anstrengung, nicht die ganze Zeit daran zu denken, dass ihr Vater vermutlich in ebendiesem Moment an der Waage aufgezogen und befragt wurde. Er war klug. Sollte das, was Ulrich Rüttel gesagt hatte, wirklich möglich sein, dann war sein Leben trotz Martins Verrat vielleicht noch zu retten. Obwohl ihr das Mitleid für Martin das Herz schwer machte, ertappte sie sich dabei, wie sie ihn dafür verurteilte, dass er nicht stärker gewesen war. Ihm musste klar gewesen sein, was er mit seiner Aussage anrichtete. Wenn er der Mörder war … Sie wischte den Gedanken mit einer ärgerlichen Geste beiseite und bahnte sich einen Weg durch die engen Gassen.

Als sie am Haus des Bürgermeisters vorbeikam, wandte sie hastig den Kopf ab. Der Hass im Blick von Sebastian Welling war überwältigend gewesen. Als er sie angesehen hatte, war Franziska heiß und kalt geworden. Der Bürgermeister war ein Mann, der alles daransetzen würde, ihren Vater und ihre Familie zu vernichten. Für ihn schien nur eines zu zählen: Rache für den Tod seines Sohnes.

Mit einem Gefühl, als lasteten alle Bürden der Welt auf ihren Schultern, erreichte sie schließlich ihr Haus, wo sie von Cuntz empfangen wurde.

»Was ist mit unserem Herrn?«, fragte er atemlos. »Wie hat das Gericht entschieden?«

Franziska seufzte. »Er wird vom Nachrichter und den Schöffen befragt«, antwortete sie.

Cuntz erbleichte. »In der Fragstatt?«

Sie nickte. »Der Fürsprecher hat ihm geraten, sich schuldig zu bekennen, falls er die Marter nicht mehr aushält.« Ihre Stimme erstickte. Ohne Vorwarnung schossen ihr die so lange zurückgehaltenen Tränen in die Augen.

»Nicht doch!« Cuntz tätschelte ihr ungeschickt den Arm.

Franziska schlug die Hand vor den Mund und rannte an ihm vorbei ins Haus, um sich im Kontor ihres Vaters zu verkriechen. Dort ließ sie sich in einen ledernen Sessel fallen und weinte, bis sie die Erschöpfung übermannte. Zitternd trocknete sie sich die Augen und starrte blicklos aus dem Fenster.

Irgendwann, sie wusste nicht, wie viel Zeit verstrichen war, erklang ein Klopfen an der Tür. »Herrin?«

Franziska hätte sich am liebsten unsichtbar gemacht. Da sie jedoch in Abwesenheit ihres Vaters für Haus und Geschäft verantwortlich war, konnte sie sich das nicht leisten. Es musste weitergehen. Sie erhob sich, schöpfte ein paarmal tief Atem und öffnete die Tür. »Ich komme«, sagte sie so gefasst wie möglich.

Cuntz wirkte erleichtert. »Unten warten Fuhrleute und Läufer«, sagte er.

Franziska holte Geld aus der Schatulle ihres Vaters und steckte es in ihre Geldkatze. Dabei fiel ihr der gepanschte Wein im Gewölbe ein. »Hast du inzwischen den Fuhrknecht ausgemacht, der den Claret geliefert hat?«, fragte sie.

Cuntz schüttelte den Kopf. »Man hat mir gesagt, dass er die Stadt bereits wieder verlassen hat.« Er runzelte die Stirn. »Ich kann nicht glauben, dass jemand so dumm wäre, Trollinger irgendwo anders zu panschen und dann nach Stuttgart einzuführen. Der Weinzoll, der an den Toren entrichtet werden muss, ist hoch.«

»Der Profit, den man mit Claret macht, ist höher, glaub mir«, entgegnete Franziska. »Dieser Betrug ist auf jeden Fall ein gutes Geschäft.«

Cuntz nagte auf seiner Lippe herum, bevor er die Frage stellte, die Franziska ebenfalls bewegte: »Glaubt Ihr, Euer Vater wusste davon?«

Franziska blies die Wangen auf. »Ich weiß nicht mehr, was ich glauben soll«, seufzte sie. »Bis vor ein paar Tagen dachte ich, dass ich bald mit Martin vor den Altar trete. Jetzt sitzen mein Verlobter und mein Vater im Loch und Martin wird vermutlich aus der Stadt verbannt.« Sie schüttelte den Kopf. »Ich habe das Gefühl, nichts ist so, wie es scheint.« Sie legte die Hand auf ihr Kruzifix. »Warum straft uns Gott so fürchterlich? Was haben wir getan, um seinen Zorn auf uns zu ziehen?«

Cuntz wich ihrem Blick aus.

Franziska wischte sich erneut die Augen, dann ging sie voran ins Erdgeschoss. Den Rest des Tages brachte sie mit Arbeit zu, und als die Knechte am Abend endlich das schwere Hoftor schlossen, fühlte sie sich wie gerädert. Um nicht einsam in der Stube das Essen einzunehmen, setzte sie sich mit dem Gesinde in der Küche an den Tisch. Doch die Stimmung war gedrückt und niemand wagte auszusprechen, was er dachte. Schließlich erhob sich Franziska und zog sich in ihre Kammer zurück.

Schlaf fand sie in dieser Nacht jedoch nur wenig. Immer wieder schreckte sie aus Träumen auf, in denen Martin und ihrem Vater die schlimmsten Dinge angetan wurden. Noch bevor der erste Hahnenschrei erklang, war sie wieder auf den Beinen und ging ins Gewölbe, um die Fässer mit dem falschen Claret erneut in Augenschein zu nehmen. Im Licht ihrer Kerzenlampe waren die Kreidezeichen auf dem Holz fast noch besser zu sehen. Obwohl sie gehofft hatte, Grund zum Zweifeln zu finden, musste sie sich schließlich eingestehen, dass es keinen gab. Es konnte kein Zufall sein, dass sämtliche Fässer aus dem Keller ihres Vaters stammten. Kannte sie ihn wirklich so schlecht? Und wenn sie sich in ihrem Vater getäuscht hatte, wie stand es dann mit Martin? Machte sie sich nur etwas vor? War es möglich, dass er den Sohn des Bürgermeisters doch ermordet hatte? Sie setzte sich auf einen dreibeinigen Hocker und starrte ins Leere.

Als einige Zeit später Leben ins Haus kam, verließ sie das Gewölbe, aß eine Schale warmen Haferbrei und beschloss, den Morgen im Kontor zu verbringen. Auf dem Schreibtisch ihres Vaters stapelten sich Dutzende von Briefen, die er offenbar noch nicht beantwortet hatte. Obwohl ihr Herz schwer und ihre Gedanken woanders waren, zwang sie sich dazu, ein Siegel nach dem anderen zu brechen und die Schreiben zu überfliegen. Die meisten davon waren von einer gewissen Dringlichkeit, weshalb sie zum Federkiel griff und Papierbogen um Papierbogen mit ihrer sauberen Handschrift füllte. Als sie schließlich den letzten Brief versiegelt und mit dem Namen des Empfängers versehen hatte, rief sie einen Läufer und beauftragte ihn damit, die Nachrichten abzuliefern.

Dann ging sie hinunter in die Halle, um dort nach dem Rechten zu sehen. Sie war kaum im Erdgeschoss angelangt, als ihr Blick durch das offen stehende Tor in den Hof fiel. Dort tauchten in diesem Moment Männer mit grimmigen Mienen in Begleitung mehrerer Stadtwächter auf.

Franziska blieb wie angewurzelt stehen.

»Seid Ihr die Tochter von Johannes Hochperger?«, fragte einer der Männer, nachdem ein Knecht ihnen den Weg zur Halle gewiesen hatte.

Franziska nickte. In ihrem Hals saß ein gewaltiger Kloß, der ihr das Schlucken unmöglich machte.

»Wir kommen im Namen des Stadtgerichts«, ließ der Mann sie wissen. Er hielt ihr eine versiegelte Schriftrolle entgegen.

»Was ist das?«, fragte Franziska. »Kommt mein Vater frei?«

Anstelle einer Antwort deutete der Mann auf die Rolle. »Lest!«

Franziskas Hände gehorchten ihr kaum, als sie das Siegel brach, das Schriftstück entrollte und die Worte darauf anstarrte, als wären sie in einer fremden Sprache geschrieben. In schwungvollen Lettern stand unter dem Wappen der Stadt und des Herzogs:

> *Hiermit befehlen Vogt und Gericht der Stadt Stuttgart die sofortige Beschlagnahmung aller Besitzungen des Weinhändlers Johannes Hochperger.*

Franziska schüttelte ungläubig den Kopf. Hatte der Fürsprecher nicht gesagt, dass so etwas nur passieren werde, falls ihr Vater verurteilt wurde? »Das kann nicht sein«, hauchte sie.

Der Mann gab seinen Begleitern ein Zeichen, woraufhin diese sich im Hof und in der Halle verteilten.

»Ihr und Euer Gesinde werdet das Haus sofort verlassen!«, befahl er.

»Was?« Franziska ließ das Schriftstück sinken. »Aber …«

»Bringt sie vom Hof!«, wies er die Wachen an. »Sofort!«

Vierzehn

»Das dürft Ihr nicht tun!«, protestierte Franziska. Sie zerknüllte das Schreiben und pfefferte es dem Mann vor die Füße. »Mein Vater ist unschuldig!«

»Das Gericht hat entschieden«, war die Antwort. »Dieser Besitz steht ab jetzt unter der Aufsicht des Magistrats und des Bürgermeisters.«

»Des Bürgermeisters?« Franziska spürte, wie ihr die Hitze in die Wangen stieg. »Seht Ihr denn nicht, was hier passiert? Das ist Unrecht! Mein Vater hatte nichts zu tun mit dem Mord an Moritz Welling.«

»Stellt Ihr die Entscheidung des hohen Gerichts infrage?« Ein drohender Unterton schwang in der Stimme des Mannes mit.

Franziska hielt sich mit Mühe davon ab, ihm ins Gesicht zu schleudern, was sie von dem hohen Gericht hielt. Stattdessen zeigte sie auf die vielen Fuhrwerke im Hof. »Diese Waren …«

»… sind jetzt nicht mehr Euer Problem.« Der Mann gab den Wachen ein Zeichen, woraufhin diese vortraten und Franziska flankierten. »Geleitet sie vom Hof!«

»Aber ich habe gar nichts bei mir!« Franziska zeigte aufs Haus. »Kann ich …?«

»Bringt sie fort!«, fiel der Mann ihr ins Wort.

Die Soldaten packten sie bei den Armen und führten sie aufs Tor zu, vor dem sich bereits eine kleine Menschenmenge versammelt hatte.

»Was ist denn?«, fragte einer ihrer Nachbarn.

»Was wollen die Wachen bei euch?«, erkundigte sich ein anderer.

»Stimmt es, dass man deinen Vater verhaftet hat?«

Franziska senkte beschämt den Blick. Wie sollte sie den Menschen, mit denen sie all die Jahre in unmittelbarer Nachbarschaft gelebt hatte, erklären, was vor sich ging? Würden sie ihr glauben? Oder waren sie insgeheim schadenfroh über das Unglück des reichen Weinhändlers?

»Wenn Ihr versucht zurückzukehren, werdet Ihr festgenommen«, warnte sie einer der Soldaten, als sie die nächste Kreuzung erreichten. »Habt Ihr verstanden?«

Franziska nickte.

Die Männer ließen sie los und machten kehrt, um zurück zum Haus ihres Vaters zu eilen. Wenig später tauchte Cuntz auf. Er wirkte ebenso niedergeschmettert, wie Franziska sich fühlte.

»Was sollen wir denn jetzt tun?«, fragte sie und sah hilfesuchend zu ihm auf. »Wir können doch nicht zulassen, dass sie uns alles wegnehmen.«

Cuntz zuckte mit den Schultern. »Wenn das Gericht beschlossen hat, Euren Vater zu enteignen, steht es vermutlich nicht gut um ihn.«

Franziska stöhnte. Hatte ihr Vater den Rat des Fürsprechers befolgt und ein Verbrechen gestanden, das er nicht begangen hatte? Sie fuhr sich mit der Zunge über die Lippen. Wo sollte sie jetzt hin? Sie hatte nichts am Leib außer ihrer Fucke, und in ihrer Geldkatze waren kaum mehr als zwei Gulden. Mit dem restlichen Geld hatte sie die Fuhrleute bezahlt. Warum war sie nicht sofort zurück ins Kontor gegangen, um den Beutel aufzufüllen? Sie fasste einen Entschluss. »Ich gehe zum Fürsprecher«, ließ sie Cuntz wissen. »Er muss dafür sorgen, dass dieser Richterspruch aufgehoben wird.«

Cuntz sah sie zweifelnd an. »Das kann dauern«, sagte er nach kurzem Schweigen. »In der Zwischenzeit werde ich mir eine andere Anstellung suchen müssen.«

Franziska fasste ihn bei den Händen und blickte ihm in die Augen. »Es tut mir leid, Cuntz.«

»Es ist nicht Eure Schuld«, gab er zurück. »Die Wege des Herrn sind unergründlich. Wer hätte ahnen können, dass Euer Vater verhaftet wird?« Er machte sich von ihr los. »Werdet Ihr zurechtkommen?«

Franziska nickte tapfer, obwohl ihr Tränen in den Augen brannten. Noch niemals zuvor hatte sie sich so verloren gefühlt.

Cuntz öffnete den Mund, um etwas zu sagen, besann sich dann jedoch eines Besseren. Mit einem Seufzen wandte er sich von ihr ab und ging in Richtung Marktplatz davon. Nach ein paar Schritten machte er jedoch halt, wandte sich zu ihr um und sagte: »Ich schließe Euch in meine Gebete ein.«

Franziska sah ihm nach, bis er zwischen Handkarren, Reitern und Fußvolk verschwunden war. Dann straffte sie die Schultern und machte sich auf den Weg zum Haus des Fürsprechers.

»Der Herr ist nicht da«, empfing sie ein Bediensteter. »Er ist bei Gericht.«

»Dann werde ich auf ihn warten«, sagte Franziska.

»Ich weiß nicht, wann er zurückkommt«, versuchte der Mann, sie abzuwimmeln. »Es wird gewiss einige Stunden dauern.«

Da Franziska kein Dach mehr über dem Kopf hatte, war es ihr vollkommen gleichgültig, wie lange es dauerte. »Ich warte«, beharrte sie.

Dem Bediensteten war anzusehen, dass es ihm nicht besonders behagte, sie in die Stube zu führen und dort allein zu lassen. Vielleicht fürchtet er, dass ich seinen Herrn beraube, dachte Franziska grimmig. Vermutlich lauerte er draußen auf dem Gang, um sicherzugehen, dass sie in der Stube blieb.

Sie sah sich in dem großen Raum um. Wände und Decke waren getäfelt, der Boden mit bunten Tonfliesen geschmückt. An den Wänden hingen kostbare Teppiche, und der großzügige Kachelofen spendete im Winter sicher wohlige Wärme. Von der Decke hing ein Vogelkäfig, in dem eine Drossel saß. Das Tier beäugte sie mit schief gelegtem Kopf und kleinen schwarzen Augen. »Du hast es gut in deinem Käfig«, murmelte Franziska. Wenigstens brauchte sich der Vogel keine Sorgen darum machen, wo er schlief und was er essen sollte. Ihre Hand wanderte zu der Geldkatze an ihrem Gürtel, während sie sich fragte, wie lange ihre Mittel für einen Gasthof ausreichen würden. Und was würde geschehen, wenn das Gericht das Urteil nicht aufhob? Dann war sie vollkommen mittellos. Allein die Vorstellung bereitete ihr solche Angst, dass sie sich hastig mit anderen Gedanken ablenkte. Sie durfte die Hoffnung nicht aufgeben. Ihr Vater war ein ehrlicher Mann, ihr Verlobter ganz gewiss kein Mörder. Sicher würde sich alles bald als ein furchtbarer Irrtum herausstellen, wenn man den wahren Täter fasste. Sie ignorierte den Zweifel, der tief drinnen an ihr nagte, und ballte die Fäuste. Dann lehnte sie sich mit dem Rücken an die Wand und starrte die Drossel an.

Es dauerte mehrere Stunden, bis sich endlich etwas im Haus regte. Als im Untergeschoss eine Tür schlug, kam Franziska hastig auf die Beine und verschränkte die Hände. Ihr Herz schlug bis zum Hals, während sie darauf wartete, dass der Fürsprecher die Stube betrat.

Wenig später erschien er auf der Schwelle. Sein Gesichtsausdruck ließ nichts Gutes ahnen. »Ihr«, stellte er mit einem Seufzen fest.

Franziska machte einen Schritt auf ihn zu. »Das Gericht hat unseren Besitz beschlagnahmt«, sagte sie anklagend. »Was ist passiert?«

Ulrich Rüttel presste die Lippen aufeinander. »Euer Vater hat getan, was ich ihm geraten habe«, antwortete er nach kurzem Zögern.

»Er hat eine Tat gestanden, die er nicht begangen hat?«

Der Fürsprecher nickte. »Sonst hättet Ihr ihn zu Grabe tragen müssen.«

Franziska schauderte. »Wie geht es ihm?«

»Den Umständen entsprechend«, wich er aus. »Er wird zusammen mit Eurem Verlobten angeklagt. Der Prozess soll in einer Woche stattfinden.«

»In einer Woche?« Franziska wusste nicht, ob sie erleichtert oder beängstigt sein sollte.

»So lange bleiben beide im Loch«, erklärte Ulrich Rüttel. »Ich habe allerdings dafür gesorgt, dass es ihnen an nichts fehlt. Euer Vater hat mich fürstlich für meine Dienste bezahlt«, setzte er hinzu, als er Franziskas besorgten Blick sah. Er zögerte einen Augenblick, ehe er fragte: »Wo wollt Ihr jetzt unterkommen?«

Sie zuckte die Achseln. »Ich weiß es nicht. Ich konnte kaum etwas aus dem Haus mitnehmen.« Sie zeigte auf ihre Geldkatze. »Zwei Gulden.«

Der Fürsprecher trat von einem Fuß auf den anderen. »Ich würde Euch anbieten, in meinem Haus zu wohnen. Aber das wäre sehr unschicklich. Ich bin ein unverheirateter Mann, Ihr seid eine unverheiratete Frau.«

Franziska verstand. »Glaubt Ihr, man wird mich auch anklagen?«, sprach sie aus, was ihr auf der Seele brannte.

»Nein«, war die Antwort, die sie erleichtert aufatmen ließ. »Weder Euer Vater noch Euer Verlobter hat Euch bei der Befragung erwähnt.«

Unter der Folter, dachte Franziska bitter.

»Ich schlage vor, Ihr sucht Euch eine Unterkunft und schickt dann einen Boten zu mir, damit ich weiß, wo ich Euch finden kann«, riet der Fürsprecher. »Sobald der genaue Termin für die Verhandlung feststeht, lasse ich es Euch wissen.«

»Was ist, wenn sie verurteilt werden?«

»Dann versuche ich, die Strafen umzuwandeln, oder gehe in Berufung«, erwiderte Ulrich Rüttel.

»Aber mein Vater hat kein Geld mehr«, wandte Franziska ein.

»Wenn er vom Berufungsgericht freigesprochen wird, bekommt er seinen Besitz zurück und die Angelegenheit wird aus den Büchern gestrichen«, machte der Fürsprecher ihr Hoffnung. »Sorgt Euch nicht, ich habe gute Beziehungen zu den herzoglichen Räten. Es wird nicht leicht, aber ich bin sicher, sie werden sich überzeugen lassen, dass Euer Vater zu Unrecht beschuldigt worden ist.« Er machte eine kurze Pause. »Für Euren Verlobten kann ich hingegen vermutlich nur eine Verbannung erwirken«, fügte er hinzu.

»Was wäre, falls man den wahren Täter ausfindig macht?«, fragte Franziska.

Ulrich Rüttel verzog das Gesicht. »Das ist nicht sehr wahrscheinlich«, gab er zurück. »*Falls* er jedoch auftauchen und das Verbrechen gestehen sollte oder es ausreichende Beweise gegen ihn gibt, kämen Euer Vater und Euer Verlobter ganz sicher frei.«

Franziska nickte versonnen. »Ich danke Euch. Ich lasse Euch wissen, wo Ihr mich finden könnt.« Während ihr Ulrich Rüttel ein erleichtertes Lächeln schenkte, dachte sie: Ich werde den wahren Täter finden. So wahr mir Gott helfe!

Fünfzehn

Da ihr die Gasthöfe in der Nähe des Marktplatzes zu teuer waren, beschloss Franziska, es in der Esslinger Vorstadt zu versuchen, wo sie am Ufer des Nesenbachs fündig wurde. Die kleine Schenke stand eingeklemmt zwischen Gerber- und Walkerhäusern, und es stank entsetzlich nach allem, was in den Bach geschüttet wurde.

»Das macht fünf Pfennige pro Nacht«, ließ sie der Wirt wissen. Er beäugte ihr teures Kleid neugierig. »Zahlbar im Voraus.«

Franziska holte einen Gulden aus ihrer Geldkatze und hielt ihn dem Mann hin.

Der schüttelte den Kopf. »Das kann ich nicht wechseln.«

»Dann wirst du mir vertrauen müssen«, sagte sie.

Einen Moment lang sah es so aus, als wollte der Wirt protestieren, doch dann schien er sich eines Besseren zu besinnen. »Seid Ihr sicher, dass Ihr keine größere Kammer wollt?«, fragte er.

Franziska nickte. Zwar war der Raum, in den er sie geführt hatte, winzig und hatte nur eine schmale Fensterluke, doch der Boden war sauber gefegt, das Bett ordentlich gemacht.

»Ich beherberge nur anständige Reisende«, bemerkte der Wirt.

Franziska schenkte ihm ein steifes Lächeln. Was wollte er ihr damit sagen? Dass sie sich unter seinem Dach sicher fühlen konnte? Oder dass er annahm, dass sie von außerhalb der Stadt kam? Sie gab ihm mit einem Blick zu verstehen, sie allein zu lassen, und verriegelte die Tür hinter ihm. Dann sah sie sich die Kammer genauer an. Es gab ein kleines Waschgestell, ein einfaches Regal und einen Schemel neben dem Bett. An der Wand waren einige Haken angebracht. Der Riegel an der Tür wirkte stabil, von außen schien die Kammer jedoch nicht abschließbar zu sein. Das bedeutete vermutlich, dass man in dem Gasthof nicht davon ausging, wohlhabende Gäste zu beherbergen, die Wertgegenstände zurückließen.

Nachdem sie sich ein letztes Mal umgesehen hatte, verließ sie den Gasthof und machte sich auf die Suche nach einem Schneider. Ihre Fucke war viel zu auffällig, sie brauchte dringend ein einfacheres Kleid.

»Das ist ein sehr kostbarer Stoff«, stellte die alte Frau fest, die Franziska nach einigem Umherstreifen fand. Ihr Schneiderladen war halb in einem Kelleraufgang verborgen, das Schild mit Nadel und Faden darüber so von der Sonne ausgebleicht, dass man es leicht übersehen konnte. »Gehört das Kleid Euch?«

Franziska nickte. »Ich brauche etwas Schlichteres«, sagte sie. Zuerst hatte sie vorgehabt, ihre Fucke an die Schneiderin zu verkaufen. Doch ein Blick auf die bescheidene Stube sagte ihr, dass die Frau sich so etwas nicht leisten konnte. »Was verlangst du für ein einfaches Kleid aus leichtem Stoff?«

»Einen halben Schilling«, antwortete die Frau.

Franziska überlegte nicht lange. Wenn sie den Mörder von Moritz Welling finden wollte, durfte sie nicht aus der Menge herausstechen wie ein bunter Vogel. In einem schlichten dunklen Kleid würde sie jeder für eine Magd oder eine Bedienstete halten, wodurch sie fast unsichtbar sein würde. Auch wenn sie mit ihrem Geld haushalten musste, konnte sie diese Ausgabe nicht vermeiden. »Wie schnell kannst du damit fertig sein?«, fragte sie.

Die alte Frau öffnete den Mund zu einem fast zahnlosen Lächeln. »Sobald ich Euch ausgemessen habe, brauche ich zwei Stunden. Ihr könnt es also heute noch abholen.« Sie hielt die Hand auf. »Bezahlen müsst Ihr allerdings sofort.«

Franziska holte erneut einen Gulden aus der Geldkatze.

Die Frau verzog keine Miene, nahm ihr die Münze ab und verschwand im Inneren ihrer Stube. Wenig später kehrte sie mit dem Wechselgeld zurück. Offenbar lief das Schneidergeschäft besser, als Franziska gedacht hatte. Sie steckte die Silbermünzen ein und wartete geduldig, bis die Alte ihre Maße auf ein Stück Stoff übertragen hatte. Dann verließ sie den Laden und überlegte, wo sie mit ihrer Suche anfangen sollte. Martins Haus lag keine zwei Steinwürfe entfernt, doch vermutlich hatte das Gericht auch seinen Besitz beschlagnahmen lassen. Dennoch beschloss sie, es dort zuerst zu versuchen. Die Weinlese war in vollem Gange, gewiss hatten die Richter lediglich einen Aufseher oder Verwalter bestellt, der sich um den Fortgang der Ernte kümmerte. Martins Trauben waren ein Vermögen wert, sie einfach an den Reben verfaulen zu lassen, wäre vollkommener Irrsinn gewesen.

Mit einem seltsamen Gefühl im Bauch machte sie sich auf den Weg zu dem Anwesen, in das sie in wenigen Wochen als Hausherrin hatte einziehen wollen. Als sie am Nachrichterturm vorbeikam, senkte sie den Kopf und hoffte, dass der Fürsprecher sich nicht irrte. Allein die Vorstellung, dass die Wachen auftauchen und sie ebenfalls verhaften könnten, bereitete ihr Todesangst. *Sie* würde die Folter ganz bestimmt nicht lange aushalten. So schnell sie konnte, eilte sie an dem düsteren Turm vorbei und erreichte kurz darauf die Straße, an deren Ende Martins Anwesen lag. Es war, wie der Besitz ihres Vaters, von einer hohen Mauer umgeben und durch ein großes Tor gesichert. Dieses stand offen, im Hof herrschte reger Betrieb. Einen Augenblick lang erlaubte Franziska sich zu hoffen, dass Martin freigelassen worden war und wie immer hemdsärmelig zwischen den Trägern und Lesern stand, um Anweisungen zu geben. Als sie näher kam, erkannte sie jedoch einen hochgewachsenen Mann in vornehmen Kleidern, den sie im Gerichtssaal gesehen hatte. Er war einer der zwölf Richter, die neben dem Vogt auf dem Podest gesessen hatten.

»Mist!«, murmelte sie. Der Mann durfte sie auf keinen Fall erkennen. Daher drückte sie sich am Tor vorbei in die angrenzende Gasse und wartete, bis sie einen von Martins Knechten erkannte. »Pst! Nicklas!«, zischte sie.

Der Knecht wandte sich stirnrunzelnd um. Er hatte ein großes Traggestell auf dem Rücken und schleppte Trauben in Richtung Hof. »Herrin?«

Franziska warf einen Blick die Straße entlang, ehe sie sich aus der Gasse wagte.

»Der Herr ist nicht hier«, sagte Nicklas, als nähme er an, sie wisse nicht, dass Martin im Loch saß. »Heute Morgen sind Männer gekommen, die alles beschlagnahmt haben.«

»Ich weiß«, erwiderte Franziska. »Martin wird nächste Woche der Prozess gemacht.«

Der Knecht starrte unangenehm berührt auf seine Schuhspitzen.

»Deshalb bin ich nicht hier«, erlöste Franziska ihn aus der peinlichen Lage. »Ich habe ein paar Fragen an dich.«

Nicklas warf einen Blick über die Schulter und nagte an seiner Unterlippe. »Ich muss die Trauben zum Fuhrwerk bringen«, erklärte er.

»Vorher musst du mir sagen, mit wem Martin in den letzten Monaten verkehrt hat«, forderte Franziska. »Hatte er Besuch vom Sohn des Bürgermeisters? Wer war sonst hier? Kennst du die Namen seiner Freunde?«

Der Knecht blies die Wangen auf. »Ich wüsste nicht einmal, wie der Sohn des Bürgermeisters aussieht«, gestand er.

»Ich brauche Namen!«, verlangte Franziska, da in diesem Moment weitere Männer in strengen schwarzen Röcken auf das Hoftor zusteuerten. Zu ihrer Erleichterung zollten sie ihr und Nicklas jedoch keine Beachtung.

»Das waren Großkopferte«, sagte der Knecht nach einigem Nachdenken.

»Wer?«

Er schüttelte den Kopf. »Weiß ich nicht. Tut mir leid.«

»Kannst du sie beschreiben?«

»Puh!« Er sah sich erneut um.

»Bitte!«, drängte Franziska.

»Einer war rothaarig, der andere hatte etwas längeres dunkles Haar«, sagte Nicklas. »Beide waren etwa im selben Alter wie der Herr.«

»Und du hast sie nicht erkannt?«

»Ich habe sie immer nur aus der Ferne gesehen«, gab Nicklas zurück. »Aber der Herr ist oft mit ihnen fortgegangen.«

»Weißt du, wohin?«

Er schüttelte den Kopf. »Es war immer abends, nachdem das Tor geschlossen war.«

Franziska suchte in ihrer Erinnerung nach Freunden von Martin, auf die die Beschreibung zutraf. Allerdings kannte sie außer Jakob und den anderen Weingärtnern kaum jemanden.

»Waren es Wengerter?«, erkundigte sie sich.

Nicklas verneinte. »So sahen sie nicht aus.« Er rückte das Traggestell auf seinem Rücken zurecht. »Ich muss gehen. Sonst bekomme ich Ärger.«

Franziska bedankte sich bei ihm und wartete, bis er das Hoftor erreicht hatte, dann verzog sie sich wieder in die Gasse. Allerdings bot sich keine weitere Gelegenheit, Martins Gesinde zu befragen. Zwei Mal schlug die Glocke der nahe gelegenen

Leonhardskirche die volle Stunde, ehe sie ihren Posten aufgab, um sich zurück zu der Schneiderin zu begeben. Was sie erfahren hatte, war immerhin ein Anfang. Sie beschloss, Jakob noch einmal aufzusuchen und nach den Männern zu fragen, die Nicklas beschrieben hatte. Vielleicht erfuhr sie dann auch etwas über das Hurenhaus, in dem sich Moritz Welling und seine Freunde allem Anschein nach herumgetrieben hatten. Sie schluckte die Bitterkeit, die in ihr aufstieg, hinunter und versuchte sich einzureden, dass Martin kein solcher Mann war.

»Ihr seid pünktlich«, begrüßte die alte Frau sie, als sie die Schneiderstube betrat. »Und ich bin fertig.« Sie hielt ein schlichtes dunkles Kleid in die Höhe. Es passte Franziska wie angegossen. Die Fucke legte sie sorgfältig zusammen und brachte sie in den Gasthof. Dort versteckte sie sie unter der Matratze und hoffte, dass niemand lange Finger machen würde. Anschließend ließ sie den Fürsprecher wissen, in welchem Gasthof er sie finden konnte, ehe sie sich zur Aulberschen Kelter begab, wo sie Jakob auch an diesem Tag antraf.

Sechzehn

»Jakob!« Der Ruf ließ den jungen Mann in der Bewegung innehalten und den schweren Korb abstellen, den er von einem Fuhrwerk gewuchtet hatte. Als sein Blick auf Franziska fiel, stieg ihm zu seinem sichtlichen Verdruss das Blut in die Wangen. Er wischte sich hastig das verschwitzte Haar aus der Stirn, zupfte seinen Rock zurecht und hoffte, dass sie ihm nicht ansah, wie sehr er sich über ihr Auftauchen freute. Seit ihrem ersten Besuch in der Kelter waren einige Tage vergangen, und jeden Morgen schämte Jakob sich mehr für seine Gedanken. Nachdem er von ihrer Verlobung erfahren hatte, war ihm der ehemals beste Freund verhasst gewesen, und die Neuigkeiten von seiner Verhaftung hatten neue Hoffnung in Jakob geweckt. Hoffnung, für die er Gott um Vergebung bitten musste, da er insgeheim über Martins Unglück frohlockte.

»Franzi!«, rief er und winkte ihr zu. Sie steckte in einem für sie ungewöhnlich einfachen Kleid, doch der schlichte Schnitt unterstrich ihre Schönheit noch mehr als die aufwendigen Fucken. Ihr dunkles Haar war unter einer kleinen Haube verborgen, ihre Wangen leicht gerötet. Sie sah so hinreißend aus, dass ihr Anblick Jakob beinahe körperliche Schmerzen bereitete. Seit er denken konnte, war er in Franziska vernarrt gewesen.

Die Nachricht, dass sein bester Freund um ihre Hand angehalten hatte, war wie ein Keulenschlag gewesen. »Wie steht es um Martin?«, fragte er, obwohl er längst wusste, was geschehen war.

Franziskas Miene verdunkelte sich. »Er hat sich schuldig bekannt«, antwortete sie. »Aber ich glaube kein Wort von dem, was die Richter sagen.«

»Und dein Vater?«

Franziska seufzte. »Hat ebenfalls unter der Folter gestanden.« Sie presste die Lippen aufeinander. »Der Prozess findet in ein paar Tagen statt. Der Fürsprecher wird Berufung einlegen, wenn bis dahin der wahre Schuldige nicht aufgetaucht ist.«

Jakob trat näher. »Es tut mir leid wegen deines Vaters«, sagte er. Martin erwähnte er mit keinem Wort. Er nahm an, dass Franziska wusste, was er für sie empfand, schließlich hatte er nie einen Hehl daraus gemacht.

»Man hat unseren Besitz beschlagnahmt«, informierte ihn Franziska. »Ich konnte nichts mitnehmen außer ein paar Gulden und dem, was ich auf dem Leib hatte.«

Jakob sah sie ungläubig an. »Euer Haus ist fort?«

Sie nickte. »Wenn das Berufungsgericht meinen Vater für unschuldig erklärt, bekommen wir alles zurück. Wenn nicht …« Sie brach den Satz ab und seufzte. »Ich werde den Schuldigen finden!«

Jakob runzelte die Stirn. »Wie willst du das anstellen?«

Sie zuckte mit den Schultern. »Ich höre mich um. Wenn ich herausfinde, mit wem Martin an diesem Abend zusammen war …« Sie beschrieb ihm die beiden Männer, die Nicklas gesehen hatte. »Kennst du sie?«

Jakob schüttelte den Kopf.

»Du bist Martins Freund«, sagte Franziska. In Jakobs Ohren klang es anklagend. »Du solltest wissen, mit wem er verkehrt hat.« Sie funkelte ihn an, als ob es seine Schuld wäre, was geschehen war. Jakob hatte Mühe, seine Wut auf Martin zu verbergen. Er wusste genau, in was der Freund hineingeraten war. Schließlich hatte er sich mehr als einmal Geld von ihm geliehen, um seine Spielschulden begleichen zu können. Und mehr als einmal hatte Jakob versucht, ihm die Würfel und die Karten auszureden, aber Martin schien auf diesem Ohr taub zu sein. Vermutlich hatte er in der Nacht des Mordes sein letztes Hemd an Moritz Welling verloren und war mit ihm in Streit geraten. Was dann passiert war, wollte Franzi aber vermutlich nicht wahrhaben. Deshalb zwang er sich zu einem einfältigen Gesichtsausdruck und hob entschuldigend die Hände. »Ich weiß wirklich nicht, wer die beiden sein könnten«, log er.

»Dann sag mir, in welchem Hurenhaus der Sohn des Bürgermeisters ein gern gesehener Gast war.« Sie stemmte die Hände in die Hüften. »Das waren doch deine Worte, oder?«

Jakob hätte sich am liebsten geohrfeigt. Wenn er doch nur den Mund gehalten hätte! Ganz gleich, was er tat, Franzi würde die Wahrheit über Martin nicht hören wollen. Und *er* wollte ganz gewiss nicht der Bote sein, der ihr die Nachrichten überbrachte. Denn dann hätte sie ihn für den Rest ihres Lebens gehasst. Stattdessen musste er gute Miene zum bösen Spiel machen. »Ich helfe dir, den Mörder zu finden«, bot er an. So würde sie wenigstens nicht allein durch Gassen ziehen, in denen eine anständige Frau nichts zu suchen hatte.

»Du musst dich ums Keltern kümmern«, sagte sie.

»Ich könnte dir trotzdem helfen.«

»Nein, ich komme alleine zurecht.«

Da Jakob wusste, wie starrköpfig sie sein konnte, zuckte er mit den Schultern. »Du weißt, wo du mich findest, falls du es dir anders überlegst.«

Franziska griff nach seiner Hand. »Danke. Du bist ein guter Freund.«

Die Berührung sandte ein Prickeln über Jakobs Rücken. »Ich bin immer für dich da.«

»Ich weiß.« Sie schenkte ihm ein Lächeln, in dem Trauer und etwas anderes lagen, das Jakob nicht bestimmen konnte.

»Franzi.« Er hielt sie am Ärmel ihres Kleides zurück, als sie sich von ihm abwenden wollte.

»Ja?«

Der Ausdruck auf ihrem Gesicht ließ die Worte, die ihm auf der Zunge lagen, den Rückzug antreten. »Ach, nichts«, log er. »Wenn du Hilfe brauchst, weißt du, wo du mich findest«, setzte er hinzu.

Sie nickte, dann kehrte sie ihm den Rücken zu und verschwand kurz darauf in der Straße zwischen dem Bebenhäuser Klosterhof und dem Hofmeisterhaus.

Siebzehn

Die nächsten Tage brachte Franziska mit der Suche nach den Männern zu, mit denen Martin in der Nacht des Mordes zusammen gewesen war. Allerdings schien sich niemand an ihn und seine Freunde zu erinnern. Selbst in dem nahe gelegenen Hurenhaus, das sie schließlich ausfindig machte, wollte ihn keiner gesehen haben.

»Aber ich weiß, dass der Sohn des Bürgermeisters hier ein und aus gegangen ist«, beharrte Franziska.

Die junge Frau, die sie eingelassen hatte, legte den Zeigefinger auf die Lippen. Sie sah sich in der Stube um, in der sich außer ihr noch vier andere Hübschlerinnen aufhielten. Alle trugen Kleider mit tiefen Ausschnitten und gelbe Bänder an den Ärmeln, die sie als käufliche Frauen kennzeichneten. »Sei still!«, zischte sie. »Wenn der Frauenwirt dich hört …«

»Vielleicht kann *er* mir sagen, ob mein Verlobter hier war«, kam es spitz von Franziska.

Die Frau lachte. »Glaub mir, Schätzchen, die Kerle stellen sich nicht vor.« Sie schnitt eine verächtliche Grimasse. »Von den meisten kennen wir die Namen jedenfalls nicht.«

»Aber den Sohn des Bürgermeisters kennt ihr?«

Sie wiegte den Kopf hin und her. »Kommt drauf an, wer fragt. Wenn mir ein Stadtwächter oder ein Richter gegenübersteht, leide ich immer an Vergesslichkeit.«

Bei diesen Worten lachten auch die anderen Frauen.

»Aber ich bin kein Stadtwächter!«

»Niemand käme mehr zu uns, wenn wir jedem Dahergelaufenen sagen würden, wer hier ein und aus geht.«

»Ich bin auch nicht dahergelaufen!«, erboste sich Franziska. »Martin ist mein Verlobter!«

Die Hure tätschelte ihr den Arm. »Dann solltest du dich nicht in seine Angelegenheiten einmischen«, riet sie ihr. »Noch hat er dir nicht die Treue geschworen.«

Franziska wollte etwas erwidern, doch in diesem Moment war aus dem Obergeschoss ein Knarren und Poltern zu hören.

Augenblicklich kam Leben in die Frauen. Sie sprangen von ihren Schemeln auf und strichen ihre Röcke glatt.

»Du solltest gehen«, flüsterte die Hure, mit der Franziska sich unterhalten hatte. »Schnell!« Sie schob Franziska auf den Ausgang zu und schob sie unsanft ins Freie. Dann schlug sie die Tür hinter ihr zu.

Franziska stand einige Augenblicke ratlos vor dem Hurenhaus. Erst, als eine Gruppe Männer in ihre Richtung kam und ihr anzügliche Blicke zuwarf, machte sie sich auf den Rückweg zu ihrem Gasthof.

Unterwegs kam sie an der Kelter vorbei, wo Jakob gerade dabei war, seine Zugtiere zu tränken. Der Tag war fast noch heißer als die vergangenen, doch Franziska spürte die Hitze kaum. In ihrem Herzen war nichts als Kälte.

Als er sie erblickte, ließ Jakob alles stehen und liegen und kam auf sie zugelaufen. »Wie geht es dir?«, fragte er atemlos.

Franziska sah ihn fassungslos an. »Wie es *mir* geht?« Sie schüttelte den Kopf. »Wie soll es mir wohl einen Tag vor dem Prozess gegen meinen Vater und meinen Verlobten gehen?«

Plötzlich verwandelte sich die Kälte in Wut. Jakobs freundliches Gesicht kam ihr vor wie eine hämische Fratze. »Niemand will Martin gesehen haben. Und im Hurenhaus kennt ihn auch keiner. Warum hast du mir solche Lügen über ihn erzählt?«

Jakob wich erschrocken einen Schritt zurück. »Lügen? Ich habe dir keine Lügen erzählt. Ich habe nie gesagt, dass Martin ins Hurenhaus geht.«

»Hast du doch!«

Jakob schüttelte den Kopf. »Ich habe nur gesagt, dass der Sohn des Bürgermeisters dort ein gern gesehener Gast ist«, verteidigte er sich. »Martin würde so etwas gewiss nicht tun.«

Franziska schnaubte. »Das sagst du jetzt.« Sie musterte ihn mit zusammengekniffenen Augen. »Freut es dich, dass er in dieser furchtbaren Lage steckt?«

Jakob zog die Brauen hoch. »Wieso sollte mich so etwas freuen?« Etwas in seinem Tonfall machte Franziska noch zorniger.

»Glaub nicht, dass ich nicht weiß, wie eifersüchtig du immer auf ihn warst«, schleuderte sie ihm an den Kopf. Warum sie plötzlich so wütend auf ihn war, wusste sie selbst nicht. Aber die unterdrückten Gefühle der vergangenen Tage waren wie Blasen in einer Flasche voller Seifenlauge. Sie brodelten ungezügelt an die Oberfläche und brachten sie zum Überschäumen.

Jakob bekam rote Ohren und ballte die Hände zu Fäusten. »Das stimmt nicht«, stieß er durch zusammengebissene Zähne hervor. »Ich würde mir niemals etwas wünschen, was dich unglücklich macht.«

»Warum tischst du mir dann diese Lügen auf?«

»Ich *habe* dich nicht belogen!« Jakob hatte die Stimme erhoben, sodass die Männer vor der Kelter sich neugierig die Hälse verrenkten. »Hör zu«, sagte er etwas ruhiger und wollte nach ihren Händen greifen.

Franziska zog sie zurück und verschränkte die Arme vor der Brust.

»Ich bin für dich da, wenn du Hilfe brauchst«, versprach Jakob. »Falls du einen Platz zum Schlafen suchst ...«

Franziska schüttelte heftig den Kopf. »Ich habe einen Platz zum Schlafen!«, stieß sie trotzig hervor. »Und spätestens, wenn dieser furchtbare Prozess vorbei ist, wird mein Vater seinen Besitz zurückbekommen.« Sie wandte sich hastig von ihm ab, um die aufsteigenden Tränen vor ihm zu verbergen. Was, wenn ihr Vater nicht freigesprochen wurde? Dieser Gedanke raubte ihr seit Tagen den Schlaf. Der Fürsprecher hatte gesagt, dass eine Verurteilung durch das Stadtgericht wahrscheinlich war. Allerdings setzte er große Hoffnungen in die Berufung.

»Ich wollte nur sagen, dass, wenn du einen Freund brauchst ...« Jakob verstummte, da Franziska ihm nicht mehr zuhörte.

Mit einem unterdrückten Schluchzen floh sie von dem Platz vor der Kelter und verkroch sich den Rest des Tages in der Kammer in ihrem Gasthof. Die Nacht verbrachte sie damit, sich schreckliche Dinge auszumalen, und am folgenden Morgen fühlte sie sich erhitzt und krank. Da sie im Gerichtssaal nicht aussehen wollte wie eine Magd, schlüpfte sie kurz nach Sonnenaufgang in ihre Fucke, flocht sich ihr Haar und kniete vor dem Bett nieder, um ein Gebet zu sprechen. Im Anschluss daran ging sie in die Schankstube und stocherte lustlos in einer Schale mit lauwarmem Haferbrei herum.

»Ihr seid früh dran«, begrüßte sie der Fürsprecher, als sie zwei Stunden später an seine Tür klopfte. Nach einem Blick auf ihr bleiches Gesicht sagte er: »Macht Euch keine Sorgen. Alles wird gut.«

Franziska vermeinte, einen Schatten des Zweifels über sein Gesicht huschen zu sehen. In ihren Augen wirkte er nicht mehr ganz so zuversichtlich wie bei ihrem letzten Gespräch. Hatte sich etwas Neues ergeben?

Er verneinte, als sie ihn danach fragte. »Euer Vater und Euer Verlobter sind wohlauf«, beruhigte er sie. »Ein Medicus hat sich im Loch um sie gekümmert.«

»Habt Ihr sie gesprochen?«, wollte Franziska wissen.

»Ja.«

»Mein Vater …?«

»Es wird eine Weile dauern, bis er wieder ganz gesund ist, aber Ihr solltet Euch wirklich nicht zu sehr den Kopf darüber zerbrechen.«

Wie am Tag zuvor bei ihrem Gespräch mit Jakob spürte Franziska Wut in sich aufsteigen. Sie sollte sich nicht den Kopf zerbrechen? Das Leben ihres Vaters sollte ihr gleichgültig sein? Die Schmerzen, die er zu Unrecht erlitten hatte? Sie biss sich auf die Zunge, um nichts Unbedachtes zu sagen. Wenn sie Ulrich Rüttel verärgerte, waren das Leben ihres Vaters und das ihres Verlobten vielleicht keinen Pfifferling mehr wert. Denn auf die Schnelle würde sie ganz sicher keinen neuen Fürsprecher finden, selbst wenn sie genug Geld gehabt hätte, um ihn zu bezahlen.

Es dauerte eine Weile, bis Ulrich Rüttel fertig war, dann machten sie sich auf zum Herrenhaus, vor dem wie immer reger Betrieb herrschte.

Als sie auf den Eingang zusteuerten, hatte Franziska den Eindruck, dass jedes einzelne Augenpaar auf dem Marktplatz sie neugierig musterte.

»Verhaltet Euch vollkommen still«, ermahnte sie der Fürsprecher, sobald sie im Obergeschoss angekommen waren. »Dieses Mal ist es noch wichtiger, dass Ihr die Aufmerksamkeit der Richter nicht auf Euch zieht.«

Franziska nickte. »Wo sind mein Vater und Martin?«, fragte sie.

»Vermutlich in den Zellen«, antwortete er. »Sie werden in den Saal gebracht, sobald sich das hohe Gericht versammelt hat.«

Mit einem Gefühl, als tobten Hornissen in ihrem Bauch, folgte Franziska ihm zu der bewachten Flügeltür.

Achtzehn

Sabina von Bayern betastete vorsichtig die Prellung an ihrem Kiefer, die nach über einer Woche immer noch deutlich zu sehen war. Zu ihrer Genugtuung hatte auch Ulrich eine Blessur aus ihrem handgreiflichen Streit davongetragen, doch der Preis für diese neuerliche Auseinandersetzung war hoch. Die Angst um ihre Tochter fraß sich immer tiefer in Sabinas Herz, sodass sie an diesem Tag beschlossen hatte, in den nächsten Wochen nach Urach aufzubrechen und Anna mitzunehmen. Dort, in dem von einem trutzigen Torturm geschützten Schloss, fühlte sie sich sicher – anders als in der Stuttgarter Burg.

Sie stand am Fenster ihres Gemachs und sah auf das Gewimmel der Stadt hinab. Der schrille Ton des Malefizglöckchens hing in der Luft und verkündete weithin hörbar, dass Verbrecher vor Gericht standen, die mit Strafen an Leib und Leben zu rechnen hatten. Einen flüchtigen Augenblick lang fragte sie sich, was sie wohl verbrochen hatten, ehe sie sich vom Fenster abwandte, um sich von einer ihrer Hofdamen das Haar flechten zu lassen.

Es brodelte im Herzogtum. Die Stimmung unter den herzoglichen Räten wurde täglich angespannter, was vermutlich daran lag, dass die von ihnen vorgeschlagene Vermögenssteuer inzwischen gescheitert war. Die Ehrbarkeit würde diesem Vorhaben, Ulrichs Kassen zu füllen, nicht zustimmen. Das hatten die Stuttgarter und Tübinger nur allzu deutlich gemacht. Folglich hatten die Räte ein neues Vorhaben ersonnen – die Einführung eines »Umgeldes«, einer Steuer auf Wein und Fleisch. Selbst Hausschlachtungen und der häusliche Ausschank von Wein sollten besteuert werden, was für Unmut in der Bevölkerung sorgte. Wieder versuchten Ulrich, sein Hofmarschall und sein Kanzler, den Landtag zu umgehen, und direkt mit den Ämtern und Städten zu verhandeln. Doch auch dieses Mal stießen sie auf Widerstand.

»Wer nicht zustimmt, wird gezwungen!«, hatte Sabina Ulrich toben gehört.

»Ich werde etwas aufsetzen«, hatte der Marschall versprochen. »Etwas in dieser Art: *Irrungen gegen den gnädigen Herrn haben den Aufenthalt im Turm zur Folge.*« Dass damit nur noch mehr Öl ins Feuer gegossen wurde, schien ihn nicht zu stören.

Der Gedanke an den Marschall führte Sabina unweigerlich zu seiner Tochter, und die Wut über Ulrichs Untreue stieg erneut in ihr auf. Nicht nur die Hofdamen, Kammerherren und Diener klatschten und tratschten bereits, sogar das einfache Hofgesinde steckte tuschelnd die Köpfe zusammen.

»Pass doch auf!«, schimpfte sie, als die Hofdame ihr geflochtenes Haar mit einer Nadel hochsteckte und ihr dabei in die Kopfhaut stach.

»Verzeihung«, murmelte die junge Frau und versuchte es erneut.

Sabina wartete, bis das ungeschickte Ding fertig war, dann erhob sie sich, setzte einen Hut auf und streifte sich dünne Handschuhe über.

»Wollt Ihr ausreiten?«, fragte die Hofdame.

Sabina schüttelte den Kopf. »Lass die Kutsche fertig machen!«, befahl sie. »Ich fahre zum See.« Dort war es vielleicht etwas kühler als in der Stadt, die unter der Sonne zu backen schien. Seit Tagen hatte es nicht mehr geregnet, und die Blumen im herzoglichen Tiergarten ließen traurig die Köpfe hängen. Selbst die Rehe und Pfauen schienen sich vor der Hitze zu verstecken und kamen erst am Abend heraus, wenn die Sonne am Horizont versank. Zwar war es im Schloss nicht ganz so heiß, doch Sabina hatte an diesem Tag das Gefühl, hinter den dicken Mauern zu ersticken.

Sie wartete, bis ein Bediensteter sie darüber informierte, dass die Kutsche bereitstand, bevor sie ihr Gemach verließ. Von Ulrich war zu ihrer Erleichterung weit und breit nichts zu sehen, nur die scheußlichen Gemälde von ihm in frommer Pose blickten ihr von den Wänden entgegen. Hastig wandte sie den Blick ab von einem Bild, auf dem er in voller Rüstung in Manier eines Kreuzritters auf dem Rücken eines feurigen Vollbluts thronte, und eilte den Gang entlang zur Treppe.

Als sie den Hof erreichte, begegnete ihr der Marschall, der ihr ein schmales Lächeln schenkte und sich tief verbeugte. »Gnädige Herrin«, sagte er.

Sabina unterdrückte den Drang, ihn zu fragen, ob er wusste, was Ulrich mit seiner Tochter trieb, und nickte ihm huldvoll zu. Dann eilte sie zur Kutsche, um der stechenden Sonne zu entkommen. Eine Hofdame nahm gegenüber Platz und half ihr mit den Röcken.

Die Fahrt durch die Stadt führte sie hinter der Stiftskirche und einem großen Fruchtkasten vorbei zum Tunzhofer Tor. Auf dem Weg von der Burg zur Kirche strömten ihnen zahlreiche Menschen entgegen, die vermutlich auf dem Weg zum Herrenhaus waren und hofften, einen Blick auf die Verbrecher zu erhaschen. Manchmal kam es vor, dass die Verurteilten noch am selben Tag hingerichtet wurden, entweder auf dem Marktplatz oder auf der Hauptstatt, dem Schafott vor dem Hauptstätter Tor unterhalb des Nesenbachs.

Sie wandte den Blick von dem kleinen Fenster ab und lehnte sich zurück. Während die Kutsche schaukelnd über das Kopfsteinpflaster gen Seegassentor rumpelte, fragte sie sich, ob es möglich war, ihren Onkel, den Kaiser, dazu zu bringen, die Ehe mit Ulrich annullieren zu lassen. Wenn es Ulrich nicht in absehbarer Zeit gelang, einen Stammhalter zu zeugen, würde er vielleicht selbst diesen Schritt erwägen. Sie widerstand nur mit Mühe dem Drang, dem Kutscher den Befehl zu geben, sie sofort nach Urach zu fahren. Noch war ihre Tochter nicht ganz von dem Fieber genesen, das sie vor einigen Tagen befallen hatte. Doch sobald eine Reise gefahrlos möglich war, würde sie Ulrich und seinem derben Hof den Rücken kehren, ganz gleich, womit er ihr drohte. Er würde es nicht wagen, ihr oder dem Kind ein Haar zu krümmen, redete sie sich immer wieder ein. Zu ihrer Sicherheit würde sie allerdings einen Brief an ihren Bruder schreiben, den der Vogt von Urach im Falle ihres Todes abschicken würde.

Verflucht seiest du, Ulrich, dachte sie. Wenn ihr doch nur ein Weg eingefallen wäre, ihn für immer loszuwerden!

Neunzehn

Anders als bei der ersten Anhörung platzte der Gerichtssaal an diesem Tag aus allen Nähten. Die Bankreihen waren dicht besetzt mit vornehm gekleideten Stuttgartern, von denen Franziska einige erkannte. Wein- und Fernhändler waren ebenso anwesend wie ein Großteil des Magistrats. Der Vogt und die Richter thronten wieder auf dem Podest am Kopfende des Raumes. Ihre Mienen verhießen nichts Gutes. Als Franziska und der Fürsprecher den Saal betraten, wandten die Anwesenden die Köpfe und begannen, hinter vorgehaltenen Händen zu flüstern. Mitglieder der »Ehrbarkeit«, die Franziska schon im Haus ihres Vaters gesehen hatte, bedachten sie mit kühlen Blicken, sodass sie sich am liebsten in einem Mauseloch verkrochen hätte. Trotz aller Scham zwang sie sich, die Reihen nach den Männern abzusuchen, die Martins Knecht Nicklas beschrieben hatte. Allerdings sahen sie in ihren feinen Trachten und federbesetzten Kappen alle gleich aus. Auf die Schnelle entdeckte sie weder einen Rothaarigen noch einen Mann mit langem schwarzem Haar.

»Es wird das Beste sein, wenn Ihr gleich hier Platz nehmt.« Ulrich Rüttel zeigte auf die hinterste Bankreihe. Von dort konnte Franziska zwar kaum etwas sehen, doch dort würde sie für die Männer auf der Richterbank so gut wie unsichtbar sein. Da zudem Sebastian Welling, der Bürgermeister, ganz vorn saß, blieb sie zu ihrer Erleichterung seinen Blicken ebenfalls verborgen.

»Ganz gleich, was die Richter sagen, Ihr dürft den Prozess auf keinen Fall stören«, schärfte ihr der Fürsprecher ein. »Selbst wenn man Euren Vater und Euren Verlobten zum Tode verurteilt, ist ihr Leben noch lange nicht verwirkt. Habt Ihr mich verstanden?«

Franziska nickte.

Ulrich Rüttel, der sich zu ihr hinabgebeugt hatte, richtete sich zu seiner vollen Größe auf und begab sich zu einem Tisch vor der Richterbank. »Hohes Gericht.« Er verbeugte sich tief, bevor er an dem Tisch Platz nahm.

Das Tuscheln im Raum wurde lauter, vermischte sich mit dem Geräusch von raschelnden Gewändern und knarrenden Bänken.

Es dauerte eine scheinbare Ewigkeit, bis ein Gerichtsdiener den Saal betrat und laut verkündete: »Die Angeklagten.«

Begleitet von jeweils zwei Stadtwächtern, wurden Martin und Franziskas Vater in den Raum geführt, wo sich das Tuscheln augenblicklich in ein Raunen verwandelte.

»Ruhe!«, donnerte der Vogt.

Sowohl Martin als auch Franziskas Vater trugen schwere Ketten, die bei jedem Schritt klirrten. Beiden war die Tortur der vergangenen Tage deutlich anzusehen. Während Martin nur leicht zu hinken schien, zog Franziskas Vater ein Bein nach. Er ging gebeugt wie ein Greis, und als er für einen Moment den Kopf hob, schlug Franziska entsetzt die Hand vor den Mund. Sein Gesicht war grün und blau, ein Auge fast völlig zugeschwollen. Eine entzündete Wunde entstellte seine Wange, und ihm schienen mehrere Zähne zu fehlen.

»Vater!«, wisperte sie und griff nach dem Kruzifix an ihrem Hals. Gütiger Gott, hilf ihm, flehte sie.

»Das hohe Gericht eröffnet hiermit die Verhandlung«, verkündete der Vogt, sobald die Angeklagten vor der Richterbank zum Stehen kamen.

Franziskas Vater schwankte wie ein Betrunkener. Nur der Soldat, der ihn am Arm gepackt hatte, schien ihn aufrecht zu halten.

»Hohes Gericht, ich bitte um die Erteilung des Wortes«, meldete sich Ulrich Rüttel.

Der Vogt nickte.

»In Anbetracht des Zustandes der Angeklagten beantrage ich, dass ihnen gestattet wird, sich zu setzen«, sagte Rüttel.

Einen Augenblick lang sah es so aus, als wollte der Vogt ablehnen, doch dann machte er eine Handbewegung. »Gewährt.«

Der Fürsprecher erhob sich und half Franziskas Vater, sich an den Tisch zu setzen. Martin musste mit einem Schemel vorliebnehmen, den der Gerichtsdiener ihm brachte.

»Das hohe Gericht verliest die Anklage«, verkündete einer der Richter.

»Martin Wengert, nachdem Ihr gestanden habt, Moritz Welling, den Sohn des ehrenwerten Bürgermeisters, aus niederen Motiven getötet zu haben, fordert das Gericht den Tod durch das Schwert.«

Franziska entfuhr ein leiser Schrei, der jedoch im Murmeln im Saal unterging.

»Johannes Hochperger«, fuhr der Richter fort. »Ihr habt durch Eure Urgicht gestanden, Mitwisser bei diesem feigen Mord gewesen zu sein. Auch für Euch fordert das Gericht den Tod auf dem Schafott.«

»Hohes Gericht«, meldete sich Ulrich Rüttel zu Wort. »Ich beantrage, die Strafen in mildere Bußen oder Geldstrafen umzuwandeln.«

Der Vogt schüttelte bedauernd den Kopf. »Es tut mir leid, in diesem abscheulichen Fall wird das nicht möglich sein.«

Franziska umklammerte das Kruzifix noch fester.

»Es sei denn, Ihr habt neue Beweise, die Ihr dem Gericht vorlegen könnt.«

Der Fürsprecher schüttelte den Kopf.

»Was denn für Beweise?«, rief jemand, den Franziska nicht sehen konnte. An der Stimme erkannte sie jedoch den Bürgermeister. »Dieser feige Mörder hat meinen Sohn auf dem Gewissen, das ist doch klar!«

»Herr Bürgermeister, schweigt!«, fuhr ihn der Vogt an.

»Sie haben ihr Verbrechen gestanden!«, brüllte Sebastian Welling ungeachtet der Ermahnung.

Der Vogt gab einem Stadtwächter ein Zeichen, woraufhin dieser den Bürgermeister von seinem Platz zog und Richtung Ausgang führte.

»Hängen solltet ihr dieses Gesindel!«, tobte dieser und setzte sich heftig zur Wehr. »Der Tod durch das Schwert steht ihnen nicht zu!«

»Herr Fürsprecher«, wandte sich der Vogt an Ulrich Rüttel, sobald wieder Ruhe eingekehrt war, »wollt Ihr, dass die Urgicht verlesen wird?«

Der Fürsprecher tauschte einen Blick mit Franziskas Vater. Der schüttelte den Kopf. »Es besteht keine Notwendigkeit, die Geständnisse der Angeklagten zu verlesen«, erwiderte er schließlich.

»Habt Ihr noch irgendetwas zur Verteidigung vorzubringen?«, wollte der Vogt wissen.

»Diese Männer sind unschuldig«, beharrte der Fürsprecher.

»Sie haben gestanden.«

»Unter der Folter.«

»Wollt Ihr an der Rechtmäßigkeit der Befragung zweifeln?« Der Vogt schüttelte ärgerlich den Kopf. »Ihr selbst wart bei der Anhörung anwesend.«

»Dann bitte ich um Gnade für meine Mandanten«, sagte Ulrich Rüttel.

Die Richter steckten die Köpfe zusammen und berieten einige Minuten. Dann griff der Vogt nach dem Richterstab und erhob sich. »Das hohe Gericht hat entschieden«, verkündete er. »Erhebt Euch und tretet vor die Richterbank!«

Franziska hielt die Luft an.

Unter Kettenklirren und dem wieder anschwellenden Raunen im Saal taten Martin und ihr Vater wie ihnen geheißen und traten mit gesenkten Köpfen vor die Richter.

»Martin Wengert, Ihr werdet zum Tod durch das Schwert verurteilt.« Er brach den Stab entzwei und warf Martin das eine Stück vor die Füße.

Franziska unterdrückte nur mit Mühe einen Aufschrei.

Martin verriet mit keiner Regung, dass das Urteil ihn erschütterte, er stand lediglich reglos da und starrte auf den zerbrochenen Stab am Boden.

»Johannes Hochperger«, fuhr der Vogt fort. »Auch Euch verurteilt dieses Gericht zum Tod durch das Schwert.« Die zweite Hälfte des Richterstabes landete vor den Füßen von Franziskas Vater.

»Nein!«, hauchte sie. Tränen schossen ihr in die Augen, die Menschen im Saal verschwammen vor ihrem Blick.

»Ich werde Berufung gegen dieses Urteil einlegen«, ließ sich Ulrich Rüttel vernehmen. »Ich beantrage, die Vollstreckung des Urteils so lange aufzuschieben, bis das Gericht von Landhofmeister und Räten über diese Berufung entschieden hat.«

»Das ist Euer gutes Recht«, erklärte der Vogt. »Die Hinrichtung wird erst vollstreckt, wenn über Eure Berufung entschieden wurde.«

Franziska wischte sich die Tränen aus dem Gesicht. Sie musste sich zusammennehmen. Was sollten Martin und ihr Vater denken, wenn sie sie so sahen? Ihr verheultes Gesicht hätte ihnen ganz sicher keinen Trost gespendet. Also schluckte sie tapfer und bemühte sich um ein Lächeln, als der Gerichtsdiener die beiden Gefangenen zum Ausgang führte. Allerdings hob keiner der beiden den Blick. Ihnen war deutlich anzusehen, dass sie die Hoffnung längst aufgegeben hatten. Der Anblick schnitt Franziska ins Herz. Jetzt blieb ihr nur noch zu beten und dem Fürsprecher zu vertrauen. Wenn die Berufung keinen Erfolg hatte …

Zwanzig

»Macht Euch keine Sorgen«, versuchte Ulrich Rüttel erneut, Franziska aufzumuntern. Sobald der Vogt die Gerichtsverhandlung beendet hatte, war er mit ihr aus dem Saal geeilt und hatte sie in sein Haus geführt. »Ich habe viel Einfluss bei den herzoglichen Räten. Das Berufungsgericht wird sicher zugunsten Eures Vaters entscheiden.« Er setzte sich an seinen Schreibtisch und hob eine Stange Siegelwachs auf, die er zwischen den Fingern hin- und herdrehte.

»Und Martin?« Franziska ließ sich auf einen Stuhl sinken.

»Ob sie für Euren Verlobten etwas tun können, weiß ich nicht«, gestand der Fürsprecher ein. »Aber ich werde mein Möglichstes tun.«

»Heißt das, Martin wird hingerichtet?« Franziskas Stimme überschlug sich.

»Ich werde alles in meiner Macht Stehende unternehmen, um das zu verhindern«, entgegnete Ulrich Rüttel. Er machte eine Pause, in der er Franziska mit einer Mischung aus Bedauern und Entschlossenheit musterte. »Ich muss allerdings mehr Geld verlangen, wenn ich erneut vor Gericht treten soll.«

»Was?« Franziska sah ihn fassungslos an. »Ich habe kein Geld mehr. Der Besitz meines Vaters ist beschlagnahmt worden.«

»Hattet Ihr nicht gesagt, Ihr konntet etwas Bargeld mitnehmen?«

»Zwei Gulden, nicht mehr«, erwiderte Franziska. »Und ich brauche ja Geld zum Leben.«

»Zwei Gulden würden meine Ausgaben decken«, war die Antwort.

»Aber dann habe ich keinen Pfennig mehr zum Leben! Wo soll ich denn dann unterkommen? Könnt Ihr nicht warten, bis mein Vater seinen Besitz zurückbekommt?«

Ulrich Rüttel schüttelte den Kopf. »Nachdem das Gericht sich geweigert hat, die Todesstrafe in eine mildere Buße umzuwandeln, bin ich nicht mehr sicher, ob ich den Ruf Eures Vaters vollkommen wiederherstellen kann. Wir müssen uns mit dem Gedanken tragen, dass er und Euer Verlobter vielleicht nur ihr nacktes Leben retten können.«

»Das darf doch nicht wahr sein!«, rief Franziska aus.

»Sie haben sich schuldig bekannt«, hielt der Fürsprecher dagegen.

»Auf Euren Rat hin!«

»Euer Vater hätte die Folter sonst nicht überlebt.«

»Das behauptet Ihr!«

Ulrich Rüttel zuckte mit den Schultern. »Wenn ich mich weiter um den Fall kümmern soll, müsst Ihr mich bezahlen.« Seine Miene verhärtete sich.

Franziska senkte den Kopf. Sie hatte keine zwei Gulden mehr. Die Unterkunft in dem Gasthof und das einfache Kleid hatten sie fast zwei Schillinge gekostet. Woher sollte sie so plötzlich mehr Geld nehmen? Ich könnte Jakob fragen, schoss es ihr durch den Kopf. Doch diesen Gedanken verwarf sie so schnell, wie er gekommen war. Nach dem hässlichen Streit, den sie vor der Kelter gehabt hatten, wäre Jakob ein Narr gewesen, wenn er ihr geholfen hätte. Sie sah an sich herunter und nagte an ihrer Unterlippe. Ihre Fucke war aus teurem Damast gewebt und mit silbernen Knöpfen versehen. Vielleicht konnte es ihr gelingen, die erforderliche Summe aufzubringen, wenn sie das kostbare Kleidungsstück verkaufte. »Ich werde versuchen, das Geld zu beschaffen«, sagte sie schließlich.

Ulrich Rüttel stand auf. »Fein. Dann bereite ich alles für die Berufung vor.« Er öffnete Franziska die Tür und rief einen Bediensteten herbei, der sie ins Freie geleitete.

Dort wurde sie fast von einer Reitergruppe niedergeritten, die in Richtung Schloss preschte. Obwohl Franziska nur einen flüchtigen Blick auf sie erhaschte, vermeinte sie, den Herzog in der Mitte zu erkennen. Was, wenn sie *ihn* um Hilfe bat? In seinem Weinkeller befanden sich bestimmt Hunderte von Weinfässern aus den Lagern ihres Vaters. Bei der prunkvollen Hochzeit des Herzogs hatte unter anderem ihr Vater den Wein für den Weinbrunnen geliefert, der für die Stuttgarter am Eingang des Schlosses zur Verfügung gestanden hatte. Sie sah den Reitern nach. Konnte sie einen solch kühnen Schritt wagen? Allein die Vorstellung, dem mächtigsten Mann des Herzogtums zu begegnen, ließ ihre Knie weich werden.

Sie beschloss, zuerst die Alte aufzusuchen, die ihr das einfache Kleid geschneidert hatte. Vielleicht kaufte die ihr die Fucke ab. Offenbar besaß sie mehr Geld, als Franziska angenommen hatte, da sie die Goldmünze gewechselt hatte, ohne mit der Wimper zu zucken. Niedergeschlagen machte sie sich auf den Weg zu ihrem Gasthof, zog sich um und faltete die Fucke sorgsam zusammen. Dann begab sie sich zu der Schneiderstube.

»Soll ich Euch noch ein Kleid machen?«, fragte die Frau, als Franziska den dämmrigen Kellerraum betrat. Sie saß gebeugt an einem Tisch und nähte Ärmel an ein Hemd.

»Nein.« Franziska hielt ihre Fucke in die Höhe. »Ich möchte dieses Kleid verkaufen.« Die Scham brannte bei diesen Worten in ihren Wangen.

Die Schneiderin legte das Hemd beiseite und musterte Franziska mit zusammengekniffenen Augen. Dann erhob sie sich und kam auf sie zu. Ihre Hand fasste nach dem Stoff, um ihn zwischen den Fingern zu reiben. »Das ist ein sehr feines Kleid«, stellte sie fest. »Ein guter Stoff.«

»Es ist aus Damast.«

»Was verlangt Ihr dafür?«

Franziska überlegte einen Moment. »Zehn Schilling.«

Die Alte lachte. »Mehr als zwei kann ich Euch nicht dafür bezahlen.«

»Aber es hat fast einen Gulden gekostet.«

»Drei Schilling«, war die ungerührte Antwort der Frau.

Franziska verkniff sich eine Verwünschung. »Gib mir fünf, dann gehört es dir«, seufzte sie. Andere Schneider hätten ihr vermutlich noch weniger dafür geboten.

Die Alte nahm ihr die Fucke aus der Hand, schüttelte sie aus und legte den Kopf schief. »Na gut«, brummte sie schließlich. »Wartet hier.« Sie verschwand in einem angrenzenden Raum, aus dem sie wenig später mit fünf Silbermünzen zurückkam. Diese zählte sie Franziska in die Hand. »Ihr macht ein gutes Geschäft, Kindchen.«

Wohl eher du, dachte Franziska, ließ sich jedoch nichts anmerken. Hastig steckte sie die Münzen ein und verließ die Schneiderstube. Dann machte sie sich auf zum Haus des Fürsprechers. »Ich habe das Geld«, sagte sie, als er sie empfing. »Hier.« Sie legte die Summe, die er verlangt hatte, auf seinen Schreibtisch. Lediglich drei Schillinge behielt sie für sich. Lange würden diese bescheidenen Mittel nicht reichen, doch sie hoffte, dass die Berufung schnell Erfolg hatte.

»Ich werde mich sofort um alles Nötige kümmern«, versprach Ulrich Rüttel, nachdem er die Münzen in eine kleine silberbeschlagene Truhe gelegt hatte. »Ich lasse nach Euch schicken, sobald es etwas Neues gibt.«

»Bitte beeilt Euch«, bat Franziska. Der Gasthof kostete sie fünf Pfennige pro Nacht, in acht Tagen würde ihr erster Schilling verbraucht sein. Und essen musste sie auch noch. Wenn sich die Berufung zu lange hinzog, blieb ihr nichts anderes übrig, als entweder um Almosen oder um Aufnahme in eines der Spitäler der Stadt zu bitten. Allein die Vorstellung, unvermittelt zu den Armen und Bettlern zu gehören, an denen sie in der Vergangenheit oft achtlos vorbeigelaufen war, erfüllte sie mit Mutlosigkeit.

Einundzwanzig

Die folgenden fünf Tage geschah nichts. Erst an einem schwülen und gewittrigen Montagmorgen klopfte ein Bote an die Tür von Franziskas Kammer und ließ sie wissen, dass Ulrich Rüttel sie sprechen wollte. Ihr Herzschlag beschleunigte sich, als sie dem Mann zum Haus des Fürsprechers folgte. Würden ihr Vater und Martin bald freikommen? Ihr Magen knurrte, da sie kein Frühstück zu sich genommen hatte, um Geld zu sparen. Mehr als eine karge Mahlzeit am Tag erlaubte sie sich nicht mehr – in der Hoffnung, ihre Mittel so ein wenig strecken zu können.

»Es gibt Neuigkeiten«, empfing sie Ulrich Rüttel.

Wie sehr Franziska diese Worte inzwischen hasste! Sie faltete die Hände vor dem Bauch und blieb stehen, obwohl der Fürsprecher sie mit einer Handbewegung einlud, sich zu setzen.

»Ich habe meine Berufung beim Gericht von Landhofmeister und Räten vorgebracht«, sagte der Fürsprecher.

Etwas in seiner Stimme ließ Franziska den nächsten Satz fürchten.

»Euer Vater hat viele Feinde bei den herzoglichen Räten«, fuhr er fort. »Er ist ein überaus wichtiges Mitglied der Ehrbarkeit. Er und viele andere haben dafür gesorgt, dass eine geplante Vermögenssteuer für den Herzog abgelehnt worden ist.«

»Was hat diese Steuer mit dem Verbrechen zu tun, das ihm vorgeworfen wird?«, fragte Franziska.

»Es steht nicht gut um die herzoglichen Finanzen«, erklärte Ulrich Rüttel. »Die Staatskassen sind so gut wie leer.«

»Gewiss ist das nicht die Schuld meines Vaters.«

»Natürlich nicht«, räumte der Fürsprecher ein. »Aber viele der herzoglichen Räte hätten es gern gesehen, wenn diese Steuer zustande gekommen wäre.«

Franziska stöhnte. »Das heißt, sie werden meinen Vater nicht freisprechen?«

»Nicht so voreilig. Meine größte Befürchtung ist aus der Welt geräumt.«

Franziska sah ihn fragend an.

»Sebastian Welling, der Bürgermeister, ist ebenfalls ein Mitglied des herzoglichen Rates.«

»Heilige Muttergottes!«, hauchte Franziska.

»In diesem Fall hat jedoch der Marschall und Landhofmeister verfügt, dass er nicht über den Mann zu Gericht sitzen darf, dem der Mord an seinem Sohn vorgeworfen wird«, sagte Ulrich Rüttel. »Der Marschall ist ein äußerst verständiger Mann.« Er kam hinter seinem Schreibtisch hervor und lehnte sich an die Kante. Er betrachtete Franziska mit ernster Miene. »Ich will ehrlich mit Euch sein. Diese Berufung ist eine unsicherere Angelegenheit, als ich gedacht hatte. Etwa die Hälfte der Räte ist schlecht auf Euren Vater zu sprechen. Wir bräuchten dringend eine einflussreiche Stimme innerhalb des Gerichts, die Partei für Euren Vater ergreift.«

»Und wie sollen wir das bewerkstelligen?«, fragte Franziska.

»Ich hatte gehofft, dass Ihr das fragt«, sagte Ulrich Rüttel. Er legte die Fingerspitzen aneinander. »Einer der Räte, Rudolf von Ehingen, scheint großen Einfluss zu haben. Er hat sich bereit erklärt, Euch persönlich anzuhören.«

Franziska spürte, wie ihre Handflächen feucht wurden. »Aber was soll ich ihm denn sagen?«, fragte sie verzagt.

»Appelliert an seine Barmherzigkeit, an sein Mitleid. Erzählt ihm, was für ein Mensch Euer Vater ist, dass er niemals Mitwisser bei einem Mord gewesen wäre.«

»Was ist mit dem Geständnis?«, hakte Franziska nach.

»Der herzogliche Rat von Ehingen ist ebenfalls ein verständiger Mann. Er ist sich durchaus bewusst, dass unter der Folter nicht immer die Wahrheit ans Licht kommt.« Ulrich Rüttel ließ die Hände sinken. »Auch der Landhofmeister, Marschall Thumb von Neuenburg, ist auf der Seite Eures Vaters.«

Kein Wunder, dachte Franziska. Er war einer der besten Kunden ihres Vaters. »Was soll ich tun?«, fragte sie.

»Geht zurück in Euren Gasthof und wartet, bis ich einen Boten zu Euch schicke. Der wird Euch dann zum herzoglichen Rat geleiten.«

»Werdet Ihr auch dort sein?«, wollte Franziska wissen.

»Gott, nein!« Ulrich Rüttel lächelte dünn. »Bei dieser Unterredung kommt es nicht auf mein Geschick an, sondern auf das Eure.«

Wofür bezahle ich Euch dann, hätte Franziska am liebsten gefragt, doch sie schluckte die Worte hinunter. Wenn sie den Fürsprecher verärgerte, würde er vielleicht seine Bemühungen einstellen. Sie war auf ihn angewiesen.

»Es wird sich alles zum Guten wenden«, munterte Ulrich Rüttel sie auf. Dann brachte er sie zur Tür.

Auf dem Weg zurück zu ihrem Gasthof geriet Franziska in eine Gruppe von Handwerkern und Bauern, die an diesem Tag wegen des Marktes in der Stadt waren. Sie wirkten aufgebracht und tauschten erboste Worte.

»Das dürfen wir uns nicht gefallen lassen!«, schimpfte ein Mann, der an seiner Tracht als Metzger zu erkennen war. »Die

Großkopferten werden immer reicher, und das einfache Volk wird gerupft wie eine Gans.«

»Das ist doch nur Gerede«, versuchte ein anderer, ihn zu beschwichtigen. »Ich glaube nicht, dass es wirklich so weit kommt.«

»Glauben kannst du in der Kirche«, war die barsche Antwort.

»Als ob der erhöhte Weinzoll nicht schon genug wäre«, beschwerte sich ein Fuhrmann. »Die Reichen sind fein raus, aber wir müssen für jede Ladung Wein immer tiefer in die Tasche greifen. Wenn das so weitergeht, müssen die Leute bald mit Bier vorliebnehmen.«

»Hauptsache, der Herzog kann seine rauschenden Feste feiern«, knurrte der, der zuerst gesprochen hatte. »Und *wir* sollen diese sündigen Gastereien bezahlen.«

»Wenn das so weitergeht, kommt es hier auch bald zu einem Bundschuh«, orakelte der Fuhrmann.

»Sei bloß still!«, zischte einer der Bauern. »Sonst landest du auf dem Scheiterhaufen wie der Pfeifer von Niklashausen.«

»Das ist schon lange her«, erwiderte der Fuhrmann. »Wenn sich alle gegen die Großkopferten und den Herzog zusammentäten …«

Die Männer verstummten, da ihnen einige Marktwächter entgegenkamen.

Franziska, die andere Sorgen als den Weinzoll oder neue Steuern hatte, ließ die Gruppe hinter sich und war froh, als sie ihren Gasthof erreichte. Die Wolken am Himmel hatten sich inzwischen zu gewaltigen Bergen aufgetürmt; die Luft roch bereits nach Regen. Tatsächlich grollte der erste Donner, kaum dass sie die Tür ihrer Kammer hinter sich geschlossen hatte.

Unruhig setzte sie sich auf ihr Bett und zermarterte sich den Kopf darüber, was sie dem herzoglichen Rat sagen konnte, damit er für ihren Vater eintrat. Wenn sie nicht die richtigen

Worte fand, lastete die Schuld an allem, was geschah, auf ihren Schultern. Während sie noch grübelte, löste sie ihre Geldkatze vom Gürtel und schüttete die Münzen auf die Matratze. Lange würden ihre Mittel sie nicht mehr über Wasser halten. Je eher sie bei dem hohen Herrn vorsprechen konnte, desto besser. Sie zählte das Geld zurück in den ledernen Beutel und nagte auf ihrer Unterlippe herum. Dann legte sie sich die Worte zurecht, mit denen sie um das Leben ihres Vaters bitten würde. Was mit Martin geschah ... Der Gedanke war zu schmerzlich, um ihn zu Ende zu denken. Selbst wenn er freikam, würde sie ihn nicht heiraten können, hatte der Fürsprecher gesagt. Die einzige Möglichkeit war, seine Unschuld zu beweisen, doch mit ihrer Suche nach Zeugen hatte sie bisher nicht viel Glück gehabt. Dennoch beschloss sie, es erneut zu versuchen, sobald sie bei Rudolf von Ehingen vorgesprochen hatte.

Zweiundzwanzig

Es dauerte kaum zwei Stunden, bis der Bote des Fürsprechers an Franziskas Tür klopfte. »Ich soll Euch zum Rat bringen«, sagte er.

Franziska steckte aufgeregt eine widerspenstige Strähne zurück unter ihre Haube, strich die Röcke glatt und atmete tief durch. Dann folgte sie dem Burschen zum Marktplatz. Nachdem sie diesen mit einiger Mühe überquert hatten, brachte der Bote sie in die Nachbarschaft des Bebenhäuser Klosterhofes, wo sich die Häuser der mächtigsten und vornehmsten Familien der Stadt befanden. Bei einem dreigeschossigen Steingebäude, dessen Wände ockerfarbenes Fachwerk zierte, machte der Bursche halt. Ein Wappen über der Tür zeigte einen schwarzen Schild mit einem breiten goldenen Sparren, der die Fläche in Dreiecksform unterteilte. Darunter stand der Name des Adelsgeschlechts.

Franziskas Aufregung verstärkte sich noch, als der Bote den schweren Türklopfer betätigte. Wenig später öffnete ein Mann mit einem hageren Gesicht und musterte Franziska und ihren Begleiter mit strenger Miene.

»Der Fürsprecher Ulrich Rüttel schickt mich«, sagte Franziska. Ihre Stimme zitterte. »Ah«, war alles, was der Mann darauf erwiderte. Er gab dem Burschen ein Zeichen, worauf dieser sich verneigte, auf dem Absatz kehrt machte und Franziska stehen ließ.

»Tretet ein.«

In dem dunklen engen Flur verwandelte sich Franziskas Aufregung in Beklemmung. Mehrere Türen gingen von ihm ab, eine davon schien in eine große Gewölbehalle zu führen.

Der Mann deutete auf eine breite Treppe zum Obergeschoss. »Der Herr erwartet Euch«, sagte er und ging voran.

Mit jeder Stufe, die Franziska erklomm, wurden ihr Mund trockener und ihre Handflächen feuchter. Ihr Herz hämmerte in ihrer Brust, was nicht an der Anstrengung des Treppensteigens lag. Wie sollte sie sich dem hohen Herrn gegenüber verhalten? Was, wenn sie etwas Falsches sagte? Wie konnte sie einen so wichtigen Mann dazu bringen, Gnade zu zeigen?

»Hier entlang«, riss der Bedienstete sie aus den ängstlichen Gedanken. Er führte sie zu einer Rundbogentür, deren Rahmen mit aufwendigen Schnitzereien verziert war, was vermutlich ein Vermögen gekostet hatte. Umrankt von Efeu tummelten sich Tiere im Garten Eden; am Scheitel des Bogens griffen Adam und Eva nach dem verbotenen Apfel.

»Ihr dürft eintreten. Der Herr wird gleich bei Euch sein«, sagte der Mann, ließ Franziska ein und schloss die Tür hinter sich.

Trotz ihrer Aufregung sah sie sich staunend um. Der Raum war hoch und geräumig, die Wände gesäumt von teuren Heiligenbildern. In einer Ecke stand ein Hausaltar mit zwei Flügeln, welche die Geburt des Heilands zeigten. Der Boden war mit glasierten Tonfliesen belegt. Ein großer Kachelofen reichte bis unter die getäfelte Decke, daneben hingen fein gewebte Teppiche an der Wand. Ein Tisch und drei gepolsterte Stühle vervollständigten die Einrichtung. Die Sonne, die inzwischen wieder hinter den Wolken hervorgekommen war, malte ein

Muster auf die bunten Fliesen. Das Haus ihres Vaters war weiß Gott nicht ärmlich, aber dieser Prunk überstieg alles, was sie sich ausgemalt hatte. Da sie nicht wagte, sich zu setzen, blieb sie etwas verloren im Raum stehen und vergrub die Hände im Stoff ihres einfachen Kleides. Sie kam sich vor wie ein Eindringling.

Als wenig später die Tür aufging und ein hochgewachsener Mann den Raum betrat, zuckte sie zusammen.

»Da seid Ihr also«, begrüßte er sie mit einem Lächeln. Er trat auf sie zu und baute sich so dicht vor ihr auf, dass sie unwillkürlich einen Schritt zurück machte. Er war groß, fast so groß wie Jakob, allerdings hatte er die Statur eines Fasses. Auf seinem schulterlangen grauen Haar saß eine modische gestreifte Kappe, das zweifarbige Wams war ebenso auffällig. Es reichte bis zur Hüfte, und ein großzügiger Ausschnitt ließ Schulter und Nacken frei. Unter dem Wams trug er ein Seidenhemd mit bauschigen Ärmeln. An seinem Hals funkelte eine schwere goldene Kette. »Ihr seht Eurem Vater ähnlich, wisst Ihr das?« Seine wasserblauen Augen musterten Franziska mit unverhohlener Neugier.

Sie senkte hastig den Blick und verneigte sich ehrerbietig. »Hoher Herr«, hob sie an, »ich danke Euch, dass Ihr mich empfangt.«

Rudolf von Ehingen winkte ab. »Euer Vater ist ein ehrenwerter Mann, ein herausragendes Mitglied des städtischen Magistrats.« Er schmunzelte. »Außerdem hat er den besten Wein in ganz Stuttgart.«

Franziska spürte Erleichterung in sich aufsteigen. Der Fürsprecher schien mit seiner Einschätzung recht gehabt zu haben. Der herzogliche Rat Rudolf von Ehingen wirkte wie ein verständiger Mann.

»Wie kann ich Euch helfen?«, fragte er, nachdem er in einem der gepolsterten Stühle Platz genommen hatte.

Franziska blieb stehen. »Mein Vater ist unschuldig!«, platzte es aus ihr heraus.

Rudolf von Ehingen zog eine Braue hoch.

»Er wäre niemals zu so einem Verbrechen fähig«, fuhr sie hastig fort. »Bitte! Habt Erbarmen mit ihm, zeigt Gnade, sprecht ihn von den schrecklichen Vorwürfen frei!«

»Soviel ich weiß, hat er die Tat gestanden«, wandte der Rat ein.

»Unter der Folter.« Franziska trat vor seinen Stuhl und sank auf die Knie. »Ich flehe Euch an, lasst nicht zu, dass man ihn hinrichtet. Er ist ein guter Mensch, und ohne ihn …« Ihre Stimme erstarb in einem Schluchzen.

»Aber, aber, Kindchen«, brummte Rudolf von Ehingen. »Wer wird denn weinen. Hier.« Er erhob sich, half ihr auf die Beine und hielt ihr ein Seidentüchlein hin, mit dem sie ihre Tränen trocknen konnte. Dabei streifte seine Hand wie zufällig ihre Brust.

Franziska spürte die Berührung kaum. Beschämt wischte sie sich mit dem Tuch die Augen und rang um Fassung. »Mein Vater ist kein Verbrecher«, sagte sie mit erstickter Stimme.

Rudolf von Ehingen fasste sie bei den Schultern und sah sie durchdringend an. »Ihr bittet mich also darum, meinen Einfluss geltend zu machen?«

Franziska nickte zaghaft.

»Warum sollte ich das tun?«

Die Worte ließen Franziska blinzeln.

Er hob die Hände, die Handflächen nach oben, und schüttelte den Kopf. »Die anderen Mitglieder des Gerichts sind nicht unbedingt derselben Meinung wie ich, was den Leumund Eures Vaters angeht.«

»Aber der Landhofmeister …«

»Der Landhofmeister wird sich der Mehrheit anschließen«, unterbrach er sie.

Franziska öffnete den Mund, kam jedoch nicht dazu, etwas zu erwidern.

»Wenn Ihr wollt, dass ich mich für Euren Vater einsetze, müsst Ihr mir eine Gegenleistung bieten.« Er zuckte mit den Schultern. »Ihr wisst doch: Eine Hand wäscht die andere.«

»Aber ich habe kein Geld«, hauchte Franziska.

Rudolf von Ehingen lachte. »Wer spricht denn von Geld?« Er trat näher, nahm ihr das Tüchlein ab und tupfte ihr damit eine Träne aus den Wimpern. Dann steckte er es ein und fasste sie bei den Armen. »Eine schöne junge Frau wie Ihr hat Besseres zu bieten als Geld«, sagte er.

Franziska erstarrte. »Was … was meint Ihr?«, stammelte sie.

»Oh, bitte!« Er schüttelte den Kopf. »Stell dich doch nicht dümmer, als du bist!« Er verstärkte seinen Griff, beugte sich zu ihr hinab und verschloss ihren Mund mit seinen Lippen.

Franziska versuchte, sich von ihm loszumachen, aber sein Griff war eisern. Hilflos musste sie es über sich ergehen lassen, dass er seine Zunge in ihren Mund zwang und darin herumstocherte. Erst als sie würgte, ließ er von ihr ab.

»Wie könnt Ihr es wagen!«, keuchte sie. »Lasst mich sofort los!«

Er zog die Hände zurück und lachte ihr ins Gesicht. »Ist dir der Preis etwa zu hoch?«

Franziska wischte sich mit dem Ärmel über den Mund und hielt sich nur mit Mühe davon ab, angeekelt vor ihm auf den Boden zu spucken. Das Leben ihres Vaters lag in seiner Hand. »Eure Gemahlin …«

»Meine Gemahlin ist seit Jahren tot und begraben«, fiel er ihr barsch ins Wort. Dann packte er sie erneut und sah mit einem Ausdruck in den Augen auf sie hinab, der ihr Angst machte. »Du solltest dich schleunigst entscheiden, was du willst«, zischte er. »Wenn du nicht bereit bist, den Preis zu bezahlen, den ich verlange, dann verschwinde!« Er stieß sie von sich.

Franziska rieb sich die schmerzenden Arme. Als er erneut einen Schritt auf sie zumachte, floh sie wie von Furien gehetzt aus dem Raum. Sie wäre beinahe über ihre Röcke gestolpert, als sie die Treppe hinunterrannte und auf die Eingangstür zueilte. Keuchend zog sie sie auf, stolperte ins Freie und suchte Schutz in einer Gruppe Mönche, die in diesem Moment vom Bebenhäuser Hof in Richtung Marktplatz ging.

Dreiundzwanzig

»Gütiger Jesus, hilf mir!«, flehte Franziska wenig später vor dem Altar der Stiftskirche. Sobald sie sicher gewesen war, dass Rudolf von Ehingen ihr nicht folgte, hatte sie sich in der Kirche verkrochen, um Gott um Beistand anzurufen. »Was soll ich jetzt nur tun?«, wisperte sie. Das Bild des gekreuzigten Heilands verschwamm, als sich ihre Augen erneut mit Tränen füllten. Was Rudolf von Ehingen von ihr verlangte, war unmöglich. Wenn sie ihm zu Willen war, verlor sie nicht nur ihre Ehre, sie würde für diese Sünde bis in alle Ewigkeit im Fegefeuer brennen. Schlug sie seine Forderung hingegen aus, war das Leben ihres Vaters mit Sicherheit verwirkt. Vermutlich würde der durch ihre Weigerung beleidigte Ehingen alles daransetzen, die Berufung so schnell wie möglich abzuschmettern. »Herr, gib mir Kraft, das Richtige zu tun«, flehte sie. Mit zitternden Händen zündete sie eine Kerze an, opferte einen ihrer wenigen Pfennige und versank noch tiefer im Gebet.

Sie wusste nicht, wie lange sie auf dem harten Steinboden gekniet hatte, doch irgendwann ertönten Schritte, und Stimmen hallten von den hohen Wänden wider. Da Franziska von niemandem gesehen werden wollte, erhob sie sich mit steifen Gliedern und zog sich in eine Nische zurück, in der die

Heilige Lucia aus leeren Augenhöhlen auf sie herabblickte. Als kurz darauf eine reich gekleidete Dame mit einem Gefolge von einem halben Dutzend Soldaten und zwei jungen Frauen auftauchte, erkannte Franziska die Herzogin. Einen Moment lang war sie versucht, aus ihrem Versteck hervorzukommen, sich vor Sabina von Bayern auf die Knie zu werfen und sie um Hilfe anzuflehen. Doch ihr Verstand sagte ihr, dass dieses Vorhaben sinnlos war, da sich die mächtigste Frau im Herzogtum ganz gewiss nicht für ihr Problem interessieren würde. Sie zog sich weiter in die Nische zurück und hielt die Luft an, als die kleine Prozession an ihr vorüberging und schließlich zum Stehen kam.

»Wartet draußen!«, hörte sie die Herzogin sagen.

»Aber gnädige Frau!«, protestierte einer der Soldaten.

»Dies ist ein Haus Gottes«, gab die Herzogin zurück. »Hier wird mir wohl kaum jemand nach dem Leben trachten. Ich rufe nach euch, falls ich euch brauche.«

Sporengeklirr und schwere Schritte verrieten Franziska, dass die Männer dem Befehl gehorchten.

»Euch brauche ich auch nicht«, sagte die Herzogin, offenbar an ihre Hofdamen gewandt.

Daraufhin raschelte Stoff, und die Frauen entfernten sich ebenfalls in Richtung Kirchenpforte.

»Dem Himmel sei Dank!«, hörte Franziska die Herzogin murmeln. Dann knarrte die Tür eines Beichtstuhls, und es kehrte Ruhe ein.

Franziska biss sich auf die Lippe. Wie sollte sie sich verhalten? Sie wollte sich gerade aus der Nische lösen, um durch einen der Nebenausgänge ins Freie zu huschen, als sich die Tür zur Sakristei öffnete und der Priester erschien. Als sie vorsichtig hinter einer Säule hervorlugte, sah sie, wie der Mann sich dem Beichtstuhl näherte, in dem sie die Herzogin vermutete. Ein Gedanke schoss ihr durch den Kopf. Sollte sie sich ebenfalls einem Geistlichen anvertrauen? Was würde ein Mann

Gottes ihr in ihrer Lage wohl raten? Vermutlich, dass sie auf den Barmherzigen vertrauen und den Dingen ihren Lauf lassen sollte. Sie seufzte leise. Auch ihr Vater hatte ihr geraten, auf Gottes Weisheit zu vertrauen, doch dieses Vertrauen würde ihm nicht das Leben retten. Anstatt auf ein Wunder zu hoffen, würde sie das Schicksal in die eigenen Hände nehmen müssen. Sie fasste einen Entschluss. Auch wenn ihr die Scham das Blut in die Wangen trieb und sie nicht wusste, ob ihr Opfer die Gnade des Gerichts beeinflussen konnte, blieb ihr keine andere Wahl. Mit schwerem Herzen kehrte sie der Heiligen Lucia den Rücken und machte sich auf den Weg zu einer kleinen Seitentür. Sie hatte sie fast erreicht, als die Stimmen im Beichtstuhl sie innehalten ließen. Vorsichtig sah sie sich um, dann schlich sie näher und drückte das Ohr ans Holz. Vielleicht erfuhr sie etwas, was sie zu ihrem Vorteil nutzen konnte.

* * *

»Was brennt dir auf der Seele, meine Tochter?«, erklang die Stimme des Priesters durch die Abtrennung im Inneren des Beichtstuhls.

Sabina von Bayern kniff die Augen zusammen, um im Dämmerlicht erkennen zu können, welcher Pfaffe ihr gegenübersaß, doch das Gitter war zu engmaschig. Sie hoffte, dass er sie ebenfalls nicht erkannte, da sie nie sicher sein konnte, wen Ulrich gekauft hatte. Lange Zeit hatte sie der Versuchung widerstanden, doch an diesem Tag brannte die Schuld so heiß in ihr, lastete die Sünde so schwer auf ihrem Herzen, dass sie die Absolution brauchte wie eine Verdurstende das Wasser.

»Vater, ich habe gesündigt«, flüsterte sie.

»Welche Schuld hast du auf dich geladen?«

»Ich begehre einen Mann, der nicht mein vor Gott angetrauter Gemahl ist.«

»Hast du Ehebruch mit ihm begangen?«

»Ja.« Die Antwort war so leise, dass sie kaum zu hören war.

Einige Augenblicke herrschte Schweigen, dann ließ sich der Priester wieder vernehmen. »Die Heilige Schrift sagt: Du sollst nicht ehebrechen. Ehebruch ist eine schwere Sünde.«

»Ich weiß, Pater«, erwiderte Sabina. »Aber ich kann nicht von ihm lassen.«

»Dann tu Buße und kehre in dich, damit deine sündige Seele wieder zur Reinheit findet.«

Sabina senkte den Kopf. Wie gern sie den Rat befolgt hätte. Wenn sie Ulrich nur nicht so unglaublich gehasst hätte. Dann wäre es ihr gewiss leichter gefallen, die verbotene Verbindung mit ihrem Liebhaber zu brechen.

»Das habe ich versucht, Pater«, entgegnete sie. »Aber mein Fleisch ist zu schwach. Ich …« Sie brach den Satz ab, als sie ein Geräusch von außerhalb des Beichtstuhls vernahm. »Was war das?«, fragte sie.

»Wie bitte?«

Ohne dem Pfaffen zu antworten, öffnete Sabina die Tür des Beichtstuhls und zwängte sich ins Freie. Sie sah gerade noch, wie eine dunkle Gestalt den Gang entlanglief und durch einen Nebenausgang verschwand.

»Meine Tochter!«, ertönte die Stimme des Priesters aus dem Beichtstuhl.

Sabina hörte ihn kaum. Vergessen waren die Schuld, der Wunsch nach Sühne und die Worte, nach denen sie sich so sehr gesehnt hatte. Jemand hatte ihre Beichte belauscht. Ohne nachzudenken, raffte sie ihre Röcke und eilte der Gestalt hinterher. Atemlos kam sie hinter der Stiftskirche an und blinzelte ins grelle Sonnenlicht. »Das darf doch nicht wahr sein!«, schimpfte sie, als sie das dichte Gedränge auf dem Platz sah. Von der Gestalt, die sie in der Kirche gesehen hatte, war nichts mehr zu entdecken. Mit grimmiger Miene umrundete sie die Kirche, wo ihr die Soldaten und ihre Hofdamen erstaunt entgegenblickten.

»Herrin?«

»Bringt mich zurück ins Schloss!«, befahl Sabina. Wer auch immer sie belauscht hatte, stand vermutlich in Ulrichs Diensten. Doch wenn dieser Mistkerl dachte, dass er sie mit einer belauschten Beichte erpressen konnte, hatte er sich getäuscht.

Vierundzwanzig

Franziskas Herz hämmerte bis zum Hals, als sie es schließlich wagte, die Schritte zu verlangsamen und über die Schulter zu schauen. Zu ihrer Erleichterung war von der Herzogin keine Spur zu entdecken, da Fuhrwerke, Reiter und Fußvolk Schutz vor Blicken boten. Sie presste die Hände auf ihre stechenden Seiten und schöpfte keuchend Atem. Während der Schmerz allmählich nachließ, verpuffte die Erleichterung und Verdruss trat an ihre Stelle. Warum war sie davongelaufen wie ein Hase? Wäre sie nicht so kopflos geflohen, hätte sie die Gelegenheit vielleicht doch nutzen können, um der Herzogin ihre verzweifelte Lage zu schildern.

Sie rümpfte die Nase. *Nachdem du ihre Beichte belauscht hast?*, schalt sie sich selbst. Das, was sie mitangehört hatte, machte sie zu einer gefährlichen Feindin für Sabina von Bayern. Wenn sie versuchte, dieses Wissen zu ihrem eigenen Vorteil zu nutzen, würde sie vermutlich in einem dunklen Kerker verschwinden, in dem man sie bis ans Ende ihrer Tage verrotten ließ. Sie schloss die Augen und stieß einen tiefen Seufzer aus. Hatte Gott ihr ein Zeichen gesandt? War *Er* es gewesen, der sie zum Beichtstuhl geführt und ihr das Geheimnis der Herzogin offenbart hatte? Wenn selbst die Herzogin so sündig war …

Sie zog sich in eine schmale Gasse zurück und legte die Hand auf ihr Kruzifix. »Vergib mir, Herr«, murmelte sie. Trotz allem, was in der Kirche geschehen war, stand ihr Entschluss fest. Es gab keine andere Möglichkeit, Martin und ihrem Vater zu helfen. Nachdem sie einige Augenblicke um Fassung gerungen hatte, trat sie wieder ins grelle Sonnenlicht des Platzes und ging denselben Weg zurück, den sie gekommen war. Kurz darauf stand sie erneut vor dem prachtvollen Gebäude mit dem ockerfarbenen Fachwerk.

Der Bedienstete, der ihr bereits bei ihrem ersten Besuch die Tür geöffnet hatte, zog die Brauen hoch. »Habt Ihr etwas vergessen?«, erkundigte er sich.

Franziska nickte. »Führt mich zu Eurem Herrn.«

»Erwartet er Euch?«

Franziska hätte beinahe laut gelacht. Stattdessen verzog sie den Mund zu einem dünnen Lächeln und nickte. »Er wird sicher erfreut sein, mich zu sehen.«

Der Mann verzog keine Miene, ließ sie ein und führte sie zu derselben Tür im Obergeschoss, durch die sie geflohen war.

»Wartet hier!«, wies er sie an.

Und wieder stand Franziska in dem Raum, dessen Prunk ihr mit einem Mal bedrückend vorkam. Mit Schaudern dachte sie an den Kuss zurück, an das widerwärtige Gefühl der Zunge in ihrem Mund, die grapschenden Hände und den Geruch von Zwiebeln, den Rudolf von Ehingen verströmt hatte. Was erwartete sie noch? Sie zuckte zusammen, als unvermittelt Schritte ertönten und die Tür zu einem angrenzenden Zimmer geöffnet wurde.

Rudolf von Ehingen bedachte sie mit einem kühlen Blick. »Sieh da. Du hast es dir anders überlegt.« Es war eine Feststellung, keine Frage.

Franziska stand wie angewurzelt da und schlug die Augen nieder, als er auf sie zukam.

»Eine weise Entscheidung«, brummte er.

Sie hielt die Luft an und wartete darauf, dass er sie wieder an sich ziehen und seinen Mund auf den ihren pressen würde, doch nichts dergleichen geschah. Stattdessen sagte er: »Komm heute Abend nach Einbruch der Dunkelheit zum Gasthof Löwen hinter der Waag.«

Franziska hob den Blick.

»Ich kann ja wohl kaum zulassen, dass sich das Gesinde die Mäuler zerreißt«, erklärte er. »Schließlich bin ich ein angesehener Mann, ein herzoglicher Rat, der es nicht mit jeder dahergelaufenen Hure treiben kann.«

Franziska errötete. »Ich bin keine Hure«, sagte sie leise.

»Das weißt du, das weiß ich, aber das Gesinde …« Er machte eine wegwerfende Handbewegung. »Warum unnötig Öl ins Feuer gießen?«

Franziska schluckte trocken. »Ich werde da sein.«

»Fein.« Er klatschte in die Hände. »Warte in der Schankstube auf mich.« Er holte eine Münze aus seiner Geldkatze hervor und steckte sie Franziska in die Rocktasche. Die Berührung ließ sie frösteln. »Und jetzt lass mich allein. Ich habe noch allerhand zu erledigen.« Er öffnete die Tür zum Korridor und schob sie aus dem Zimmer.

Wie vom Donner gerührt starrte Franziska auf die Tür. Ihr Blick blieb an der geschnitzten Figur der Schlange hängen, die Adam und Eva zum Ungehorsam verführt hatte. Hatte sie soeben ihre Seele an den Teufel verkauft? Sie riss sich von der aufwendigen Schnitzerei los und ging die Treppen hinab, um sich wenig später im Freien wiederzufinden. Einen Moment lang war sie versucht, den Fürsprecher aufzusuchen und ihn zu fragen, ob er gewusst hatte, was Rudolf von Ehingen als Gegenleistung verlangte. Doch sie verwarf den Gedanken so schnell, wie er gekommen war, und verkroch sich für den Rest des Tages in der Kammer in ihrem Gasthof.

Als der Abend dämmerte, sank ihr Mut. Ein Teil von ihr wäre am liebsten fortgelaufen, hätte die Stadt und den widerwärtigen herzoglichen Rat weit hinter sich gelassen. Doch mit einer feigen Flucht hätte sie nicht nur das Todesurteil ihres Vaters besiegelt, sondern sich in höchste Gefahr begeben. Wo sollte sie auch hin? Sie besaß kaum mehr genug, um sich ihre Unterkunft leisten zu können, und ohne die schützenden Mauern der Stadt würde sie vermutlich geschändet und ermordet in einem Graben landen. Sie machte sich keine Sekunde lang etwas vor. Ihr Schicksal lag einzig und allein in der Hand des Rudolf von Ehingen. So schluckte sie ihre Furcht und ihre Abscheu hinunter, verließ den Gasthof und fand sich kurze Zeit später in der Schankstube des Löwen. Zu ihrer Erleichterung achtete niemand auf sie, sodass sie sich mit einem Becher Wein in eine dunkle Ecke zurückziehen konnte. Als könnte er ihr Halt geben, klammerte sie sich daran fest und wartete auf Rudolf von Ehingen.

Fast zwei Stunden verstrichen, bis er die Schankstube betrat und sich suchend nach ihr umsah. Als er sie entdeckte, nickte er ihr zu, bevor er einige Worte mit dem Wirt tauschte. Dann trat er an ihren Tisch.

»Komm«, sagte er ohne weiteren Gruß.

Mit zitternden Händen stellte Franziska den Becher ab und erhob sich. Der Wein war ihr in den Kopf gestiegen, machte sie fast ein wenig schwindelig. Wie im Traum folgte sie ihm in einen Teil des Gasthofes, in dem sich Schlafkammern befanden.

Vor einer der Türen machte er halt, zog sie auf und ließ Franziska mit einer spöttischen Geste den Vortritt.

Der fensterlose Raum war schmucklos und klein. Ein seltsam muffiger Geruch schlug Franziska entgegen, vermischt mit dem penetranten Gestank eines schlecht gereinigten Nachttopfes. Sie rümpfte die Nase, als sie den Ursprung der üblen Ausdunstungen in einer Ecke neben einer kleinen Truhe entdeckte.

»Das entspricht wohl nicht Euren Vorstellungen, gnädige Frau?«, höhnte Rudolf von Ehingen. Ihn schien die Schäbigkeit der Kammer nicht im Geringsten zu stören. Sobald er den Riegel vorgeschoben hatte, nahm er die Kappe ab und streifte Schuhe, Wams und Hemd ab. Dann fing er an, die Knöpfe an seinem Hosenlatz zu lösen, an denen die engen Strümpfe befestigt waren.

Franziska wandte den Blick ab.

»Worauf wartest du?«, fragte er, als nur noch eine Bruch, eine leinene Unterhose, seine Blöße bedeckte. »Zieh dich aus!«

Einen Moment lang spielte Franziska mit dem Gedanken, aus der Kammer zu fliehen, doch vor dem Schicksal gab es kein Entkommen. Während Rudolf von Ehingen sich auch noch seiner Bruch entledigte, nestelte sie an der Schnürung ihres Kleides.

»Das dauert mir zu lange.« Er packte sie beim Handgelenk und zog sie aufs Bett zu. Ohne lange zu fackeln, drückte er sie auf die Matratze und schob ihre Röcke hoch.

Obwohl Franziska die Augen schließen wollte, blieb ihr Blick entsetzt an seiner Männlichkeit haften.

Er zwang ihre Beine auseinander und kniete sich zwischen sie, um mit seinen Händen ihre Oberschenkel zu betatschen. »Mmmmmm«, murmelte er. Seine Finger wanderten weiter, erreichten ihre geheimste Stelle und gruben sich in ihr Haar.

Franziska rang die Übelkeit nieder, die bei seiner Berührung in ihr aufstieg. Es würde gewiss nicht lange dauern. Wenn sie einfach nur still dalag, war es vermutlich schnell vorbei. Die Scham war wie flüssiges Feuer, das sich über ihren Körper ergoss. Als er sich unvermittelt auf sie senkte und grob in sie eindrang, durchzuckte sie ein stechender Schmerz. Dieser verstärkte sich bei jeder Bewegung, und sie konnte ein leises Wimmern nicht unterdrücken.

»Es gefällt dir, nicht wahr?«, keuchte er.

Angeekelt wandte sie den Kopf ab und starrte den schmutzigen Nachttopf an. Während er immer heftiger in sie stieß, biss sie die Zähne aufeinander und ließ die hässliche Schüssel vor den Augen verschwimmen.

Fünfundzwanzig

Als sich Rudolf von Ehingen wenig später mit einem zufriedenen Grunzen von ihr rollte, sich erhob und anfing, sich anzuziehen, fühlte Franziska sich schmutzig und weggeworfen. Ihr Unterleib schmerzte, und sie spürte etwas Warmes an ihren Schenkeln hinablaufen. Der Gestank des Nachttopfes steckte ihr ebenso in der Nase wie der widerliche Geruch des Atems, den der Mann ihr die ganze Zeit über ins Gesicht gekeucht hatte. Hastig schob sie ihre Röcke nach unten und wickelte sie um die Beine. Das Bettlaken war blutbefleckt.

»Morgen zur selben Zeit«, sagte er, nachdem er in seine Schuhe geschlüpft war.

Die Worte ließen Franziska alle Farbe aus dem Gesicht weichen. »Was?«, flüsterte sie.

»Du wirst morgen zur selben Zeit wieder hier auf mich warten!«, befahl er. Mit einer lässigen Geste warf er ein paar Pfennige aufs Bett. »Hier, iss meinetwegen etwas auf meine Kosten.«

Franziska öffnete den Mund, um ihm zu sagen, dass er sich zur Hölle scheren sollte, brachte jedoch keinen Ton hervor. Sie war ihm vollkommen ausgeliefert. Bis zum Tag der Berufung würde sie tun müssen, was er von ihr verlangte. Die Erkenntnis war wie ein Schlag in die Magengrube.

»Dein Vater kann stolz sein auf seine gehorsame Tochter«, spottete er.

Franziska sah ihn erschrocken an. »Ihr dürft ihm nichts hiervon …«

Er grinste. »Keine Angst, von mir erfährt er nicht, welchen Preis dir sein Leben wert ist. Solange du dich an die Abmachung hältst, werde ich meinen Teil erfüllen.« Mit diesen Worten kehrte er ihr den Rücken und ließ sie in der schäbigen Kammer allein.

Franziska starrte einige Zeit lang auf die Tür in der Angst, er könnte zurückkommen, doch schließlich lehnte sie sich mit dem Rücken an die Wand und zog die Beine an. Die Ungeheuerlichkeit dessen, was passiert war, ließ sie frösteln. Von jetzt an würde sie keiner ehrbaren Frau mehr in die Augen blicken können, ohne die eigene Schande zu sehen. Sie war schlimmer als Eva, eine Hure, eine gefallene Frau, für die es keine normale Zukunft mehr gab. Einen Augenblick lang fragte sie sich, ob Rudolf von Ehingen der Leibhaftige war, da er nicht weniger als ihre Seele gefordert hatte.

Als ihr der Geruch ihrer Sünde in die Nase stieg, erhob sie sich mit schwachen Beinen und verließ die Kammer ebenfalls. Auf dem Weg zum Ausgang durchquerte sie die Schankstube. Dabei hatte sie den Eindruck, alle Blicke seien auf sie gerichtet. So schnell sie konnte, floh sie aus dem Gasthof und machte sich auf die Suche nach einem Badehaus. Auch wenn sie nicht mehr viel Geld besaß, musste sie die Spuren seiner Berührung von ihrer Haut schrubben.

Es dauerte nicht lange, bis sie eines der zahlreichen Badehäuser fand, dessen kleine Fenster hell erleuchtet waren. Zögernd erklomm sie die Treppe zum Eingang und holte tief Luft, ehe sie die dämmrige Eingangshalle betrat. Obwohl es noch früh am Abend war, herrschte bereits reger Betrieb. Der Geruch von Seife, Salz und Schwefel lag in der Luft und vermischte sich mit dem Duft frisch zubereiteter Speisen. Franziska durchquerte die Halle und betrat einen großen Raum, an dessen Ende ein riesiger befeuerter Kessel dafür sorgte, dass genug heißes Wasser für die Badenden zur Verfügung stand.

In abgetrennten Nischen befanden sich die Badezuber, in denen die Gäste sich nicht nur von Bademägden säubern ließen, sondern auch ein üppiges Abendessen zu sich nehmen konnten. Ein Spielmann saß gelangweilt an einem Tresen, hinter dem Franziska eine junge Frau entgegenlächelte.

»Was kann ich für Euch tun?«, fragte sie.

Franziska warf einen Blick auf die Badeordnung, die an der Wand angeschlagen war, und überflog die Preise. »Ich hätte gerne ein Wannenbad«, sagte sie, auch wenn sie die zwei Pfennige schmerzten.

»Folgt mir.« Die junge Frau kam hinter dem Tresen hervor und führte Franziska vorbei an den Nischen in eine Kammer, in der etwa ein Dutzend Badezuber aufgereiht war. In einem der Bottiche saß bereits eine ältere Frau, die sich genüsslich das Haar einseifte.

»Nebenan befindet sich die Schwitzkammer«, informierte das Mädchen Franziska.

»Ich möchte nur baden«, entgegnete sie und wehrte die junge Frau ab, als sie ihr beim Entkleiden helfen wollte. Wenn sie ihr zu nahe kam, so fürchtete Franziska, konnte sie den Geruch der Sünde ebenfalls bemerken. Den Blick fest auf den Boden geheftet, schlüpfte sie aus ihrem Kleid, während die Bademagd den Zuber mit kaltem und heißem Wasser füllte.

»Falls es Euch zu kühl ist, lasst es mich wissen«, sagte die junge Frau.

Franziska nickte, erklomm die kleine Leiter am Rand des Bottichs und stieg hinein. Das Wasser war so warm, dass

Dampfschwaden aufstiegen und sie umhüllten. Auf dem Rand des Zubers stand eine Flasche mit Seifenlauge, die sie entkorkte, um einige Tropfen davon auf ihre Handfläche zu träufeln. Für einen Aufpreis hätte die Bademagd sie mit einer Bürste oder einem Waschhandschuh bearbeitet, doch allein die Vorstellung einer fremden Berührung ließ Franziska schaudern.

Vorsichtig betastete sie unter Wasser die Innenseiten ihrer Beine, die von den groben Berührungen schmerzten. Auch ihr Unterleib tat immer noch weh, allerdings half das warme Wasser gegen die Schmerzen. Die Blutung schien inzwischen aufgehört zu haben, da sich das Wasser im Bottich nicht sofort rot färbte. Sie nahm einen Schwamm von der Bademagd entgegen und begann, sich von Kopf bis Fuß abzuseifen. Auch ihr Haar wusch sie, und dann lehnte sie sich in dem Bottich zurück und schloss die Augen.

Ihre Ehre war für immer verloren. Dieser Gedanke traf sie erneut mit solcher Wucht, dass sie einen leisen Laut von sich gab.

»Geht es dir nicht gut, Kindchen?«, fragte die Alte in dem anderen Bottich.

Franziska schenkte ihr ein gezwungenes Lächeln. »Nein, es ist alles gut«, log sie. Die Scham schien sich mit jeder Minute zu verstärken, sie wusste nicht, wie sie ihrem Vater und Martin gegenübertreten sollte. Die beiden durften niemals erfahren, was sie für ihr Leben und ihre Freiheit bezahlt hatte. Nur der Gedanke, dass ihre Lieben bald der Gefangenschaft entkommen würden, hielt sie zusammen. Ansonsten wäre sie in tausend Stücke zerbrochen.

Erst als das Wasser abkühlte und ihre Fingerkuppen weiß und runzelig wurden, stieg Franziska aus dem Zuber. Sie trocknete sich mit einem bereitliegenden Handtuch ab. Dann kämmte und flocht sie ihr nasses Haar und machte sich auf den Weg zu ihrem Gasthof. Dort verkroch sie sich in ihrer Kammer, allerdings fand sie in dieser Nacht so gut wie keinen Schlaf. Als der Morgen graute, fühlte sie sich wund und zerschlagen. Obwohl die Scham sie innerlich fast auffraß, zwang sie sich, aufzustehen und den Tag so zu beginnen, als wäre nichts geschehen.

Sechsundzwanzig

Eine Woche lang ging Franziska jeden Abend in das Wirtshaus, um Rudolf von Ehingen zu Willen zu sein. Als endlich an einem sonnigen und heißen Morgen ein Bote des Fürsprechers an die Tür ihrer Kammer klopfte, wagte sie kaum mehr zu hoffen, dass ihr Martyrium vorüber sein könnte.

»Ich soll Euch zu meinem Herrn bringen«, sagte der Bursche. »Heute findet der Prozess vor dem Berufungsgericht statt.«

Franziskas Puls machte einen Satz. Mit fahrigen Bewegungen rückte sie die Haube auf ihrem Haar zurecht und fand sich wenig später vor dem Haus von Ulrich Rüttel wieder.

Der erwartete sie bereits. »Das Gericht hat über die Berufung entschieden«, informierte er sie. »Ich denke, es ist ein gutes Zeichen, dass es so schnell ging.«

Franziska wich seinem Blick aus und fragte sich, ob er wusste, welchen Preis sie für ein gutes Wort von Rudolf von Ehingen bezahlt hatte. Falls es ihm bewusst war, ließ er sich nichts anmerken.

»Seid frohen Mutes«, munterte er sie auf. »Vermutlich könnt Ihr Euren Vater in wenigen Stunden in die Arme schließen.«

»Und Martin?«, fragte Franziska.

»Wird hoffentlich im schlimmsten Fall mit einer Geldstrafe oder einer Verbannung aus der Stadt davonkommen«, war die Antwort. Er packte einige Papiere in seine Tasche, warf sich einen leichten Umhang über und bedeutete Franziska, ihm zu folgen.

Als sie wenig später auf dem Marktplatz ankamen, runzelte sie verwundert die Stirn. »Das Gericht von Landhofmeister und Räten tagt ebenfalls im Herrenhaus?«

Ulrich Rüttel nickte.

Wie beim letzten Mal begaben sie sich auch an diesem Tag ins erste Obergeschoss, wo sie von einem Gerichtsdiener zu einem Saal ganz am Ende des langen Ganges geführt wurden. Offenbar beanspruchten die herzoglichen Räte andere Räumlichkeiten für sich als der Vogt und das Stadtgericht.

Franziskas Herz dröhnte wie eine Kesselpauke, als der Diener die Tür öffnete und sie mit dem Fürsprecher den dahinterliegenden Raum betrat.

Anders als beim Stadtgericht befanden sich in diesem Gerichtssaal nicht einmal zwei Dutzend Männer. Sie saßen allesamt an einem langen Tisch, der mit dem Wappen des Hauses Württemberg geschmückt war. Nur durch eines der hohen Fenster fiel etwas Sonnenlicht auf den dunklen Dielenboden, der die Spuren zahlloser Stiefel trug. Die dunkle Holztäfelung verlieh dem Raum zusätzliche Düsternis, und Franziska fühlte sich augenblicklich beklommen. Als ihr Blick auf Rudolf von Ehingen fiel, schoss ihr flammende Röte in die Wangen.

»Hohes Gericht.« Ulrich Rüttel verneigte sich tief.

Franziska tat es ihm gleich.

»Herr Fürsprecher«, begrüßte ihn ein stattlicher Mann, den Franziska als den Marschall und Landhofmeister des Herzogs erkannte. In seinen Händen und denen der versammelten Räte lagen die Schicksale von Martin und ihrem Vater.

»Das Gericht ist zu einem Urteil gekommen«, verkündete der Marschall. »Führt die Gefangenen herein!«, befahl er zwei Soldaten, welche die Richterbank flankierten.

Franziska stand wie angewurzelt auf der Stelle und wagte nicht, einem der hohen Herren ins Gesicht zu blicken. Allein die Vorstellung, Rudolf von Ehingen könnte ihr Geheimnis verraten haben, ließ in ihr den Wunsch aufkommen, im Erdboden zu versinken. Allerdings trat die Scham in den Hintergrund, als die Tür aufging und die Soldaten die Gefangenen in den Saal brachten.

Wieder klirrten die Ketten bei jedem Schritt. Franziskas Vater wirkte noch schwächer und bleicher als beim letzten Mal, Martin konnte kaum mehr selbst gehen. Zwar schienen die oberflächlichen Wunden verheilt zu sein, doch die Gefangenschaft hatte sie geschwächt und ausgemergelt. Ihr Vater war nur noch ein Schatten seiner selbst.

Franziska biss die Zähne aufeinander. Was hatten sie ihnen im Loch angetan? Hatte man sie erneut gefoltert? Oder war ihnen Essen und Trinken verweigert worden? Sie murmelte ein Gebet und hoffte, dass Gott seine Ohren nicht vor einer Sünderin wie ihr verschloss.

»Führt die Gefangenen vor die Bank«, wies der Marschall die Soldaten an.

Kaum hatten diese den Befehl befolgt, erhob er sich, stemmte die Fäuste auf den Tisch und fasste Franziskas Vater und Martin ins Auge. »Herr Fürsprecher, Johannes Hochperger, Martin Wengert«, sagte er. »Nach reiflicher Überlegung und Beratung ist dieses Gericht zu dem Schluss gekommen, dass das Urteil des Stadtgerichtes zu vollstrecken ist. Die Berufung wird abgelehnt.« Bedauern schwang in seiner Stimme mit. »Die Hinrichtung findet noch heute statt.« Er klatschte in die Hände, woraufhin mehrere schwer bewaffnete Männer den Saal betraten. Fast gleichzeitig fing das Malefizglöckchen auf dem Dach des Herrenhauses an zu läuten.

Franziska stieß einen Schrei aus. »Nein! Das dürft Ihr nicht tun!« Sie machte sich wütend von Ulrich Rüttel los, als er nach ihrem Arm griff, und stürmte nach vorn. »Ihr habt versprochen …« Weiter kam sie nicht, da einer der Soldaten ihr einen Hieb versetzte, der sie zu Boden streckte.

»Schweig!«, donnerte Rudolf von Ehingen. Er bedachte sie mit einem Blick, in dem nichts als Verachtung lag.

»Das dürft Ihr nicht tun!«, schluchzte Franziska. »Ihr habt mir versprochen …«

»Schafft sie aus dem Saal!«, brüllte Rudolf von Ehingen. Er kam hinter dem Tisch hervor, beugte sich zu Franziska hinab und packte sie so hart am Arm, dass sie vor Schmerz aufkeuchte. »Wenn du noch ein Wort sagst, landest du mit auf dem Schafott, das schwöre ich bei Gott«, zischte er so leise, dass die anderen Anwesenden es nicht hören konnten.

»Bringt den Gefangenen ein Henkersmahl und lasst nach einem Priester schicken«, wies der Marschall seine Männer an.

»Fleht um Gnade«, hörte Franziska Ulrich Rüttel flüstern. »Hohes Gericht!«, rief er. »Die Gefangenen bitten um Gnade.«

Gerade als zwei Bewaffnete Franziska unter den Achseln fassten und grob auf die Beine stellten, fielen ihr Vater und Martin vor der Richterbank auf die Knie. »Wir flehen das hohe Gericht um Milde an«, brachte ihr Vater mit schwacher Stimme hervor.

Sie sah noch, wie der Marschall bedauernd den Kopf schüttelte, dann zerrten die Soldaten sie aus dem Raum. »Das dürft ihr nicht tun!«, rief sie. Der Versuch, sich von den Männern loszumachen, brachte ihr einen weiteren Schlag ein, der sie in die Knie sacken ließ.

»Lasst sie los und verschwindet!«, ertönte kurz darauf die verhasste Stimme von Rudolf von Ehingen. Er wartete, bis die

Männer Franziska von sich gestoßen hatten, dann kam er drohend auf sie zu. »Ich rate dir, dein Maul zu halten!« Er schüttelte sie so heftig, dass ihre Zähne aufeinanderschlugen.

»Ihr habt versprochen …«

»Ich habe getan, was ich konnte«, unterbrach er sie barsch. »Aber alle anderen haben gegen die Berufung gestimmt.« Er ließ sie los und wischte sich die Hände ab, als würde er sich plötzlich vor ihr ekeln. »Wag es nicht, auch nur ein Wort darüber zu verlieren, was geschehen ist«, drohte er ihr erneut. »Sonst sorge ich dafür, dass man dich als Mitwisserin anklagt. Hast du mich verstanden?«

Als Franziska nicht antwortete, legte er die Rechte auf den Dolch an seinem Gürtel. »Oder ich schlitze dich eigenhändig auf wie einen Balg und lasse dich in der Gosse liegen!«

Da in diesem Augenblick die Soldaten die Gefangenen aus dem Saal führten, ließ er die Hand wieder sinken und brachte Abstand zwischen sich und Franziska.

Durch einen Tränenschleier verfolgte sie, wie ihr Vater und Martin den Gang entlang zu ihren Zellen geführt wurden. Bevor die Türen ins Schloss fielen, schüttelte sie die Erstarrung ab und rannte ihnen nach. »Vater!«

Ihr Vater wandte ihr mit einiger Mühe das Gesicht zu. Sein Blick war leer und trüb.

»Vater.« Franziskas Stimme erstickte, als die Wachen sich zwischen sie und den Gefangenen stellten und ihn in den winzigen Raum schoben. Mit grimmigen Mienen vertraten sie ihr den Weg, dann schlugen sie die Tür zu.

Martin erging es ebenso.

Und die ganze Zeit läutete das Malefizglöckchen auf dem Dach des Herrenhauses.

»Ihr müsst gehen.« Ulrich Rüttel trat zu ihr und fasste sie sanft bei der Schulter. »Wir haben verloren. Damit müsst Ihr Euch abfinden.«

Franziska schluchzte auf. »Abfinden? Wie soll ich mich damit abfinden, dass man meinen Vater und meinen Verlobten zum Tode verurteilt hat? Ihr hattet gesagt, sie würden freigesprochen.« Ihre Stimme wurde schrill. »Habt Ihr gewusst, welchen Preis …«

»Ich kann nichts mehr für Euch tun«, unterbrach Ulrich Rüttel sie. »Es tut mir leid.« Damit ließ er sie vor den Zellen stehen und ging davon.

Siebenundzwanzig

Das entsetzliche Gebimmel machte Sabina von Bayern fast wahnsinnig. Seit beinahe einer halben Stunde läutete jetzt schon dieses elende Malefizglöckchen, und immer mehr Stuttgarter strömten zum Marktplatz, um zu sehen, was vor sich ging. Seit dem Vorfall in der Kirche war sie schreckhaft und beäugte jeden in ihrer näheren Umgebung voller Misstrauen. Zwar hatte sie einen kurzen Blick auf die Lauscherin erhaschen können, doch sie war sich nicht sicher, ob sie die Frau wiedererkennen würde. Das Einzige, was sie glaubte, sicher zu wissen, war, dass die Lauscherin ihr in Ulrichs Auftrag hinterhergeschnüffelt hatte.

Seitdem wartete sie jeden Tag darauf, dass er in ihre Gemächer stürmte, um den Streit um ihren Liebhaber Dietrich Spät wiederaufzunehmen. Doch zu ihrer Erleichterung hielt er sich so oft wie möglich von ihr fern. Nur einmal war er in der letzten Woche nachts zu ihr gekommen, um das Lager mit ihr zu teilen. Allerdings war er zu betrunken gewesen, um den Akt zu vollziehen. Ein verächtliches Lächeln huschte über ihr Gesicht, als sie sich daran erinnerte, wie ratlos er seine schlaffe Männlichkeit betrachtet hatte. Wäre er ihr nicht so zuwider gewesen, dann hätte sie lauthals gelacht. So war sie froh gewesen, als er sich tatenlos getrollt hatte, und hoffte, dass sein Rausch heftig genug gewesen war, um ihm die Erinnerung an die Demütigung zu nehmen.

»Wollt Ihr, dass ich eine Kutsche anspannen lasse?«, riss eine ihrer Hofdamen sie aus den Gedanken.

Sabina runzelte die Stirn. »Weshalb?«

Die Frau sah sie ungläubig an. »Wollt Ihr denn nicht zu der Hinrichtung?«

Sabina schüttelte den Kopf. »Wer soll denn gehenkt werden?«, fragte sie.

»Habt Ihr es nicht gehört? Die Mörder von Moritz Welling standen heute vor Gericht.«

»Wer ist Moritz Welling?«

»Der Sohn des Bürgermeisters.« Die Hofdame schüttelte den Kopf. »Der arme Tropf. Erschlagen in einem Wirtshaus.«

Sabina zuckte mit den Schultern. »Derlei Streitereien interessieren mich nicht.«

»Aber einer der Angeklagten ist Johannes Hochperger, der Weinhändler!«

Auch dieser Name sagte Sabina nichts.

»Ein Mitglied der Ehrbarkeit«, erklärte die Hofdame. »Ein Magistrat.«

»Und dieser Mann hat einen anderen in einem Wirtshaus erschlagen?«, fragte Sabina ungläubig.

Die Frau schüttelte den Kopf. »Nicht er, aber der Verlobte seiner Tochter. Man hat ihn als Mitwisser angeklagt.«

Sabina winkte ab. »Ich brauche keine Kutsche«, sagte sie. Sie hatte noch nie verstanden, warum der Pöbel solche Freude daran hatte, dabei zuzusehen, wie jemandem der Kopf abgeschlagen wurde. Ihr bereitete ein solcher Anblick nur Albträume, genau wie die Kriegsgeschichten, mit denen Ulrich nicht müde würde, sich zu brüsten.

»Oh, seht nur!«, rief die Hofdame aus. Sie war an eines der Fenster getreten und zeigte zum Marktplatz. »Man will sie anscheinend gar nicht erst zur Hauptstatt bringen. Die Zimmerleute bauen eine Plattform auf.«

Sabina warf trotz aller Abneigung gegen solche Schauspiele einen Blick ins Freie. Tatsächlich waren Dutzende von Männern damit beschäftigt, in der Nähe des Brunnens ein Podest zu errichten, auf dem der Richtblock Platz finden konnte. Eine ansehnliche Menschenmenge drängte sich bereits zwischen Herrenhaus und Rathaus, und das Läuten der Glocke lockte noch mehr Stuttgarter herbei. Während Sabina den Blick über die Schaulustigen gleiten ließ, erschien eine Gruppe Stadtsoldaten, denen Trommler vorausschritten. Ein prächtig gekleideter Mann mit einer Goldkette folgte ihnen zum Richtplatz, um sich dort an die Versammelten zu wenden. Vermutlich verlas er die Anklage und den Richterspruch, mit dem die Gefangenen zum Tode verurteilt worden waren.

»Das ist der Vogt«, stellte die Hofdame fest, die mit zusammengekniffenen Augen auf den Marktplatz starrte.

Sabina fragte sich, wie sie den Mann aus dieser Entfernung erkennen konnte.

»Man sagt, der Bürgermeister hat persönlich beim Marschall vorgesprochen, um sicherzugehen, dass die Mörder seines Sohnes verurteilt werden«, wusste die Frau. »Es ist aber auch ein abscheuliches Verbrechen!«

Sabina wandte sich mit einem Seufzen ab und versuchte, ihre Ohren vor dem immer mehr anschwellenden Geschrei des Pöbels zu verschließen. Die Wut, die seit Wochen in der Stadt schwelte, schien sich auf dem Marktplatz Luft zu machen. Der Anblick der Fäuste schüttelnden Männer löste ein Gefühl der Beklemmung in ihr aus.

»Ich hoffe, der Spuk ist bald vorüber«, murmelte sie und setzte sich an einen Tisch, um den Brief an ihren Bruder, den Herzog von Bayern, fertigzuschreiben. Bald, so hoffte sie, würde sie wieder an ihren eigenen Hof in Urach zurückkehren. Doch dafür mussten sich die Wogen zwischen ihr und Ulrich erst noch weiter glätten.

Achtundzwanzig

Obwohl die Wachen sie mit düsteren Blicken bedachten, wich Franziska nicht von ihrem Platz im Gang vor den Zellen. Seit dem Urteil war beinahe eine Stunde vergangen. In der Zwischenzeit hatte man Martin und ihrem Vater etwas zu essen gebracht. Außerdem war ein Priester gekommen, der in diesem Moment von innen an eine der Türen klopfte und die Zelle verließ, sobald die Wachen ihm öffneten.

»Sie sind bereit«, hörte Franziska ihn sagen. »Ich habe ihnen die Beichte abgenommen und ihnen die Absolution erteilt. Jetzt können sie mit reiner Seele vor ihren Schöpfer treten.« Er nestelte an einem seiner Ärmel herum. »Allerdings …«

»Was?« Der ranghöchste Soldat fasste ihn ungeduldig ins Auge.

»Seid Ihr sicher, dass man die wahren Schuldigen verurteilt hat?«

»Was auch immer sie Euch für einen Bären aufgebunden haben, vergesst es«, riet der Soldat ihm. »Das Gericht hat entschieden.« Er winkte einen der Gerichtsdiener herbei und wies ihn an, die Büßergewänder für die Gefangenen zu holen.

»Der Herr sei ihrer Seele gnädig«, murmelte der Priester, schlug ein Kreuz vor der Brust und kehrte den Zellen den Rücken.

Franziska unterdrückte ein Schluchzen und machte einen Schritt auf den Gottesmann zu. »Pater.« Sie umklammerte ihr Kruzifix und sah ihn flehend an. »Sie sind unschuldig, nicht wahr?«

Der Priester verzog bedauernd das Gesicht. »Ich kann nichts weiter für sie tun. Es tut mir leid.« Er machte Anstalten weiterzugehen.

»Aber Pater!« Franziska warf verzweifelt die Hände in die Luft. »Wie könnt Ihr zulassen, dass man sie hinrichtet, wenn Ihr sie für unschuldig haltet?«

»Gottes Weisheit ist unermesslich«, war die Antwort. »Es wäre lästerlich, Seinen Plan zu hinterfragen.« Er schenkte ihr ein trauriges Lächeln, machte erneut ein Kreuzzeichen und setzte seinen Weg zur Treppe fort.

Franziska wollte ihm gerade nachlaufen, als mehrere Bewaffnete aus dem Erdgeschoss auftauchten, den Priester zur Seite drängten und auf sie zustürmten.

Der Bürgermeister Sebastian Welling folgte ihnen. »Bringt sie zum Schafott!«, befahl er mit Hass im Blick.

Franziska stieß einen Schrei aus.

Zwei der Männer packten sie bei den Armen und stießen sie auf den Bürgermeister zu.

Der hatte sichtlich Mühe, seine Gefühle unter Kontrolle zu halten. »Wenn es nach mir ginge, würdest du neben deinem Vater und deinem Verlobten vor dem Henker knien«, stieß er nach einigen schweren Atemzügen hervor. »Hast du von ihrem feigen Plan gewusst?«

Franziska versuchte, sich gegen die Männer zu wehren, doch ihr Griff war unbarmherzig. »Sie sind unschuldig!«, schleuderte sie dem Bürgermeister entgegen. »Ihr …«

Ein Schlag ins Gesicht brachte sie zum Schweigen. »Halt dein Maul!« Dann wandte er sich an die Bewaffneten und knurrte: »Sorgt dafür, dass sie in der ersten Reihe steht! Ich will, dass sie alles ganz genau mit ansieht.«

Ohne auf Franziskas Protest zu achten, zerrten die Männer sie ins Freie. Dort hatte sich inzwischen die halbe Stadt versammelt, und das Geschrei aus Hunderten Kehlen schlug ihnen entgegen. Trommelschläge vermischten sich mit dem Gegröle und dem Läuten der Glocke, und mehrere Stuttgarter spuckten Franziska an, als sie zum Schafott geführt wurde. Offenbar dachten sie, es sei ihre Hinrichtung, zu der sie zusammengelaufen waren.

»Hängt sie auf!«, brüllte jemand.

»Mörder!«, keifte es von einem anderen Teil des Platzes.

Die Gesichter, die Franziska entgegenblickten, verschwammen, als sie dem Podest in der Mitte des Platzes immer näher kam. Ein Stadtwächter schob gerade eine Treppe an die Seite des Schafotts, während ein anderer den Richtblock nach oben wuchtete. Der Nachrichter wartete bereits am Rand des Geschehens auf die Ankunft der Verurteilten. Seine Miene war vollkommen ausdruckslos, das Schwert in seiner Hand beinahe so lang wie er groß.

Grob zerrten die Männer sie zu einer Stelle, die keine zehn Schritte von der Treppe entfernt war. Anstatt sie loszulassen, wie sie gehofft hatte, verstärkten sie ihren Griff und zwangen sie stehenzubleiben. Die Sonne brannte unbarmherzig auf sie herunter, während sie verzweifelt zu Gott betete, dass er ihre Liebsten verschonen möge. Doch kurze Zeit später tauchten Soldaten aus dem Herrenhaus auf und drängten die Menge zurück. Ihnen folgten weitere Wächter, dann erschienen Martin und ihr Vater im Freien. In ihren einfachen Büßergewändern stolperten sie aufs Schafott zu, wo ihnen einer der Bewaffneten die Ketten abnahm. Schließlich wurden sie auf die Plattform geführt und auf die Knie gezwungen.

Der Henker und der Vogt folgten ihnen. Ein Trommelwirbel brachte die Menge zum Schweigen.

»Bürger von Stuttgart«, dröhnte der Vogt. »Diese beiden Männer wurden vom Stadtgericht und dem Gericht von Landhofmeister und Räten für schuldig befunden, den Sohn unseres Bürgermeisters Sebastian Welling auf abscheuliche Art und Weise ermordet zu haben.«

Ein Raunen lief durch die Reihen.

»Das Urteil lautet: Tod durch das Schwert. Es wird sofort vollstreckt.«

Der Vogt gab dem Nachrichter ein Zeichen, woraufhin dieser sich zu Martin hinabbeugte und ihm etwas ins Ohr sprach.

Martin zeigte mit keiner Regung, dass er ihn gehört hatte.

Daraufhin zuckte der Henker mit den Schultern, wies zwei Gehilfen an, Martins Kopf auf den Richtblock zu legen, und wartete, bis alle außer ihm und den Verurteilten vom Schafott gestiegen waren.

Erneut erklang ein Trommelwirbel.

Als der Nachrichter ausholte und das Schwert hoch über dem Kopf schwang, schloss Franziska die Augen. Sie hörte die Klinge durch die Luft pfeifen, alle anderen Geräusche gingen im Grölen der Menge unter.

Ihre Knie versagten. Hätten die Bewaffneten sie nicht festgehalten, wäre sie zusammengebrochen und hätte sich auf den Boden gekauert wie ein Kind. Einen Moment lang schien jedes Geräusch um sie herum zu verblassen, dann schlug das Geschrei der Menge wie eine Woge über ihr zusammen.

»Den nächsten ohne Block! Den nächsten ohne Block!«, brüllten die Schaulustigen.

»Mit einem Streich!«

»Steh aufrecht, du feiger Mörder!«

Das Toben ging weiter, bis die Trommler die Menge ein weiteres Mal zur Ruhe riefen.

Obwohl Franziska nicht wusste, wie sie den Anblick ertragen sollte, öffnete sie die Augen wieder, um ihren Vater ein letztes Mal anzusehen. Auch ihm flüsterte der Henker etwas ins Ohr.

Franziskas Vater nickte.

Daraufhin wies der Nachrichter ihn an, sich hinzuknien, und einer der Gehilfen zerriss das Büßergewand, sodass Schultern und Nacken frei waren.

»Mit einem Streich!«, grölten die Versammelten immer lauter.

Als Franziska den Blick ihres Vaters fand, schossen ihr noch mehr Tränen in die Augen. Er wirkte so gelassen. Ein bedauernder Ausdruck huschte über sein Gesicht, ehe er den Kopf senkte, damit der Henker seinen Nacken besser treffen konnte.

»Vater«, wisperte Franziska erstickt, wandte den Kopf ab und sandte ein letztes Gebet zum Himmel. Vielleicht geschah doch noch ein Wunder.

Allerdings schien Gott sie und ihre Familie für immer verlassen zu haben, da sich plötzliche Stille über die Versammelten senkte. Dann durchschnitt die Klinge des Henkers ein weiteres Mal die Luft, und das Grölen setzte wieder ein.

Plötzlich schien Franziska keine Luft mehr zu bekommen. Mit jedem Atemzug hatte sie das Gefühl, dass jemand mit aller Kraft ihren Brustkorb zerquetschen wollte.

»Sieh hin!«, herrschte der Bürgermeister sie an, als einer der Henkersgehilfen aufs Schafott kletterte, um die abgeschlagenen Köpfe in die Höhe zu halten. »Sieh ganz genau hin!« Er packte Franziska beim Kinn und zwang ihren Kopf in Richtung Schafott.

Doch ehe sie das Unvorstellbare sehen musste, schwanden ihr die Sinne und sie verlor das Bewusstsein.

Neunundzwanzig

»Franzi.«

Die Stimme drang wie aus weiter Ferne an ihr Ohr.

»Franzi. Steh auf!«

Jemand rüttelte Franziska an der Schulter. Sie schlug mit einem Stöhnen die Augen auf.

»Du musst hier fort!«

Sie blinzelte geblendet in die Sonne, die auf den dunklen Stoff ihres Kleides brannte. Einen Moment lang wusste sie nicht, was geschehen war, dann kam die Erinnerung mit grausamer Gewalt zurück. Das Gebrüll, der Bürgermeister, das Schwert des Henkers … Obwohl ihr Kopf schmerzte und ihr jede Bewegung wehtat, versuchte sie, sich aufzusetzen. Von den Soldaten, die sie festgehalten hatten, war nichts mehr zu sehen.

Jakob kauerte mit totenbleichem Gesicht neben ihr.

Der Marktplatz um sie herum hatte sich geleert, lediglich der eine oder andere Schaulustige sah noch dabei zu, wie zwei Gehilfen die toten, mit Tüchern bedeckten Körper vom Schafott trugen.

Überall war Blut.

»O Gott«, wimmerte Franziska, als die Männer mit ihren Tragen dicht an ihr vorbeigingen. Deutlich zeichneten sich die

Umrisse der Enthaupteten unter dem groben Tuch ab. »O mein Gott!« Sie schlug die Hände vors Gesicht.

»Komm mit mir!« Jakob zupfte an ihrem Ärmel. »Du solltest nicht hier sein. Warum hast du dir das angetan?«

Franziska schüttelte seine Hand ab und hob den Kopf. »Sie sind tot«, sagte sie tonlos. »Alle beide.«

»Komm schon!«

Franziska hörte ihn kaum. »Mein Vater. Martin.«

»Lass uns gehen«, drängte Jakob. Er fasste sie bei den Händen und zog sie auf die Beine.

Erst jetzt nahm Franziska ihn richtig wahr. »Jakob. Was tust du hier?«

»Ich hab gehört, was passiert ist«, erwiderte er. »Und nach dir gesucht. Ich hatte Angst, dass …« Er brach den Satz ab und sah an ihr vorbei zum Herrenhaus.

Franziska wandte sich vom Schafott ab und versuchte, gegen die Übelkeit anzukämpfen, die in ihr aufstieg. Ihr Vater und Martin waren tot! Wie hatte es nur dazu kommen können? Hatte sie nicht alles getan, um ihr Leben zu retten?

»Komm mit mir«, sagte Jakob erneut. »Ich kann …«

Plötzlich war alles zu viel für Franziska. Mit einem gepressten Laut wich sie von Jakob und der Richtstätte zurück, machte auf dem Absatz kehrt und rannte davon, als säße ihr der Teufel im Nacken.

»Franzi!«, rief Jakob ihr nach. »Warte? Wo willst du hin?«

Aber Franziska lief weiter, als hätte sie ihn nicht gehört. Sie wollte nur noch eines – sich im tiefsten Loch verkriechen und nie wieder das Sonnenlicht sehen. Wäre es keine so abscheuliche Sünde gewesen, sie hätte einem der ihr Entgegenkommenden sein Schwert entrissen und sich hineingestürzt.

Blindlings stolperte sie durch die Gassen, bis sie ihren Gasthof erreichte. Als sie an der Schankstube vorbeikam, stieß der Wirt einen Pfiff aus.

»Heda! Nicht so schnell!« Er warf sein Handtuch über die Schulter und kam hinter dem Tresen hervor. »Ihr müsst mich bezahlen, wenn Ihr noch länger hier schlafen wollt«, sagte er und fasste sie an der Schulter, als sie Anstalten machte, ihn wortlos stehenzulassen. »Jetzt!« Er hielt ihr die Hand entgegen.

Obwohl Franziska ihn am liebsten ignoriert hätte, kramte sie mit zitternden Fingern in ihrer Geldkatze, holte ihre letzten Pfennige hervor und drückte sie ihm in die Hand.

»Wunderbar«, brummte er, wandte sich von ihr ab und ging zurück in die Schankstube, um den Gästen dort die Becher neu zu füllen.

Dass für Franziska die Welt zum Stillstand gekommen war, schien ihn nicht im Geringsten zu interessieren. Vermutlich wusste er nicht einmal, dass es *ihr* Vater und *ihr* Verlobter gewesen waren, die … Sie presste die Hand auf den Mund, floh in ihre Kammer und kauerte sich in eine Ecke neben dem Bett, als könnte sie sich dort vor den Dämonen der Erinnerung verstecken. Unaufhaltsam brach sich die Trauer Bahn, und die entsetzlichen Bilder kehrten in ihren Kopf zurück. Immer und immer wieder sah sie Martin und ihren Vater auf dem Schafott knien, den Henker das Schwert heben, hörte das Gebrüll der Menge und das furchtbare Geräusch, als die Klinge durch die Luft sauste. Weinend zog sie die Beine an den Körper und vergrub ihr Gesicht zwischen den Knien.

Irgendwann, es mussten Stunden vergangen sein, versiegten ihre Tränen. Dunkel war es geworden. Kraftlos starrte sie in die Finsternis und versuchte, die schrecklichen Bilder aus ihrem Kopf zu verbannen. Vergeblich. Es war beinahe, als wollte Gott sie damit für all ihre Sünden bestrafen. Da ihr inzwischen jeder Knochen im Leib wehtat, kam sie nur mühsam auf die Beine, zog sich aus und rollte sich auf der harten Matratze zusammen. Erschöpft und innerlich wie ausgehöhlt fiel sie schließlich in einen unruhigen Schlaf, aus dem sie immer wieder aufschreckte.

Als am nächsten Morgen die Sonne aufging und durch das kleine Fenster auf ihr Bett fiel, blieb sie liegen, starrte blicklos an die Wand und wünschte sich, der Barmherzige würde sie von ihrem Leid erlösen.

Die folgenden zwei Tage verließ sie ihre Kammer nicht einmal zum Essen. Am Morgen des dritten Tages ließ sie ein lautes Klopfen an der Tür zusammenzucken.

Sie zog die Decke über den Kopf und hoffte, dass der Störenfried wieder abziehen werde.

Es klopfte jedoch erneut, dieses Mal noch heftiger. »Macht die Tür auf!«, ertönte die Stimme des Wirtes.

Franziska vergrub sich noch tiefer unter der Decke.

»Euer Geld ist aufgebraucht«, rief der Wirt. »Bezahlt oder geht! Wenn Ihr die Tür nicht aufmacht, hole ich einen Knecht und lasse sie eintreten. Die Rechnung dafür bekommt Ihr.«

Mit einem Stöhnen warf Franziska die Decke ab und setzte sich auf. Der Raum drehte sich um sie, und es dauerte einige Augenblicke, bis sich der Schwindel legte. »Ich komme«, sagte sie. Dann erhob sie sich mit steifen Gliedern, schlüpfte in ihr Kleid und fuhr sich mit den Fingern durchs Haar. Sie fühlte sich schmutzig und verschwitzt.

»Beeilt Euch ein bisschen! Ich hab nicht den ganzen Tag Zeit.«

Nachdem sie sich mit dem Ärmel übers Gesicht gewischt hatte, öffnete Franziska die Tür.

Der Wirt musterte sie mit unverhohlener Herablassung. »Bezahlt oder geht!«, sagte er eisig. Etwas in seinem Blick verriet Franziska, dass er inzwischen wusste, wen er beherbergte.

»Ich habe kein Geld mehr«, erwiderte sie leise.

»Dann pack deine Sachen und verschwinde!«, knurrte der Wirt, unvermittelt die Anrede wechselnd. »Für Gesindel ist kein Platz unter meinem Dach!«

»Aber wo soll ich denn hin?«

»Das ist mir gleich«, war die barsche Antwort.

Franziska rührte sich nicht von der Stelle. Allein die Vorstellung, die schützende Kammer zu verlassen, schien zu viel für sie.

»Soll ich dir Beine machen?« Der Wirt drängte sich an ihr vorbei, sah sich um und suchte ihre wenigen Habseligkeiten zusammen. Nachdem er ihr Haube, Gürtel und ihre leere Geldkatze in die Hand gedrückt hatte, schob er sie auf den Korridor hinaus. Dann schlug er die Tür zu und wies auf den Ausgang. Als Franziska immer noch keine Anstalten machte zu gehen, packte er sie und stieß sie auf die Straße. »Lass dich hier nie wieder blicken!«, schickte er ihr hinterher, ehe er auch die Eingangstür mit zu viel Kraft zuschlug.

Dreissig

Die Sonnenstrahlen stachen wie Messer in Franziskas Augen. Blinzelnd hob sie die Hand, um sich zu schützen, und wich in den Schatten zurück. Nach der Stille und Einsamkeit in ihrer Kammer überwältigte sie der Trubel in der Gasse vor dem Wirtshaus – all die Karren, Laufburschen und schnatternden Mägde. Alles erschien ihr viel zu grell und laut, und sie verzog sich hastig in einen schmalen Durchgang zwischen den Häusern, über dem die Bewohner Wäscheleinen gespannt hatten. Dort hockte sie sich auf einen umgedrehten Eimer und knetete geistesabwesend ihre leere Geldkatze.

Wo sollte sie jetzt hingehen? Der Gasthof war ihre letzte Zuflucht gewesen. Da sie keinen Pfennig mehr besaß, konnte sie sich nicht einmal mehr etwas zu essen kaufen. Sie war heimatlos, nichts weiter als eine Bettlerin, die von jetzt an auf die Almosen der Stuttgarter angewiesen sein würde. Die Erkenntnis schmerzte beinahe körperlich. Noch vor wenigen Wochen hatte sie in einem großen Haus gewohnt und sich auf die Hochzeit mit ihrem Verlobten gefreut. Jetzt saß sie in der Gosse und starrte einen streunenden Köter an, der ein Stück altes Brot im Maul hatte. Als der Hund näher kam und an ihrer Hand schnüffelte, war sie einen Moment lang versucht, ihm das Brot wegzunehmen. Doch dann schob sie ihn mit dem Fuß zur Seite, stand auf und kämpfte gegen die Furcht an, die in ihr aufstieg. Wenn sie nicht elendig verhungern wollte, gab es nur einen Weg, auch wenn die Vorstellung sie mit Scham erfüllte. Zu Jakob konnte sie nicht gehen. Wenn er erfuhr, was sie getan hatte, um ihren Vater und Martin zu retten, würde er sie verachten, und zwar zu Recht. Und eine Anstellung würde sie als Tochter eines verurteilten und hingerichteten Mörders lange suchen müssen. Nicht einmal als Tagelöhnerin bei der Weinlese konnte sie sich verdingen, da dafür jedes Jahr Hunderte aus dem Umland anreisten und sich um Lesergeld und Unterbrot – die gängigsten Bezahlungen – geradezu prügelten.

Auf schwachen Beinen ging sie zum Ende des Durchgangs, warf einen Blick in die Gasse dahinter und mischte sich unter eine Gruppe einfacher Mägde, die auf dem Weg zu einem der Brunnen waren. Vorbei an den herausgeputzten Männern und Frauen, die in Richtung Schloss strömten, drängte Franziska sich zu dem Bereich hinter der Stiftskirche, wo die Lahmen und Hungrigen, die Alten und Waisen herumlungerten. Obwohl der Bettelvogt von Bettlern verlangte, eine Marke zu tragen, hielten viele der dort Versammelten auch ohne Erlaubnis die Hände auf.

»Ein Almosen, hoher Herr«, jammerte ein Bursche, um dessen Kopf ein blutiges Tuch gewickelt war.

»Eine milde Gabe«, flehte eine Frau mit einem Säugling auf dem Arm.

Die Männer und Frauen, die geschäftig an den Bettlern vorbeihasteten, achteten kaum auf sie. Nur hin und wieder griff jemand in die Tasche und warf einem von ihnen einen Pfennig hin.

»Gott soll es Euch vergelten«, bedankte sich ein Junge, der kaum älter als sechs Jahre sein konnte. Er steckte die Münze in die Tasche seiner zerlumpten Hose und beäugte Franziska misstrauisch, als sie sich nicht weit von ihm in eine Nische kauerte. »Das ist mein Platz«, sagte er und stemmte die Hände in die Hüften. »Such dir einen eigenen!«

Franziska sah sich auf dem von Unrat übersäten Platz um. Obwohl der Tag sonnig und heiß war, wirkte der Wind, der zwischen dem Kirchturm und den Häusern hindurchpfiff, kühl. Sie zog fröstelnd die Schultern hoch. »Hier ist genug Platz für alle«, erwiderte sie.

»Aber das ist *mein* Platz!«, beharrte der Junge. Er musterte sie mit grimmig gerunzelter Stirn. »Geh weg!«

Da Franziska keine Kraft für eine Auseinandersetzung hatte, zog sie weiter, bis sie eine Stelle fand, an der sich gerade eine Dirne von ihrem Freier löste. Nachdem dieser seinen Latz geschlossen und sie bezahlt hatte, ging er mit federndem Schritt davon. Die junge Frau steckte ihre Bezahlung ein, bedeckte ihre Blöße und warf Franziska einen gleichgültigen Blick zu. Dann bauschte sie ihre Röcke auf und machte sich auf die Suche nach einem neuen Kunden. Der Anblick machte Franziska die Ausweglosigkeit ihrer eigenen Lage noch klarer. Wenn es ihr nicht gelang, genug Geld für Essen und ein Dach über dem Kopf zu erbetteln, würde sie wohl oder übel auch ihren Körper verkaufen müssen. Die Erinnerung an das, was Rudolf von Ehingen von ihr gefordert hatte, war plötzlich wieder so präsent, dass sie vermeinte, seine groben Hände auf ihrer Haut zu spüren. Wütend wischte sie die Tränen fort, die ihr schon wieder in die Augen schossen, und kniete sich auf den harten Boden. Dann hob sie ein ähnliches Gejammer an wie die anderen Bettler und hoffte, dass niemand sie erkennen würde.

Vier Stunden später hatte sie gerade mal drei Pfennige eingenommen. Inzwischen waren ihre Beine taub und ihre Knie wund, doch sie biss die Zähne zusammen und hielt weiter jedem Vorbeikommenden die Hand entgegen. »Bitte, habt Erbarmen, Herr«, flehte sie, als sich eine hochgewachsene Gestalt näherte.

»Der Herr hat Erbarmen mit jedem Sünder, mein Kind«, sagte eine sanfte Stimme.

Franziska sah auf und erkannte den Priester, der Martin und ihrem Vater die Beichte abgenommen hatte. Er musste auf dem Weg zurück zur Kirche sein.

Auch er schien sie erkannt zu haben. Er schlug ein Kreuz und holte eine Münze aus seiner Tasche, die er ihr hinhielt. »Hast du einen Platz zum Schlafen, meine Tochter?«, fragte er.

Franziska schüttelte beschämt den Kopf.

»Geh ins St. Katharinahospital beim Oberen Tor«, riet er ihr. »Dort nimmt man vor allem Frauen wie dich auf.«

»Frauen wie mich?« Franziska sah ihn verwundert an. »Was meint Ihr damit?«

»Frauen, denen Unrecht geschehen ist«, antwortete der Priester.

»Glaubt Ihr denn, dass mein Vater und mein Verlobter unschuldig waren?«

Der Gottesmann wich ihrem fragenden Blick aus.

»Ihr habt zu den Wachen gesagt …«

»Gottes Wille ist geschehen«, unterbrach er sie. »Wir dürfen Seinen Willen niemals infrage stellen!«

»Wie könnt Ihr so etwas sagen?«, hauchte Franziska. »Mein Vater und mein Verlobter sind tot!« Ihre Stimme überschlug sich fast.

»Still!« Der Priester wich einen Schritt zurück. »Bete zu Gott, und er wird sich deiner annehmen«, sagte er. Dann eilte er an den anderen Bettlern vorbei zur Kirchenpforte und verschwand im Inneren.

Einen Moment lang war Franziska versucht, ihm nachzulaufen, doch die Angst vor seinem Zorn war zu groß. Wenn sie ihn gegen sich aufbrachte, würde er sie vielleicht an den Bettelvogt verraten oder von hier verscheuchen. Und dann musste sie sich einen anderen Platz suchen. Deshalb steckte sie die Münze ein, senkte demütig den Kopf und flehte weiter jeden Vorbeikommenden um ein Almosen an.

Als sich der Tag schließlich dem Ende zuneigte, leerte sich der Platz vor der Kirche. Nachdem sie ihre mageren Einnahmen gezählt hatte, beschloss Franziska schweren Herzens, den Rat des Priesters zu befolgen. Da sie nicht auf der Straße schlafen wollte, machte sie sich auf den Weg zur Stadtmauer, wo sich das von einer hohen Mauer umgebene Spital befand. Das schwere Tor wurde von einem Beschließer bewacht. Der Andrang war so groß, dass die lange Schlange der Wartenden bis zur Stadtschreiberei reichte. Fuhrknechte, Wöchnerinnen, Bettler und Waisenkinder standen geduldig am Rand der breiten Straße und warteten.

Mit sinkendem Mut sah Franziska, dass ein Großteil der Wartenden vor ihr abgewiesen wurde, und als die Reihe an sie kam, schlug ihr das Herz bis zum Hals.

»Was willst du im Spital?«, fragte der Torwächter. »Bist du krank?«

»Ich habe keinen Platz zum Schlafen«, antwortete Franziska kleinlaut.

»Das haben viele nicht«, gab der Beschließer zurück. »Hier sind bereits alle Plätze für die Bedürftigen besetzt. Geh zu den Beginen.«

Franziska senkte den Kopf.

»Geh zur Seite!«, drängte eine hochschwangere Frau hinter ihr. »Es warten noch andere.«

Niedergeschlagen verließ Franziska die Schlange vor dem Spital und warf einen Blick zum Himmel. Es würde nicht mehr lange dauern, bis die Sonne am Horizont versank und die Nachtwächter anfingen, durch die Gassen zu streifen. Wenn sie bei den Beginen keinen Platz zum Schlafen fand, würde sie sich einen Unterschlupf im Freien suchen müssen. Allein der Gedanke an die Gefahren, die in der Nacht unter freiem Himmel lauerten, ließ sie schleunigst durchs Obere Tor in die Turnierackervorstadt eilen. Wenig später stand sie vor dem Beginenhof.

Einunddreissig

»Es tut mir leid, mein Kind.« In den sanften Augen der Begine, die Franziska abwies, lag Mitleid. »Wenn du früher gekommen wärst …« Sie schüttelte bedauernd den Kopf. »Aber unsere Betten sind für diese Nacht bereits alle belegt.«

Franziska biss die Zähne aufeinander und machte schweren Herzens kehrt, um in die Innere Stadt zurückzugehen. In der Turnierackervorstadt waren die Häuser fein, die Gassen breit. Es war so gut wie unmöglich, sich irgendwo zu verkriechen, ohne dass ein Hofhund anschlug oder man von einem Wächter entdeckt wurde. Deshalb schlug sie den Weg nach Süden ein, um ihr Glück in der Leonhardsvorstadt zu versuchen. Wenn sie sich beeilte, konnte sie hindurchschlüpfen, ehe die Tore zwischen diesem Teil von Stuttgart und der Altstadt für die Nacht geschlossen wurden.

Die Nacht senkte sich über die Dächer, als sie das Innere Esslinger Tor erreichte, auf dem der Türmer bereits zum Schließen blies. Als sie den Nesenbach überquerte, stach ihr der scharfe Geruch von Urin in die Nase, da sich in unmittelbarer Nähe das Viertel der Gerber und Walker befand. Rechts von ihr drehte sich ein Mühlrad, links zogen Männer Netze aus dem stinkenden Bach. Obwohl sie froh darüber war, dass man sie in diesem Teil der Stadt nicht sofort erkannte, mied sie die Gegend in der Nähe des Hauptstätter Tors, da sich dort Jakobs Haus befand. Auf keinen Fall wollte sie ihm begegnen.

Als sie den Leonhardsplatz vor der Kirche erreichte, sah sie sich suchend um. Zwar gab es zahllose Gässchen, Hinterhöfe und Kellereingänge, doch es würde gewiss nicht lange dauern, bis man sie verscheuchte, wenn sie sich dort für die Nacht niederließ. Bei der Stadtmauer war die Gefahr am größten, von den Nachtwächtern aufgegriffen zu werden, und so blieben ihr nur noch das Ufer des Nesenbachs oder der Friedhof der Leonhardskirche. Obwohl die Angst vor Dämonen und Wiedergängern ihr im Nacken saß, entschied sie sich für den Friedhof. Dort, im Schatten der Grabsteine, würde kein Nachtwächter nach obdachlosen Bettlern suchen.

Als sie das Tor des Gottesackers erreichte, bekreuzigte sie sich, bevor sie es aufdrückte und den Friedhof betrat. Unter dem hohen Kirchturm war es bereits nahezu dunkel, sodass es ihr schwerfiel, sich in dem Labyrinth aus neuen und alten Gräbern zurechtzufinden. Manche Grabsteine waren so alt und verwittert, dass sie aussahen wie hohle Zähne. Ein leiser Wind strich durch die Wipfel der Bäume, brachte die Blätter zum Rascheln und die Äste zum Knarren. Schaudernd schlang Franziska die Arme um sich. Dann suchte sie sich einen Platz am entgegengesetzten Ende, wo die Gräber alt und die Inschriften kaum mehr zu entziffern waren. Falls böse Geister oder wandernde Seelen über den Gottesacker streiften, stiegen sie vermutlich eher aus den frischen Grabstätten empor.

Sie fand eine riesige Fichte, unter der sie sich verkroch, da die dichten Zweige fast bis zum Boden reichten. Zwar würden sie keine Dämonen abhalten, sie jedoch vor den Blicken des Priesters oder des Küsters schützen. Obwohl der Abend lau war, kroch Kälte an ihren Beinen empor, und sie fragte sich, was sie tun sollte, wenn die Tage kürzer und die Nächte kühler wurden.

Sollte sie bis dahin keine Anstellung gefunden haben, stand ihr das Schicksal jener armen Teufel bevor, die in den Wintern steifgefroren aufgefunden wurden. Müde von dem zermürbenden Tag vor der Stiftskirche umklammerte sie ihr Kruzifix und betete zur Muttergottes. Vielleicht hatte *sie* ein Einsehen mit ihr, einer armen Sünderin, deren Leben keinen Pfifferling mehr wert war. Bevor die Trauer sie wieder überwältigen konnte, rollte sie sich auf dem Bett aus trockenen Nadeln zusammen und schlief erschöpft ein.

Einige Stunden später schreckte sie aus dem unruhigen Schlaf auf. Sie wusste nicht, was sie geweckt hatte, doch ihr gesamter Körper war von einer Gänsehaut überzogen. Die Nacht war totenstill, nur das Knacken von dürren Zweigen drang an ihr Ohr. Als sie kurz darauf ein Zischen vernahm, ergriff lähmende Angst Besitz von ihr. Die Dämonen waren gekommen, um ihre Seele zu rauben. Zitternd kroch sie näher an den Stamm der Fichte, als könnte er ihr Schutz vor den Mächten der Finsternis bieten. Ihre Lippen bewegten sich im stillen Gebet, während ihr Herz davonraste.

»Sei doch vorsichtig, verdammt!«, wisperte jemand.

Obwohl die Furcht Franziska immer noch fest im Griff hatte, spitzte sie die Ohren. Tuschelten Wiedergänger?

»Hier drüben! Kommt her!«

Es raschelte und knackte erneut, dieses Mal etwas näher an Franziskas Versteck.

»Die Tür ist offen.«

Ein leises Quietschen erklang.

»Leise!«

»Wenn der Pfaffe uns erwischt …«

»… geben wir Fersengeld. Hältst du uns für begriffsstutzig?«

»Ich will nur nicht, dass einer von euch sich schnappen lässt.«

Franziskas Angst verflüchtigte sich. Das waren keine Dämonen, sondern Herumtreiber, die versuchten, sich in die Kirche zu schleichen, um etwas zu stehlen. Sie lugte vorsichtig zwischen den Zweigen hervor und erkannte drei Gestalten im schwachen Mondlicht. Sie machten sich an einem der Seiteneingänge der Kirche zu schaffen und verschwanden wenig später im Gebäude. Obwohl ihr Verstand ihr davon abriet, kroch sie aus ihrem Versteck und schlich sich zu dem Eingang. Im Inneren der Kirche war es stockdunkel. Nur eine Handvoll Opferkerzen, die vor dem Altar brannten, spendeten etwas Licht, allerdings zu wenig, um die Gestalten erkennen zu lassen, die sich dem Opferstock näherten. Sie kniff die Augen zusammen, um besser sehen zu können, und überlegte fieberhaft, was sie tun sollte. Sie konnte unmöglich zulassen, dass die Kerle die Armen und Bedürftigen beraubten. Doch sie kam nicht dazu, einen Entschluss zu fassen, da sie in diesem Moment eine Hand im Nacken packte.

Sie stieß einen erschrockenen Schrei aus.

»Was treibst du dich hier herum?«, fuhr sie ein Mann an. In der Dunkelheit konnte sie nicht viel erkennen außer dem großen silbernen Kruzifix an seinem Hals.

»Ich …«, stammelte sie und versuchte, sich von seinem Griff zu befreien.

»Du wolltest das Gotteshaus bestehlen!« Er schüttelte sie heftig.

»Nein!«, keuchte Franziska. »Aber die da.« Sie zeigte auf die Gestalten in der Kirche, in die plötzlich Leben kam. »Sie wollen Euren Opferstock!«

»Da soll mich doch …« Der Mann, in dem Franziska den Priester der Kirche vermutete, verstärkte seinen Griff und zwang sie vorauszugehen. »Ihr da!«, rief er.

Einer der Kerle beim Opferstock stieß einen Fluch aus.

»Was habt ihr in meiner Kirche zu suchen?«

Augenblicklich kam Leben in das Kleeblatt. Während einer einen Sack schulterte, in dem Münzen klirrten, rannten die anderen auf die Hauptpforte zu, die jedoch verschlossen war.

»Bleibt stehen!«, forderte der Priester.

Die Diebe dachten nicht daran, machten kehrt und rannten direkt auf Franziska und den Gottesmann zu. Ohne zu zögern, versetzten sie dem Priester einen Schlag, der ihn nach hinten taumeln ließ.

Sein Griff lockerte sich.

Um nicht ebenfalls einen Hieb abzubekommen, machte Franziska sich los und duckte sich gerade rechtzeitig, als eine Faust auf sie zuflog.

»Nichts wie weg hier!«, hörte sie den Wortführer schnaufen. Ohne sich nach dem Priester oder Franziska umzublicken, stoben die drei Männer auf den Seiteneingang zu und verschwanden in der Dunkelheit.

Franziska rappelte sich benommen auf und wollte ebenfalls das Weite suchen, aber der Priester war schneller. Seine Hand griff nach ihrem Bein und brachte sie zu Fall.

»Du bleibst hier!«, keuchte er.

»Lasst mich los!« Franziska zappelte wie ein Fisch auf dem Trockenen.

»Du entkommst nicht auch noch!« Mühsam kam der Priester auf die Beine, packte Franziska erneut im Nacken und stieß sie in Richtung Altar. Dort öffnete er eine Tür neben der Sakristei. »Ich hole die Wache!«, knurrte er, schob sie in den Raum und schlug die Tür hinter ihr zu. Ein Schlüssel klirrte im Schloss, dann entfernten sich seine Schritte.

Franziska stöhnte. Das hatte ihr gerade noch gefehlt. Kein Mensch würde ihr glauben, wenn sie behauptete, nichts mit den Dieben zu tun zu haben. Es würde nicht lange dauern, bis die Soldaten herausfanden, wer sie war, und dann würde auch sie auf dem Schafott landen. Sie hatte keine Ahnung, welche

Strafe auf den Diebstahl eines Opferstocks stand, aber vermutlich würde man ihr dafür die Hände abhacken. Mühsam unterdrückte sie die Furcht, die sie erneut zu lähmen drohte. Sie hatte nichts getan, sie war unschuldig! So wie mein Vater und Martin, dachte sie bitter. Sie waren auch unschuldig gewesen. Dennoch hatte man sie ohne Rücksicht auf ihre Beteuerungen hingerichtet.

Zweiunddreissig

Sabina von Bayern fand keinen Schlaf. Obwohl die Fenster ihres Gemaches weit geöffnet waren, um die Kühle der Nacht hereinzulassen, erschien ihr der Raum heiß und stickig. Unruhig warf sie sich in den Kissen hin und her und verwünschte sich dafür, dass sie doch einen Blick auf die Hinrichtung erhascht hatte. Trotz ihrer Abneigung war das Schauspiel faszinierend gewesen – die Verurteilten in ihren Büßergewändern, die Menge, das blitzende Richtschwert. Doch jetzt verfolgten sie die Bilder bis in ihre Träume, und sie fragte sich, ob Gott ihr ein Zeichen senden wollte. Eine Warnung gar? Die Furcht, die sich seit dem Besuch in der Kirche immer weiter in ihr einnistete, war wie eine Krankheit, die sie von innen heraus auffraß. Was wollte Ulrich von ihr? Sollte sie zugeben, dass ihre Tochter nicht die Frucht seiner Lenden war? Hatte er vor, sie loszuwerden? Wie auch immer er das bewerkstelligen wollte, sie war sicher, dass er einen Weg finden würde. In ihm steckte etwas, das ein zarteres Gemüt als das ihre mit Grauen erfüllt hätte.

Sie warf die Decke zurück, schlüpfte in ein leichtes Gewand und trat ans Fenster. Die Nacht war sternenklar und ruhig, nur hin und wieder rief ein Kauz. Gedämpft durch die dicken

Mauern drangen kaum Geräusche aus der Dürnitz, dem Speise- und Versammlungssaal im Erdgeschoss. Durch die hohen Spitzbogenfenster fiel Kerzenschein in den Hof, und Sabina fragte sich, welche Bischöfe, Räte, Herren und Ritter Ulrich zu einem seiner zahllosen Gelage versammelt hatte. Wenn er weiterhin das Geld des Herzogtums mit vollen Händen ausgab, würde ihn vermutlich nicht einmal das geplante Umgeld auf Wein und Fleisch retten.

Sie lehnte sich etwas aus dem Fenster, um die klare Luft zu atmen und die Sterne besser sehen zu können. Dabei fiel ihr Blick auf zwei eng umschlungene Gestalten, die sich kichernd in Richtung Innenhof bewegten. Wehmut schlich sich in ihr Herz. Wenn sie doch nur ebenso frei und unbeschwert mit ihrem Geliebten hätte umgehen können! Doch Dietrich war in Urach, und sie musste in dieser furchtbaren Burg ausharren, bis Ulrich endlich genug andere Probleme hatte, um sie zu vergessen.

Ein Poltern vor ihrer Tür ließ sie vom Fenster zurücktreten und die Stirn runzeln. Hatte einer der Wächter etwas fallen lassen? Als sich kurz darauf jemand an ihrer Tür zu schaffen machte, griff sie nach einem schweren Brieföffner.

Der Schreck wich der Verachtung, als Fäuste gegen das Holz hämmerten und die verhasste Stimme erklang. »Mach auf, Weib!«

Sabina verdrehte die Augen. Selbst nach nur drei Worten war deutlich zu hören, dass Ulrich sturzbetrunken war. Wollte er sich wieder vor ihr demütigen? Einen Moment lang überlegte sie, ob sie sich schlafend stellen sollte, doch dann ging sie mit einem Seufzen zur Tür, um sie zu entriegeln. Sonst würde er so lange dagegenschlagen, bis das halbe Schloss wach war. »Ulrich«, sagte sie kühl.

»Begrüßt man so seinen Gemahl?«, lallte er.

»Was willst du?« Sie vertrat ihm den Weg, als er Anstalten machte, ihre Schlafkammer zu betreten.

»Was ich will?« Er schob sie beiseite und stolperte in den Raum. »Was will ein Ehemann wohl nachts von seinem angetrauten Weibe?« Er lachte laut.

Selbst aus der Entfernung konnte Sabina den Wein riechen, den er gebechert haben musste. »Hat dir das letzte Mal nicht gereicht?«, fragte sie.

»Was meinst du damit?« Er hatte sichtlich Schwierigkeiten, sich aufrecht zu halten.

Sabina versuchte, sich ihre Verachtung nicht allzu sehr anmerken zu lassen. In diesem Zustand war er nicht so harmlos, wie es auf den ersten Blick den Anschein hatte. »Geh ins Bett«, sagte sie.

»Genau das habe ich vor.« Er zerrte an seinem Wams.

»In *dein* Bett«, verdeutlichte Sabina.

»Willst du mich loswerden?« Sein Ton wurde schärfer.

»Ich will dir ersparen, dass …«

»Dass *was*?« Die Trunkenheit schien von ihm abzufallen. Unvermittelt funkelte er sie streitlustig an.

Hatte er nur so getan, als wäre er kaum mehr bei Sinnen? Sabina verschränkte die Arme vor der Brust, um deutlich zu machen, dass sie keine Annäherungsversuche dulden würde. »Geh!«

»Das werde ich nicht!« Er kämpfte immer noch mit seinem Wams. Wäre die Wut nicht so deutlich in seinen Augen zu lesen gewesen, hätte er lächerlich gewirkt. Als es ihm endlich gelungen war, sich von seinem Wams zu befreien, fing er an, die Schnürung seines Hemdes zu öffnen.

Sabina schüttelte den Kopf. »Geh!«, sagte sie erneut.

Die Verwandlung war so plötzlich, dass Sabina erschrak, obwohl sie schon oft gesehen hatte, wie er seine Maske fallenließ.

Mit zwei langen Schritten war er bei ihr, zwang ihre Arme an ihre Seite und zerriss ihr Gewand. Dann grapschte er so grob nach ihren Brüsten, dass sie einen Schmerzensschrei ausstieß.

»Bist du verrückt?«, keuchte sie und wich vor ihm zurück.

Deutlich zeichnete sich die Erregung unter seinem Hosenlatz ab. »Du bist mein Weib«, knurrte er. »Willst du mir verweigern, was mir zusteht?«

Sabina begriff, was er vorhatte. Dieses Mal wollte er *sie* demütigen. Wie hatte sie nur so dumm sein können, anzunehmen, dass er sich von ihr fernhalten würde? Sie biss die Zähne zusammen. »Ich kenne meine Pflichten«, sagte sie eisig.

»Dann solltest du ihnen schleunigst nachkommen«, zischte Ulrich. Er öffnete seinen Hosenlatz. Dann stieß er sie aufs Bett zu und stieg über sie.

Sabina versuchte, den Schmerz zu ignorieren, schloss die Augen und ließ sich von dem Hass auf ihren Gemahl davontragen.

Dreiunddreissig

Mit jeder Minute, die verstrich, steigerte sich Franziskas Angst weiter. Fieberhaft suchte sie nach einem Fluchtweg aus ihrem Gefängnis, doch außer der verschlossenen Tür gab es nur ein winziges, vergittertes Fenster. Die Wände bestanden aus dicken Steinquadern, ein Versteck gab es nicht. Wenn der Priester mit den Stadtwachen zurückkam, würde man sie ohne viel Federlesens ins Loch stecken. Sie bearbeitete ihre Lippe mit den Zähnen, während sie sich das Hirn zermarterte, wie sie sich aus dieser Falle befreien konnte. Als ihr Blick auf einen langen Kerzenlöscher aus Metall fiel, kam ihr ein Einfall. Ohne zu zögern, hob sie die schwere Stange auf, ging zur Tür und schob sie in den Spalt zwischen Tür und Rahmen. Dann drückte sie mit aller Kraft.

Zuerst geschah nicht viel, dann gab das Holz mit einem Splittern nach. »Danke, Herr«, murmelte sie mit Blick auf den gekreuzigten Jesus an der Wand, knickste kurz und trat danach die Tür vollends auf. So schnell sie konnte, rannte sie aus der Kirche.

Es war keinen Augenblick zu früh. Sie hatte gerade den Gottesacker erreicht, als sich Männer mit Laternen und Harnischen näherten. Hastig duckte sie sich hinter einen

Grabstein und hielt die Luft an, bis der Priester und die Nachtwächter in der Kirche verschwunden waren. Dann gab sie Fersengeld. Ohne sich auch nur einmal umzublicken, floh sie in Richtung Nesenbach und blieb erst stehen, als sie das Ufer erreicht hatte. Im schwachen Mondlicht suchte sie nach einem Versteck und fand schließlich eine alte, verlassene Mühle, deren Mühlrad so verrottet war, dass es sich nicht mehr drehte. Zitternd vor Anstrengung und Furcht, kroch sie in einen Zwischenraum, in dem etwas fauliges Stroh lag. Als etwas mit einem Rascheln das Weite suchte, nahm sie all ihre Tapferkeit zusammen, legte ihre Haube auf das Stroh und bettete den Kopf darauf. Dann flehte sie zum Himmel, dass sie die Nacht unbeschadet überstehen würde.

Am nächsten Morgen wurde sie von den Gerbern und Walkern geweckt, die lautstark ihr Tagwerk begannen. Mit steifen Gliedern verließ sie ihr Versteck, zupfte Stroh aus ihrem Haar und setzte die Haube wieder auf. Ihr Magen knurrte, als sie sich auf den Weg in die Innere Stadt machte, wo sie sich bei einem Bäcker etwas zu essen kaufte. An einem der städtischen Brunnen stillte sie ihren Durst, dann suchte sie sich wieder einen Platz zum Betteln.

Die nächsten Tage verliefen ähnlich, allerdings gelang es ihr bis auf eine Ausnahme, ein Lager im Spital oder bei den Beginen zu ergattern. Als sie sich am Morgen eines Markttages erneut in der Nähe der Stiftskirche auf den harten Boden kniete, fiel plötzlich ein Schatten auf sie. Ehe sie um ein Almosen bitten konnte, ertönte eine Stimme, die ihr durch Mark und Bein ging.

»Steh auf!«

Erschrocken hob Franziska den Kopf und erkannte den Mann, der auf sie herabblickte – den Marschall Thumb von Neuenburg. Seine Stimme würde sie vermutlich bis an ihr Lebensende nicht vergessen, war er es doch gewesen, der ihren Vater und Martin durch die Ablehnung der Berufung zum Tode verurteilt hatte. Er schien in Begleitung mehrerer Kanzleiangestellter zu sein, die jedoch ehrfürchtig Abstand hielten.

»Steh auf!«, wiederholte er, als sie keine Anstalten machte, seinem Befehl zu folgen.

Franziskas Beine gehorchten ihr kaum, als sie tat, was er verlangte. War er gekommen, weil der Bürgermeister auch sie auf dem Schafott sehen wollte? Stand ihr dasselbe bevor wie ihrem Vater und Martin?

Er warf einen Blick über die Schulter, ehe er eine Goldmünze aus seiner Geldkatze zog und sie ihr hinhielt.

Franziska starrte fassungslos auf den Gulden.

»Nimm!«, forderte er sie auf. Als sie sich nicht regte, seufzte er und sagte: »Es tut mir leid, was mit deinem Vater passiert ist. Er war ein Mann, den nicht nur ich überaus geschätzt habe.«

Franziska glaubte, nicht richtig zu hören. Wollte er sie verhöhnen?

»Ich habe alles in meiner Macht Stehende getan, um ihn vor dem Tod zu bewahren«, fuhr der Marschall fort. »Aber die anderen Räte haben mich überstimmt. Dein Vater hatte zahllose Feinde. Der Bürgermeister …« Er brach den Satz ab, griff nach Franziskas Hand und drückte die Münze hinein. »Es ist eine Schande, ein Mitglied einer alten und ehrbaren Familie beim Betteln sehen zu müssen.«

Franziska senkte beschämt den Blick. Die nächsten Worte des Marschalls drangen kaum zu ihr vor. Zu überwältigend waren die Erinnerungen, die unvermittelt durch ihren Kopf tobten.

»Hast du gehört?«

Sie blinzelte die Tränen weg, die ihr in die Augen geschossen waren, und schüttelte den Kopf. »Was, Herr?«

»Wenn du eine Anstellung suchst, komm zu meinem Haus. Meine Tochter braucht ein neues Mädchen, das ihr in ihrem Zimmer zur Hand geht.«

Franziska kam nicht dazu, etwas zu erwidern, da sich der Marschall gleich darauf abwandte, um zu den wartenden Kanzleibeamten zurückzugehen. Mit gewichtigen Mienen setzten die Männer ihren Weg fort und verschwanden wenig später aus ihrem Blickfeld. Einen Moment lang fürchtete sie, geträumt zu haben, doch die schwere Goldmünze in ihrer Hand war überaus real.

»Was hat denn so ein feiner Herr mit einer wie dir zu schaffen?«, fragte eine der Huren, die sich in der Nähe herumtrieben. »Wenn du dich in unserem Geschäft betätigst, solltest du dich schleunigst mit einer Schandfarbe kennzeichnen. Sonst wirst du aus der Stadt geprügelt, wenn man dich erwischt.«

Franziska steckte hastig den Gulden ein und hob abwehrend die Hände. »Nein, ich bin keine von euch!«

Die Frau lachte. »Weiß das dein feiner Gönner auch?«

Franziska verschloss die Ohren vor dem Geschwätz, ignorierte den Zweifel, der sein hässliches Haupt erhob, und verließ den Platz vor der Stiftskirche. Der unerwartete Reichtum machte sie beinahe schwindelig. Plötzlich hatte sie wieder genug Geld, um in einem Gasthof unterzukommen, und musste nicht jeden Abend mit den anderen armen Teufeln um einen Schlafplatz im Spital wetteifern. Obwohl die Scham immer noch in ihr brannte, wagte sie nicht, das Angebot des Marschalls auszuschlagen. Mit wild klopfendem Herzen begab sie sich zu seinem Haus, das nicht weit entfernt vom Siechentor in der Turnierackervorstadt lag. Es war ganz und gar aus Stein gebaut und hatte vier Stockwerke. Die prächtige Giebelfront war mit einem Blumenmuster in leuchtenden Farben bemalt, und um die Fenster rankte sich wilder Wein. Ein großes spitzbogiges Tor mit zwei Flügeln unterbrach die hohe Mauer und führte in einen dahinterliegenden Hof. Mehrere Hunde schlugen an, als Franziska den schweren Eisenklopfer betätigte.

Vierunddreissig

»Ich komm ja schon«, brummte ein Knecht, der nach einem weiteren Klopfen beim Tor auftauchte. Er winkte Franziska zu sich. »Was willst du?«, fragte er.

»Der Marschall schickt mich«, antwortete sie. »Er hat gesagt, seine Tochter sucht eine Magd.«

Der Knecht zuckte mit den Schultern. »Davon weiß ich nichts. Aber ich sage der Herrin Bescheid. Warte hier!« Er zeigte auf eine Stelle neben dem Tor, wo sich ein riesiger Holzstapel befand. Die beiden Hunde zerrten vor einer Hütte an ihren Ketten.

Während der Mann in Richtung Haus davoneilte, sah Franziska sich um. Das Anwesen des Marschalls war riesig. An den weitläufigen Hof grenzten Stallungen und Wirtschaftsgebäude an, aus einem Häuschen stieg Rauch auf. Es roch nach frisch gebackenem Brot, nach Heu und den Rosen, die an einem eisernen Zierbogen emporkletterten. Bäume mit mächtigen Kronen überschatteten einen umzäunten Garten, auf einem kleinen Grasstück standen zwei Ziegen. Selbst einen eigenen Brunnen schien das Anwesen zu besitzen, und die Pferde, die von einem Burschen aus dem Stall geführt wurden, waren prächtig. Der Reichtum des Marschalls musste geradezu unermesslich sein.

Es dauerte nicht lange, bis der Knecht zurückkam und Franziska mit einem Nicken zu verstehen gab, ihm zu folgen. Er führte sie durch ein großes Tor in eine Gewölbehalle, die trotz des Sonnenscheins fast vollständig im Dunkeln lag. Erst nach einigen Schritten gewöhnten sich Franziskas Augen an das Dämmerlicht, und sie erkannte mehrere Türen, die von der Halle abgingen. In der Mitte führte eine Wendeltreppe zu den oberen Stockwerken.

Das erste Geschoss schienen die Geschäftsräume des Marschalls einzunehmen. Franziska erhaschte einen Blick auf mehrere Männer in strenger Gerichtstracht, die offenbar auf die Rückkehr des Hausherren warteten. Sie war froh, als der Knecht sie weiter ins zweite Obergeschoss führte. Hier wirkte schon der schmale Korridor freundlicher und einladender, da er mit zahlreichen Bildern und Kränzen aus Trockenblumen geschmückt war. Am Ende des Ganges befand sich eine bemalte Tür, an die der Knecht klopfte.

»Herein!«, ertönte eine helle Stimme.

Der Knecht betrat den Raum, verneigte sich tief und sagte: »Die Magd, Herrin.«

Die Frau, die Franziska nun mit offenem Blick musterte, war wunderschön. Ihr schmales Gesicht war schneeweiß, der kleine Mund rot und zu einem leichten Lächeln verzogen. Auf ihren blonden hochgesteckten Locken saß ein kecker Hut mit zwei Federn. Eine zweifarbige Fucke mit bauschigen Ärmeln betonte ihre schlanke Figur.

Franziska machte einen Knicks und versuchte, ihre Scheu zu verbergen.

Die Tochter des Marschalls schien ihre Unsicherheit nicht zu bemerken. Mit einer Handbewegung entließ sie den

Knecht und kam auf Franziska zu. »Mein Vater hat dich zu mir geschickt?«, fragte sie.

Franziska nickte.

Das schien Ursula Thumb von Neuenburg zu genügen. »Dann müssen wir dich erst einmal in andere Kleider stecken«, sagte sie und bedachte Franziskas einfaches Gewand mit einem Naserümpfen. »Brida wird etwas Passendes für dich finden.« Sie klatschte in die Hände, woraufhin ein junges Mädchen aus einer angrenzenden Kammer herbeigelaufen kam. »Gib ihr andere Kleider und zeig ihr die Badestube«, befahl sie.

Franziska stieg das Blut in die Wangen.

»Sobald du fertig bist, komm zu mir«, fuhr die Tochter des Marschalls fort. »Dann kannst du mich zum Markt begleiten.«

»Komm mit!« Das Mädchen fasste Franziska bei der Hand und zog sie aus dem Gemach ihrer Herrin. Dann führte es sie zu einer schmalen Stiege am anderen Ende des Ganges. Von dort ging es zum Hinterausgang und auf den Hof. Auf dem Weg nach draußen machten sie in einer Kammer halt, in der sich fast zwei Dutzend Kleidertruhen befanden. Ohne lange zu suchen, öffnete das Mädchen eine davon und holte ein schlichtes, aber fein gewebtes Kleid heraus. Es hatte die Farbe eines Taubeneis. »Das müsste dir passen«, meinte die Kleine. Sie hielt Franziska das Kleid hin.

Danach machten sie sich auf zu einem kleinen Holzhaus, das sich an eines der Wirtschaftsgebäude schmiegte, und betraten die Badestube. Darin standen mehrere große Bottiche, wie Franziska sie aus dem Badehaus kannte, und ein Kessel über einer Feuerstelle. Ihre Begleiterin fachte ein Feuer an, drückte Franziska einen Eimer in die Hand und ging mit ihr über den Hof zum Brunnen.

»Wie heißt du?«, fragte das Mädchen, nachdem sie das Wasser in den Kessel geschüttet hatten.

»Franziska.«

»Bist du aus Stuttgart?«

Franziska wich dem neugierigen Blick aus und schüttelte den Kopf. Es war besser, wenn nicht jeder wusste, wer sie war. Es wunderte sie ohnehin, dass nicht die halbe Stadt mit dem Finger auf sie zeigte, doch offenbar fiel es den Leuten leicht, eine Bettlerin zu übersehen. Sie hoffte inständig, dass sie in ihren neuen Kleidern nicht mehr Aufmerksamkeit auf sich zog.

»Woher kommst du?«, bohrte die Kleine weiter.

»Das ist nicht wichtig«, entgegnete Franziska. »Hast du nicht noch etwas anderes zu tun? Ich komme hier zurecht.«

Das Mädchen zuckte mit den Schultern. »Die Herrin hat gesagt, ich soll dir die Badestube zeigen.«

Franziska verkniff sich eine Antwort, goss heißes Wasser in den Zuber und stieg hinein. Nachdem sie sich eingeseift und geschrubbt hatte, half Brida ihr beim Anziehen und Haareflechten. Sobald sie das Wasser ausgegossen und den Bottich zum Trocknen umgedreht hatten, gingen sie zurück ins Haus, wo Ursula Thumb von Neuenburg sie bereits ungeduldig erwartete.

»Was hat denn nur so lange gedauert?« Sie musterte Franziska von oben bis unten. »Setz das auf.« Ohne eine Antwort abzuwarten, drückte sie Franziska einen kleinen Hut in die Hand und warf einen letzten Blick in den großen Spiegel, der neben einem hölzernen Waschgestell stand. Sie bedeutete Franziska, zwei Körbe aufzuheben, ehe sie das Haus verließen und sich auf den Weg zum Marktplatz machten.

Als sie das Tunzhofer Tor bei der Stiftskirche durchquerten, hatte Franziska das Gefühl, alle würden sie anstarren. Tatsächlich galt die Aufmerksamkeit jedoch der Tochter des Marschalls, die die Blicke der Stuttgarter kaum zu bemerken schien. Immer wieder winkte ihre neue Herrin anderen feinen Damen, warf einigen von ihnen sogar eine Kusshand zu, während sie sich dem Marktplatz näherten. Der war an diesem

Tag bis zum Bersten mit Buden und Menschen gefüllt, die kreuz und quer durcheinanderliefen. Wohin man auch sah, wimmelte es nur so von Händlern, Bauern und Kauflustigen. Mägde und Knechte mit Traggestellen, Kinder mit Körben und Handkarren schoben sich durch das Gewühl, das Franziska an einen Ameisenhaufen erinnerte. An jeder Ecke sandten fahrbare Öfen Rauchschwaden in den Himmel, und der betörende Duft lockte allerlei hungriges Volk an.

Mühsam bahnten Franziska und Ursula Thumb von Neuenburg sich einen Weg vorbei an Weinbauern, Krämern, Fleischern und Fischern, die allesamt lautstark ihre Waren anpriesen. Franziskas neue Herrin umging das größte Gedränge geschickt und steuerte auf den Teil des Platzes zu, auf dem die teuren Tuch-, Gewürz- und Pelzhändler ihre Stände hatten. Als sie eine stabil gezimmerte Hütte erreichten, die mit bunten Bildern geschmückt war, begrüßte der Händler darin die Damen mit einem strahlenden Lächeln.

»Hohe Herrin, was für eine Ehre!«, sagte er mit einem Katzbuckeln. »Womit kann ich Euch dienen?«

»Ich brauche warme Gewänder«, erklärte Ursula Thumb von Neuenburg. »Der Winter wird nicht mehr lange auf sich warten lassen.«

Tatsächlich waren die Tage in der letzten Woche merklich kühler geworden, und in den Nächten wurde es sogar schon empfindlich kalt. Die Furcht vor dem Winter hatte Franziska manche schlaflose Stunde beschert.

»Wünscht Ihr etwas Besonderes?«, erkundigte sich der Händler. »Dies hier ist Tuch aus England und Flandern.« Er zeigte auf mehrere Stapel in gedeckten Farben.

»Dieses hier gefällt mir.« Die Tochter des Marschalls betastete einen Stoff, dessen Farbe an ein Meer aus Veilchen erinnerte.

»Eine gute Wahl«, säuselte der Mann, nannte einen schwindelerregenden Preis und steckte die Bezahlung ein.

Als Nächstes suchten sie einen Hutmacher, einen Schneider und mehrere Konfektstände auf, dann machten sie sich auf den Rückweg. Als sie den Platz vor dem Schloss passierten, kam ihnen eine offene Kutsche entgegen, die von mehreren Reitern begleitet wurde.

»Die Herzogin«, stellte die Tochter des Marschalls mit einem verächtlichen Unterton fest. Dennoch verneigte sie sich nach einigem Zögern wie alle anderen, an denen der Zweispänner vorbeifuhr.

Franziska tat es ihr gleich. Sie war gerade dabei, sich wieder aufzurichten, als die Herzogin den Kopf in ihre Richtung wandte und sie direkt ansah. Franziska erschrak bis ins Mark, da der Ausdruck auf dem Gesicht der mächtigsten Frau im Land blanken Hass widerspiegelte.

Fünfunddreissig

Es kostete Sabina von Bayern all ihre Selbstbeherrschung, dem Kutscher nicht den Befehl zum Anhalten zu geben. Als ihr Blick auf Ursula Thumb von Neuenburg fiel, flammte solche Wut in ihr auf, dass sie die Zähne zusammenbiss. Als ob ihr die ganze Stadt gehören würde, stolzierte die Hure ihres Gemahls über den Platz und rang sichtlich mit sich, ob sie der Kutsche der Herzogin den gebührenden Respekt erweisen sollte. Der Knicks, zu dem sie sich schließlich durchrang, war halbherzig und nahe an einer Beleidigung. Sabina hörte, wie eine ihrer Hofdamen empört die Luft einsog.

»Eine Unverschämtheit«, zischte die Frau. »Wofür hält sich diese Person?«

Sabina schluckte die Antwort, die ihr auf der Zunge lag, hinunter und kniff die Augen zusammen. Die Begleiterin der Marschalltochter kam ihr seltsam bekannt vor. Konnte es möglich sein? Sie sah genauer hin, und als die junge Frau sich aufrichtete und den Kopf hob, bestätigte sich ihr Verdacht. Die Wut verstärkte sich, da ihr mit einem Mal alles klar wurde. Es war also nicht Ulrich gewesen, der ihr eine Lauscherin hinterhergeschickt hatte, sondern diese Schlange! Vermutlich hatte das Mädchen seiner Herrin brühwarm erzählt, was es in der

Kirche belauscht hatte, und diese hatte es mit Sicherheit an Ulrich weitergegeben.

»Der Teufel soll sie holen!«, zischte sie und ignorierte den erschrockenen Laut ihrer Begleiterin. Während der Kutscher sich einen Weg durch die Menge bahnte, jagten sich die Gedanken in ihrem Kopf. Was hatte Ulrich vor? Wollte er ihrer Tochter ein Leid antun? Mit Schaudern dachte sie an die Nacht zurück, in der er sie in ihrem Schlafgemach besucht hatte. Seine Berührung war ihr so zuwider, dass sie immer noch Gänsehaut bekam, wenn sie daran dachte. Obwohl der Drang überwältigend war, hielt sie sich davon ab, etwas zu tun, was sie mit Sicherheit bereut hätte, und faltete die Hände im Schoß. Sie würde in Ruhe überlegen, was sie in dieser Angelegenheit unternahm, überstürztes Handeln brachte nichts als Verdruss. Jetzt, wo sie wusste, wer sie im Beichtstuhl belauscht hatte, brauchte sie sich wenigstens nicht mehr mit Ungewissheit zu martern. Offensichtlich planten ihr ehrenwerter Gemahl und dieses Weib etwas, womit sie Sabina schaden konnten.

»Wollt Ihr wirklich zum See?«, riss die Hofdame sie aus den Gedanken. »Der Wind frischt auf, Ihr könntet Euch erkälten.«

Sabina schüttelte den Kopf. »Mach dich nicht lächerlich! Es ist immer noch warm genug.« Wie um ihre Worte zu unterstreichen, legte sie den Sommermantel ab, den die Hofdame ihr aufgeschwatzt hatte. Die Frau war schlimmer als eine Glucke und schien selbst eisige Kälte im Freien zu erwarten, da sie eine pelzverbrämte Fucke angezogen hatte.

»Der Wind ist …« Sie kam nicht dazu, den Satz zu beenden, da wie aus dem Nichts ein Ei geflogen kam. Es klatschte gegen die Tür der Kutsche und zerbarst.

Die Hofdame stieß einen Schrei aus.

Dem Ei folgte ein zweites.

»Dort drüben!«, rief einer der Berittenen, grub seinem Pferd die Sporen in die Flanken und preschte in Richtung Kanzlei davon. Dort sprang er aus dem Sattel und packte einen jungen Burschen beim Schlafittchen.

Der wehrte sich zappelnd.

»Was denkt sich der Böfel eigentlich?«, empörte sich die Hofdame. »Dafür sollte man diesen Rotzlümmel auspeitschen.«

Der Soldat saß wieder auf und schleifte den Burschen neben seinem Pferd zu Sabinas Kutsche.

»Wollt Ihr, dass wir ihn der Stadtwache übergeben?«, fragte er.

Sabina musterte den jungen Mann streng. Sein Gesicht wirkte trotzig, die Kleider waren einfach, aber sauber.

»Warum hast du das getan?«, fragte sie schließlich.

Der Bursche schnaubte, was ihm eine Kopfnuss einbrachte.

»Warum bewirfst du unsere Kutsche mit Eiern?«

»Warum wollt Ihr das einfache Volk ausbluten?« Der junge Mann spuckte auf den Boden. »Ihr lebt in Eurem Schloss in Saus und Braus, die Reichen stopfen sich die Bäuche voll und werden immer fetter. Und jetzt sollen wir einfachen Leute die Rechnung dafür bezahlen!« Er zuckte zusammen, als der Soldat ihm einen weiteren Hieb versetzte.

»Sieh dich vor!«, knurrte der Bewaffnete.

»Es ist Gottes Wille, dass es Arm und Reich gibt«, entgegnete Sabina.

»Es ist aber gewiss nicht Gottes Wille, dass die Reichen den einfachen Leuten das Geld wegnehmen, um immer mehr zu verschwenden. Dieses vermaledeite Umgeld …«

»Halt's Maul!« Der Berittene verstärkte seinen Griff am Kragen des Mannes so sehr, dass dieser um Atem rang. »Ich übergebe ihn der Wache«, sagte er.

Sabina schüttelte den Kopf. »Lass ihn laufen!«

Der Soldat sah sie verständnislos an. »Er hat Euch beleidigt.«

Auch die Hofdame neben Sabina schnappte hörbar nach Luft.

»Lass ihn laufen!«, wiederholte Sabina ihren Befehl. »Sofort!«

Widerwillig ließ der Berittene den Burschen los, der sich daraufhin trollte, so schnell er konnte.

»Warum habt Ihr das getan?«, fragte die Hofdame.

Sabina seufzte. »Weil man nicht jeden armen Teufel für einen Fehler bestrafen muss.« Sie gab dem Kutscher ein Zeichen, woraufhin dieser die Pferde wieder antrieb. Die Stimmung in der Stadt wurde zusehends gereizter. Wenn Ulrich und seine Räte wirklich vorhatten, das Umgeld auf Fleisch und Wein einzuführen, würde es wohl kaum bei solch harmlosen Unmutsbekundungen bleiben.

Sechsunddreissig

»Warum hat sie den Kerl laufen lassen?« Ursula Thumb von Neuenburg schüttelte den Kopf. Aus der Entfernung hatten sie und Franziska den Zwischenfall mit dem Eierwerfer beobachtet, und der Tochter des Marschalls schien die Milde der Herzogin nicht zu gefallen. »Wenn der Herzog das wüsste ...«, murmelte sie.

Franziska waren die Beweggründe der Herzogin gleichgültig. Ihr saß noch der Schreck in den Gliedern und wich nur allmählich der Erleichterung darüber, dass die Herzogin von dem Burschen abgelenkt worden war. Der Ausdruck in ihren Augen hatte ihr einen Heidenschrecken eingejagt. Sabina von Bayern musste sie in der Kirche erkannt haben und sann nun vermutlich auf Rache. Das Geheimnis, das Franziska mitangehört hatte, war ungeheuerlich, und gewiss fürchtete die Herzogin, dass es früher oder später gegen sie verwendet werden könnte. Mit einem unguten Gefühl blickte sie der Kutsche hinterher, die im Schatten der Stadtmauer verschwand.

»Für derlei Unverschämtheiten sollte man die Leute an den Pranger stellen«, schimpfte ihre neue Herrin. »Wenn der Böfel den Respekt vor der Ehrbarkeit und dem Herzog verliert, brechen schlimme Zeiten an.« Sie wich einem Haufen

Pferdemist aus und stakste über einen Bereich des Platzes, der von einer Schweineherde verunreinigt war. Ein Junge in zerlumpten Hosen trieb die Tiere mit einem Stock zum Markt und interessierte sich nicht im Geringsten für den Dreck, den sie hinterließen.

Sobald sie das Haus des Marschalls erreichten, zog sich Ursula Thumb von Neuenburg in ihre Gemächer zurück und breitete die kostbaren Stoffe auf einem Tisch aus. »Was denkst du?«, fragte sie.

Franziska wusste nicht, was sie sagen sollte. Das Tuch war aus feiner Wolle, edel und gut verarbeitet. Es eignete sich für allerlei Kleidungsstücke.

»Ich glaube, ich lasse mir einen Mantel daraus schneidern«, beschloss die Tochter des Marschalls nach einigem Überlegen. »Lauf zum Schneider und sag ihm, er soll zu mir kommen!« Sie nannte Franziska einen Namen und kramte in den anderen Einkäufen. »Am besten heute noch. Wenn er so lange braucht wie beim letzten Mal, bricht der Winter herein, ehe er fertig ist.« Sie lachte.

Franziska verließ das Haus und machte sich erneut auf den Weg in die Innere Stadt. Der Schneider hatte seine Werkstatt in der Nähe der westlichen Stadtmauer, wo sich zahlreiche einfache Handwerkerhäuser befanden. Als sie am Adelberger Hof vorbeikam, begegnete ihr Jakob.

»Franzi!«, rief er erstaunt aus. »Ich hab schon überall nach dir gesucht. Wo warst du?«

Franziska wäre am liebsten in einem Mauseloch verschwunden. Jakobs Anblick brachte die Erinnerung an die Hinrichtung mit solcher Klarheit zurück, dass es fast körperlich wehtat.

»Wie geht es dir?«, fragte er unbeholfen. Er führte ein Pferd am Zügel und schien auf dem Weg zurück nach Hause zu sein.

»Mir geht es gut«, log Franziska und blinzelte, damit er ihre Tränen nicht sehen konnte.

Jakob zögerte einen Augenblick, dann trat er näher und legte ihr die Hand auf den Arm. »Komm mit zu mir. Ich hab genug Platz. Du solltest nicht allein sein in dieser Zeit der …«

»Trauer?«, fragte Franziska tonlos. »Mein Vater und Martin haben nicht mal ein anständiges Begräbnis bekommen.« Sie hörte selbst, wie anklagend sie klang. Als ob Jakob etwas dafür könnte, was passiert war.

»Es tut mir so unendlich leid«, sagte er. »Dein Vater war ein guter Mann, keiner von uns Weinbauern glaubt, dass er schuldig war.«

»Und Martin?«, wisperte Franziska. »Glaubt ihr auch, dass Martin unschuldig war?«

Jakob schlug die Augen nieder. »Glaubst *du*, dass er unschuldig war?«

»Natürlich glaube ich das!«, brauste Franziska auf. »Er war mein Verlobter. Er wäre nie zu so einem abscheulichen Verbrechen in der Lage gewesen.«

Jakob biss sich auf die Lippe.

»Wenn du etwas zu sagen hast, sag es!« Sie fuhr sich wütend mit dem Ärmel über die Augen.

Jakob schwieg.

»Der Priester, der Martin und meinem Vater die Beichte abgenommen hat, denkt auch, dass sie zu Unrecht verurteilt worden sind«, versetzte Franziska heftig. »Du scheinst eher froh zu sein, dass Martin nicht mehr lebt.« Ihre Stimme erstickte.

»Das ist nicht wahr!«, protestierte Jakob. »Aber Martin war nicht der, für den du ihn gehalten hast«, setzte er nach einigen Augenblicken hinzu.

»Was willst du damit sagen?« Franziska brachte Abstand zwischen sich und ihn. »Erst behauptest du, Martin sei in Hurenhäusern ein und aus gegangen …«

»Das habe ich nie behauptet!«

»Und jetzt willst du mir weismachen, dass ich ihn nicht richtig gekannt habe? Wofür hältst du mich? Für eine einfältige Gans?«

»Das würde ich niemals sagen«, seufzte Jakob. »Willst du wissen, was Martin dir verschwiegen hat, oder nicht?«

Franziska kämpfte den Drang nieder, davonzulaufen, bevor er ihr etwas sagen konnte, was sie nicht hören wollte. Sie nickte mit grimmiger Miene.

»Martin hatte hohe Spielschulden«, fuhr Jakob fort. »Er hat sich nicht nur bei Moritz Welling Geld geliehen, sondern auch bei mir und vielen anderen. Darunter war auch ein wuchernder Geldmakler.«

»Du lügst!«, fuhr Franziska ihn an.

»Ich sage die Wahrheit«, erwiderte Jakob. »Ich habe mich umgehört und einiges über Martin erfahren, was auch ich nicht wusste.«

»Warum?« Franziska schüttelte den Kopf. »Wolltest du etwas in Erfahrung bringen, mit dem du seinen Ruf noch weiter beschmutzen kannst?«

»Warum bist du so ungerecht?«, fragte Jakob. »Ich will nur helfen.«

»Das glaube ich dir nicht! Schon in der Schule hast du immer versucht, Martin auszustechen. Glaubst du, ich hätte das vergessen?«

»Ich dachte, du hättest es gar nicht mitbekommen«, sagte Jakob leise. »Du hattest immer nur Augen für Martin.«

Franziska wehrte ihn ab, als er erneut versuchte, die Hand auf ihren Arm zu legen.

»Willst du den wahren Schuldigen immer noch finden?«, hakte Jakob nach.

»Das habe ich bereits versucht, allerdings ohne Erfolg.«

»Ich kann dir helfen. Wenn ich mich weiter umhöre, finde ich vielleicht heraus, was an dem Abend, an dem Moritz Welling getötet worden ist, wirklich passiert ist.«

»Und was soll das jetzt noch bringen?« Franziska schluckte die Tränen, die ihr zu ihrem Verdruss schon wieder in die Augen stiegen. »Sie sind tot! Hast du das nicht begriffen? Tot!«

Einige der Vorübergehenden bedachten sie und Jakob mit neugierigen Blicken.

Franziska hätte am liebsten all ihre Wut, ihre Trauer und ihre Verzweiflung hinausgeschrien, doch sie wusste, dass sie damit nichts geändert hätte. »Ich habe keine Kraft mehr«, sagte sie leise. »Weißt du, was der Priester zu mir gesagt hat, als ich ihn gefragt habe, wie er zulassen kann, dass zwei Unschuldige hingerichtet werden?«

Jakob sah sie wortlos an.

»Er hat gesagt: ›Gottes Weisheit ist unermesslich. Es wäre lästerlich, Seinen Plan infrage zu stellen.‹« Sie lachte freudlos. »Ich habe meine Seele verkauft, um sie zu retten, aber …« Sie brach den Satz ab.

»Was hast du getan?«, wollte Jakob wissen.

Franziska biss die Zähne zusammen und kämpfte gegen die Scham an. »Nichts. Ich muss gehen.«

»Wo kann ich dich finden?«, rief Jakob ihr hinterher, als sie kehrtmachte.

»Vergiss mich, Jakob!« Mit diesen Worten ging sie davon.

Siebenunddreissig

Jakob stieß einen Fluch aus, der jeden Gottesmann entsetzt hätte. Warum war Franzi nur so verdammt stur? Schon in der Kindheit hatte sie ihn und Martin damit manchmal zur Weißglut gebracht. Sie schien vergessen zu haben, wie oft sie sich auch mit Martin gestritten hatte, wenn sie mal wieder alles besser gewusst hatte als die Jungen. Er verzog das Gesicht zu einem wehmütigen Lächeln. Hätte er doch nur die Zeit zurückdrehen und alles ungeschehen machen können! Dann wäre sie nicht so furchtbar unglücklich gewesen.

Ein Stich fuhr ihm ins Herz, als er sich zum ungezählten Male fragte, was sie nur an Martin gefunden hatte. Er war ein Aufschneider, ein Geck und ein Narr gewesen, dessen Freundschaft Jakob schon vor langer Zeit teuer bezahlt hatte. Immer wieder hatte Martin Jakob und seine anderen Freunde in Schwierigkeiten gebracht, weil seine Streiche oft nicht nur dumm, sondern gefährlich gewesen waren. Jakob erinnerte sich an einen Vorfall vor vielen Jahren, als Martin vorgeschlagen hatte, das Gatter einer Kuhweide zu öffnen. Aus Angst vor dem Zorn des Viehbauern hatten die anderen Jungen nicht mitmachen wollen, doch Jakob war so dumm gewesen, ihm zu helfen. Allerdings waren auf der Weide keine harmlosen Kühe gewesen. Der wütende Jungbulle, den Martin mit einem roten Taschentuch gereizt hatte, war schnaubend und stampfend auf sie zugerannt. Nur durch den Sprung über einen tiefen Graben hatten sie sich retten können, sonst hätte ihnen der Bulle vermutlich die Bäuche aufgeschlitzt. Während Jakob vor Angst fast gestorben war, hatte Martin sich ausgeschüttet vor Lachen.

Jakob seufzte und zog sein Pferd weiter. Franzi tat ihm Unrecht, wenn sie glaubte, dass er Martins Ruf beschmutzen wollte. Obwohl der Freund oft unverantwortlich und leichtsinnig gehandelt hatte, glaubte Jakob nicht daran, dass er zu einem Mord imstande gewesen wäre. Auch wenn er Martin dafür beneidet hatte, dass Franzi seine Frau werden sollte, wäre es ihm nie in den Sinn gekommen, ihm Übles nachzureden. Er liebte Franzi, seit er denken konnte, und es tat ihm im Herzen weh, dass sie sich nicht helfen ließ. Warum hatte sie sein Angebot nicht angenommen? Wieso wollte sie nicht bei ihm wohnen? Er konnte ihr alles geben, was sie brauchte. Es gab mehr als genug Platz auf seinem Anwesen, sodass sie nicht einmal allein mit ihm unter einem Dach schlafen musste, falls sie um ihre Ehre fürchtete.

Sein Pferd schien seine Niedergeschlagenheit zu spüren, da es ihn schnaubend mit dem Kopf in die Seite stieß. »Ich bin ein Narr«, sagte Jakob zu ihm und tätschelte ihm die Nase. »Ich habe sie nicht einmal gefragt, wo sie untergekommen ist.« Er runzelte die Stirn. Hatte sie ein anderes Kleid getragen als vor dem Herrenhaus? Er war sich nicht sicher, für ihn sah ein Rock aus wie der andere. »Aber weißt du was?«

Sein Pferd warf mit einem Wiehern den Kopf hoch, als könnte es ihn verstehen.

»Ich werde den wahren Schuldigen finden«, sagte Jakob. »Und dafür sorgen, dass Martins Ruf wiederhergestellt wird.« Dann würde vielleicht all die Trauer aus Franzis Herzen verschwinden, und er hätte irgendwann die Aussicht darauf, es für sich zu gewinnen. Die Zweifel, die sich augenblicklich zu Wort meldeten, schob er beiseite. Wenn Franzi recht hatte und das Gericht zwei Unschuldige hatte hinrichten lassen, würde die Stimmung in der Stadt bald überkochen. Das angekündigte Umgeld des Herzogs erhitzte nicht nur die Gemüter der Weinbauern und Metzger, auch bei den wohlhabenderen Bürgern, die nicht zur Ehrbarkeit gehörten, regte sich Widerstand. Der Hof des Herzogs verschlang mehr und mehr Geld, während Missernten und harte Winter das Leben seiner Untertanen erschwerten. Viele fragten sich, was als Nächstes kommen würde. Eine Steuer auf Wasser? Man munkelte bereits, dass selbst das Umgeld die leeren Kassen nicht würde füllen können.

Ein Einfall ließ Jakob innehalten. War Franzis Vater vielleicht das Opfer der Gier seiner Konkurrenten geworden? Viele von ihnen saßen im Rat, und einige waren gewiss Mitglieder des Stadtgerichts. Was, wenn man die Gelegenheit beim Schopf gepackt hatte, um ihn aus dem Geschäft zu drängen?

Als er vor seinem Hoftor ankam, drückte er die Zügel einem Burschen in die Hand und warf einen Blick auf die leeren Bütten, die in Reih und Glied vor einer der Scheunen standen. Dank des sonnigen und heißen Sommers war die Weinlese fast beendet, nur noch in einem seiner Weinberge waren die Leser am Werk. Diese schnitten die reifen Trauben vom Weinstock, damit die Träger sie im Anschluss daran in den Bütten entweder direkt zur Kelter oder zu einem der zahlreichen Fuhrwerke tragen konnten. Wie jedes Jahr beschäftigte er Dutzende von Tagelöhnern, ohne die er die viele Arbeit unmöglich bewältigen konnte.

»Ihr sollt zum Weinberg kommen«, empfing ihn einer seiner ältesten Knechte. »Es gibt Schwierigkeiten mit einem der Wagen.« Als Jakob ihn fragend ansah, zuckte er mit den Schultern. »Ein Achsbruch.«

Obwohl es Jakobs Vorhaben durchkreuzte, blieb ihm keine andere Wahl, als in seinem Weinberg nach dem Rechten zu sehen. Wenn die Trauben nicht rechtzeitig zur Kelter gebracht wurden, bestand die Gefahr, dass sie an den Reben verfaulten. Oder dass sich Diebesgesindel einschleicht wie in den Tagen und Wochen zuvor, dachte er grimmig. Seitdem bewachten zwei Männern mit Hunden die Weinberge, doch diese Maßnahme kostete ihn zusätzliches Geld. »Sorge dafür, dass die Leser, Träger und Einmaischer ihr Leserbrot und ihr Lesergeld bekommen«, trug Jakob dem Knecht auf. Dann machte er sich auf den Weg zu seinem Weinberg, um dort nach dem Rechten zu sehen. Um den Beweis von Martins Unschuld würde er sich später kümmern müssen. Immerhin hatte er einen Vorteil: Einen der beiden Männer, die Martins Knecht Franzi beschrieben hatte, kannte er ganz genau. Allerdings fürchtete er, dass dieses Wissen nicht nur ihn in Gefahr bringen konnte.

Achtunddreissig

Franziska war sich nicht sicher, ob die Tränen in ihren Augen von Trauer oder Wut herrührten. Sie war sich nur sicher, dass Jakob sie belogen hatte. Schon immer war er Martin wie ein Hündchen hinterhergelaufen, um ihn dann bei jeder Gelegenheit anzuschwärzen. Was wollte er mit seinen Lügen bezwecken? Dachte er, sie würde auch nur ein Wort von dem glauben, was er behauptete? Martin sollte sich überall Geld geliehen haben? Erst hatte Jakob ihr weismachen wollen, dass Martin sich in Hurenhäusern herumgetrieben hatte. Und jetzt sollte er Spielschulden haben? Das konnte einfach nicht sein! Niemals hätte er seinen Besitz so leichtsinnig aufs Spiel gesetzt.

Sie war froh, als die Werkstatt des Schneiders vor ihr auftauchte und sie auf andere Gedanken brachte. Martin und ihr Vater waren tot. Sie musste lernen, damit zu leben. Vielleicht hatte der Priester recht, und Gottes Weisheit war wirklich unermesslich. Sie zog den Kopf ein und duckte sich durch den niedrigen Türdurchgang in die dahinterliegende Schneiderstube.

Der Mann, der an einem kleinen Fenster saß und nähte, hob fragend den Kopf. »Was kann ich für Euch tun?«

»Meine Herrin, Ursula Thumb von Neuenburg, schickt nach Euch«, erwiderte Franziska. »Sie hat mir aufgetragen, Euch zu ihr zu bringen.«

Der Schneider biss einen Faden ab, verknotete ihn und legte das Stück, an dem er gearbeitet hatte, zur Seite. Dann fädelte er in aller Seelenruhe einen neuen Faden in die Nadel ein und setzte sein Werk fort. »Ich komme, sobald ich hier fertig bin«, sagte er. »Richtet das Eurer Herrin aus.«

»Aber sie erwartet gewiss, dass Ihr mich begleitet«, protestierte Franziska.

»Dann werdet Ihr eine Weile warten müssen«, war die trockene Antwort.

Franziska überlegte einen Augenblick, ehe sie sich zum Gehen wandte. »Wie lange werdet Ihr brauchen?«

Der Schneider steckte sich einen Fingerhut an den Finger. »Eine Stunde vielleicht.«

Franziska verließ die Werkstatt und machte sich auf zurück in die Turnierackervorstadt. Sie mied den Marktplatz, auf dem immer noch dichtes Treiben herrschte, und schlug stattdessen einen Weg ein, der sie in der Nähe des Hauses ihres Vaters vorbeiführte. Ihr Herz wurde schwer, sobald sie die Schornsteine und die bunten Schindeln erblickte, und sie beschleunigte ihre Schritte. Als sie in eine der Querstraßen einbog, entdeckte sie Cuntz inmitten einer Gruppe von Männern, die sich auf dem Weg zum Hof ihres ehemaligen Heims befanden. Er drehte den Kopf und sah sie einen Moment lang an, dann stieg ihm Röte in die Wangen. Anstatt sie zu grüßen, blickte er jedoch hastig zur Seite und gab vor, in ein Gespräch mit einem seiner Begleiter vertieft zu sein.

Franziska schluckte die Bitterkeit in ihrer Kehle hinunter. *Er meint es nicht persönlich*, redete sie sich ein. Vermutlich hatte er eine Anstellung bei dem neuen Besitzer gefunden und wollte nicht, dass man über ihn tratschte. Dennoch schmerzte es sie, dass selbst ein alter Vertrauter wie Cuntz sie mied, als wäre sie an Aussatz erkrankt. Sie sah ihm und den anderen Männern nach, und plötzlich kamen ihr die Fässer mit dem falschen Claret wieder in den Sinn. Ob Cuntz wirklich nichts darüber wusste? Was, wenn der Weinbetrug etwas damit zu tun hatte, dass das Gericht ihren Vater so bereitwillig zur Folter verurteilt hatte? Hatte ein anderer Weinhändler versucht, ihm das Geschäft zu ruinieren? Oder war ihr Vater doch nur einem betrügerischen Fuhrmann aufgesessen? Sie dachte nicht lange nach, folgte Cuntz und den anderen Knechten und holte sie kurz vor dem Hoftor ihres beschlagnahmten Heims ein. »Cuntz!«, rief sie.

Es sah aus, als würde er zusammenzucken.

»Cuntz!« Erneut versuchte sie, seine Aufmerksamkeit zu erregen, doch er tat so, als könne er sie nicht hören.

»Cuntz!«

Einer seiner Begleiter versetzte ihm einen Stoß mit dem Ellbogen und zeigte auf Franziska. Aber Cuntz schüttelte nur den Kopf. Dann beeilte er sich, von der Straße zu kommen, und floh in den Hof.

Franziska verkniff sich eine Verwünschung. Die Eile, mit der Cuntz davongelaufen war, kam ihr verdächtig vor. Es war eine Sache, dass er nicht mit der Tochter eines verurteilten Verbrechers gesehen werden wollte. Doch er hätte ihr wenigstens ein Zeichen geben, ihr irgendwie bedeuten können, dass er sie erkannt hatte. Dann wäre es ihr vielleicht gelungen, ihn zu einem Ort zu locken, an dem sie ohne neugierige Blicke miteinander reden konnten. »Was hast du zu verbergen?«, murmelte sie. Ein hässlicher Verdacht nistete sich in ihrem Kopf ein. War Cuntz für den Weinbetrug verantwortlich? Hatte ihr Vater vielleicht gar nicht gewusst, was vor sich ging? Sie erinnerte sich daran, wie Cuntz versucht hatte, ihr weiszumachen, dass es sich bei dem gepanschten Trollinger um Claret handelte. Er stand schon so lange in den Diensten ihres Vaters, dass er den

Unterschied genauso hätte schmecken müssen wie sie. Steckten vielleicht die Betrüger hinter allem? War ihr Vater ihnen auf die Schliche gekommen? Hatten sie den Sohn des Bürgermeisters ermordet und den Verdacht auf Martin gelenkt, weil ihnen klar war, dass man Franziskas Vater dann ebenfalls verhaften würde? Die Annahme war weit hergeholt, erschien selbst ihr fast absurd. Doch was, wenn man es gar nicht auf Martin abgesehen gehabt hatte? Allein der Gedanke, dass ihr Verlobter nur ein Spielball böser Pläne gewesen sein könnte, machte sie unglaublich wütend.

Sie beschloss, der Sache auf den Grund zu gehen. Auch wenn die Stadtsoldaten ihr gedroht hatten, dass man sie festnehmen werde, falls sie ins Haus ihres Vaters zurückkehren wollte, blieb ihr keine andere Wahl. Vielleicht war der Sohn des Bürgermeisters ein Mitwisser gewesen und hatte deshalb sterben müssen. Die Gedanken in ihrem Kopf überschlugen sich, während sie sich das Gehirn zermarterte, wie sie am besten auf das Anwesen gelangen konnte. Sie erinnerte sich an den Abend, an dem Martin Steine an ihr Fenster geworfen hatte. Ihr Blick wanderte zu der stattlichen Linde, die ihre Äste weit in das Anwesen hineinstreckte. Wenn sie sich anstrengte, sollte es ihr gelingen, auf den Baum zu klettern und dann von dort aus in den Hof zu springen.

Ich bin eine Heuchlerin, dachte sie. Als Jakob ihr angeboten hatte, bei der Suche nach den wahren Schuldigen zu helfen, hatte sie ihn angeblafft. Martin und ihr Vater waren tot, ja. Aber trotz allem, was sie Jakob gegenüber behauptet hatte, konnte sie die Täter nicht einfach ungestraft davonkommen lassen. Die Ohnmacht, die sie die ganze Zeit gelähmt hatte, wich einer grimmigen Entschlossenheit. Was hatte sie schon zu verlieren? Dein Leben, flüsterte ihr eine Stimme in ihrem Kopf zu, doch sie ignorierte sie. Sie hatte alles aufs Spiel gesetzt, um ihren Vater und Martin vor dem Schafott zu retten, aber Gott hatte andere Pläne gehabt. Auch wenn sie fürchtete, dass er sie für immer verlassen hatte, konnte sie nicht einfach so tun, als wäre nichts geschehen.

Nach einem letzten Blick auf ihr ehemaliges Heim kehrte sie dem Anwesen den Rücken zu und begab sich zurück zum Haus des Marschalls.

»Wo ist der Schneider?«, begrüßte Ursula Thumb von Neuenburg sie.

»Er musste noch etwas fertig machen«, erwiderte Franziska. »In einer Stunde will er bei Euch sein.«

Den Rest des Tages brachte sie mit weiteren Botengängen für ihre neue Herrin zu, und als endlich die Dämmerung einbrach, war sie froh, entlassen zu werden. Nach einem üppigen Abendessen in der Gesindestube zeigte Brida ihr die Kammer, die sie sich mit Franziska teilen würde, und plapperte munter drauflos.

»Heute war der Herzog wieder da«, erzählte sie Franziska, während sie sich entkleideten.

»Der Herzog?« Franziska legte ihr neues Kleid sorgfältig über einen Schemel neben ihrem Bett.

»Ja. Er kommt oft vorbei, um die Herrin in ihrem Frauenzimmer zu besuchen«, sagte Brida. Ihre Augen leuchteten aufgeregt. »Allerdings habe ich ihn noch nie so aus der Nähe zu Gesicht bekommen. Er ist wirklich, wirklich groß.«

Franziska erinnerte sich an den Blick, mit dem Sabina von Bayern sie und Ursula Thumb von Neuenburg bedacht hatte. War ihre Sorge unberechtigt? Hatte die Herzogin sie vielleicht doch nicht erkannt? Wenn der Herzog öfter im Haus des Marschalls zu Besuch war, um dessen Tochter zu sehen … Sie schlüpfte aus ihrem Untergewand und stieg ins Bett.

»Betest du nicht?«, fragte Brida erstaunt. Das Mädchen kniete sich vor sein Bett und legte die Hände aneinander.

»Ich hab schon gebetet«, log Franziska. Denn bisher waren all ihre Gebete auf taube Ohren gestoßen.

Neununddreissig

Die nächsten Tage vergingen wie im Flug, da Ursula Thumb von Neuenburg Vorbereitungen für ein Fest traf. An einem der nächsten Tage sollten drei Dutzend der wichtigsten Damen und Herren der Ehrbarkeit zu einem Mahl zu Ehren des Herzogs ins Haus des Marschalls geladen werden. Da gab es allerhand zu tun. Als der Abend der Gasterei endlich hereinbrach, entließ die Marschalltochter Franziska, nachdem die ihr beim Ankleiden behilflich gewesen war. »Ich brauche dich heute nicht mehr«, sagte sie und hielt sich einen kleinen Spiegel vors Gesicht, um ihre mit Kohlestift umrahmten Augen zu betrachten.

Froh darüber, nicht anwesend sein zu müssen, wenn die Gesellschaft eintraf, zog Franziska sich in ihre Kammer zurück und schlüpfte in das einfache Kleid, das sie inzwischen in der Waschstube gewaschen hatte. Sie wartete, bis all die Kutschen und Einspänner im Hof abgestellt, die Damen und Herren in den Gemächern der Gastgeberin waren, ehe sie sich über die Hintertreppe in den Hof stahl. Mittlerweile wusste sie, dass es im Garten eine kleine Tür gab, durch die man eine große, hinter der Mauer liegende Miststätte erreichen konnte. Dieser Durchgang war für gewöhnlich von innen verriegelt, doch an diesem Abend würde er es Franziska ermöglichen, ungesehen den Hof zu verlassen.

Als sie die Hand auf den Knauf legte, zögerte sie einige Augenblicke, da sich die Zweifel erneut zu Wort meldeten. Wenn sie gefasst wurde, drohte ihr vermutlich ein Rauswurf und sie landete wieder auf der Straße. Den Winter würde sie als Bettlerin gewiss nicht überleben, auch wenn sie den Gulden des Marschalls noch nicht angetastet hatte. Dennoch wischte sie die Bedenken beiseite, öffnete die Tür und verließ den Garten. Sich zu verkriechen und alles, was geschehen war, als Schicksal oder Gottes Willen hinzunehmen, war feige. Martin und ihr Vater waren zu Unrecht hingerichtet worden und in ungeweihter Erde verscharrt wie gemeine Verbrecher. Obwohl die Trauer immer noch wie ein bleiernes Gewicht auf ihr lastete, durfte sie sich nicht von ihr lähmen lassen. Die wahren Schuldigen mussten gefunden und ihrer Strafe zugeführt werden.

Sie schlich an der Mauer entlang zum Ausgang der engen Gasse, in der sich die Miststätte befand, und lugte um die Ecke. Da in diesem Moment der Herzog und einige Soldaten hoch zu Ross auf das Hoftor zutrabten, zog sie sich hastig wieder zurück. Erst als die Pferde nicht mehr zu sehen waren, wagte sie es, ihr Versteck zu verlassen. Ohne sich nach den Soldaten umzublicken, eilte sie die Straße entlang auf das Tunzhofer Tor zu, da dort nicht so viel Verkehr war wie bei dem größeren, breiteren Oberen Tor. Das Schultörlein mied sie seit der Hinrichtung, um nicht an die furchtbaren Schreie aus den Gefängnistürmen erinnert zu werden.

Die Nachtwächter hatten bereits die Laternen auf dem Marktplatz angezündet, daher wich Franziska zum Hauptzoll aus, um sich von dort über die Marktstraße und den Adelberger Hof von hinten ihrem ehemaligen Heim zu nähern. Dort angekommen, verbarg sie sich bei einem gegenüber liegenden überdachten Holzlager und wartete, bis die Sonne vollends untergegangen war. Erst als die Dunkelheit genug Schutz bot, kroch sie zwischen den aufgeschichteten Scheiten hervor und machte sich auf zu dem Baum, über den Martin in den Hof geklettert war.

Ihr Herz schlug bis zum Hals, und fast hätte sie unverrichteter Dinge kehrtgemacht. Die Furcht, entdeckt zu werden, ließ ihre Hände zittern, als sie die Finger zwischen die Mauersteine grub, um sich daran in die Höhe zu ziehen. Mit Mühe gelang es ihr nach einigen Versuchen endlich, den untersten Ast der Linde zu erreichen. Außer Atem erklomm sie die Mauerkrone und legte sich flach hin, um von unten nicht entdeckt zu werden. Einige Augenblicke erlaubte sie ihrem Herzschlag, sich zu beruhigen, bevor sie in den Hof lugte, um nach Aufpassern Ausschau zu halten. Zu ihrer Erleichterung lag das Anwesen totenstill da; nicht einmal die Pferde im Stall waren zu hören. Hinter den Fenstern im ersten Geschoss flackerte Kerzenschein, der Rest des Hauses lag im Dunkeln. Vorsichtig griff sie nach einem dicken Ast und hängte sich daran. Dann spannte sie die Muskeln und ließ sich fallen.

Auf Zehenspitzen schlich sie über den Hof zu dem großen Flügeltor, hinter dem sich die Gewölbehalle befand. Zu ihrer Enttäuschung war nicht nur das Tor verschlossen, sondern auch die kleinere Tür. Obwohl sie kaum etwas sehen konnte, weckten die Geräusche, der Duft des Gartens und die Umrisse des Hauses, die sich vom Nachthimmel abzeichneten, Wehmut in ihr. Die wohlbekannte Trauer schnürte ihr die Kehle zu, als sie sich an den Morgen erinnerte, an dem Martin blutbesudelt Einlass verlangt hatte. »Ich weiß es nicht«, hatte er auf die Frage, was passiert war, gestammelt. Die Erinnerungen waren wie eine Flut, die über Franziska hereinbrach. Da ihr plötzlich die Knie schwach wurden, suchte sie Halt an einem der hölzernen Gestelle, an denen sich immer noch Rosen emporrankten. Obwohl sie versuchte, sie zu unterdrücken, liefen die Tränen unaufhaltsam, und sie spürte, wie das Entsetzen zurückkehrte. Die Bilder, die sie so mühsam verdrängt hatte, tauchten vor ihr auf, als befände sie sich in diesem Augenblick wieder auf dem

Richtplatz. »Nein!«, wisperte sie, schlug die Hände vors Gesicht und versuchte, sich auf das Hier und Jetzt zu konzentrieren.

Sie musste stark sein. Wenn sie zusammenbrach wie ein Häufchen Elend, würde man sie entdecken, vor Gericht schleifen und ganz gewiss ins Loch werfen. *Nimm dich zusammen!*, schalt sie sich, trocknete die Tränen und atmete die klare Nachtluft tief ein. Wenn sie etwas über den Betrug mit dem falschen Claret in Erfahrung bringen wollte, musste sie irgendwie ins Kontor ihres Vaters gelangen. Mit Herumstehen und Heulen würde ihr das nicht gelingen. Sie zog sich zum hinteren Teil des Hauses zurück und tastete sich an der Mauer entlang zu einer Hintertür, durch die man in die Küche kam. Zu ihrer grenzenlosen Erleichterung war dieser Eingang unverschlossen. Da das Gesinde in einem Zwischengeschoss über der Küche schlief, wagte sie kaum zu atmen, als sie das Gebäude betrat. Drinnen war es so finster, dass sie nicht einmal die Hand vor Augen sah. Vorsichtig suchte sie sich einen Weg zwischen den Tischen und Hackblöcken hindurch, verließ die Küche und verharrte einige Atemzüge lang in der Halle. Als sie sicher war, dass niemand ihr Eindringen bemerkt hatte, schlich sie weiter zur Treppe.

Von oben drangen gedämpfte Stimmen an ihr Ohr. Vermutlich hatten sich die neuen Bewohner in der Stube versammelt und saßen dort an *ihrem* Tisch unter *ihren* Heiligenbildern, um die Früchte der Arbeit *ihres* Vaters zu genießen. Unvermittelt flammte Hass in ihr auf. Sie ballte die Fäuste, widerstand dem Drang, in die Stube zu stürmen, und erreichte kurz darauf das Kontor. Hastig schlüpfte sie hinein. Durch die verglasten Fenster fiel etwas Licht in den Raum, weshalb sie nicht lange brauchte, um den Stapel kleiner ledergebundener Bücher zu finden, in die ihr Vater sämtliche Geschäfte eingetragen hatte. Da sie nicht wusste, welches das richtige war, stopfte sie ein halbes Dutzend in ihre Rocktaschen und kehrte dem Tisch den Rücken zu. Als ihr Blick auf den goldenen Brieföffner ihres Vaters fiel, griff sie ebenfalls danach und steckte ihn ein. Dann schlich sie zurück ins Erdgeschoss, verließ das Haus und huschte zur Mauer.

Gerade hatte sie nach dem untersten Ast der Linde gegriffen, als im Obergeschoss ein Fenster geöffnet wurde. »Ist da jemand?«, rief eine tiefe Stimme.

Franziska erstarrte und hoffte, dass sie vom Schatten des Baumes verborgen war.

»Was ist denn?«, hörte sie einen zweiten Mann rufen.

»Ich dachte, ich hätte etwas gehört.«

»Dann sieh nach!«

»Warum immer ich?«, brummte der Mann am Fenster und knallte es zu.

Franziska fackelte nicht lange. So schnell sie konnte, erklomm sie mithilfe des Baums die Mauer, sprang auf die Straße und rannte davon. Völlig außer Atem erreichte sie wenig später die kleine Gasse bei der Miststätte, wo sie sich einige Augenblicke zum Verschnaufen gönnte. Sie beugte sich vornüber, um das Stechen in ihren Seiten zu lindern, und stemmte die Hände auf die Knie.

Ein Geräusch hinter ihr ließ sie zusammenzucken. War ihr jemand gefolgt? Deutlich waren Schritte zu vernehmen, die sich dem Durchgang näherten.

So hastig, dass sie fast über einen hervorstehenden Pflasterstein gestolpert wäre, eilte sie zu der kleinen Tür, die sie mit zitternden Händen hinter sich verriegelte, ehe sie ihre Beute aus den Taschen holte.

Die Schritte kamen näher, hielten inne und entfernten sich schließlich wieder.

Die gestohlenen Bücher fest an sich gedrückt, schlich Franziska in ihre Kammer, versteckte die Bücher unter dem Bett und dankte zum ersten Mal seit langer Zeit dem Himmel für seine Hilfe.

Vierzig

Sabina von Bayern wirbelte ungehalten herum, als es an der Tür ihres Gemachs klopfte. »Wer ist da?«, fragte sie.

»Ich bin es«, ertönte die Stimme eines ihrer Männer, desjenigen, auf den sie seit Stunden wartete.

Mit wenigen Schritten war Sabina bei der Tür, zog sie auf und bedeutete ihm mit einer knappen Kopfbewegung einzutreten. »Wieso hat das so lange gedauert?«, herrschte sie ihn an. »Was hast du zu berichten?«

Er zog seinen Hut, verneigte sich und hob entschuldigend die Hände. »Ich habe sie den ganzen Tag über beobachtet«, sagte er. »Aber es ist nichts Ungewöhnliches passiert.«

»Das hatte ich auch nicht erwartet«, brummte Sabina.

Der Mann lächelte. »Bis kurz nach Anbruch der Dunkelheit.«

Sabina horchte auf.

»Ihr wisst sicher, dass Euer Gemahl heute zu einem Empfang im Haus des Marschalls geladen ist.«

Sabina nickte.

»Nach der Ankunft seiner Kutsche habe ich mich zurückgezogen, um das Haus weiter im Auge zu behalten, als plötzlich die Magd der Marschalltochter aus einer Seitengasse aufgetaucht ist.«

Sabina hob fragend die Brauen. »Allein?«

Der Mann bejahte.

»Und du bist ihr gefolgt?« Sabina warf die Hände in die Luft. »Herrgott, lass dir doch nicht alles einzeln aus der Nase ziehen!«

»Ich bin ihr gefolgt«, antwortete ihr Besucher. »Bis zu einem Haus in der Nähe der Hirschgasse. Dort ist sie über die Mauer geklettert, um in den Hof zu gelangen.«

»Sie hat einen Einbruch begangen?« Sabina rieb sich nachdenklich über die Wange. »Weißt du, wessen Haus es war?«

Der Mann nickte. »Es ist erst vor Kurzem vom Magistrat der Stadt beschlagnahmt worden. Es gehörte einem der Männer, die wegen des Mordes am Sohn des Bürgermeisters hingerichtet worden sind. Einem reichen Weinhändler.«

»Was hat die Magd dieser …« Sabina rang nach Worten. »… dieser *Frau* mit einem verurteilten Verbrecher zu schaffen?«

Ihr Besucher schüttelte den Kopf. »Das kann ich Euch nicht sagen. Aber als sie wieder aufgetaucht ist, sah es so aus, als hätte sie etwas in ihren Taschen.«

»Du glaubst, sie hat etwas aus dem Haus gestohlen?«

»Ja, ich denke, das hat sie.«

Sabina setzte sich auf einen der gepolsterten Stühle und starrte einige Augenblicke grübelnd vor sich hin. Was hatten Ursula Thumb von Neuenburg und Ulrich vor? Sie war sich sicher, dass die beiden etwas planten, um ihr zu schaden. Aber warum hatte dieses Weib eine Magd losgeschickt, um etwas aus dem Haus eines Weinhändlers zu stehlen? Was in aller Welt konnte so ein Mann besitzen, das die beiden gegen sie verwenden konnten? Reichte es nicht, dass das Mädchen Sabinas Beichte belauscht hatte? Sie trommelte mit den Fingern auf dem Tischchen neben dem Stuhl herum, ehe sie eine Entscheidung traf. »Beobachte das Haus des Marschalls weiter!«, trug sie dem Mann auf. »Wenn sich die Magd noch mal aus dem Haus schleicht, folge ihr und bring sie zu mir.«

»Und wenn sie sich sträubt?«

»Dann lass dir etwas einfallen!«

»Ich kann sie doch nicht einfach auf offener Straße entführen«, hielt der Mann dagegen. »Wenn einer der Stadtwächter in der Nähe ist …« Er kratzte sich am Kinn. »Und wie soll ich sie ins Schloss bringen?«

Sabina schluckte die ungehaltenen Worte, die ihr auf der Zunge lagen, hinunter und überlegte. Der Mann hatte recht. Stuttgart war kein Dorf mitten im Nirgendwo. Man konnte nicht so ohne Weiteres Menschen gegen ihren Willen irgendwohin bringen, wenn man sie nicht von den Stadtsoldaten verhaften ließ. »Lock sie in die Stiftskirche«, sagte sie schließlich.

»In die Kirche?«

»Ja. Von dort aus gibt es einen unterirdischen Gang, der in den Keller des Schlosses führt«, erklärte Sabina. »Hinter der Sakristei.« Sie beschrieb ihm, wie er den Zugang öffnen konnte. »Sorg dafür, dass der Herzog dich nicht sieht«, warnte sie. »Sollte er ahnen, dass ich ihm auf die Schliche gekommen bin …« Sie brauchte den Satz nicht zu beenden.

»Sonst noch etwas?«, fragte der Mann.

Sabina entließ ihn. Dann ging sie zum Fenster und blickte mit grimmiger Miene über die Dächer zur Turnierackervorstadt. In einem der hell erleuchteten Häuser umgarnte ihr Gemahl vermutlich gerade die Tochter seines Marschalls. Vielleicht hatten sie sich bereits in ein stilles Kämmerlein zurückgezogen, um weitere Pläne gegen Sabina zu schmieden. Je länger sie darüber nachdachte, was Ulrich mit dieser Hure trieb, desto mehr gerieten ihre Körpersäfte ins Ungleichgewicht.

Einundvierzig

Stuttgart, September 1513

Der Morgen graute nebelig und kühl, doch nach der Hitze des Sommers schien die Natur den beginnenden Herbst freudig zu begrüßen. Das Laub der Bäume färbte sich bereits bunt, und in den Spinnweben glitzerten Tautropfen. Auf den Dächern schimpften Schwalben und Spatzen noch um die Wette, allerdings hatten sich schon einige Vögel auf den Weg in den wärmeren Süden gemacht. Jakob schlug fröstelnd den Kragen seines Rocks hoch, als er aus dem Haus trat und sich zum Hoftor begab. Das Durcheinander der Lesezeit war einer gewissen Ordnung gewichen, die ihn mit Zufriedenheit erfüllte. Die wichtigste Arbeit des Jahres war getan, die Trauben abgeerntet und gekeltert. Die Fuhrwerke standen in Reih und Glied vor einer seiner Scheunen, und die Tagelöhner, die er für die herbstlichen Arbeiten im Weinberg eingestellt hatte, machten sich gerade auf den Weg zu den umliegenden Weinbergen. In den nächsten Tagen würden sie die an die Pfähle gebundenen Ruten losmachen, die Pfähle ausziehen, nachspitzen und zu Haufen zusammenlegen, damit die Reben niedergelegt werden konnten. Dies diente zum Schutz vor den bevorstehenden Winterfrösten und Viehverbiss. Zusätzlich würden die Männer die Reben mit Stroh bedecken und neue Erde in die Weinberge eintragen.

Da Jakobs älteste Knechte die Aufsicht über die Helfer führten, hatte er an diesem Tag Zeit, sich um die Angelegenheit zu kümmern, die ihm seit seiner letzten Begegnung mit Franzi auf der Seele brannte. Zwar hatte er sich in der Zwischenzeit immer wieder umgehört, doch viel hatte er noch nicht in Erfahrung gebracht. Lediglich seine Vermutung, dass es sich bei einem der Männer, die Martins Knecht Nicklas beschrieben hatte, um den Sohn eines reichen Fern- und Gewürzhändlers handelte, war bestätigt worden. Der Vater dieses jungen Mannes war außerdem Mitglied des Stadtgerichts. Jakobs Verdacht, dass Franzis Vater das Opfer der Gier seiner Konkurrenten geworden war, hatte sich in der Zwischenzeit verstärkt, vor allem, da man seine Habe dem Magistrat unterstellt hatte. An diesem Morgen sollte das Gut versteigert werden, und Jakob hatte sich fest vorgenommen, anwesend zu sein, wenn es den Besitzer wechselte. Vielleicht würde er etwas erfahren, was ihm bei seiner Suche nach dem Schuldigen half.

Er überquerte den Nesenbach, ging in Richtung Leonhardskirche und durchquerte kurz darauf das Innere Esslinger Tor. Die Versteigerung sollte im Herrenhaus stattfinden, vermutlich in demselben Saal, in dem Franzis Vater zum Tode verurteilt worden war. Ein Gefühl der Beklemmung beschlich ihn, als er sich an ihre Worte erinnerte.

»Ich habe meine Seele verkauft, um sie zu retten«, hatte sie gesagt. Was um alles in der Welt hatte sie damit gemeint? Wie hätte sie etwas unternehmen können, um Martin und ihren Vater vor dem Schafott zu bewahren? Er konnte sich beim besten Willen nicht vorstellen, was sie getan hatte. Als er das Herrenhaus erreichte, sah er sich nach Franzi um, doch von ihr war weit und breit nichts zu sehen. Natürlich, dachte er. Wieso sollte sie auch ausgerechnet heute an dem Ort sein, an dem das Schlimmste passiert war, was man sich vorstellen konnte?

»Guten Morgen, Jakob«, riss ihn ein Weinhändler aus den Gedanken. »Wollt Ihr auch für den Besitz von Johannes Hochperger bieten?«

Jakob zuckte mit den Schultern. »Es kommt darauf an, wie hoch der Preis ist«, log er.

»Ich fürchte, der Magistrat wird versuchen, so viel Geld wie möglich für das Anwesen herauszuschlagen«, erwiderte der Händler. »Die Stadtkassen sind bestimmt genauso leer wie die Kassen des Herzogs.«

»Was ist mit dem Herzog?«, fragte ein weiterer Händler, der zu ihnen getreten war.

»Seine Kassen sind leer.«

»Nicht mehr lange«, schnaubte ein Vierter. »Wollt Ihr alle bieten?«

Jakob ließ die Männer stehen und begab sich ins Obergeschoss des Herrenhauses, um sich einen Platz zu sichern, von dem aus er alles gut im Blick hatte. Der Saal war bereits zu zwei Dritteln gefüllt, und es schien, als wären alle anwesend, die in Stuttgart Rang und Namen hatten. Selbst einige Männer des Herzogs hatten sich eingefunden.

Es dauerte nicht lange, bis er die beiden Männer entdeckte, die Nicklas beschrieben hatte. Der Sohn des Fernhändlers hatte sein langes Haar künstlich gelockt, steckte in zweifarbigen Hosen und trug ein schreiend buntes Wams. Auf seinem Kopf saß eine feuerrote Kappe. Er stand zusammen mit drei anderen jungen Männern in der Nähe der Fenster und schien in ein aufgeregtes Gespräch vertieft zu sein. Einer der anderen war ein Rotschopf, den Jakob flüchtig kannte. Er fasste die Gruppe ins Auge. Waren die anderen auch Martins Zechkumpane gewesen? Heckten sie etwas aus? Oder waren die gesenkten Köpfe, die herumfuchtelnden Hände ein Zeichen des schlechten Gewissens? Wussten sie, was in dem Wirtshaus vorgefallen war? Waren sie vielleicht sogar da gewesen, als der Streit zwischen Martin und dem Sohn des Bürgermeisters ausgebrochen war? Obwohl Jakob davon überzeugt war, dass Martin nicht imstande gewesen war, jemanden zu töten, schlichen sich immer wieder Zweifel ein. Was sollte er Franzi sagen, wenn er etwas in Erfahrung brachte, was sie nicht hören wollte?

Er gab sich einen Ruck und bahnte sich einen Weg durch die Anwesenden, bis er die kleine Gruppe erreichte.

»Jakob«, begrüßte ihn der Dunkelhaarige. »Was tust du denn hier? War die Ernte so gut, dass du dich vergrößern willst?« Er grinste und die anderen lachten.

Jakob schluckte die bissige Bemerkung, die ihm auf der Zunge lag, hinunter und legte den Kopf zur Seite. »Ich habe von dem Verkauf gehört«, gab er zurück.

»Und da dachtest du, du könntest mal vorbeischauen?«

Jakob nickte. Er beschloss, die Gelegenheit beim Schopf zu packen, ehe sich die Gruppe zerstreute. »Ihr wart Martins Freunde«, sagte er.

Zwei der vier senkten unangenehm berührt die Blicke.

Der Rotschopf nickte. »Und? Du doch auch.«

»Wart ihr mit ihm in dem Wirtshaus?«, wollte Jakob wissen.

»Warum interessiert dich das?«, fragte der Dunkelhaarige misstrauisch nach.

Jakob kam nicht dazu, etwas zu erwidern, da ein Mann, der an seiner Kleidung als herzoglicher Rat zu erkennen war, auf die Gruppe zukam.

»Mein Vater«, stöhnte der Rotschopf.

Im selben Moment ertönte das Klingeln eines Glöckchens, und die Türen des Saales wurden von einem Diener geschlossen.

»Nehmt Platz!«, befahl ein Mitglied des Magistrats, das sich neben den Bürgermeister Sebastian Welling am Kopfende des Raumes setzte. Ein halbes Dutzend weiterer Mitglieder der Ehrbarkeit flankierte die beiden Männer.

»Wir sind heute zusammengekommen, um den Besitz des verurteilten Mörders Johannes Hochperger an den Meistbietenden zu verkaufen«, hob das Ratsmitglied an. »Mitglieder des Magistrats und des Gerichts sind ebenfalls dazu berechtigt zu bieten.«

Wie praktisch, dachte Jakob und verfolgte die folgende Schlacht um das Anwesen von Franzis Vater mit Verachtung. Schnell war abzusehen, dass die Mitglieder der reichsten Familien das Rennen machen würden, und es verwunderte Jakob nicht, dass schließlich der Bürgermeister den Zuschlag erhielt.

»Ausgleichende Gerechtigkeit«, murmelte jemand neben ihm.

War es das? Jakob bezweifelte immer mehr, dass Gerechtigkeit beim schrecklichen Schicksal von Martin und Franzis Vater im Spiel gewesen war.

Als die Versammlung schließlich aufgehoben wurde, versuchte er vergeblich, erneut mit Martins Freunden zu sprechen, die sich beeilten, den Saal zu verlassen. Mit gerunzelter Stirn sah er ihnen nach. Hatte ihn sein Gefühl getäuscht oder waren ihnen seine Fragen unangenehm gewesen? Er hatte den Eindruck, dass sie viel mehr wussten, als sie zugaben. Grübelnd ging er zurück ins Erdgeschoss, verließ das Herrenhaus und überquerte den Marktplatz. Er war noch nicht weit gekommen, als ihn ein Mann ansprach. »Heute Abend im ›Bären‹«, raunte er.

Jakob brauchte einen Moment, um ihn zu erkennen.

»Du kommst doch, oder?«

Jakob nickte. Und ob er kommen würde. Seit ein paar Wochen traf er sich in unregelmäßigen Abständen mit einigen anderen Weingärtnern, die sich gegen das geplante Umgeld des Herzogs stellen wollten. Wenn Ulrich von Württemberg dachte, dass sie diese unverschämte Steuer einfach so hinnehmen würden, hatte er sich getäuscht. Zuvor jedoch musste er herausfinden, was Martins Freunde ihm verschwiegen.

Zweiundvierzig

»Warum steckst du denn immerzu deine Nase in diese Bücher?« Brida sah Franziska vorwurfsvoll an, als sie unvermittelt in die Kammer platzte, die sie sich teilten. »Die Herrin sucht nach dir!«

Franziska ließ erschrocken das Buch sinken, in dem sie gerade geblättert hatte, und klappte es zu.

»Was ist denn daran so interessant?« Brida kam auf sie zu und verrenkte sich neugierig den Hals. »Sind das Liebesgeschichten?«

Franziska schüttelte den Kopf. »Nur trockene Zahlen«, erwiderte sie.

Brida rümpfte die Nase. »Ich war noch nie gut im Rechnen. Zahlen sind entsetzlich langweilig.«

Franziska war froh, dass sich die Neugier des Mädchens offenbar verflüchtigt hatte, dennoch wartete sie, bis Brida die Kammer wieder verlassen hatte, ehe sie die Bücher unter die Matratze steckte. Bis jetzt hatte sie nichts finden können, was darauf hindeutete, dass ihr Vater etwas von dem gepanschten Claret wusste. Er hatte dem Fuhrmann den vollen Preis für die Fässer bezahlt, und wenn er nicht noch andere Bücher geführt hatte, war *er* allem Anschein nach der Geschädigte gewesen. Hätten die Fässer sein Lager verlassen und wären an die Tafel des

Herzogs oder anderer einflussreicher Männer gelangt, wäre sein Ruf für immer ruiniert gewesen. Sie beeilte sich, die Kammer zu verlassen, und betrat wenig später die Gemächer ihrer Herrin.

»Da bist du ja endlich!«, begrüßte diese sie. Sie stand nur mit einem durchscheinenden Untergewand bekleidet vor einer Kleidertruhe und hielt zwei farbenprächtige Gewänder in den Händen. »Ich kann mich nicht entscheiden«, seufzte sie. »Der Herzog hat mich eingeladen, ihn auf die Jagd zu begleiten.«

Franziska wusste nicht, was sie sagen sollte. Sie fand beide Kleider zu aufwendig für einen Ausritt, allerdings behielt sie ihre Meinung für sich. Ursula Thumb von Neuenburg war eine gute Herrin. Zwar wirkte sie manchmal ein wenig hochfahrend, doch sie behandelte ihre Bediensteten niemals ungerecht.

»Ich denke, ich nehme dieses hier«, sagte die Tochter des Marschalls schließlich und hielt sich ein Kleid in gedeckten Farben vor den Körper. »Hilf mir, mich anzukleiden«, bat sie Franziska. »Mein Verlobter wird auch dabei sein.« Ihr Lächeln wirkte ein wenig gezwungen.

Franziska hatte bereits von Brida gehört, dass ihre Herrin seit dem Beginn des Sommers mit dem Stallmeister und Vertrauten des Herzogs verlobt war, hatte den Mann jedoch noch nie zu Gesicht bekommen. Vermutlich war er am vergangenen Abend bei dem Gastmahl zugegen gewesen. Der Gedanke an Verlobung und Heirat schmerzte sie, doch sie ließ sich nichts anmerken.

»Was für ein wundervoller Tag für einen Ausritt«, schwärmte Ursula Thumb von Neuenburg, während Franziska ihr das Haar flocht.

Franziska hörte kaum, was sie sagte, da ihre Gedanken auf Wanderschaft gingen. In der letzten Nacht waren die Albträume schlimmer gewesen als in den Nächten zuvor, da der Einbruch in ihr altes Zuhause zahllose Erinnerungen geweckt hatte. Nicht nur ihr Vater und Martin waren durch ihre Träume gegeistert, auch ihre verstorbene Mutter und ihre Geschwister waren plötzlich wieder aufgetaucht.

»Vorsichtig! Du reißt mir ja die Haare aus!«, schimpfte die Marschalltochter.

»Verzeiht«, murmelte Franziska und versuchte, sich wieder voll und ganz auf das Haar zu konzentrieren.

Sobald sie fertig war, erhob sich Ursula Thumb von Neuenburg, setzte einen Hut mit einer Falkenfeder auf und legte sich einen dunkelgrünen Mantel um die Schultern. Dann steckte sie sich einen Ring mit einem funkelnden Rubin an den Finger und klatschte in die Hände. Als Brida erschien, trug sie ihr auf, einem Stallknecht Bescheid zu sagen, er solle ihre Stute satteln. »Was für ein wundervoller Tag«, schwärmte sie erneut, ehe sie ihre Gemächer verließ.

Da sie Franziska keine ausdrücklichen Befehle erteilt hatte, legte diese das verschmähte Kleid zusammen, verstaute es in einer Kleidertruhe und brachte etwas Ordnung in die Kammer, in der sich ihre Herrin schön gemacht hatte. Das silberbeschlagene Kästchen, aus dem die Tochter des Marschalls den Ring hervorgeholt hatte, war unverschlossen, und einen Augenblick lang war Franziska versucht hineinzusehen. Im letzten Moment zügelte sie ihre Neugier, denn es näherten sich Schritte.

»Wo ist meine Braut?«, fragte ein Mann mittleren Alters, der von einem Bediensteten hereingeführt wurde.

Franziska machte einen Knicks. »Sie ist im Stall«, antwortete sie.

»Was um alles in der Welt will sie im Stall?«

»Sie hat ihr Pferd satteln lassen.«

Die Miene des Mannes verdüsterte sich. »Das darf doch nicht wahr sein! Will sie sich den Hals brechen?« Ohne ein weiteres Wort machte er auf dem Absatz kehrt und stürmte aus dem Raum.

Franziska wartete, bis er und der Bedienstete nicht mehr zu sehen waren, bevor sie ihnen folgte. Obwohl sie keinerlei Grund hatte, sich im Hof aufzuhalten, ging sie zur Hintertreppe und kam gerade rechtzeitig unten an, um zu sehen, wie der Mann in den Stall eilte. Ihre Neugier war stärker als die Stimme der Vernunft. Hastig vergewisserte sie sich, dass niemand auf sie achtete, und huschte in einen schmalen Durchgang zwischen dem Stallgebäude und der Backstube. Dort vernahm sie durch eine der offenen Fensterluken aufgebrachte Stimmen.

»Was denkt er sich dabei, dich zu einer Hetzjagd einzuladen?«, schimpfte der Verlobte der Hausherrin. »Du könntest stürzen und dir den Hals brechen!«

»Ich bin eine sehr gute Reiterin«, gab Ursula Thumb von Neuenburg kühl zurück. »Mach dir keine Sorgen um mich.«

»Soll es denn die ganze Welt erfahren, dass du und er …«

»Dass wir *was?*«

»Du weißt genau, wovon ich rede!«

»Ich habe nicht die geringste Ahnung«, war die spitze Antwort.

Ein Pferd wieherte, Metall klirrte.

»Er ist der Herzog, verdammt!«, fauchte der Mann.

»Hör zu, Hans«, vernahm Franziska ihre Herrin. »Ich werde ganz gewiss keine Einladung zur Jagd ausschlagen. Du hast völlig recht, er ist der Herzog. Und als sein Stallmeister solltest du dich nicht gegen ihn stellen. Ich dachte, du wärst sein Vertrauter.«

»Die Vertraute bist wohl eher du.«

»Sei nicht albern«, entgegnete sie mit einem Lachen. »Ulrich und ich sind seit frühesten Kindheitstagen befreundet. Er geht seit Jahren im Haus meines Vaters ein und aus.«

»Als ihr Kinder wart, mag das vielleicht schicklich gewesen sein, aber …«

»Du solltest deine Zunge hüten! Wenn meinem Vater derlei Gerede zu Ohren kommt, könnte er unsere Verlobung lösen. Willst du das?«

»Gott bewahre, natürlich will ich das nicht!«

»Dann sei kein Spielverderber. Du kannst ja mitkommen zur Jagd.«

Das Pferd wieherte erneut. Kurz darauf hörte Franziska das Klappern von Hufen. Es war offensichtlich, dass Ursula Thumb von Neuenburg ihren Verlobten im Stall hatte stehen lassen.

Franziska verbarg sich tiefer in den Schatten und verließ den schmalen Durchgang erst, als ein Horn zum Aufbruch blies. Sie fragte sich, warum ihre Neugier sie dazu getrieben hatte, die Tochter des Marschalls zu belauschen, aber insgeheim kannte sie die Antwort. Sie hoffte jeden Tag, etwas über Martin oder ihren Vater zu erfahren, über den Sohn des Bürgermeisters oder den herzoglichen Rat Rudolf von Ehingen. Je mehr Zeit verstrich, desto sicherer war sie, dass ihr Vater und Martin Opfer heimtückischer Ränke geworden waren. Es war nur ein Gefühl, doch dieses Gefühl wurde mit jedem Tag stärker.

Während sie darauf wartete, ihr Versteck unbeobachtet verlassen zu können, beschloss sie, erneut ins Kontor ihres Vaters einzubrechen. Die Bücher, die sie gestohlen hatte, waren nicht aufschlussreich genug. Wenn sie noch einmal nachsah, fand sie vielleicht etwas, was Licht ins Dunkel bringen konnte. Sie biss die Zähne zusammen. Sollte das alles nicht helfen, war sie fest entschlossen, Cuntz zur Rede zu stellen.

Dreiundvierzig

Der Tag verging quälend langsam, und als es endlich Zeit war, zu Bett zu gehen, war Franziska kribbelig vor Unruhe. Ursula Thumb von Neuenburg hatte alle Bediensteten entlassen und befohlen, sie nicht vor Anbruch des Tages zu stören. Zu Franziskas Erleichterung dauerte es nicht lange, bis Bridas Atemzüge länger wurden und sie es wagen konnte, sich aus der Kammer zu schleichen. Auf Zehenspitzen stahl sie sich an der Tür des Frauenzimmers ihrer Herrin vorbei, unter der ein schmaler Lichtstreifen auf den Boden des Korridors fiel. Allem Anschein nach hatte Ursula Thumb von Neuenburg Besuch, da Stimmen an Franziskas Ohr drangen. Froh darüber, dass ihre Herrin alle Bediensteten aus ihrer Nähe verbannt hatte, eilte sie zur Hintertreppe und schlüpfte wenig später durch die Gasse bei der Miststätte. Nachdem sie einige Augenblicke in die Dunkelheit gelauscht und sich vergewissert hatte, dass keine Nachtwächter in der Nähe waren, lief sie in die Innere Stadt und erreichte schon bald das Anwesen ihres Vaters.

Wie beim letzten Mal erklomm sie mithilfe der Linde die Mauer und wollte gerade in den Hof springen, als unter ihr wütendes Gebell erklang. Sie erschrak so sehr, dass sie um ein Haar den Halt verloren hätte.

»Die Hunde!«, rief jemand, den sie nicht sehen konnte.

»Sieh nach, was los ist!«

So hastig, dass sie sich die Handflächen aufschürfte, rutschte Franziska zurück und sprang auf der Straßenseite zu Boden.

Die Hunde bellten immer wilder.

Als sich von innen Laternenschein dem Tor näherte, nahm sie die Beine in die Hand und rannte davon. Sie war noch nicht weit gekommen, als sie mit einem Mann zusammenstieß, der versuchte, sie zu packen. Voller Angst schlug sie blindlings nach ihm, duckte sich unter seinem Arm weg und floh.

»Bleib stehen!«, rief er.

Doch sie dachte nicht im Traum daran. Ohne sich umzublicken, schlug sie Haken wie ein Hase, stolperte durch schmale Gassen und wechselte die Richtung, bis ihr der Verfolger nicht mehr auf den Fersen war. Dann erst wagte sie, sich dem Tunzhofer Tor zu nähern und sich im Garten des Marschalls in Sicherheit zu bringen. Ihr Herz hämmerte wie verrückt. Keuchend rang sie nach Luft und dankte der Muttergottes für ihren Beistand. Nicht auszudenken, was passiert wäre, wenn der Mann sie festgehalten hätte. Der Schreck saß immer noch tief.

Auf leisen Sohlen schlich sie sich an den Wirtschaftsgebäuden entlang zum Hof und huschte die Hintertreppe hinauf ins zweite Obergeschoss. Dort hielt sie einen Moment inne, um sich zu vergewissern, dass sie allein war, ehe sie sich auf den Weg zu ihrer Kammer machte. Als sie an der Tür des Gemaches ihrer Herrin vorbeikam, vernahm sie aufgebrachte Stimmen. Obwohl sie genau wusste, wie unklug das war, konnte sie der Versuchung nicht widerstehen und presste das Ohr ans Schlüsselloch.

»Das ist zu kostbar. So etwas kann ich unmöglich annehmen«, hörte sie Ursula Thumb von Neuenburg sagen.

»Natürlich kannst du das annehmen! Willst du mich beleidigen?«, empörte sich ein Mann.

»Aber die Kassen des Herzogtums sind leer, dachte ich.«

»Was gehen mich die Kassen des Herzogtums an? Das ist ein Geschenk von *mir* an *dich*.«

»Und was wird Hans dazu sagen?«

»Er ist mein Stallmeister. Er wird es nicht wagen, dir etwas zu unterstellen«, knurrte der Besucher.

»Woher hast du plötzlich so viel Geld, Ulrich?«, wollte Ursula Thumb von Neuenburg wissen.

Franziska wich mit einem Keuchen vom Schlüsselloch zurück, als sie begriff, dass es sich bei dem Besucher um den Herzog handeln musste. Wenn man sie beim Lauschen erwischte ... Sie wollte sich aufrichten, doch die nächsten Worte ließen sie in der Bewegung erstarren.

»Von Moritz Welling«, stieß der Herzog verächtlich hervor.

Franziska drückte das Ohr erneut ans Schlüsselloch.

»Vom Sohn des Bürgermeisters?«, fragte ihre Herrin. »Der, den man erschlagen in einem Wirtshaus aufgefunden hat?«

»Genau der«, war die ungerührte Antwort.

»Was hattest du mit einem wie ihm zu schaffen?«

»Oh«, gab Ulrich von Württemberg zurück, »er war so freundlich, mir zehntausend Gulden zu leihen.«

»*Zehntausend* Gulden?«

Der Herzog lachte. »Sein Tod kam mir äußerst gelegen. Eine hübsche Summe weniger, die ich zurückzahlen muss.«

Franziska stützte sich mit den Händen am Boden ab. Der Gang schien sich plötzlich um sie zu drehen.

»Hattest du etwas damit zu tun?«, sprach Ursula Thumb von Neuenburg den Gedanken aus, der Franziska durch den Kopf schoss.

Der Herzog lachte erneut. »Und wenn es so wäre? Würde es dich entsetzen? Dieser raffgierige Wurm hat verdient, was ihm passiert ist! Er war nichts weiter als ein Wucherer!«

Franziska zuckte von der Tür zurück, als hätte sie sich verbrannt. Dabei stieß sie versehentlich mit dem Ellbogen gegen das Holz.

»Was war das?«, hörte sie Ulrich von Württemberg fragen.

Ehe sie sich aufrappeln und die Flucht ergreifen konnte, riss der Herzog die Tür auf und starrte auf sie hinab. »Was zum Henker …?«

»Was ist?«, wollte die Tochter des Marschalls wissen.

Ulrich von Württemberg zog sein Schwert. »Eine Lauscherin«, knurrte er.

Als er über die Schwelle auf Franziska zutrat, fiel die Lähmung von ihr ab. Mit einem erstickten Schrei rappelte sie sich auf, raffte ihre Röcke und rannte den Gang entlang zur Hintertreppe.

Der Herzog machte Anstalten, ihr nachzusetzen.

»Ulrich!«, rief Ursula Thumb von Neuenburg.

Aber der Herzog schien sie nicht zu hören. Mit einem wüsten Fluch setzte er Franziska nach und hatte sie fast eingeholt, als sie die Treppe erreichte.

Obwohl ihr das Blut in den Ohren rauschte, hörte sie seine schweren Schritte hinter sich, sein Keuchen und das Klirren seiner Sporen. Als säße ihr der Leibhaftige im Nacken, stolperte sie durch die Hintertür ins Freie und floh in den Garten.

Im Dunkeln schien Ulrich von Württemberg Schwierigkeiten zu haben, ihr auf den Fersen zu bleiben.

»Ulrich!«, hörte sie die Tochter des Marschalls erneut rufen.

Hinter ihr knirschte Kies.

Geduckt huschte Franziska an Beeten und Sträuchern vorbei und erreichte keuchend den Durchgang. Ohne sich nach ihrem Verfolger umzusehen, schlüpfte sie hindurch und rannte blindlings weiter. Sie hatte keine Ahnung, wohin sie fliehen sollte, aber ihre Füße trugen sie zielstrebig in die Innere Stadt. Dort tauchte sie in das Gewirr der Gassen beim Marktplatz ein und verbarg sich schließlich zitternd in einem Kelleraufgang. Mit angehaltenem Atem lauschte sie in die Dunkelheit und machte sich so klein wie möglich.

Sie wusste nicht, wie lange sie in dem engen Aufgang gekauert hatte, doch irgendwann schliefen ihr die Beine ein. Vorsichtig schob sie sich nach oben und versuchte, etwas in der unbeleuchteten Gasse zu erkennen. Weit und breit war nichts zu sehen und zu hören. Die Erkenntnis, dass ihr Leben verwirkt war, traf sie mit aller Härte. Sie hatte gehört, wie der Herzog von Württemberg gestanden hatte, den Sohn des Bürgermeisters umgebracht zu haben – den Mann, für dessen Ermordung ihr Vater und Martin hingerichtet worden waren. Tränen schossen ihr in die Augen, doch die Wut war stärker als die Trauer. Sie hatte den wahren Mörder gefunden. Allerdings würde ihr das nicht viel helfen, denn gegen das Wort des Herzogs war sie machtlos. Wer würde *ihr* schon glauben, wenn sie erzählte, was sie belauscht hatte? Ohnmacht gesellte sich zu ihrer Wut und ließ sie die Fäuste ballen. Was sollte sie jetzt tun? Wo konnte sie sich vor dem Zorn des Herzogs verstecken? Ihre Hand wanderte zu der Geldkatze an ihrem Gürtel, in der immer noch der Gulden ruhte, den der Marschall ihr als Almosen geschenkt hatte. Sie würde aus der Stadt fliehen müssen.

Mit bleiernen Gliedern kroch sie aus ihrem Versteck hervor und überlegte, wo sie sich für den Rest der Nacht verkriechen konnte. Dankbar für die fast undurchdringliche Dunkelheit näherte sie sich dem Eingang der engen Gasse, um sich zu vergewissern, dass die Luft rein war.

Sie war noch nicht weit gekommen, als sie ein Schlag am Hinterkopf traf.

Vierundvierzig

»Wieso stellst du all diese Fragen?« Der junge Mann mit dem langen dunklen Haar schielte über seinen Becher. »Was geht dich das an? Du hast doch im Herrenhaus schon versucht, uns auszufragen.« Obwohl er offensichtlich betrunken war, schien er allmählich misstrauisch zu werden.

Jakob zuckte mit den Schultern. Bis jetzt hatte er nicht viel in Erfahrung gebracht, außer ein paar Namen der Männer, die an dem Abend des Mordes mit Martin gezecht hatten. Auch sein Gegenüber, der Sohn des Fernhändlers, war dabei gewesen. Allerdings behauptete er steif und fest, lange vor Ende des Würfelspiels nach Hause gegangen zu sein.

»Ich bin nur neugierig«, log Jakob und nahm einen Schluck von dem scheußlichen Wein, den er bestellt hatte. Das Gesöff war sauer und schmeckte eher nach Essig als nach Wein. Seit Stunden trieb er sich in den Gasthäusern herum, biederte sich an und erkundigte sich mit unschuldiger Miene nach Martin und seinen Spielgewohnheiten.

»Er hatte Schulden bei Moritz«, lallte sein Gegenüber, nachdem er sich einen weiteren Becher süßen Malvasier hatte einschenken lassen. »So wie bei mir und fast jedem, mit dem er gespielt hat.« Er stellte den Becher mit zu viel Schwung ab und wischte sich den Mund. »Ich bin stinkwütend, dass man ihn geköpft hat, bevor er das Geld zurückgezahlt hat.«

Jakob bemühte sich um eine mitleidige Miene, auch wenn er dem Kerl am liebsten seinen Wein ins Gesicht geschüttet hätte. Da aus ihm nichts mehr herauszuholen war, erhob er sich und sah sich in der Schankstube um. Der Rothaarige, den er als Nächsten hatte aushorchen wollen, war nicht mehr zu sehen.

»Verdammt!«, murmelte er.

Vermutlich war der Mann inzwischen weitergezogen, um in einem der anderen Wirtshäuser nach Vergnügungen zu suchen. Oder er hatte sich auf den Weg zu einem Hurenhaus gemacht. Die Kerle, mit denen Martin sich herumgetrieben hatte, waren alles andere als ehrbar. Zwar gehörten sie alle zu den reichsten und angesehensten Familien der Stadt, doch Anstand hatten sie offenbar keinen.

»Bleib doch hier!«, rief ihm der Dunkelhaarige hinterher, als er dem Tisch den Rücken zukehrte. Er zog einen Würfelbecher aus der Tasche und schüttelte ihn einladend. »Wir könnten um Antworten spielen.«

Jakob war sich nicht sicher, ob er es ernst meinte, doch ein Blick in das grinsende Gesicht verriet ihm, dass der andere ihn nur ausnehmen wollte. Von ihm würde er nichts mehr erfahren, was ihm dabei helfen konnte, die wahren Schuldigen zu finden. »Nein, danke«, erwiderte er und schob sich durch das Gedränge der Zechenden zum Ausgang. Auf der Straße sah er sich ein wenig ratlos um und beschloss nach einigem ziellosen Umherstreifen, es noch in zwei anderen Gasthäusern zu versuchen. Wenn er dort auch kein Glück hatte, konnte er sich immer noch am nächsten Abend weiter umhören.

Da es inzwischen angefangen hatte, leicht zu nieseln, schlug er den Kragen seines Rocks hoch und beeilte sich, den Schutz der vorspringenden Dächer zu erreichen. Dann steuerte er auf jenen Teil der inneren Stadtmauer zu, wo sich die Wirtshäuser befanden, in denen auch er manchmal mit Martin gewesen war. Er hatte gerade einen schmalen Steg erreicht, der über den Wassergraben führte, als mehrere Männer vor ihm auftauchten. Im schwachen Licht, das aus den umliegenden Häusern ins Freie fiel, sah er, dass in ihren Händen Messer aufblitzten. Das hatte ihm gerade noch gefehlt. Hastig drehte er sich um, doch hinter ihm blockierten zwei weitere Kerle den Fluchtweg.

Er saß in der Falle.

»Geht mir aus dem Weg!«, sagte er mit fester Stimme und zückte ebenfalls sein Messer.

Die Männer lachten.

Jakob umklammerte den Griff des Messers fester und stellte sich mit dem Rücken an eine Hauswand. »Verschwindet!«

Die Kerle bildeten einen Halbkreis wie ein Rudel Wölfe, das seine Beute umzingeln will. Sie waren zu fünft, allesamt gebaut wie Ochsen.

Jakob hob drohend das Messer und sah die Gasse entlang. Allerdings war weit und breit nichts von einem Nachtwächter zu entdecken. Wo steckten die Soldaten, wenn man sie brauchte? »Was wollt ihr von mir?«, fragte er. Zu seinem Verdruss zitterte seine Stimme. »Ich habe nicht viel Geld bei mir.«

Einer der Kerle löste sich aus der Gruppe und trat auf ihn zu. »Wir wollen dein Geld nicht«, knurrte er. »Du steckst deine Nase in Angelegenheiten, die dich nichts angehen. Wenn du am Leben bleiben willst, halte dich aus Dingen raus, die dich nicht betreffen!«

Jakob versuchte, sein Gesicht zu erkennen, aber die Kapuze war zu tief in die Stirn gezogen. »Wer seid Ihr?«

Anstelle einer Antwort holte der Kerl unvermittelt aus und stach mit dem Messer nach seinem Arm.

Es gelang Jakob nur knapp, der Klinge auszuweichen.

Als hätte jemand ein Signal gegeben, stürzten sich die anderen gleichzeitig auf ihn, entwanden ihm mühelos das

Messer und schleuderten es in die Gosse. Dann fingen sie an, auf ihn einzuprügeln und ihn zu treten, bis er zu Boden ging und sich schützend zusammenrollte. Eines der Messer schlitzte sein Wams auf und schnitt seine Geldkatze ab. Die anderen Klingen fügten ihm oberflächliche Schnitte an Armen, Beinen, Bauch und Rücken zu, doch keine Wunde war tief genug, um ihn zu töten. Gegenwehr war unmöglich.

Als wenig später die Schläge und Tritte aufhörten, fühlte sich Jakobs Körper an, als würde er in Flammen stehen. Seine Nase war gebrochen, ein Auge schwoll bereits zu. Jeder Zoll seiner Haut musste mit Blessuren bedeckt sein. Mit einem Stöhnen blinzelte er zwischen seinen Armen hervor, mit denen er versucht hatte, sein Gesicht zu schützen.

»Das war eine Warnung«, zischte es dicht an seinem Ohr. Der Mann, der zuerst auf ihn losgegangen war, hockte neben seinem Kopf. »Wenn du nicht aufhörst herumzuschnüffeln, kommst du das nächste Mal nicht so glimpflich davon.« Er zwang Jakobs Arme zur Seite und setzte ihm die Spitze seines Messers an die Kehle. »Das nächste Mal landest du ausgeweidet im Wassergraben.«

Jakob wagte kaum zu schlucken.

»Verstanden?« Der Druck der Klinge verstärkte sich.

»Ja«, flüsterte Jakob.

»Gut.« Mit einer geschmeidigen Bewegung richtete sich der Angreifer auf, gab seinen Begleitern ein Zeichen, und Sekunden später verschwanden sie genauso plötzlich, wie sie aufgetaucht waren.

Jakob hörte, wie sich ihre Schritte entfernten. Dennoch wartete er, bis kein Laut mehr zu hören war, bevor er sich mit einem Stöhnen aufrappelte. Vorsichtig betastete er seine Gliedmaßen und war erleichtert, dass außer seiner Nase nichts gebrochen schien. Auch wenn er wusste, wie weh es tun würde, legte er die Hände an die Nase, holte tief Luft und rückte das gebrochene Nasenbein mit einer schnellen Bewegung gerade. Der Schmerz raubte ihm den Atem. Keuchend lehnte er sich einige Augenblicke mit dem Rücken gegen eine Hauswand und wartete, bis das Hämmern in seinem Kopf etwas nachließ. Dann suchte er im Dunkeln nach seinem Messer und seiner Geldkatze, steckte beides ein und hinkte davon.

Offenbar hatte er mit seinen Fragen in ein Wespennest gestochen. Zorn wallte in ihm auf und nahm dem Schmerz die Spitze. Wenn diese Mistkerle dachten, dass er sich von ihnen einschüchtern ließ, irrten sie sich gewaltig. Es war ein Fehler gewesen, ihn zu überfallen. Denn jetzt wusste er, dass er auf der richtigen Fährte war. Irgendjemand mit viel Macht wollte auf Teufel komm raus verhindern, dass er herausfand, wer Moritz Welling wirklich auf dem Gewissen hatte.

Fünfundvierzig

Als Franziska wieder zu sich kam, war ihr entsetzlich übel. Ihr Schädel dröhnte, alles schien sich zu drehen, und es dauerte einige Augenblicke, bis sie begriff, dass sie von jemandem getragen wurde. Die Schulter, über die man sie geworfen hatte, war breit, der Arm, der ihre Beine umklammerte, stark. Mit einem erstickten Laut bäumte sie sich auf und versuchte, sich aus dem eisernen Griff zu befreien.

»Hör auf zu zappeln!«, raunzte der Mann, der sie trug. Er schien allein zu sein.

»Lasst mich los!«, keuchte Franziska. »Oder ich schreie um Hilfe!«

So plötzlich, dass ihr von der Bewegung noch schlechter wurde, setzte der Mann sie ab, packte sie am Hals und drückte ihr die Kehle zu, bis sie kaum mehr Luft bekam.

»Wenn du auch nur einen Laut von dir gibst …«, drohte er, holte ein Tuch aus der Tasche, knüllte es zusammen und stopfte es ihr in den Mund. Schließlich fesselte er ihr die Hände auf dem Rücken.

»Hmmmmm«, protestierte sie.

Ein Schlag ins Gesicht brachte sie zum Schweigen.

Der Mann grub die Finger in ihren Oberarm und zerrte sie grob weiter durch unbeleuchtete Gassen, bis sie schließlich vor der Stiftskirche ankamen.

Franziska versuchte, sich zu sträuben, als er sie auf denselben Seiteneingang zustieß, aus dem sie geflohen war, nachdem sie die Beichte der Herzogin belauscht hatte.

»Bei allen Teufeln!«, zischte der Mann, fackelte nicht lange und warf sie erneut über die Schulter. Dann öffnete er die Tür und trug sie ins Innere der Kirche. Seine Schritte hallten gespenstisch von den Wänden wider, als er zielstrebig in Richtung Altar ging, vor der Sakristei zum Stehen kam und nach dem Türknauf tastete.

Franziska nutzte die Ablenkung für einen weiteren Versuch, sich zu befreien. Dieses Mal quittierte ihr Entführer ihre Bemühungen lediglich mit einem Schnauben. Er trug sie in die Sakristei, stellte sie ab und fesselte auch ihre Beine, ehe er ein Licht anzündete und sich an einem Schrank zu schaffen machte. Dieser schwenkte kurz darauf zur Seite und gab den Blick frei auf eine verschlossene Luke im Boden.

Trotz der Angst, die ihren Herzschlag gegen die Rippen hämmern ließ, verfolgte Franziska neugierig, wie der Mann die Luke öffnete.

Darunter wurden in Stein gehauene Stufen sichtbar.

Franziskas Angst verwandelte sich in blanke Panik. Wollte der Herzog sie in einem unterirdischen Verlies verrotten lassen? Keine Sekunde zweifelte sie daran, dass ihr Entführer ein Soldat des Herzogs war, der ihr auf Befehl seines Herrn nachgesetzt hatte. Sie zerrte verzweifelt an ihren Fesseln, doch die waren so fest, dass sie ihr lediglich in die Haut einschnitten.

»Halt still!«, blaffte sie der Mann an.

Als er einen Dolch zog, stieg Franziska ein Wimmern in die Kehle. Sie versuchte, vor ihm zurückzuweichen.

»Ich hab gesagt, du sollst stillhalten!« Er packte ihre Beine und durchtrennte die Fesseln. »Da rein!«, befahl er mit einem Blick auf das Loch im Boden.

Franziska schüttelte den Kopf.

»Himmelherrgott!«, schimpfte ihr Entführer, setzte ihr den Dolch auf die Brust und zwang sie durch die Luke. Sobald sie weit genug nach unten gestiegen waren, schloss er die Luke und betätigte einen Hebel an der Wand. Das kratzende Geräusch über ihren Köpfen verriet Franziska, dass er dadurch den Schrank zurück an seinen ursprünglichen Platz befördert hatte.

Die Lampe spendete nur wenig Licht, allerdings reichte es aus, um zu sehen, dass sie sich in einem aus Stein gehauenen Gang unter der Kirche befanden. Die Wände waren feucht, überall tropfte Wasser von der Decke. Aufgeregtes Quieken verriet Franziska, dass sie mit ihrer Anwesenheit Ratten aufgescheucht hatten. Die Furcht sorgte dafür, dass sie kaum Luft bekam. Keuchend versuchte sie, den Knebel auszuspucken.

»Wenn du auch nur einen Mucks von dir gibst, schneid ich dir die Kehle durch«, drohte der Mann, der ihr Ringen um Atem zu bemerken schien. Mit einem Ruck entfernte er das Tuch aus ihrem Mund und ließ ihr gerade genug Zeit, gierig die kalte, feuchte Luft einzusaugen. Dann versetzte er ihr einen Stoß und trieb sie tiefer in den Gang.

Stolpernd suchte Franziska sich einen Weg durch den knöcheltiefen Morast. Je weiter sie gingen, desto breiter wurde der Gang, bis sie schließlich an einer weiteren Treppe ankamen, die nach oben führte. Wortlos steckte ihr der Mann den Knebel wieder in den Mund. Dann öffnete er eine Luke über ihren Köpfen und zerrte Franziska nach oben. Blinzelnd sah sie sich in dem riesigen Keller um, der sich vor ihr auftat.

Ihr Entführer schloss die Luke, schob ein großes Fass darüber und bedeutete ihr weiterzugehen.

Vorbei an riesigen Weinfässern durchquerten sie ein Gewölbe, an dessen Ende sich ein großes Flügeltor befand. Franziska spürte die Klinge im Rücken, als der Mann sie in einen von Rundpfeilern gestützten Saal führte, in dessen Wände über ein Dutzend hoher Spitzbogenfenster eingelassen war.

»Da lang!« Er schob sie auf eine Treppe zu. Der Druck der Klinge ließ erst nach, als sie in einem der oberen Stockwerke angekommen waren. Nachdem er sich umgesehen hatte, klopfte ihr Entführer an eine silberbeschlagene Tür.

»Wer ist da?«, ertönte eine Frauenstimme aus dem Inneren.

»Ich bin es«, erwiderte der Mann. »Macht auf!«

Es dauerte nicht lange, bis sich die Tür öffnete und die Herzogin im Rahmen erschien. Ihr Gesichtsausdruck sprach Bände, als sie sah, wen er zu ihr gebracht hatte. »Endlich!«, sagte sie. »Mach schnell! Ulrich darf euch auf keinen Fall hier sehen!« Sie öffnete die Tür weiter und ließ Franziska und ihren Entführer in ein Gemach eintreten, das an Pracht und Prunk kaum zu übertreffen war. Der Hass in ihren Augen ließ Franziska einen Schritt zurückweichen, als sie auf sie zutrat.

»Mach sie los!«, befahl sie.

»Seid Ihr sicher?«

»Tu, was ich sage!« Ihre Augen blitzten zornig.

Franziska spürte kaum, wie der Mann ihre Fesseln durchtrennte.

»Lass mich allein mit ihr!« Die Herzogin machte eine herrische Handbewegung.

»Wäre es nicht sicherer, wenn ich bei Euch bleibe?«

»Geh! Sofort!« Die Herzogin wartete, bis der Mann ihren Befehl befolgte, ehe sie ebenfalls nach einem Dolch griff und ihn langsam aus der Scheide zog.

Franziska wurden die Knie weich.

»Du wirst mir augenblicklich sagen, was mein Gemahl und diese Hure vorhaben!«, zischte Sabina von Bayern und bohrte die Spitze ihres Dolches in Franziskas Bauch.

Sechsundvierzig

Sabina von Bayern hatte alle Mühe, das Zittern ihrer Hand zu unterdrücken. Die Wut, die in ihr brodelte, schien gewaltig zu sein. »Ich werde dich nicht noch einmal fragen«, drohte sie. »Was haben die beiden vor? Warum hast du mich in der Kirche belauscht?«

»Ich … ich …«, stammelte Franziska.

»Sprich deutlich!«

»Ich weiß nicht, wovon Ihr redet, Herrin«, brachte Franziska schließlich hervor.

Die Herzogin zog den Dolch zurück und betastete mit grimmiger Miene die Spitze. Dann trieb sie die Klinge ohne Vorwarnung in Franziskas Arm.

Zuerst spürte Franziska nur einen Stoß, dann kam der Schmerz. Sie stieß einen gellenden Schrei aus, den die Herzogin mit einem Schlag erstickte.

»Ich werde dich Stück für Stück an die Hunde verfüttern, wenn du mir nicht antwortest«, sagte sie gefährlich ruhig.

Franziska presste die Hand auf die Wunde, die heftig blutete. »Bitte!«, flehte sie. »Ich weiß nicht, was Ihr meint. Dass ich Euch in der Kirche belauscht habe, war reiner Zufall. Ich war …« Sie brach den Satz ab, da die Scham größer war als die Furcht.

»Du warst *was*?« Die Herzogin hob erneut drohend die Waffe.

»Ich war dort, um Gott um Beistand zu bitten«, antwortete Franziska.

»Den wirst du brauchen, wenn du mir nicht sofort sagst, was mein Gemahl und diese verfluchte Ursula Thumb von Neuenburg planen!« Sie fuchtelte mit dem Dolch in der Luft herum. »Mein Diener hat dich beobachtet. Ich weiß, dass du in das Haus eines verurteilten Mörders eingebrochen bist. Was hat dieser Verbrecher mit meinem Gemahl zu tun? Sollte er mich auch umbringen?« Ihre Wangen röteten sich.

Franziska schloss einen Moment lang die Augen. »Das Haus, in das ich eingebrochen bin, hat meinem Vater gehört«, sagte sie leise. »Aber er war kein Mörder. Weder er noch mein Verlobter Martin hat den Sohn des Bürgermeisters umgebracht.« Unvermittelt wich die Furcht dem Hass auf den Herzog, den wahren Schuldigen, der das Leben ihrer Lieben auf dem Gewissen hatte. »Euer Gemahl war es. *Er* hat den Sohn des Bürgermeisters umgebracht!«, stieß sie heftig hervor.

»Bist du völlig von Sinnen?«, fauchte die Herzogin.

Franziska schüttelte den Kopf. Sie drückte ihre Hand noch fester auf die Wunde und beschloss, alles auf eine Karte zu setzen. Wenn sie der Herzogin die Wahrheit sagte, konnte diese ihr vielleicht helfen. Allem Anschein nach hasste sie ihren Gemahl genauso wie Franziska. »Ich habe heute Abend erneut versucht, ins Haus meines Vaters zu gelangen«, sagte sie. »Aber es ist mir nicht gelungen. Wenn Euer Diener mich beobachtet hat, kann er es bestätigen.«

Die Herzogin betrachtete sie einen Moment mit zusammengekniffenen Augen, dann bedeutete sie ihr weiterzureden.

»Als ich zurück in meine Kammer wollte, habe ich Stimmen aus dem Gemach meiner Herrin gehört.«

»Der Tochter des Marschalls.« Es war keine Frage, sondern eine Feststellung.

Franziska nickte. »Der Herzog war bei ihr.«

»Und du hast sie belauscht?«

Erneut bejahte Franziska. »Er hat zugegeben, dass *er* den Sohn des Bürgermeisters ermordet hat, weil dieser ihm zehntausend Gulden geliehen hatte.«

Sabina von Bayern schürzte die Lippen. »Das sieht ihm ähnlich«, murmelte sie. »Bist du sicher, dass es der Herzog war, den du gehört hast?«

»Ich habe mich durch ein Geräusch verraten«, sagte Franziska. »Er hat mich ertappt und wollte …« Sie brach den Satz ab.

»Es gibt also keinen Zweifel?«

»Es war Euer Gemahl, so wahr mir Gott helfe.«

Sabina von Bayern wog den Dolch in der Hand. »Das nützt mir leider nicht viel«, murmelte sie. Dann bedachte sie Franziska mit einem langen, forschenden Blick. »Du hast gehört, was ich zu dem Priester gesagt habe. Das macht dich zu einer äußerst gefährlichen Frau.«

»Ich werde niemandem etwas verraten!«, versprach Franziska. »Ich bitte Euch nur, helft mir, den Namen meines Vaters reinzuwaschen.«

»Willst du mich erpressen?«, fragte die Herzogin schneidend.

»Aber nein!« Franziska wich vor ihr zurück, als sie erneut die Waffe hob. »Ich habe keine Ahnung, was Euer Gemahl und Ursula Thumb von Neuenburg planen. Ich weiß nur, dass der Herzog den Mord begangen hat, für den mein Verlobter und mein Vater hingerichtet wurden.« Ein Schluchzen stieg in ihr auf. »Versteht Ihr denn nicht? Sie waren unschuldig!«

»Was geschehen ist, kann man nicht rückgängig machen«, entgegnete Sabina von Bayern. »Niemand wird dem Wort einer Magd Glauben schenken, die den Herzog des Mordes bezichtigt. Und seine Hure wird ihn wohl kaum verraten.«

»Aber *Ihr* könntet ...«

»*Ich* kann in diesem Fall gar nichts tun«, schnitt ihr die Herzogin das Wort ab. »Außer dafür sorgen, dass du niemandem verraten kannst, was du in der Kirche gehört hast.«

»Bitte, gnädige Frau!«, flehte Franziska verzweifelt.

Sabina von Bayern schüttelte den Kopf. Dann ging sie zur Tür, zweifellos, um den Mann zurückzurufen, der Franziska zu ihr gebracht hatte. Vermutlich sollte er sie irgendwo hinbringen, um ihr dort die Kehle durchzuschneiden.

Die Furcht ließ Franziska den Schmerz in ihrem Arm vergessen. Als die Herzogin die Tür ihres Gemaches öffnete, überlegte sie nicht lange. Ehe Sabina von Bayern reagieren konnte, stieß sie sie zur Seite und floh in den Korridor. Dort rannte sie zu der breiten Treppe und stolperte die Stufen hinab.

Den wütenden Ausruf der Herzogin hörte sie kaum.

Blind vor Furcht stieß sie die Tür zu dem riesigen Kellergewölbe auf und rannte an den Weinfässern entlang zu der Stelle, an der sich das Fass über der Luke befand. Mit einem Stoßgebet auf den Lippen suchte sie nach einem Hebel oder etwas Ähnlichem, mit dem sich das Fass bewegen ließ. Schon hörte sie die schweren Schritte auf dem Steinboden des Saales, der an den Keller angrenzte, als sie fand, wonach ihre Finger getastet hatten. Obwohl bei der Bewegung ein stechender Schmerz in ihren Arm fuhr, gelang es ihr, das Fass zu bewegen und die darunter liegende Luke zu öffnen. Keuchend tauchte sie in die gähnende Dunkelheit hinab und eilte blindlings durch den unterirdischen Gang.

»Hör auf wegzurennen!«, hörte sie den Mann rufen.

Mehr als einmal wäre sie fast auf dem morastigen Boden ausgerutscht, fing sich jedoch im letzten Moment wieder. Während der Lichtschein in ihrem Rücken näher kam, lief sie immer schneller. Als sie endlich die Luke unter der Kirche erreichte, zitterten ihre Hände so sehr, dass sie den Hebel fast nicht fand, und als sich ihre Finger darum schlossen, war ihr Verfolger schon fast bei ihr. Sobald das kratzende Geräusch über ihr erklang, stieß sie die Luke auf und floh aus der Stiftskirche.

Im Freien wäre sie beinahe mit einem Nachtwächter zusammengestoßen.

»Heda!«, rief er überrascht aus. »Was hast du denn zu dieser Zeit in der Kirche zu suchen?« Sein Blick fiel auf Franziskas Kleid, auf das Blut und die Wunde an ihrem Arm.

Da sie keine andere Wahl hatte, machte sie gute Miene zu bösem Spiel. »Bitte, Herr, Ihr müsst mir helfen!«, keuchte sie. »Jemand will mich töten.« Sie zeigte auf den Seiteneingang der Kirche, aus dem in diesem Moment der Diener der Herzogin auftauchte. In seiner Hand hielt er eine Waffe.

Augenblicklich kam Leben in den Nachtwächter. Er zog ebenfalls sein Schwert, stieß in sein Horn und ging drohend auf den Mann zu. »Wer seid Ihr und warum verfolgt Ihr diese Frau?«, hörte Franziska ihn fragen.

Sie wartete nicht auf eine Antwort, sondern brachte sich in den angrenzenden Gassen in Sicherheit.

Sie wusste nicht, wie lange sie durch die Dunkelheit geirrt war, als sie vor dem geschlossenen Inneren Esslinger Tor ankam. Verzweifelt rüttelte sie an dem eisernen Knauf, doch das Tor bewegte sich keinen Zoll. Da ihr keine andere Wahl blieb, machte sie kehrt, lief gen Westen und erreichte kurz darauf das Haus ihres Vaters. Dort verkroch sie sich in dem gegenüberliegenden überdachten Holzlager und riss einen Streifen Stoff aus ihrem Untergewand, den sie sich um den Arm band, um die

Blutung zu stoppen. Ihr Herz schlug immer noch so heftig, dass es sich anfühlte, als wollte es aus ihrer Brust springen. Was sollte sie jetzt tun? Nicht nur der Herzog würde alles daransetzen, ihrer habhaft zu werden, auch die Gefolgsmänner der Herzogin würden vermutlich bald die ganze Stadt nach ihr durchkämmen. Durch ihren Leichtsinn und ihre Neugier war sie zu einer Gejagten geworden, deren Leben nicht mehr wert war als das einer Vogelfreien.

Siebenundvierzig

Sabina von Bayern hätte sich am liebsten selbst geohrfeigt. Wie hatte sie sich nur von dieser dummen kleinen Magd übertölpeln lassen können? Warum war ihr nicht klar gewesen, dass das Mädchen versuchen würde zu fliehen?

Weil du keinen klaren Kopf hast, beantwortete sie sich die Fragen selbst. Hätte ihr Hass auf Ulrich und die Tochter des Marschalls ihr nicht die Sinne vernebelt, läge das Mädchen bald irgendwo zwei Klafter tief unter der Erde verscharrt. Sie stieß einen Fluch aus und hoffte inständig, dass ihr Diener die junge Frau einholen würde. Weit konnte sie ja nicht gekommen sein. Wo sollte sie auch hin? Das Schloss war streng bewacht. Allerdings ließ das lange Ausbleiben des Häschers befürchten, dass dem neugierigen Ding doch irgendwie die Flucht gelungen sein musste.

Sabina ballte die Fäuste, ehe sie an den Tisch trat, den Dolch aufhob und versonnen auf die blutige Klinge starrte. Die Anschuldigungen des Mädchens waren ungeheuerlich. Sollte es der Wahrheit entsprechen, was sie behauptet hatte, war Ulrich ein Mörder. Was würde ihr Onkel, der Kaiser, dazu sagen? War er stark genug, um Ulrich mit der Reichsacht zu belegen? Oder würde er aus Rücksicht auf Ulrichs strategische Bedeutung wegsehen und diesen vermaledeiten Mistkerl weiterhin gewähren lassen?

Sie nahm ein Tüchlein und säuberte damit die Klinge. Dann legte sie den Dolch beiseite und beschloss, nicht länger tatenlos in ihrem Gemach zu warten. Mit Ulrich war wohl nicht vor den frühen Morgenstunden zu rechnen. Falls die Magd die Wahrheit gesagt hatte, suchte er mit Sicherheit ebenfalls nach ihr. Vielleicht sollte sie einfach abwarten, bis Ulrich die Arbeit für sie erledigte. Allerdings war die Gefahr zu groß, dass das Mädchen ihr Geheimnis ausplauderte und damit Ulrichs Verdacht bestätigte, dass er nicht der Vater ihrer Tochter war. Bis jetzt vermutete er nur, dass Anna ein Bastard war. Sollte sich sein Verdacht bestätigen, war das Leben ihrer Tochter in höchster Gefahr.

Sie warf sich einen dünnen Mantel über und verließ ihr Gemach, um sich ins Erdgeschoss zu begeben, in dem Totenstille herrschte. Während sie die Treppe hinabging, zermarterte sie sich den Kopf darüber, ob sie richtig handelte. Ihr Verstand sagte ihr, dass es unklug war, sich persönlich in diese Angelegenheit einzumischen. Allerdings blieb ihr kaum eine Wahl. Das Mädchen hatte zugegeben, sie im Beichtstuhl belauscht zu haben. Dadurch hatte es sich zu einer Feindin erklärt, der Sabina keine Milde zeigen konnte.

Sie hatte die Dürnitz, den riesigen Speise- und Versammlungssaal im Erdgeschoss, gerade erreicht, als sie Stimmen im Hof vernahm.

Wenig später tauchte ihr Diener auf, das Gesicht rot vor Zorn.

»Was ist?«, zischte Sabina. »Hast du sie eingeholt?«

Er schüttelte den Kopf.

»In mein Gemach!«, befahl sie und ging voran.

»Sie ist mir entwischt«, ließ sie der Diener wissen, sobald sie die Tür geschlossen hatte. »Ein Nachtwächter ist mir in die Quere gekommen.«

»Das darf doch nicht wahr sein!«, schimpfte Sabina. »Wie konnte das passieren?«

»Sie ist in den unterirdischen Gang geflohen«, erklärte er.

»Dann sieh zu, dass du sie findest!«

»Im Dunkeln?«

»Sie darf auf keinen Fall jemandem erzählen, was passiert ist.« Sabina stemmte die Hände in die Hüften. »Sie kennt jetzt nicht nur den Gang, sie weiß Dinge über mich, die …« Sie schüttelte ärgerlich den Kopf. »Wenn du sie findest, sorg dafür, dass sie ihre Geheimnisse mit ins Grab nimmt!«

»Die Nachtwächter …«

»Sind mir vollkommen gleichgültig. Tu, was ich sage!«

Der Mann verneigte sich tief und machte Anstalten, den Raum zu verlassen.

»Noch etwas.«

Er drehte sich mit einem fragenden Blick zu ihr um.

»Es sollte aussehen wie ein Überfall.«

Achtundvierzig

Jakob steckte mit einem Stöhnen den Schlüssel ins Hoftor und drückte es mühsam auf. Mit jedem Schritt, den er tat, verstärkten sich die Schmerzen, und inzwischen fühlte er sich, als hätte ihn ein Ochse überrannt. Sein Kopf schien zerplatzen zu wollen; jeder Atemzug sandte ein Stechen durch seine gebrochene Nase. Die oberflächlichen Verletzungen schienen zwar nicht mehr zu bluten, dennoch fühlte er sich zerschunden und schwach.

Im Haus und in den angrenzenden Gebäuden brannte kein Licht mehr, sodass er sich seinen Weg ertasten musste. Als es ihm schließlich gelang, die Eingangstür aufzuschließen, atmete er erleichtert auf. Auch wenn ihm niemand gefolgt war, mussten die Kerle wissen, wer er war.

»Wenn du nicht aufhörst herumzuschnüffeln, kommst du das nächste Mal nicht so glimpflich davon«, hatten sie ihn gewarnt. Trotz des Zorns, den er noch vor Kurzem empfunden hatte, kehrte die Furcht zurück. Wer auch immer hinter dem Mord an Moritz Welling steckte, er musste sehr viel Macht besitzen. Sein Verdacht, dass Franzis Vater ein Opfer der Gier eines Konkurrenten geworden war, erhärtete sich. Allerdings hatte er bis jetzt keinerlei Beweise, die für die Unschuld von Martin und Johannes Hochperger sprachen. Wenn er den Überfall bei der

Stadtwache anzeigte, würde man behaupten, es habe sich um Diebe und Halsabschneider gehandelt. Mit einem Stöhnen griff er nach einer Kerzenlampe, zündete mühsam den Docht an und begab sich in seine Kammer im Obergeschoss. Dort zog er die blutigen Kleider aus und begutachtete seine Verletzungen. Die meisten Schnitte waren harmlos, lediglich eine lange, hässliche Wunde an seinem Bein klaffte auseinander. Mit zusammengebissenen Zähnen holte er einen Tiegel mit Salbe hervor, die er stets im Haus hatte, strich etwas davon auf den Schnitt und verband ihn mit einem sauberen Tuch. Wenn er Glück hatte, wurde die Wunde nicht brandig; sonst musste er zu einem der Bader oder zu einem Wundarzt gehen.

Da er sich so zerschlagen fühlte, wie er zweifellos aussah, legte er sich ins Bett und suchte in seiner Erinnerung nach Anhaltspunkten dafür, wer die Männer gewesen sein mochten. Er hatte von keinem das Gesicht gesehen. Lediglich bei dem, der ihm gedroht hatte, war ihm ein Ring am Finger aufgefallen, den er vielleicht wiedererkennen würde, wenn er ihn noch mal sah. An mehr konnte er sich beim besten Willen nicht erinnern. Während der Schmerz in seinem Bein allmählich nachließ, schloss er die Augen und fiel schon bald in einen erschöpften, aber unruhigen Schlaf.

* * *

Franziska hatte Mühe, das Aufeinanderschlagen ihrer Zähne zu verhindern. Ihr war entsetzlich kalt, und mit jeder Minute, die sie in ihrem Versteck hockte, schien es kälter zu werden. Ein feiner Nebel hing über dem Teil der Gasse, den sie sehen konnte, doch den Diener der Herzogin erkannte sie dennoch sofort. Er musste den Nachtwächter davon überzeugt haben, dass sie ihn belogen hatte. Regungslos stand er in der Nähe des Hoftors ihres ehemaligen Heims und schien in die Dunkelheit zu lauschen.

Vorsichtig kroch Franziska tiefer zwischen die Holzscheite und presste die Hand auf den Mund, um jedes Geräusch zu ersticken. Wenn er sie fand, würde er ihr vermutlich an Ort und Stelle die Kehle durchschneiden.

Eine scheinbare Ewigkeit verharrte er fast reglos auf der Stelle, sah mal nach links, mal nach rechts und schien darauf zu warten, dass etwas geschah. Als im Hof einer der Hunde anschlug, ging er zum Tor und hieb mit dem Knauf seiner Waffe dagegen.

»Wer ist da?«, ertönte eine brummige Stimme.

»Aufmachen, im Namen des Herzogs!«

»Was will denn der Herzog um diese Zeit?« Schlüssel klirrten, dann quietschte das Tor in den Angeln. »Ihr seid allein«, stellte der Mann fest, der geöffnet hatte.

»Lasst mich ein! Ich suche nach einer entflohenen Verbrecherin.«

»Hier ist niemand.«

»Ich sage es nicht noch mal«, drohte er.

»Wollt Ihr dem Herrn Bürgermeister unterstellen, dass er Verbrecher beherbergt?«, fragte der Knecht.

»Ich habe gesehen, wie sie über Eure Mauer geklettert ist«, log der Diener der Herzogin.

Trotz ihrer Furcht runzelte Franziska die Stirn. War der Kerl ihr zum Haus ihres Vaters gefolgt, als sie die Bücher gestohlen hatte? Sie erinnerte sich an die Schritte, die sie hinter sich gehört hatte.

»Ich sag dem Herrn Bescheid«, war die Antwort des Knechts. Ohne auf den Protest des Dieners zu achten, knallte er ihm das Tor vor der Nase zu und verschwand. Kurz darauf kehrte er mit einem jungen Mann zurück, dem jüngeren Sohn des Bürgermeisters.

»Ihr sucht eine Verbrecherin im Haus meines Vaters?«, bestätigte er Franziskas Vermutung.

Der Diener bejahte.

»Gut, seht Euch um«, entgegnete der junge Mann nach kurzem Zögern. Er zog den Flügel des Tors weiter auf und lud Franziskas Verfolger mit einer Handbewegung ein, den Hof zu betreten. »Aber Ihr werdet nichts finden.«

Franziska machte sich noch kleiner und suchte Wärme, wo keine war. Ihre Zähne schlugen immer heftiger aufeinander, doch der Schmerz in ihrem Arm hatte sich zu ihrer Erleichterung inzwischen in ein dumpfes Pochen verwandelt. Sie legte die Hand auf das Kruzifix an ihrem Hals. »Heilige Muttergottes, beschütze mich«, murmelte sie. Die Gedanken in ihrem Kopf wirbelten so wild durcheinander, dass ihr fast schwindelig wurde. Was an diesem Abend geschehen war, war so ungeheuerlich, dass sie es kaum begreifen konnte. Der Herzog hatte den Mord begangen, für den ihr Vater und Martin hingerichtet worden waren. Und jetzt war nicht nur er, sondern auch seine Gemahlin ihr auf den Fersen. Ihre Lage war so aussichtslos, dass die Versuchung, einfach aufzugeben, gewaltig war. Was sollte sie gegen solch mächtige Gegner ausrichten? Wer würde ihr glauben, wenn sie erzählte, was der Herzog im Beisein der Marschalltochter gestanden hatte?

Der einzige Freund, den sie noch hatte, war Jakob. Und nach dem hässlichen Streit mit ihm war sie nicht sicher, ob er noch bereit war, ihr zu helfen. Warum sollte er sich in Gefahr bringen?

»Wenn du Hilfe brauchst, weißt du, wo du mich findest«, hatte er gesagt. War es ihm damit ernst gewesen? Hatte er sich tatsächlich ebenfalls auf die Suche nach dem Schuldigen gemacht? Sie wickelte den Stoff ihrer Röcke enger um die Beine und schlang die Arme um sich. Wie konnte sie von Jakob erwarten, dass er ihr half? Sie wusste, dass er sie gernhatte. Schon in ihrer Kindheit hatte er sich fast ein Bein ausgerissen, um in ihrer Nähe zu sein. Allerdings hatte sie immer nur Augen für Martin gehabt. Jakob war still und bescheiden, ganz anders als Martin. Der Gedanke an ihren toten Verlobten ließ ihr die Kehle eng werden. Wütend wischte sie die Tränen aus den Augen und erstarrte, als im Hof erneut Stimmen erklangen.

»Ich habe Euch doch gesagt, dass Ihr hier niemanden findet«, sagte der Sohn des Bürgermeisters. »Die Hunde hätten angeschlagen.«

»Dann muss ich mich wohl geirrt haben«, brummte der Diener der Herzogin und trat zurück auf die Straße.

»Viel Glück bei Eurer Suche«, gab ihm der Hausherr mit auf den Weg, ehe er das Tor wieder verschloss.

Franziska wagte kaum zu atmen, da sich die Schritte des Mannes dem Holzlager näherten. Wenn er zwischen die Stapel kroch, um nach ihr zu suchen, war sie so gut wie tot. Ihr Herz schlug so heftig, dass sie fürchtete, es könnte sie verraten. Das Kruzifix fest umklammert, lauschte sie auf jedes noch so leise Geräusch.

»Verdammt!«, hörte sie ihn fluchen. Dann machte er zu ihrer grenzenlosen Erleichterung kehrt und stapfte in Richtung Rathaus davon.

Lange Zeit rührte sie sich keinen Zoll. Erst als ihr die Füße einschliefen und sich die Holzscheite in ihren Rücken bohrten, machte sie es sich etwas bequemer. Dann rollte sie sich erschöpft auf dem Boden zusammen und hoffte, dass sie die Nacht überleben würde.

Neunundvierzig

Am nächsten Morgen war Franziska auf den Beinen, bevor die ersten Milchkannen klapperten. Sie war so durchgefroren, dass es ihr schwerfiel, sich aufzurichten. Ihr Arm schmerzte heftiger als noch vor wenigen Stunden. Es fühlte sich an, als stünde der Bereich rings um die Wunde in Flammen, und sie zuckte bei jeder falschen Bewegung zusammen. Sobald in der Ferne die Türmer mit ihren Hörnern das Öffnen der Tore zur Leonhardsvorstadt verkündeten, machte sie sich auf den Weg zu Jakob. Dabei wich sie entgegenkommenden Männern und Frauen aus, versteckte sich mehrmals vor den Stadtwachen und sah ständig über die Schulter. Als sie endlich das Ufer des Nesenbachs erreichte, erlaubte sie sich aufzuatmen, da es einem Verfolger in dem engen Gerber- und Walkerviertel schwerfallen würde, ihr auf den Fersen zu bleiben.

Dennoch mied sie die breiteren Straßen, bis Jakobs Haus vor ihr auftauchte. Dahinter ragten das Hauptstätter Tor und ein Befestigungsturm auf, und es herrschte bereits reger Andrang. Eine lange Schlange von Karren und Fuhrwerken holperte über die Hauptstätter Straße auf die Leonhardskirche und den Leonhardsplatz zu, auf dem an diesem Tag der Holz- und

Krautmarkt stattfand. Nachdem sie sich ein letztes Mal nach Verfolgern umgeschaut hatte, klopfte sie an Jakobs Tor.

Während sie wartete, suchte sie nach Worten. Wie sollte sie ihm erklären, was vorgefallen war? Würde er ihr glauben? Was, wenn er erfuhr, was sie getan hatte, um Martin und ihren Vater vor dem Schafott zu retten? Die Scham war so gewaltig, dass sie beinahe kehrtgemacht hätte. Allerdings blieb ihr keine Wahl. Wenn Jakob ihr nicht half, musste sie aus der Stadt fliehen. Als sich das Tor öffnete, schlug ihr das Herz bis zum Hals.

»Franzi!«, begrüßte er sie. Er schien erfreut und verwundert zugleich.

»O mein Gott!«, hauchte sie, als sie sein Gesicht sah. Es war grün und blau, völlig zerschunden. »Was ist mit dir passiert?«

»Komm rein«, sagte er und musterte sie von Kopf bis Fuß. »Du siehst auch nicht unbedingt gut aus.« Er zeigte auf ihren Arm. »Ist das Blut?«

Sie nickte. »Wer hat dir das angetan?«, fragte sie, als er vor ihr her zum Haus humpelte.

»Komm erst mal in die Stube«, war seine Antwort. »Hast du es dir anders überlegt?«

Sie wusste, was er meinte. Bei ihrer letzten Begegnung war sie ungerecht zu ihm gewesen, hatte ihn einen Lügner genannt und ihm gesagt, er solle sie vergessen. Doch er schien ihr die harten Worte nicht nachzutragen. Mit einigen Schwierigkeiten erklomm er die Treppe ins erste Stockwerk und führte sie in eine kleine, aber gemütliche Stube. Anders als in ihrem Haus war der Boden aus alten Dielen, und die Wände schmückte blaues Fachwerk. Die Einrichtung bestand aus einem Tisch, einer Bank und mehreren Stühlen, in einem Kamin prasselte ein Feuer. Die Reste des Frühstücks standen noch auf dem Tisch. Jakob lud sie ein, sich zu setzen, dann schenkte er ihr, ohne zu fragen, einen Becher heißen Wein aus einem Krug auf dem Kamin ein und schob ihr Brot, Haferbrei und Milch hin. »Iss! Du siehst aus wie ein Stück Käse.«

Franziska verzog das Gesicht. Dankbar legte sie die Hände um den warmen Becher. »Was ist passiert?«, fragte sie erneut.

»Du zuerst«, wich er aus. »Zeig her!« Er griff vorsichtig nach ihrem Arm, um das Tuch zu entfernen und ihre Wunde in Augenschein zu nehmen. »Das sieht böse aus«, stellte er fest. »Krempel den Ärmel hoch!«

Sie wollte protestieren, aber er schnitt ihr mit einer Bewegung das Wort ab.

Mit zusammengebissenen Zähnen tat sie, was er verlangte, und zuckte zusammen, da ein Teil des Stoffs an der Wunde festklebte. Mit einem Ruck zog sie daran und stöhnte auf.

»Die Wunde ist ziemlich tief«, erklärte Jakob. Er erhob sich, verließ die Kammer und kam wenig später mit einem kleinen Tiegel und einem sauberen Verband zurück. »Das wird vermutlich wehtun«, warnte er sie. Dann strich er etwas von der Salbe auf Franziskas Arm und verband ihn. »Wo hast du dich so verletzt? Das sieht aus wie die Wunde von einer Klinge. Du solltest zu einem Wundarzt gehen, ich glaube, es sollte genäht werden«, riet er.

Franziska schüttelte den Kopf. »Das kann ich nicht.«

»Wieso nicht?«

»Sagst du mir jetzt endlich, wieso du so zugerichtet bist?«, lenkte sie ab.

»Wenn du versprichst, nicht wieder wütend zu werden.«

»Warum sollte ich wütend werden?«

»Weil ich nach den Mördern von Moritz Welling gesucht habe.«

Franziska schüttelte den Kopf. »Du Narr«, flüsterte sie.

»Ich habe nicht vergessen, was du gesagt hast«, erwiderte er mit einem trotzigen Unterton. »Aber für mich ist es wichtig, dass die Unschuld von Martin und deinem Vater bewiesen wird. Ganz gleich, was du behauptest, Martin war mein Freund. Und du bist …« Er verstummte.

»Du brauchst nicht weiterzusuchen«, sagte sie. »Ich weiß, wer Moritz Welling ermordet hat.«

Jakob riss die Augen auf. »Wer?«

»Der Herzog.«

Jakob blinzelte verwirrt. »Was?«

»Der Herzog hat den Sohn des Bürgermeisters getötet, weil er ihm zehntausend Gulden geschuldet hat.«

»Woher weißt du das?«

»Sag mir erst, was mit dir passiert ist«, forderte Franziska.

Er lachte freudlos. »Man hat mich eindrucksvoll gewarnt, meine Nase nicht in Angelegenheiten zu stecken, die mich nichts angehen«, knurrte er. »Fünf Männer haben mir aufgelauert.«

»Hast du sie erkannt?«

Er schüttelte den Kopf. »Wenn es stimmt, was du sagst …«

»Es stimmt, glaub mir.« Franziska holte einige Male tief Luft, dann erzählte sie ihm alles, was vorgefallen war. »Verstehst du jetzt, warum ich nicht zu einem Wundarzt gehen kann? Vermutlich suchen inzwischen nicht nur die Soldaten des Herzogs und der Herzogin nach mir, sondern die gesamte Stadtwache.«

»Heiliger Urban«, murmelte er.

»Ich wusste nicht, wohin ich sonst gehen sollte«, sagte sie kleinlaut.

Jakob griff nach ihrer Hand. »Franzi, hier bist du in Sicherheit. Ich werde nicht zulassen, dass dir ein Leid geschieht.«

Sein Blick machte Franziska das Schlucken schwer. So viel Liebe lag darin, dass nicht einmal sie übersehen konnte, was er für sie empfand. Mit einem Schlag wurde ihr klar, dass sie es immer gewusst hatte. Beschämt senkte sie den Kopf und starrte auf den dampfenden Würzwein. »Ich hab mich so furchtbar benommen«, wisperte sie.

»Du hast dich nicht anders benommen, als jeder andere es in deiner Lage tun würde«, entgegnete Jakob.

Franziska schossen Tränen in die Augen. Sie hatte seine Freundschaft, seine Liebe und sein Verständnis nicht verdient. »Es tut mir leid«, brachte sie mühsam hervor. Dann schlug sie die Hände vors Gesicht.

»Nicht weinen.« Er tätschelte ihr die Hand und saß schweigend dabei, bis ihre Tränen versiegten und sie sich mit dem Ärmel über die Augen wischte. Nachdem sie sich die Nase geputzt hatte, sagte er: »Wir werden die Schuld des Herzogs beweisen. Ich habe Freunde, die uns dabei helfen werden.«

»Wie willst du das denn bewerkstelligen?«, fragte Franziska. »Er ist der Herzog. Der mächtigste Mann im ganzen Land. Man wird uns niemals glauben. Eher landen wir auch auf dem Schafott.«

Jakob schüttelte den Kopf. »Du wirst schon sehen. Aber jetzt musst du dich erst mal ausruhen, und dann machen wir aus dir jemanden, der ohne Furcht vor den Soldaten das Haus verlassen kann.«

Franziska sah ihn fragend an.

»Wir machen aus dir einen Franz.«

Fünfzig

Nachdem Jakob sie zu einer Kammer in einem der Nebengebäude gebracht hatte, ließ er Franziska allein, um nach Kleidung für sie zu suchen. Es hatte ihm fast das Herz gebrochen, sie so verzweifelt und mutlos zu sehen, denn für ihn war sie eine Kämpferin. Die Wut drängte ihn dazu, etwas Unbedachtes zu tun, doch sein Verstand hielt ihn davon ab. Was sollte er schließlich allein unternehmen? Wie weit er damit kam, hatte er am vergangenen Abend doch am eigenen Leib zu spüren bekommen. Die Männer des Herzogs würden ihn beim nächsten Mal ganz gewiss nicht so glimpflich davonkommen lassen. Deshalb mussten er und Franzi sich ganz genau überlegen, was sie unternehmen konnten, um das zu beweisen, was sie durch Zufall mitangehört hatte.

Er widerstand dem Drang, zurück zu ihrer Kammer zu gehen, um sie in die Arme zu schließen und zu trösten. Er musste seine Gefühle für sie im Zaum halten. Wenn er sie so kurz nach dem Tod von Martin und ihrem Vater bedrängte, nutzte er ihre Schwäche schamlos aus. Dann wäre er nicht viel besser als die Männer, die er zutiefst verachtete. Während er nach Kleidung suchte, die klein genug war, um ihr zu passen, überlegte er sich, wie sie die Schuld des Herzogs beweisen konnten. Um auch nur die geringste Aussicht auf Erfolg zu haben, mussten sie nach Verbündeten suchen, Mitwisser finden und befragen. Franzi hatte gesagt, dass sie den Herzog und die Tochter des Marschalls belauscht hatte. Also wusste Ursula Thumb von Neuenburg ebenfalls von dem abscheulichen Verbrechen, für das Unschuldige ihr Leben lassen mussten. Besaß sie genug Ehre, um vor Gericht gegen den Herzog auszusagen? Er zog ein Hemd aus einer Truhe hervor, das bei einer zu heißen Wäsche eingegangen war. Dem Hemd folgten Beinlinge, die Franzi zwar zu weit sein würden, dadurch jedoch ihre weiblichen Formen verhüllten. Er legte die Kleidungsstücke zusammen, kramte noch eine Kappe hervor und zermarterte sich weiter den Kopf.

Bevor sie sich an die Tochter des Marschalls wandten, würde er versuchen, den Rotschopf ausfindig zu machen und zur Rede zu stellen. Als Sohn eines herzoglichen Rates konnte er vielleicht etwas ausrichten. Jakob wusste, dass viele der Räte nicht gut auf den Herzog zu sprechen waren, da er das Herzogtum mit seiner verschwenderischen Lebensweise an den Rand des Ruins brachte. Noch vor einigen Jahren hatten die Räte selbst das Regiment im Land geführt, bis der Herzog vom Kaiser vorzeitig für volljährig erklärt worden war.

Falls diese Strategie keine Früchte trug, gab es immer noch die Männer, mit denen Jakob sich regelmäßig in einem Hinterzimmer des »Bären« zu »Kanzleien« – geheimen Zusammenkünften – traf. Zwar waren sie noch weit von einer schlagkräftigen Truppe entfernt, doch die Entwicklung spitzte sich immer weiter zu. Das Umgeld brachte überall die Gemüter zum Kochen. Sollte der Herzog die neue Steuer wirklich wie geplant zu Beginn der nächsten Fastenzeit einführen, würde aus dem unterschwelligen Murren offener Protest. Und dann … Er nahm sich vor, sich Franzi anzuvertrauen und sie beim nächsten Treffen mit in den »Bären« zu nehmen. Verraten würde sie ihn gewiss nicht.

Da er sie nicht stören wollte, beschloss er, das Haus zu verlassen, um einen Wundarzt aufzusuchen. Die Wunde an seinem Bein hatte inzwischen den Verband blutig gefärbt, und Franzis Verletzung sah ebenfalls gefährlich aus. Auch wenn er großen Respekt vor dem Brandeisen des Arztes hatte, blieb ihm keine andere Wahl. Er würde auf keinen Fall zulassen, dass Franzi starb.

Nachdem er dem Gesinde Anweisungen gegeben hatte, verließ er das Haus und machte sich auf den Weg zu dem Badehaus, in dem der Wundarzt um diese Zeit meist anzutreffen war. Der Dampf, der ihm entgegenschlug, war so dicht, dass er kaum den Weg in die Stube fand, wo eine Bademagd ihn mit einem Lächeln begrüßte.

»Ich bin auf der Suche nach Simon«, sagte er.

Die junge Frau zeigte auf den hinteren Bereich der Stube, von dem mehrere Türen abgingen. Eine davon führte in einen Raum, in dem der Bader Zähne zog und Knochen richtete. Auch Simon der Wundarzt ging hier seinem Handwerk nach. Er stand über ein Kohlebecken gebeugt, um die Glut darin mit einem Blasebalg anzufachen.

»Simon«, begrüßte Jakob ihn.

Der Arzt richtete sich auf. »Jakob.« Er machte das Zeichen mit zwei Fingern der rechten Hand, mit dem sich die Verschwörer aus dem »Bären« zu erkennen gaben. »Was kann ich für dich tun?«

Jakob zeigte auf sein Bein. »Ich fürchte, ich muss deine Dienste in Anspruch nehmen.«

Simon legte den Blasebalg beiseite und kam Jakob entgegen. »Setz dich«, wies er ihn an. Nachdem Jakob den Beinling losgemacht und heruntergerollt hatte, entfernte er die blutige Binde. »Das ist eine Messerwunde«, stellte er fest. »Wo hast du die denn her?«

»Von einer Begegnung mit Männern des Herzogs«, antwortete Jakob.

Der Wundarzt sah ihn fragend an.

»Du weißt doch, dass Martin Wengert ein Freund von mir war«, sagte Jakob.

Simon nickte.

»Ich bin sicher, dass er unschuldig ist.« Er überlegte einen Augenblick, ehe er dem Arzt erzählte, was Franzi ihm berichtet hatte.

»Der Herzog hat den Mord zugegeben?«

»So scheint es.«

»Dann müssen wir sofort ein Treffen einberufen. Wenn der Herzog ein Mörder ist, kann man vielleicht einen Brief an den Kaiser schreiben.«

Jakob lachte. »Der Kaiser wird sich ganz gewiss nicht für derlei Dinge interessieren. Solange der Herzog mit seiner Nichte verheiratet ist, wird er sich bestimmt nicht gegen ihn stellen.«

»Die Herzogin hasst ihn«, bemerkte Simon, während er ein Brandeisen ins Kohlebecken legte.

»Aber es wird so gut wie unmöglich sein, dem Herzog den Mord nachzuweisen«, hielt Jakob dagegen. »Ich glaube ohnehin nicht, dass er sich selbst die Hände schmutzig gemacht hat. Vermutlich hat er einen Handlanger damit beauftragt.«

Simon hielt ihm ein Beißholz hin. »Glaubst du wirklich, einer seiner Günstlinge wäre so dumm, ein solch schweres Verbrechen für ihn zu begehen?«

»Man müsste nur herausfinden, wer plötzlich zu Rang und Namen gekommen ist«, erwiderte Jakob.

»Das wird nicht leicht«, stellte Simon fest.

»Dennoch wäre es eine bessere Möglichkeit, den Herzog loszuwerden, als der Bruch des Eides, den wir ihm geleistet haben.«

»Wenn der Herzog dieses verfluchte Umgeld wirklich einführt, bricht *er* seinen Eid dem Volk gegenüber. Als Untertan bin ich ihm nur so lange zum Gehorsam verpflichtet, wie er mir und allen anderen Schutz gewährt.«

»Darin sind wir uns einig«, sagte Jakob. »Aber noch hat er das Umgeld nicht eingeführt. Und ich werde gewiss nicht so lange warten, bevor ich versuche herauszufinden, wen er für den Mord an Moritz Welling gedungen hat.«

»Zuerst müssen wir uns um deine Wunde kümmern«, erklärte Simon, holte das Brandeisen aus dem Feuer und drehte es einige Male hin und her. Dann trat er damit neben Jakob. »Das wird jetzt wehtun.«

Einundfünfzig

Sabina von Bayern fühlte sich wie gerädert. Sie hatte die ganze Nacht kein Auge zugetan und wartete immer noch auf die Rückkehr ihres Dieners. Warum dauerte das alles so lange? Hatte er das Mädchen gefunden und zum Schweigen gebracht? Blieb er deswegen so lange aus, weil er sie aus der Stadt schaffen wollte und auf das Öffnen der Tore wartete? Oder hatte man ihn gefasst? Das hätte bedeutet, dass bald die Stadtwache ans Schlosstor klopfen und um ein Gespräch mit einem von Ulrichs Männern bitten würde. Sollte Ulrich herausfinden, was in der Nacht vorgefallen war … Sie griff nach einem Mantel und verscheuchte ihre Zofe mit einer ungeduldigen Geste, als diese herbeieilte, um ihr beim Anziehen zu helfen. Seit ein paar Tagen fegte ein kalter Ostwind durch die Stadt, weshalb Sabina auch einen warmen Hut aufsetzte. »Ich brauche keine Begleitung«, sagte sie und machte Anstalten, ihr Gemach zu verlassen. Sie hatte die Tür noch nicht erreicht, als es klopfte. »Sieh nach, wer da ist!«, befahl sie ihrer Zofe.

Als der Mann, auf dessen Rückkehr sie die ganze Nacht gewartet hatte, auf der Schwelle erschien, unterdrückte Sabina einen Ausruf. »Lasst uns allein!«, sagte sie zu den Hofdamen, wartete, bis die Frauen aus dem Zimmer gehuscht waren, und bedachte den Diener dann mit einem ärgerlichen Blick. »Ich hoffe, du bringst gute Neuigkeiten!« Sie legte ihren Mantel wieder ab und hängte ihn über eine Stuhllehne.

»Leider nicht.« Der Mann zuckte entschuldigend mit den Schultern. »Sie ist mir entwischt.«

»Das darf doch nicht wahr sein!«, schimpfte Sabina. »Wie kann man sich denn von einer einfachen Magd übertölpeln lassen?«

»Ich habe sie bis zu dem Haus verfolgt, in das sie eingebrochen ist. Aber dort war sie nicht aufzufinden.«

»Zum Haus ihres Vaters?«

»Zum Haus des Bürgermeisters«, war die Antwort.

Sabina begriff nicht. Hatte das Mädchen nicht behauptet, das Haus, in das es eingebrochen war, habe seinem Vater gehört? Was war das nur für eine verworrene Geschichte.

»Er hat es erst vor Kurzem ersteigert«, erklärte der Diener, der ihren verwirrten Gesichtsausdruck zu bemerken schien. »Jedenfalls, das Mädchen war wie vom Erdboden verschluckt. Ich habe bis zum Morgengrauen gesucht.« Er schüttelte den Kopf. »Sie ist fort.«

»Was soll das heißen, fort? Wohin soll sie denn verschwunden sein?« Sabina spürte, wie die Wut ihre Müdigkeit vertrieb. »Du musst sie finden! Sie darf uns auf keinen Fall entkommen!«

»Ich fürchte, das ist sie bereits.«

»Dann such weiter!«, zischte Sabina. »Sie darf auf keinen Fall Gelegenheit bekommen, auszuplaudern, was …« Sie brach den Satz ab, da außer ihr und dem Priester niemand etwas von der Lauscherin am Beichtstuhl wusste. »Egal. Finde sie einfach und sorg dafür, dass das Problem verschwindet!« Sie wartete, bis er ihr Gemach verlassen hatte, bevor sie ihren Hut vom Kopf zog und ihn in eine Ecke pfefferte. »Warum strafst du mich so, Herr?«, murmelte sie. Womit hatte sie all diese Unbill verdient? Sie ließ sich auf einen der gepolsterten Stühle sinken und rieb sich die Schläfen, in die sich ein Kopfschmerz eingeschlichen hatte. Machte sie einen Fehler? Wollte die Magd wirklich nichts weiter als Hilfe, um die Unschuld ihres Vaters zu beweisen? Hatte sie den Auftrag gegeben, jemanden zu beseitigen, der vielleicht als Waffe im Kampf gegen ihren verhassten Gemahl dienen konnte? Sie stöhnte und rang mit sich, ihren Diener zurückzurufen. Niemand würde dem Wort einer einfachen Dienstmagd Glauben schenken, noch dazu der Tochter eines verurteilten Mörders. Das Mädchen nutzte ihr nichts. Ganz gleich, wie sie es drehte und wendete, die junge Frau am Leben zu lassen, barg ein zu großes Risiko.

Zweiundfünfzig

Ein lautes Geräusch ließ Franziska mit einem Schrei aus dem Schlaf auffahren. Zuerst wusste sie nicht, wo sie war, doch nach wenigen Augenblicken kam die Erinnerung an die Flucht vor der Herzogin zurück. Als sie erneut ein Scheppern vernahm, zuckte sie zusammen und kam mühsam auf die Beine. Die Wunde an ihrem Arm brannte inzwischen trotz des Verbandes und der Salbe wie Feuer, und ihre Wangen glühten vom Fieber. Ihr Haar klebte auf ihrer verschwitzten Haut. Als sie barfuß zum Fenster tappte, fühlte sie sich schwindelig. Vorsichtig schob sie sich ans Fenster, um in den Hof hinunterzusehen.

Dort waren zwei Burschen damit beschäftigt, Werkzeug und Eimer auf einen Karren zu werfen, was offenbar die Ursache für den Krach war. Erleichtert zog Franziska sich vom Fenster zurück und schlüpfte mit einiger Mühe in ihr Kleid, das sie vor dem Zubettgehen ausgezogen hatte. Inzwischen musste es fast Mittag sein, da die Sonne bereits hoch am Himmel stand. Sie beschloss, nach Jakob zu suchen. Das dumpfe Gefühl, das sich beim Gedanken an ihn in ihr ausbreitete, versuchte sie zu ignorieren. Die Erinnerung an den Ausdruck in seinen Augen löste ein solches Durcheinander in ihr aus, dass sie beinahe froh war, als sich die Scham wieder in den Vordergrund drängte. Wenn er auch nur im Entferntesten geahnt hätte, was sie getan hatte, um Martin und ihren Vater zu retten, hätte er sie vermutlich nicht so bereitwillig in seinem Haus aufgenommen.

Sie biss die Zähne zusammen, weil inzwischen jede Bewegung ihres Armes schmerzte. Nur mit äußerster Mühe gelang es ihr, die Schnürung zu binden und die Haube auf dem Haar zu befestigen. Dann verließ sie die einfache Kammer und trat auf den Gang hinaus. Vor der Tür wäre sie fast über einen Stuhl gestolpert, auf dem sorgsam zusammengefaltete Kleider lagen. Ein Zettel lag darauf. »Für Franzi.«

Ein trauriges Lächeln huschte über ihr Gesicht. Jakob war so gut zu ihr. Da er ihr nicht lästig fallen wollte, hatte er ihr eine Kammer in dem Gebäude angeboten, in dem er zur Lesezeit die Helfer unterbrachte. Außer ihr befanden sich nur die weiblichen Bediensteten im Haus, die zu dieser Zeit jedoch bei der Arbeit waren. Sie nahm die Kleider vom Stuhl und betrachtete sie skeptisch. Ob Jakobs Vorhaben, sie in einen Mann zu verwandeln, wirklich Sinn ergab? Sie wusste doch gar nicht, wie man sich als Mann bewegte und benahm. Außerdem würden sicher alle sofort sehen, dass sie eine Frau war. Was der Priester der Stiftskirche dazu zu sagen hätte, darüber wollte sie lieber gar nicht erst nachdenken.

»Franzi! Du bist wach!« Ohne dass Franziska ihn gehört hatte, war Jakob ins Gebäude gekommen.

Ein derb aussehender Mann mit breiten Schultern folgte ihm.

»Das ist Simon, der Wundarzt«, stellte Jakob ihn vor.

Franziska nickte ihm zu.

»Er wird sich deinen Arm ansehen.«

»Das ist nicht nötig, mir geht es schon viel besser«, log sie. Der Anblick der großen Tasche, die Simon dabeihatte, ließ sie Schlimmes ahnen.

»Weißt du, was passiert, wenn eine Wunde brandig wird?«, fragte der Arzt. Als sie nicht antwortete, fügte er hinzu: »Die Schmerzen, bevor man stirbt, sind unerträglich.«

Franziska sah ihn mit angstvoll aufgerissenen Augen an.

»Ich brauche einen hellen Raum«, sagte er, an Jakob gewandt.

»Die Stube«, erwiderte Jakob. Ohne auf Franziskas Protest zu achten, fasste er sie bei ihrem gesunden Arm und zog sie aus dem Gebäude über den Hof ins Haupthaus. Sobald sie in der Stube waren, drückte er sie auf einen Stuhl.

»Mach den Verband ab«, bat Simon.

Franziska wandte den Blick ab, als er einige bedrohlich aussehende Gerätschaften aus seiner Tasche holte und ein Eisen ins Feuer legte.

»Ich habe Simon gesagt, was du mir erzählt hast«, ließ Jakob sie wissen.

Franziska glaubte, nicht richtig gehört zu haben.

»Keine Angst, ich verrate dich nicht«, brummte Simon, als er ihr Gesicht sah. »Jakob und ich sind beide Mitglieder einer *Kanzlei* gegen den Herzog.«

»Einer *was*?«

»Eines *Ratschlags*«, antwortete Simon.

»Wir treffen uns regelmäßig in einem Gasthof, um darüber zu beraten, was wir gegen das geplante Umgeld unternehmen können«, erklärte Jakob. »Was der Herzog und seine Räte planen, ist nämlich grobes Unrecht!«

»Ihr seid Verschwörer?«, hauchte Franziska.

»Eher angesehene Bürger, die nicht zulassen wollen, dass das einfache Volk immer weiter ausgeblutet wird«, berichtigte Jakob sie. »Ich möchte, dass du mich zum nächsten Treffen begleitest, um den anderen zu erzählen, was dir widerfahren ist.«

Franziska schüttelte den Kopf. »Das kann nicht dein Ernst sein!«

»Wieso nicht?« Jakob entfernte vorsichtig ihren Verband. »Ich glaube nicht, dass der Herzog den Sohn des Bürgermeisters selbst umgebracht hat. Er hat sicher jemanden dafür bezahlt, dass er die Drecksarbeit für ihn erledigt. Wenn wir herausfinden könnten, wer Moritz Welling getötet hat, können wir ihn vielleicht dazu überreden, gegen den Herzog auszusagen.«

»Wenn mich jemand erkennt …«

»Niemand wird dich erkennen«, fiel Jakob ihr ins Wort. Er hielt ihr ein Beißholz hin, da Simon das Eisen aus dem Feuer zog. »Vielleicht steckt nicht nur der Herzog hinter dem Mord. Es wäre doch möglich, dass dein Vater und Martin Opfer der Gier von Konkurrenten geworden sind. Ich war bei der Versteigerung eures Anwesens im Herrenhaus dabei. Was, wenn von Anfang an geplant war, deinem Vater ein Verbrechen anzuhängen, und Martin war nur ein Bauernopfer?«

»Red nicht so von ihm!«, stieß Franziska zwischen zusammengebissenen Zähnen hervor. Als Simon das Eisen auf die Wunde drückte, schrie sie auf. Der Schmerz war so gewaltig, dass ihr der Schweiß aus allen Poren trat.

»Gleich ist es vorbei«, beruhigte Simon sie, drehte das Eisen und brannte auch die Ränder der Wunde aus.

Franziska wurde schwarz vor Augen. Ehe sie die Besinnung verlor, zog der Arzt das Eisen jedoch zurück, holte einen Tiegel hervor und strich etwas Kühlendes auf ihren Arm.

Augenblicklich ließ der Schmerz nach.

Als er nach Nadel und Faden griff, um die Wunde zu nähen, grub Franziska erneut die Zähne in das Beißholz.

»Ihr müsst dreimal am Tag den Verband wechseln«, erklärte Simon, sobald er fertig war. »Wenn die Rötung und die Schwellung nicht zurückgehen, lass erneut nach mir schicken.« Er schob Jakob den Salbentiegel über den Tisch zu.

Franziska stöhnte. Ihr Arm fühlte sich an, als hätte ihn ein Gaul zerbissen und wieder ausgespuckt.

»Wir werden dir helfen, den Herzog zu überführen«, knüpfte Simon das Gespräch dort wieder an, wo es aufgehört hatte. »Niemand wird dich verraten.«

Franziska schüttelte den Kopf. »Was wollt ihr denn gegen den Herzog ausrichten? Wie viele seid ihr?«

»Etwas mehr als vierzig«, erwiderte Jakob. »Aber wir stehen in Kontakt mit anderen *Kanzleien*. Der Unmut im Herzogtum ist gewaltig. Sollten der Herzog und die Ämter das Umgeld wirklich einführen, wird es zu einem Aufstand der einfachen Leute kommen«, prophezeite er. »Es gab zu viele Missernten in den letzten Jahren. Die Wut auf die Verschwendungssucht des Herzogs ist gewaltig. Kinder verhungern, während er in seinem Schloss das Geld verprasst, das eigentlich dem Land zugutekommen sollte.«

»Aber ihr habt ihm einen Eid geschworen«, hielt Franziska dagegen.

»Den hat er schon vor langer Zeit gebrochen«, brummte Simon.

»Bevor wir irgendetwas unternehmen, musst du erst mal gesund werden«, sagte Jakob.

»Was ist mit deinem Bein?«, wollte Franziska wissen.

»Simon hat es verarztet.«

»Du solltest aber auch nicht herumhüpfen wie ein Springinsfeld«, warnte der Wundarzt. »Das nächste Treffen ist in etwas mehr als einer Woche. Bis dahin sollten eure Wunden gut genug verheilt sein.«

»Und jetzt kümmern wir uns um deine Haare«, sagte Jakob und legte eine Schere auf den Tisch.

Dreiundfünfzig

Während Jakob Simon zum Tor brachte, versuchte Franziska, ihren Arm so ruhig wie möglich zu halten. Der Geruch von verbranntem Fleisch hing immer noch schwer in der Luft, und das dumpfe Pochen breitete sich immer weiter aus. Sie war nicht sicher, ob Simons Behandlung es besser oder schlimmer gemacht hatte. Das, was Jakob ihr gestanden hatte, erschien ihr immer noch ungeheuerlich. Obwohl sie selbst jeden Grund hatte, den Herzog zu hassen, hätte sie niemals gedacht, dass normale Männer wie Jakob und Simon es wagen könnten, im Geheimen gegen Ulrich von Württemberg zu agieren. Was glaubten sie, damit erreichen zu können? Er war der Herzog. Durch seine Heirat war er eng mit dem Kaiser verbunden, der einen Aufstand gewiss mit aller Härte niederschlagen lassen würde. Was wollten sie unternehmen, falls das Umgeld im Frühjahr wirklich eingeführt wurde? Die Zahlung verweigern?

Jakobs Rückkehr unterbrach ihre Gedanken. »Was macht dein Arm?«, fragte er.

»Was macht dein Bein?«, gab sie die Frage zurück.

Er zuckte mit den Schultern. »Es ist besser als vorher. Simon ist ein guter Arzt.«

»Vertraust du ihm?«

»Wie einem Bruder.« Er setzte sich ihr gegenüber und nahm die Schere in die Hand.

Franziska beobachtete einige Augenblicke lang, wie sich das Licht in der glänzenden Oberfläche fing. »Bist du sicher …«

»… dass du Simon und den anderen erzählen kannst, was vorgefallen ist?« Jakob nickte. »Absolut. Wir werden dir dabei helfen, den Mörder von Moritz Welling zu überführen, auch wenn ich mir fast sicher bin, dass sich der Herzog einen Handlanger für die Schmutzarbeit gesucht hat.«

»Aber er hat zugegeben …« Franziska brach den Satz ab. Was hatte sie wirklich gehört? Hatte Ulrich von Württemberg *gesagt*, dass er den Sohn des Bürgermeisters getötet hatte? Oder hatte sie es aus seinen Worten geschlossen? Sie war sich nicht mehr sicher.

»Wir müssen uns lediglich nach Männern umsehen, die in letzter Zeit zu Rang oder Geld gekommen sind«, fuhr Jakob fort. »Ich kenne inzwischen die Namen der beiden Kerle, die Nicklas beschrieben hat. Die, mit denen Martin sich öfter getroffen hat.«

»Der Dunkelhaarige und der Rothaarige?«, fragte Franziska.

Jakob nickte. »Einer ist Konrad Krafft, der Sohn eines reichen Fernhändlers, der andere Lutz von Ehingen, der Sohn eines herzoglichen Rates. Beide waren zur Versteigerung im Herrenhaus.«

»Ehingen?« Franziska erbleichte.

»Ja.« Jakob fasste sie forschend ins Auge. »Was ist mit dir? Du siehst aus, als hättest du den Leibhaftigen gesehen.«

Franziska hatte Mühe, die Übelkeit, die ihr unvermittelt in die Kehle stieg, zu schlucken. »Wer ist sein Vater?«, brachte sie mühsam hervor.

»Der herzogliche Rat Rudolf von Ehingen«, antwortete Jakob.

Der Name traf Franziska wie ein Schlag ins Gesicht. Die Erinnerung an die Demütigung, die Entehrung und das Gefühl, nichts weiter zu sein als eine Hure, überfiel sie mit solcher Macht, dass sie aufsprang, aus der Stube stürmte und ins Freie floh. Dort blickten ihr fragende Gesichter entgegen, doch durch den Tränenschleier nahm sie kaum etwas wahr. Blind vor Scham lief sie zum Tor, hatte es jedoch kaum erreicht, als Jakob sie einholte.

»Franzi! Was soll das? Was ist los?« Er hielt sie mit einem Griff an ihrem unverletzten Arm zurück. »Warum läufst du weg?« Als er die Tränen in ihren Augen sah, runzelte er die Stirn. Dann schien er zu begreifen. Mit einem zerknirschten Ausdruck auf dem Gesicht sagte er: »Ich Esel. Es tut mir leid.«

Franziska wischte sich heftig über die Augen. »Was tut dir leid? Was hat man dir erzählt?« Allein die Vorstellung, dass bereits die ganze Stadt darüber redete, war so unerträglich, dass sie sich am liebsten sofort in den tiefsten, eisigsten Fluss gestürzt hätte.

»Er ist ein Mitglied des Gerichts, das Martin und deinen Vater verurteilt hat«, entgegnete Jakob. »Daran hatte ich nicht gedacht.« Er legte vorsichtig den Arm um Franzi. »Entschuldige.«

Hätte sie sich nicht so furchtbar geschämt, dann hätte sie ihm das dunkle Haar aus der Stirn gestrichen und die Sorge aus seinem Gesicht gewischt. So jedoch schlug sie hastig den Blick nieder und sandte ein Gebet zum Himmel, mit dem sie um Vergebung für ihre Falschheit bat.

»Wenn du willst, brauchst du nicht mit in den ›Bären‹ kommen«, sagte Jakob. »Ich kann den anderen selbst berichten, was du mir erzählt hast.«

Franziska schüttelte den Kopf. Obwohl sie sich wünschte, der Erdboden würde sich auftun und sie verschlingen, durfte sie nicht zulassen, dass Jakob ihre Schlacht schlug. *Sie* hatte geschworen, den Herzog zu überführen und ihn dafür büßen zu lassen, dass ihre Liebsten zu Unrecht hingerichtet worden waren. *Sie* hatte sein Gespräch mit der Tochter des Marschalls belauscht. Und nur *sie* wusste, wie sehr die Herzogin ihn wirklich hasste. »Ich gehe mit dir«, sagte sie mit belegter Stimme.

»Bist du sicher?« Er betrachtete sie besorgt.

Sie nickte.

»Dann komm zurück in die Stube.«

Wenig später saß Franziska wieder an dem langen Tisch und ließ zu, dass Jakob ihr Haar löste. Seine Berührung sandte ihr einen Schauer über den Rücken.

»Es wird nachwachsen«, sagte er tröstend, als er die Schere nahm und die ersten Strähnen kürzte.

Während ihr Haar fiel, dachte Franziska über das nach, was Jakob und Simon gesagt hatten. »Glaubst du wirklich, jemand wollte meinen Vater aus dem Geschäft drängen?«, fragte sie.

Jakob verzog den Mund. »Dieser Gedanke ist mir gekommen. Immerhin haben er und einige der anderen Mitglieder der Ehrbarkeit dafür gesorgt, dass der Herzog seine geplante Vermögenssteuer nicht umsetzen konnte.«

»Aber dafür müssten ihm die Räte und Mitglieder des Magistrats doch dankbar sein«, wandte Franziska ein. »Hätten sie nicht alle darunter gelitten?«

»Hm.« Jakob schnippelte weiter an ihrem Haar herum.

»Du könntest recht haben mit deiner Vermutung«, sagte Franziska.

»Halt still!« Jakob schnitt ihr ungeschickt die Ohren frei.

»Im Keller meines Vaters waren zahllose Fässer mit falschem Claret«, erzählte Franziska, als er die Schere ablegte und ihr die abgeschnittenen Haare von den Schultern wischte. »Ich habe in einigen der Bücher nachgesehen, und daraus ging hervor, dass er der Geschädigte war. Er hat dem Fuhrmann immer den vollen Preis für eine Fuhre billigen Trollinger bezahlt, der als Claret ausgewiesen war. Wenn der Wein an die Tafel des

Herzogs gelangt wäre, hätte keiner der reichen Kunden jemals wieder bei uns eingekauft.« Sie fuhr sich mit den Fingern durch das kurze Haar. Es fühlte sich ungewohnt und seltsam an.

»Vielleicht steckt derselbe dahinter, der Moritz Welling im Auftrag des Herzogs umgebracht hat«, mutmaßte Jakob.

Franziska war sich immer noch nicht sicher, ob nicht der Herzog persönlich den Mann beseitigt hatte, dem er zehntausend Gulden schuldete. Was, wenn er den Wirt bestochen hatte, damit dieser wegsah, und wenn Martin nur zur falschen Zeit am falschen Ort gewesen war? So wenig ihr der Ausdruck gefiel, war es möglich, dass Martin ein Bauernopfer in einem heimtückischen Spiel war, das nichts mit ihm zu tun hatte?

Vierundfünfzig

Stuttgart, Oktober 1513

Die nächsten Tage brachten Jakob und Franziska notgedrungen im Haus zu, bis Simon ihre Verletzungen für nahezu verheilt erklärte. Franziska hatte Mühe, ihre Scham vor Jakob zu verbergen, da er immer wieder Fragen stellte, die sie nicht beantworten konnte, ohne ihm zu viel zu verraten. Sie war erleichtert, als Simon an einem kalten und nebligen Morgen endlich die Fäden aus ihrer Wunde zog und ihnen mitteilte, dass an diesem Abend das Treffen im »Bären« stattfinden sollte.

»Ich habe bereits mit den anderen gesprochen«, sagte er. »Sie sind begierig darauf, deine Geschichte zu hören.«

»Hast du ihnen gesagt, wer ich bin?«, wollte sie wissen.

»Nein. Wenn du es ihnen nicht selbst verrätst, bleibt es unser Geheimnis.« Er bedachte Franziska mit einem Grinsen. »Ich habe dich jedenfalls kaum wiedererkannt.«

Franziska fasste sich verlegen ins kurze Haar. Sie hatte sich inzwischen in einem Spiegel betrachtet und wusste, dass sie tatsächlich aussah wie ein junger Bursche. Nicht einmal Martin hätte sie erkannt. Der Gedanke trieb ihr Tränen in die Augen, die sie jedoch entschlossen wegblinzelte.

»Du solltest dein Bein noch ein wenig schonen«, riet Simon Jakob. »Keine Arbeiten im Weinberg.«

Jakob nickte. »Den Mist können die Knechte verteilen. Das Wichtigste ist getan.«

»Dann sehe ich euch heute Abend.« Mit diesen Worten verabschiedete sich Simon und ließ Franziska mit Jakob allein.

»Du kannst es dir noch mal überlegen, Franzi«, sagte Jakob.

»Nein, ich komme mit. Und du solltest aufhören, mich Franzi zu nennen.«

»Keine Angst, so nenne ich dich nur, wenn wir alleine sind«, beruhigte Jakob sie. »In Gesellschaft bist du der Kleine Franz.« Er feixte.

Obwohl Franziska eigentlich nicht zum Lachen zumute war, stahl sich ein Lächeln auf ihr Gesicht. Jakob schaffte es immer wieder, die Schwere in ihr wenigstens für kurze Zeit zu vertreiben. Was hätte sie nur ohne ihn angefangen? Da es ihr plötzlich unangenehm war, ihm so nah zu sein, rutschte sie auf der Bank etwas zur Seite und drehte eine kleine Holzschale zwischen den Händen hin und her.

»Was ist?«, wollte Jakob wissen.

Er war Franziska manchmal unheimlich. Es schien beinahe, als könne er ihre Gedanken lesen. Sie wusste nicht, wie lange es ihr noch gelingen würde, ihm die Wahrheit über Rudolf von Ehingen zu verheimlichen. Immer wieder kam die Sprache auf die Männer, die der Herzog für den Mord an Moritz Welling gedungen haben konnte. Und jedes Mal kostete es Franziska all ihre Selbstbeherrschung, nicht aus dem Raum zu fliehen. Sie versank einige Zeit ins Grübeln, während sie sich Jakobs Gegenwart allzu bewusst war. Unvermittelt fiel ihr etwas ein. Sie schob die Schale von sich und sah zu Jakob auf, der sie auch im Sitzen überragte. »Was ist mit Hans von Hutten?«, fragte sie.

Jakob zog die Brauen hoch. »Dem Stallmeister des Herzogs?«

Franziska nickte.

»Was soll mit ihm sein?«

»Ich glaube, er hasst den Herzog«, sagte sie und erzählte Jakob von dem Streit zwischen ihm und Ursula Thumb von Neuenburg, den sie mitangehört hatte. »Wenn wir ihn als Verbündeten gewinnen könnten …«

»Das ist zu gefährlich.« Jakob blies die Wangen auf. »Wenn wir an ihn herantreten, verraten wir damit vielleicht die ganze *Kanzlei* an den Herzog. Die Gefahr, dass du dich irrst, ist zu groß.«

»Aber der Herzog ist der Liebhaber seiner Verlobten«, hielt Franziska dagegen.

»Und er bezahlt ihn sicher fürstlich für den Posten des Stallmeisters«, brummte Jakob. »Ihn als Helfer in Betracht zu ziehen … Da könnten wir gleich bei der Herzogin vorsprechen. Sie hasst den Herzog auch, würde sich allerdings gewiss nicht auf die Seite des einfachen Volkes stellen.«

»Da hast du vermutlich recht«, gab Franziska mit einem Seufzen zu.

»Wir sollten bei unserem ursprünglichen Plan bleiben«, schlug Jakob vor. »Vielleicht gelingt es einem der anderen, etwas von Konrad Krafft oder Lutz von Ehingen zu erfahren.«

Der Name ließ Franziska wieder schaudern. Sie war froh, dass Jakob offenbar nichts bemerkte, da er sich erhob, um mehr Holz in den Kamin zu legen.

Als es endlich Zeit war, in den »Bären« aufzubrechen, war Franziska neugierig und aufgeregt zugleich. Sie hatte beschlossen, die Geschichte so zu erzählen, dass die anderen keine Schlüsse darüber ziehen konnten, wer sie wirklich war. Falls auch nur einer der Anwesenden ein Feind ihres Vaters war, hätte er sie vermutlich an den Herzog oder die Stadtwache verraten. Anders als Jakob und Simon kannte sie die Mitglieder der »Kanzlei« nicht und vertraute ihnen daher nicht so vollkommen wie die beiden Männer.

Mit klopfendem Herzen folgte sie Jakob in die Schankstube des Gasthofes, in der es bereits hoch herging. Wie auf dem Weg durch die Stadt hatte sie den Eindruck, dass alle sie misstrauisch beäugten, doch niemand sprach sie an oder hielt sie davon ab, mit Jakob den Nebenraum zu betreten.

Dort saßen etwa drei Dutzend Männer an langen Tischen, auf denen schwere Weinkrüge standen.

Simon hatte sich bereits einen Platz gesucht und nickte Franziska ermunternd zu, als sie sich auf eine der Bänke zwängte.

»Da wir jetzt vollzählig sind, eröffne ich die ›Kanzlei‹ hiermit«, sagte ein Mann, der an seiner Kappe als Apotheker zu erkennen war. Er hob seinen Becher, machte ein Zeichen mit der rechten Hand und prostete den Anwesenden zu. »Wir schwören, der gerechten Sache zu dienen«, erklärte er.

»Wir schwören, der gerechten Sache zu dienen«, antworteten die Anwesenden wie aus einer Kehle.

Nachdem alle getrunken hatten, wurden die Becher erneut gefüllt, und der Apotheker bat Jakob und Franziska, sich zu erheben. »Wir haben heute ein neues Mitglied zu begrüßen, für das Jakob Münchberger bürgt.«

Alle Blicke richteten sich auf Franziska, die spürte, wie sie errötete.

»Das ist mein Vetter Franz«, stellte Jakob sie vor. »Er hat etwas zu berichten, das euch mit Sicherheit interessieren wird.«

»Kann der Bengel denn überhaupt schon ein Loch in den Schnee pinkeln?«, rief jemand vom anderen Ende des Raumes.

Lautes Gelächter trieb Franziska noch mehr Blut in die Wangen.

»Geh heim, Junge!«, brummte ein Mann mit Vollbart, den Franziska als einen der Weingärtner erkannte. »Das hier ist keine Sache für Kinder.«

»Ihr solltet ihn anhören!« Jakob verschaffte sich mit einem Faustschlag auf den Tisch Gehör. Als ein Großteil der

Anwesenden den Kopf schüttelte, fragte er: »Wollt ihr den Herzog aufhalten oder nicht? Wollt ihr das Umgeld verhindern?«

»Natürlich wollen wir das«, war die Antwort des Bärtigen. »Aber wie soll uns so ein Hosenscheißer dabei helfen?«

»Franz mag klein sein, aber ein Hosenscheißer ist er ganz gewiss nicht!« Jakob legte Franziska ermutigend die Hand auf die Schulter. »Er ist weiser als mancher von euch alten Eseln.«

Erneut erntete er Gelächter.

»Ich glaube nicht, dass sie auf dich hören«, flüsterte Franziska Jakob ins Ohr, während sich die Männer vor Lachen ausschütteten.

»Es reicht!« Simon stand auf und knallte seinen Becher auf den Tisch. »Hört auf, euch zu benehmen wie ein Haufen Narren! Ich kenne die Geschichte, die Jakobs«, er zögerte einen Moment, »*Vetter* euch zu berichten hat. Und ich kann euch sagen, dass wir damit dem Herzog gefährlicher werden können als mit allem, was wir bisher ersonnen haben. Also hört den Jungen gefälligst an!«

»Oho, Simon!«, sagte ein weiterer Weingärtner, an dem die allgemeine Heiterkeit abgeprallt war. Er musterte Franziska von Kopf bis Fuß, dann hob er die Hand. »Wenn auch Simon sagt, wir sollten den Bengel anhören, dann tun wir es. Falls nichts dran ist an seiner Geschichte, können wir ihn immer noch heimschicken.«

»Gut gesprochen, Linhart«, meinte Jakob. Er klopfte Franziska auf den Rücken. »Erzähl ihnen, was du erfahren hast.«

Die letzten Lacher verstummten, und plötzlich waren alle Augen neugierig auf Franziska gerichtet. Sie fuhr sich mit der Zunge über die trockenen Lippen und holte tief Luft.

Fünfundfünfzig

Abgesehen von ein paar Einwürfen, hörten die Männer Franziska zuerst widerwillig, dann immer gebannter zu. Sobald sie ihre Geschichte beendet hatte, fingen sie an, wild durcheinanderzureden.

»Wer ist die Magd, von der du das erfahren hast?«

»Ich habe immer gewusst, dass der Herzog nicht nur wegen des Marschalls so oft in dessen Haus ist.«

»Der Herzog hatte zehntausend Gulden Schulden bei Moritz Welling?«

»Wenn wir beweisen können, was er gesagt hat, muss der Kaiser gegen ihn vorgehen.«

»Woher willst du wissen, dass dich das Mädchen nicht belogen hat?«

»Ruhe!« Jakob hob die Hände. »Wenn ihr alle auf einmal redet, kommen wir nicht weiter.«

»Jakob hat recht«, meldete sich der Apotheker zu Wort. »Alle der Reihe nach.« Er wandte sich an Franziska. »Wer ist die Frau, von der du das erfahren hast?«

Franziska schüttelte den Kopf. »Das kann ich euch nicht sagen.«

»Ach! Solche Geschichten kann doch jeder erfinden, um sich wichtig zu machen«, rief ein Mann mit einem grauen Kinnbart. »Woher sollen wir wissen, dass du dir das alles nicht einfach ausgedacht hast?«

»Der Bengel lügt doch«, schnaubte ein anderer.

»Jakob?« Der Apotheker wandte sich mit fragendem Blick an Jakob.

»Ich bürge für alles, was Franz sagt«, versicherte er den Versammelten.

»Weil er dein Vetter ist?«

»Hast du die Geschichte der Magd selbst gehört?«, wollte der Weingärtner mit dem Vollbart wissen.

Jakob tauschte einen Blick mit Franziska. »Entschuldigt uns einen Moment«, bat er, fasste sie beim Arm und verließ mit ihr den Raum. Vor der Tür seufzte er. »Ich fürchte, du musst ihnen die ganze Wahrheit sagen. Sonst glauben sie dir nicht.«

Franziska biss sich auf die Lippe. »Traust du ihnen? Was, wenn mich einer von ihnen beim Herzog, der Herzogin oder der Stadtwache verrät?«

»Das würden sie niemals tun. Aber wir könnten sie einen Schwur leisten lassen, um sicherzugehen.«

Franziska überlegte einen Moment, ehe sie nickte.

»Bist du sicher?«, hakte Jakob nach.

»Ja.«

»Dann zurück ins Gefecht.« Er grinste schief. Als sie den Raum wieder betraten, waren die Mienen der Anwesenden düster, die Blicke misstrauisch.

»Bevor Franz euch verrät, wer die Magd ist, von der er die Geschichte gehört hat, müsst ihr schwören, kein Wort von dem, was er sagt, an irgendeine Menschenseele weiterzugeben.«

»Wofür hältst du uns?«, brauste der Mann mit dem grauen Spitzbart auf. »Für Verräter?«

»Ich muss darauf bestehen«, meldete Franziska sich mit fester Stimme zu Wort. »Sonst erfahrt ihr nichts mehr von mir.«

»Was soll das, du Wicht?«, erboste sich ein weiterer Weingärtner.

»Schwört, dass ihr nichts, was ich sage, verraten werdet«, forderte sie erneut und starrte die Männer kampflustig an.

»Gottverdammich!«, fluchte der mit dem Vollbart. »Dann schwören wir eben.«

»Schwört bei Gott und allen Heiligen, dass ihr mein Geheimnis für euch behalten werdet«, forderte Franziska.

Einige der Männer verschränkten trotzig die Arme vor der Brust.

»Meinetwegen. Ich schwöre«, sagte der Bärtige.

»Ich schwöre«, tat es ihm der Apotheker gleich.

»Ich auch.«

»Ich schwöre ebenfalls.«

Nach und nach hoben alle die Hand, doch erst als auch der Letzte den Schwur geleistet hatte, nahm Franziska ihre Kappe ab und schüttelte ihr kurzes Haar aus. »Ich bin Franziska Hochperger, Tochter von Johannes Hochperger, Verlobte von Martin Wengert.«

Ein Raunen ging durch die Reihen.

Sie rang einen Augenblick um Fassung. »Nachdem mein Vater und mein Verlobter hingerichtet worden sind, war ich mittellos und auf Almosen angewiesen. Eines Tages, als ich vor der Stiftskirche gebettelt habe, ist der Marschall zu mir gekommen, um mir eine Anstellung bei seiner Tochter anzubieten. Ich selbst bin also die Magd, die den Herzog belauscht hat.«

Diese Nachricht schlug ein wie eine Kanonenkugel.

»Du bist die Tochter von Johannes Hochperger?«, fragte der Weingärtner mit dem Vollbart. Er betrachtete sie mit zusammengekniffenen Augen.

»Mein Vater und Martin waren unschuldig«, erklärte Franziska. »Sie sind für ein Verbrechen bestraft worden, das der Herzog begangen hat.«

»Oder für das der Herzog einen seiner Handlanger bezahlt hat«, warf Jakob ein. »Wir müssen versuchen, jemanden ausfindig zu machen, der gegen den Herzog aussagt.«

»Das wird niemand wagen«, war der Apotheker sicher. Auch er starrte Franziska immer noch ungläubig an.

»Jeder von uns kennt andere Leute«, sagte Jakob. »Hört euch um, fragt Knechte und Bedienstete aus, ob irgendjemand weiß, wo der Herzog sich in der Nacht des Mordes aufgehalten hat. Außerdem wissen wir, dass Konrad Krafft oder Lutz von Ehingen etwas mit der Sache zu tun haben müssen.« Er berichtete von dem Überfall, der ihn fast das Leben gekostet hatte. »Offenbar wollte jemand, dass ich aufhöre, in diesem Wespennest herumzustochern. Die Warnung war jedenfalls deutlich.«

»Das könnte nicht nur den Herzog sein Herzogtum kosten, sondern auch einige der einflussreichsten Familien in Misskredit bringen«, mutmaßte ein junger Mann mit einem roten Gesicht. »Kein Wunder, dass du uns einen Schwur hast leisten lassen«, fügte er an Franziska gewandt hinzu.

»Niemand darf erfahren, wer sie wirklich ist«, warnte Jakob. »Nicht nur die Männer des Herzogs suchen nach ihr, auch die Herzogin ist ihr auf den Fersen, weil sie die Magd der Marschalltochter für ihre Feindin hält. Ab jetzt ist sie für jeden von euch wieder Franz, meinetwegen auch der Kleine Franz.«

Damit erntete er einige Lacher.

»Aber niemand außerhalb dieses Raums darf wissen, dass sie die Tochter von Johannes Hochperger ist«, mahnte Jakob erneut eindringlich.

»Wir haben geschworen, und unser Wort halten wir«, beruhigte ihn der Apotheker.

Franziska betrachtete die Mienen der Männer mit gemischten Gefühlen. Zu ihrer Erleichterung war kein Konkurrent ihres Vaters anwesend; nur deshalb hatte sie den Schritt gewagt, sich zu erkennen zu geben. Wäre ein Weinhändler unter den Mitgliedern der »Kanzlei« gewesen, hätte sie der Versammlung den Rücken gekehrt.

Als sie den Gasthof zwei Stunden später mit Jakob verließ, fühlte sie sich erleichtert und seltsam frei. Jetzt war sie nicht mehr allein in ihrem Kampf gegen den Mann, der ihr Leben und das ihrer Familie zerstört hatte. »Glaubst du, der Bürgermeister hatte auch etwas damit zu tun?«, fragte sie, als sie sich auf den Weg in die Leonhardsvorstadt machten.

»Mit dem Mord an seinem Sohn?« Jakob schüttelte den Kopf. »Das kann ich mir beim besten Willen nicht vorstellen.«

»Aber *er* hat den meisten Nutzen vom Tod meines Vaters.«

»Wohl eher sein jüngerer Sohn, wenn ich dich richtig verstanden habe«, versetzte Jakob. »Trotzdem glaube ich nicht, dass einer der beiden so weit gehen würde, den eigenen Sohn oder Bruder zu ermorden, nur um dem Herzog zu Gefallen zu sein. So etwas ist gänzlich undenkbar.«

»Genauso undenkbar wie die Verhaftung eines der angesehensten Mitglieder der Ehrbarkeit?«, fragte Franziska.

Jakob brummte etwas Unverständliches. »Wir werden den wahren Täter überführen, vertrau mir.«

Franziska ballte die Fäuste. *Bei Gott, das hoffe ich,* dachte sie bitter.

Sechsundfünfzig

Eine Woche später trafen sie sich erneut mit den Mitgliedern der »Kanzlei«. Allerdings hatte bisher niemand etwas Brauchbares in Erfahrung gebracht, nicht einmal diejenigen, die gesellschaftlich mit Konrad Krafft oder Lutz von Ehingen verkehrten.

»Wir müssen Geduld haben«, ermahnte der Apotheker die Versammelten. »Früher oder später finden wir etwas heraus, das uns hilft, das Verbrechen zu beweisen. In der Zwischenzeit gibt es Neuigkeiten zum Umgeld, und zwar keine guten. Die Mehrheit der Städte und Ämter hat den Plänen des Herzogs inzwischen zugestimmt, trotz des Protests der Bauern und Bürger.«

»Wie kann das sein?«, rief einer der Männer. »Ich habe gehört, dass viele Städte ebenso dagegen sind wie wir.«

»Der Herzog hat mit militärischer Gewalt gedroht«, sagte der Apotheker. »Es sieht so aus, als müssten wir uns auf diese Abgaben einstellen.«

»Umso wichtiger ist es, zu beweisen, dass der Herzog ein feiger Mörder ist!«, versetzte der Weingärtner mit dem Vollbart grimmig.

»Aber genau das scheint weitaus schwieriger zu sein, als ich befürchtet hatte«, seufzte der Apotheker.

»Wir stellen die Sache falsch an«, schimpfte Jakob, als sie im Anschluss an die »Kanzlei« ins Freie traten.

»Und was, denkst du, sollten wir anders machen?«, fragte Franziska.

Jakob verzog das Gesicht. »Ich hab keine Ahnung. Aber so kommen wir nicht weiter.«

Das Horn des Türmers erklang in ihrem Rücken und verkündete, dass das Innere Esslinger Tor zur Nacht geschlossen wurde. An einigen Stellen hatten die Nachtwächter bereits Laternen angezündet, allmählich leerten sich die Straßen. Franziska schlug den Kragen ihres Mantels hoch und zog die Kappe tiefer in die Stirn, um sich vor dem schneidend kalten Wind zu schützen, der durch die Gassen pfiff. Morgens war es bereits so eisig, dass man das Gefühl hatte, der erste Schnee werde nicht mehr lange auf sich warten lassen.

Schweigend gingen sie an der Leonhardskirche vorbei in Richtung Stadtmauer. Franziska dachte mit einem unguten Gefühl an die Nacht zurück, in der sie beinahe im Loch gelandet wäre, weil man sie verdächtigt hatte, den Opferstock auszurauben. Hätte sie sich nicht rechtzeitig befreit …

Sie kam nicht dazu, den Gedanken zu beenden, denn kaum hatten sie die Mauer des Friedhofs erreicht, scharte sich ein halbes Dutzend Männer um sie, wie es aufdringliche Bettler oft taten. Allerdings wirkten diese Männer in keiner Weise bedürftig oder zerlumpt. Drei von ihnen hielten Knüppel in den Händen, die anderen ballten angriffslustig die Fäuste. In einer Hand blitzte eine Klinge auf. Geschickt drängten sie Jakob und Franziska in einen engen Durchgang zwischen dem Gottesacker und einer Ansammlung von Ställen und Scheunen.

»Wir hatten dich gewarnt«, knurrte einer von ihnen, während zwei andere den Fluchtweg verstellten. »Wer nicht hören will …« Ohne weitere Worte holte er mit seinem Knüppel aus und drosch auf Jakob ein.

Franziska stieß einen Schrei aus.

»Du kommst auch gleich dran, Bürschchen«, höhnte ein weiterer Mann, der ebenfalls seinen Knüppel schwang, um ihn auf Jakob niedersausen zu lassen.

»Lauf!«, brüllte Jakob. Und als Franziska sich nicht von der Stelle rührte, schrie er noch einmal: »Lauf, verdammt! Hol Hilfe!« Der nächste Hieb streckte ihn zu Boden.

Die Erstarrung fiel von Franziska ab, als sich einer der Kerle ihr zuwandte. So schnell, dass sie fast ihre Kappe verloren hätte, wirbelte sie herum und rannte auf den Ausgang der Gasse zu. Um den Mann, der ihr dort den Weg verstellen wollte, schlug sie einen geschickten Haken. »Hilfe!«, rief sie aus vollem Halse, sobald sie das Licht einer Laterne sah. »Hilfe! Überfall!«

Sie hörte Schritte hinter sich, die schnell näher kamen.

»Hilfe! Wache! So helft uns doch!« Ihre Stimme überschlug sich vor Furcht.

»Bleib stehen!«, zischte es so dicht hinter ihr, dass sie vor Schreck fast gestolpert wäre.

»Hilfe!«

»Was soll das Geschrei?« Unvermittelt tauchte ein Nachtwächter vor ihr auf, der seine Laterne hochhob, um besser sehen zu können. Die andere Hand lag auf seinem Schwertknauf.

»Ihr müsst mir helfen!«, keuchte Franziska.

Sie hörte eine Verwünschung hinter sich, dann schien ihr Verfolger die Flucht zu ergreifen.

»Heda!«, rief der Nachtwächter dem Mann hinterher.

»Ein Überfall!« Franziska eilte auf den Wächter zu und blickte flehend zu ihm auf. »Mein Vetter!« Sie sah sich keuchend um und hätte vor Erleichterung fast geweint, als sie ihren Verfolger nirgends entdecken konnte. »Es sind mindestens sechs Männer«, setzte sie atemlos hinzu. »Sie wollen Jakob umbringen!«

Ohne zu zögern, zückte der Nachtwächter sein Schwert, stieß in sein Horn, um weitere Soldaten herbeizurufen, und folgte Franziska zu der Gasse hinter dem Friedhof. Dort sahen sie gerade noch, wie die Kerle das Weite suchten.

»Stehen bleiben!«, brüllte der Nachtwächter.

Vier weitere Soldaten, die unterwegs zu ihnen gestoßen waren, nahmen die Verfolgung auf.

»O mein Gott!«, wisperte Franziska, als sie Jakob reglos am Boden liegen sah. Um seinen Kopf hatte sich eine Blutlache gebildet, er schien kaum mehr zu atmen. »Nein!« Mit einem Schluchzen eilte sie zu ihm, kniete sich neben ihn auf den Boden und strich ihm vorsichtig das Haar aus der Stirn.

»Ist er tot?«, fragte der Nachtwächter. Als Franziska nicht antwortete, beugte er sich über Jakob, um ihm den Puls zu fühlen. »Er lebt. Aber wer weiß, wie lange noch.« Er richtete sich wieder auf, stieß erneut in sein Horn und trug einem weiteren herbeieilenden Soldaten auf, einen Arzt und eine Trage zu holen.

Franziska nahm kaum wahr, was um sie herum geschah. Weinend streichelte sie Jakobs blutige Wange und umklammerte ihr Kruzifix. »Bitte, Herr, hilf ihm«, flüsterte sie. »Er hat doch nichts Böses getan.«

»Komm schon, Junge, reiß dich zusammen!« Der Nachtwächter fasste sie beim Arm und zog sie auf die Beine. »Hast du einen der Angreifer erkannt? Wie viele waren es? Woher kamen sie?«

Als Franziska nicht antwortete, schüttelte er sie. »Wer waren die Kerle?«

»Ich weiß es nicht«, brachte Franziska schließlich hervor. »Es waren so viele, mindestens ein halbes Dutzend.«

»Offensichtlich hatten sie es nicht darauf abgesehen, euch zu berauben«, stellte der Soldat mit einem Blick auf Jakobs pralle Geldkatze fest. »Warum haben sie deinen Vetter so übel zugerichtet?«

Weil Gott mich strafen will, dachte Franziska. Weil ich verflucht bin. Sie schlug die Hände vors Gesicht, um die Tränen vor dem Mann zu verbergen. Er hielt sie für einen Knaben, und junge Burschen heulten nicht wie die Schlosshunde.

»Er atmet noch«, versuchte der Nachtwächter, sie zu beruhigen. »Du musst mit zum Hauptmann kommen. Er wird dir weitere Fragen stellen wollen.«

Franziska hob erschrocken den Kopf. »Zum Hauptmann? Das … aber das geht nicht«, stammelte sie. »Ich muss bei Jakob bleiben.«

»Der Arzt wird sich um ihn kümmern«, erwiderte der Soldat.

»Er muss nach Hause gebracht werden«, flüsterte Franziska. »Dort ist er sicher.« Sie kniete sich erneut neben Jakob und starrte auf die Blutlache, die sich immer weiter auszubreiten schien. Bitte, Herr, lass ihn nicht sterben, dachte sie verzweifelt. Warum mussten immer andere für ihre Sünden büßen? Sie umfasste ihr Kruzifix erneut und betete, bis die Soldaten mit Simon zurückkamen.

»Jakob!«, rief er aus, sobald er den Verletzten erkannte. Er sah Franziska besorgt an. »Was ist denn geschehen, Franz?«

»Du musst ihm helfen!« Sie machte ihm Platz, damit er die Hand unter Jakobs Kopf schieben und ihn vorsichtig anheben konnte. »Gütiger Gott!«, murmelte er entsetzt. »Sie haben ihm fast den Schädel eingeschlagen.«

»Kannst du ihn retten?« Franziskas Stimme bebte.

Simon betastete Jakobs Körper von oben bis unten, ehe er antwortete. »Ich bin mir nicht sicher. Wenn kein Wunder geschieht …« Er gab den Soldaten ein Zeichen, die Trage zu ihm zu bringen, dann hoben sie Jakob mit vereinten Kräften darauf. Simon suchte in Jakobs Taschen nach dem Schlüssel und zog ihn schließlich hervor. »Wir bringen ihn nach Hause«, ließ er Franziska wissen. »Du solltest weiterbeten, denn ich fürchte, allein mit meiner Heilkunst werde ich ihn nicht vor dem Tod retten können.«

Siebenundfünfzig

Bei Jakobs Haus angekommen, bat Simon Franziska, das Tor zu öffnen, und ließ sich von den Soldaten helfen, Jakob in seine Kammer im Wohnhaus zu bringen. Der Aufruhr weckte die Mägde und Knechte, die im Gesindequartier schliefen. Schon bald waren alle auf den Beinen.

»Bring mir eine große Schüssel heißes Wasser!«, trug Simon einer der Küchenmägde auf, sobald er Jakob aufs Bett gelegt hatte. »Und du hilf mir, ihn auszuziehen!«, sagte er, an einen Knecht gewandt. »Franzi… Franz, mach Feuer!«

Franziska konnte den Blick kaum von Jakob abwenden, doch als die Männer anfingen, ihn zu entkleiden, kehrte sie dem Bett verlegen den Rücken und kniete sich vor den Kamin. Ihre Hände zitterten so sehr, dass es ihr fast nicht gelang, ein Feuer zu entfachen. Als die Flammen endlich über die Scheite züngelten, war Simon tief über Jakob gebeugt und schüttelte den Kopf.

»Sieht schlimm aus«, brummte er. Die Magd kam mit dem Wasser zurück, und er drückte Franziska ein Eisen in die Hand. »Mach es heiß!« Dann holte er einen Schwamm und ein Säckchen aus seiner Tasche und tauchte den Schwamm ins Wasser, um Jakobs Wunden zu säubern. Im Anschluss daran rieb er etwas Pulver aus dem Säckchen in die oberflächlicheren Wunden. »Die Schafgarbe wird die weniger starken Blutungen stillen«, erklärte er und trug dem Knecht auf, Jakobs Arme und Beine zu verbinden.

Simon selbst griff nach einem großen Messer und fing an, Jakob die Haare vom Kopf zu scheren.

»Wird er überleben?«, fragte einer der Soldaten. Die Männer standen etwas ratlos bei der Tür und verfolgten das hektische Treiben.

»Das kann ich noch nicht sagen«, antwortete Simon.

Auch Franziska beobachtete ihn mit angehaltenem Atem. Als er einen langen Kurbelbohrer aus seiner Tasche holte, entfuhr ihr ein Schrei.

»Ich muss ihm ein Loch in den Kopf bohren, sonst bringt ihn die Schwellung um.« Ohne lange zu fackeln, setzte Simon den Bohrer an und begann zu kurbeln. »Tupf das Blut ab!«, wies er eine Magd an.

Das Geräusch des Bohrers fuhr Franziska durch Mark und Bein. Als Simon das furchtbare Gerät endlich zur Seite legte, war ihr speiübel.

»Das Eisen!«, befahl Simon.

Franziska reichte es ihm. Die Spitze glühte rot.

Vorsichtig drückte er das Eisen in die Wunde, wodurch ein zischendes Geräusch entstand. Augenblicklich stank es im Raum nach verbranntem Fleisch.

Jakob stöhnte.

»Ich brauche eine Silbermünze!«, sagte Simon, nachdem er das Eisen hatte sinken lassen. Als sich niemand rührte, stieß er einen Fluch aus, drehte Jakobs Geldkatze um, die auf einem Tischchen neben dem Bett lag, und suchte ein Schillingstück heraus. Dann drückte er die Münze in das entstandene Loch in Jakobs Schädel. Behutsam strich er Salbe aus einem Tiegel darauf und verband ihm den Kopf. Dann begutachtete er die tieferen Wunden am Körper, die noch nicht versorgt worden waren. Auf einige davon streute er ebenfalls zerstoßene Schafgarbe, doch bei einer zog er hörbar die Luft durch die Zähne ein.

»Was ist?«, fragte Franziska voller Angst.

»Knochensplitter in der Wunde«, erwiderte Simon. Er zog eine Art Meißel aus seiner Tasche, und fing an, die Wunde damit zu bearbeiten.

Erneut gab Jakob ein Stöhnen von sich.

Franziska schickte ein Stoßgebet zum Himmel, dass er nicht aufwachen würde. Die Schmerzen, die er litt, mussten unerträglich sein.

Als Simon endlich fertig war, verband er auch diese Wunde, packte seine Sachen in die Tasche und richtete sich auf. »Ihr müsst ihn warmhalten«, riet er. »Und er muss viel trinken. Schickt zu einem Apotheker, damit er euch einen Trank aus Eisenkraut, Nelkenwurz und Kamille mischt. Den müsst ihr ihm so oft wie möglich einflößen. Fieber ist gut, aber wenn es zu hoch wird, bereitet ihm Wadenwickel.« Er warf einen letzten Blick auf Jakob, ehe er sich zum Gehen wandte. »Ich komme jeden Tag vorbei, um ihm die Verbände zu wechseln«, versprach er. »Lass nach mir schicken, falls sich sein Zustand verschlechtert.«

»Verschlechtert?«, hauchte Franziska. Was sollte sich an Jakobs Zustand noch verschlechtern? Er sah jetzt schon aus, als wäre er kaum mehr am Leben. Sein Gesicht war totenbleich, die Lippen blau. Sein Atem ging flach und stoßweise.

»Wenn er die nächsten drei Nächte überlebt, wird er vermutlich wieder gesund«, sagte Simon. Er schenkte Franziska zum Abschied ein aufmunterndes Lächeln, dann verließ er die Kammer.

»Ich gehe zum Apotheker«, bot der Knecht an, der Simon geholfen hatte, Jakob zu tragen.

Franziska nickte dankbar.

»Und du kommst mit zum Hauptmann!«, befahl der Nachtwächter. »Dein Vetter scheint in guten Händen zu sein.«

»Ich muss bei ihm bleiben!«, protestierte sie.

Aber der Soldat schüttelte mit grimmiger Miene den Kopf. »Es sieht so aus, als wollte jemand deinen Vetter umbringen. Der Hauptmann wird solch einen brutalen Überfall auf einen Bürger dieser Stadt nicht auf sich beruhen lassen. Wenn du willst, dass die Täter gefasst werden, musst du ihm seine Fragen beantworten.« Sein Blick wurde drohend. »Oder willst du, dass man annimmt, du hättest etwas damit zu tun gehabt?«

»Ich hatte nichts damit zu tun«, keuchte Franziska auf. Die Angst, die sie nur zu gut kannte, griff wieder nach ihrem Herzen. »Wie könnt Ihr so etwas nur denken?«

»Dann komm!« Der Soldat bugsierte sie aus der Kammer auf den Gang hinaus. Flankiert von vier Männern verließ sie das Haus und fand sich wenig später bei der Wachstube am Marktplatz wieder.

»Wartet hier!«, befahl der Anführer der Truppe und betrat das Häuschen. Es dauerte nicht lange, bis er wieder ins Freie trat und den Männern ein Zeichen gab, Franziska in die Stube zu führen.

Dort blickte ihr der Mann entgegen, der Martin verhaftet und für immer aus ihrem Leben gerissen hatte. Die rote Feder an seinem Helm wippte auf und ab, als er auf sie zukam und sich vor ihr aufbaute. »Was hast du zu dem Überfall zu sagen?«, fragte er. »Wer waren die Männer, die dir und deinem Vetter aufgelauert haben?«

Franziska kämpfte den Drang nieder, auf dem Absatz kehrtzumachen und aus der Wachstube zu fliehen, da sie damit alles nur noch schlimmer gemacht hätte. Ihr Herz hämmerte bis zum Hals. Was, wenn der Hauptmann sie erkannte?

Er schien jedoch lediglich ungeduldig zu werden, da sie nicht sofort antwortete. »Hörst du schlecht, Bursche?« Er packte sie grob bei den Schultern. »Hast du die Kerle erkannt?«

Die Lähmung fiel von Franziska ab. Wenn sie sich nicht zusammenriss, machte sie sich verdächtig, und das durfte auf keinen Fall passieren. »Ich weiß nicht«, sagte sie leise. »Es ging alles so schnell.«

»Kannst du sie beschreiben?«

Sie schüttelte den Kopf. »Sie waren alle groß, fast so groß wie Jakob oder er.« Sie zeigte auf einen der Soldaten. »Sie hatten Knüppel dabei und Messer.« Die Erinnerung ließ sie schaudern. »Sie wollten Jakob töten.«

»Hat dein Vetter Feinde?«, wollte der Hauptmann wissen.

Sie schüttelte den Kopf. Was sollte sie ihm auch antworten? Dass sie und Jakob Mitglieder einer »Kanzlei« gegen den Herzog waren und versuchten zu beweisen, dass er für Moritz Wellings Tod verantwortlich war? Dass sie kein Knabe war, sondern die Tochter eines verurteilten Verbrechers?

»Derlei Vorkommnisse beginnen allmählich überhand zu nehmen«, brummte der Hauptmann. »Vermutlich ist es immer dasselbe Gesindel.«

Franziska sah ihn fragend an.

»Das war bereits der dritte Überfall in dieser Woche.«

»Aber …«, hob sie an, verstummte jedoch wieder. »Was wollt Ihr unternehmen, um die Täter dingfest zu machen?«, fragte sie.

Der Hauptmann zuckte mit den Schultern. »Hoffen, dass sie uns früher oder später ins Netz gehen.« Mit diesen Worten entließ er Franziska, die von einem der Nachtwächter zurück zu Jakobs Haus begleitet wurde.

Dort ging sie mit schwerem Herzen zurück in Jakobs Kammer und kniete sich neben sein Bett, um das zu tun, was Simon ihr geraten hatte: für sein Leben zu beten. Sie wusste nicht, ob all das Leid eine Bewährungsprobe oder eine Strafe Gottes war. Doch vielleicht hatte Gott irgendwann ein Einsehen mit ihr und Jakob. Auch wenn sie schon lange nicht mehr auf Gnade zu hoffen wagte, betete sie mit aller Kraft um Vergebung.

Achtundfünfzig

Sabina von Bayern vergewisserte sich ein letztes Mal, dass ihre Hofdamen alle Gewänder eingepackt hatten, bevor sie in einen pelzverbrämten Mantel mit einer warmen Kapuze schlüpfte. Der Morgen war klirrend kalt, die Pferde im Hof dampften weithin sichtbar. Auf ihren Befehl hatten die Bediensteten mehrere Kutschen angespannt, da sie an diesem Tag mit ihrem Hofstaat nach Urach aufbrechen wollte. Ihre Tochter hatte sie bereits mit der Amme vorausgeschickt, solange Ulrich sich noch auf der Jagd befunden hatte. So wollte sie verhindern, dass er sie davon abhielt, das Kind mitzunehmen. Sie traute ihm alles zu. Da sie nicht wusste, wann er von der belauschten Beichte erfahren würde, wagte sie nicht länger, in Stuttgart zu bleiben.

Ihr Diener hatte die Magd immer noch nicht ausfindig gemacht; es schien, als hätte sich das Mädchen in Luft aufgelöst. An manchen Tagen hoffte Sabina, dass sich eine einfache Lösung für das Problem finden ließ, an anderen fragte sie sich, ob sie nicht einen gewaltigen Fehler gemacht hatte.

Spitze Schreie und ein Rütteln an ihrer Tür ließen sie die Magd vergessen und nach einem Brieföffner greifen. »Mach auf!«, ertönte Ulrichs Stimme. »Sofort!«

Einen Augenblick spielte Sabina mit dem Gedanken, ihn zu ignorieren. Allerdings traute sie ihrem Gemahl zu, dass er den Wachen befahl, ihre Tür einzutreten. Deshalb durchmaß sie den Raum mit einem Seufzen, um ihm zu öffnen. Den Brieföffner hielt sie dabei demonstrativ vor ihrem Bauch in der Hand. »Ulrich«, begrüßte sie ihn mit einem falschen Lächeln. »Was verschafft mir die Ehre so früh am Morgen?«

»Hör auf mit dem Gesäusel!«, fuhr er sie an. »Wohin willst du?«

»Nach Urach, wohin sonst?«, gab sie kühl zurück.

»Du wirst hierbleiben!«

»Nein, das werde ich nicht.« Sie ließ demonstrativ den Finger über den Brieföffner gleiten.

Er verfolgte ihre Geste und schnaubte. »Willst du mir mit diesem Zahnstocher Angst machen?«

»Nein.« Sie schüttelte den Kopf. »Aber hiermit.« Sie zog einen Brief aus der Tasche, der das Siegel des Kaisers trug. Die Antwort auf ihre Nachricht war vor wenigen Tagen eingetroffen. Darin stand zwar nichts Eindeutiges, aber zwischen den Zeilen hatte sie herausgelesen, dass ihr Onkel eine Liebschaft des Herzogs nicht dulden würde.

»Was ist das?« Er streckte die Hand aus.

Sabina steckte den Brief hastig zurück in ihre Tasche. »Ein Brief meines Onkels. Es würde ihn ganz und gar nicht erfreuen, wenn du deine Gemahlin, seine Nichte, mit einer anderen Frau betrügst.«

»Hast du ihm etwa …«

»Versteh es als Warnung«, zischte Sabina. Sie fuchtelte mit dem Brieföffner in der Luft herum. »Und jetzt geh mir aus dem Weg! Ich fahre nach Urach, ob es dir passt oder nicht.«

»Hast du deinem Onkel auch von deinem Liebhaber erzählt?«, fauchte Ulrich.

»Mach dich nicht lächerlich!«

»Ich verbiete dir …«

»Du wirst mir überhaupt nichts verbieten!«, fiel Sabina ihm ins Wort. Auch wenn die dicke Ader auf seiner Stirn sie einen seiner Wutanfälle fürchten ließ, durfte sie sich von ihm nicht einschüchtern lassen. Sonst stand nicht nur ihr Leben, sondern auch das ihrer Tochter auf dem Spiel. »Solange du dich mit deiner Hure vergnügst, setze ich keinen Fuß mehr in dieses Schloss.« Sie kehrte ihm den Rücken zu und legte den Brieföffner zurück auf den Tisch. »Solltest du mit dem Gedanken spielen, dass mir ein Unfall zustoßen könnte, warne ich dich ausdrücklich. Mein Onkel würde einen Mordanschlag sofort durchschauen. Ganz zu schweigen von meinem Bruder.«

Ulrich biss die Zähne aufeinander. Es kostete ihn sichtliche Anstrengung, ihr nicht an die Kehle zu gehen.

»Leb wohl, Ulrich«, sagte Sabina, ehe sie ihn stehen ließ und sich auf den Weg in den Hof machte. Nachdem sie sich in die Kutsche hatte helfen lassen, gab sie den Männern, die sie begleiteten, ein Zeichen. Sekunden später setzte sich der kleine Zug in Bewegung. Aus dem Augenwinkel sah sie, wie Ulrich in den Hof stürmte und im Marstall verschwand. Doch zu ihrer Erleichterung tauchte er kurz darauf ohne Pferd wieder auf. Offenbar hatte er sich eines Besseren besonnen. Sie schloss die Augen und ließ den angehaltenen Atem entweichen, ohne auf die neugierigen Blicke ihrer Hofdamen zu achten. Sobald sie in Urach war, würde sie Dietrich zu sich rufen, um mit ihm zu besprechen, was vorgefallen war. Sie war immer noch nicht sicher, ob sie froh sein sollte, dass die Magd nicht aufzutreiben war. Je länger sie darüber nachdachte, desto mehr verwünschte sie sich für ihr unüberlegtes Tun. Falls die junge Frau wirklich gehört hatte, was sie behauptet hatte, war sie ihre beste Waffe im Kampf gegen ihren verhassten Gemahl. Sie lehnte sich zurück und verschränkte die Hände im Schoß. Vielleicht konnte ihr Geliebter ihr dabei helfen, den Fehler wiedergutzumachen.

Neunundfünfzig

Stuttgart, November 1513

Die nächsten Tage machte Franziska fast kein Auge zu. Krank vor Sorge um Jakob saß sie an seinem Bett, flößte ihm Arzneien ein und versuchte, das Glühen in seinem Körper mit Wadenwickeln zu lindern. Sie half Simon dabei, die Verbände zu wechseln, und erschrak jedes Mal über die furchtbaren Verletzungen, die Jakob davongetragen hatte.

»Es käme einem Wunder gleich, wenn er überlebt«, hatte Simon gesagt, und seitdem schien sich Jakobs Zustand immer weiter zu verschlechtern. Gelegentlich versuchte er, den Kopf zu bewegen, doch die Schmerzen mussten unerträglich sein. Simon hatte ihm etwas Mohnsaft verabreicht, damit er ruhig blieb, da jede Bewegung seine Heilung gefährdete.

Mit Tränen in den Augen blickte Franziska auf ihn hinab, auf die geschlossenen Augenlider und die dichten Wimpern, die ihn im Schlaf fast kindlich aussehen ließen. Ihre Gefühle für ihn verwirrten sie. Er war wie sie, auch seine Familie war der Pest zum Opfer gefallen, und sie fühlte sich ihm seltsam verbunden. Die Art, wie er sie zuletzt angesehen hatte, weckte ein Gefühl in ihr, das sie mit aller Kraft zu unterdrücken versuchte. Sie durfte sich nicht in ihn verlieben, das wäre ein furchtbarer Verrat an Martin gewesen. Außerdem fraß sie die Scham immer noch innerlich auf. Wenn Jakob erfahren hätte, was sie getan hatte, so hätte er sie ganz gewiss nicht mehr unter seinem Dach geduldet.

Sie wischte ihre Tränen fort und tauchte ein Schwämmchen in eine Schale mit Wasser, um ihm die Stirn damit abzutupfen. Der Verband um seinen Kopf wies schon wieder Blutflecken auf. Sie spürte, wie sich ihr Herz zusammenzog bei dem Gedanken, ihn zu verlieren. Er war ihr Freund. Sie kannte ihn genauso lange wie Martin. Wenn er auch noch starb … Ein Schluchzen stieg in ihr auf.

»Nicht weinen.« Die Worte waren so leise, dass sie kaum zu hören waren.

Sie ließ den Schwamm sinken. »Jakob?«

Seine Lider flatterten, dann schlug er die Augen auf. »Franzi.« Ein schwaches Lächeln huschte über sein Gesicht. »Was ist passiert?«

»Du darfst nicht sprechen«, flüsterte sie und legte ihm sanft die Hand auf die Wange. Sein Fieber schien gesunken zu sein.

»Mein Kopf …«

»Nicht bewegen!« Sie hielt ihn davon ab, den Kopf zu heben. »Du bist beinahe gestorben. In deinem Kopf ist ein Loch.«

»Oh!« Er schloss die Augen wieder.

Einen Moment dachte Franziska, er sei eingeschlafen, doch dann blinzelte er erneut. »Der Friedhof«, murmelte er.

Franziska nickte. »Man hat uns aufgelauert. Diese Mistkerle haben dich fast totgeschlagen.« Sie schluckte den Kloß in ihrem Hals hinunter. »Aber Simon und ich lassen nicht zu, dass du stirbst!«

»Lutz«, hauchte er.

»Lutz?«

»Von Ehingen.«

Franziska erstarrte. War der Sohn des Mannes, den sie beinahe noch mehr hasste als den Bürgermeister, einer der Kerle gewesen, die sie überfallen hatten? »Hast du ihn erkannt?«, fragte sie.

»Ja.« Das eine Wort war kaum zu hören.

Franziska wartete, dass Jakob noch etwas hinzusetzte, aber seine Atemzüge wurden wieder tiefer und länger.

Er war eingeschlafen.

Mit zitternden Händen drückte sie das Schwämmchen aus und tauchte es erneut in das kalte Wasser, um Jakobs Stirn zu kühlen. Was hatte Jakob mit Lutz von Ehingen zu schaffen gehabt? Und warum hatten Lutz und die anderen Männer ihnen aufgelauert? Es gab nur eine Antwort: Sie mussten etwas mit dem Mord an Moritz Welling zu tun haben. Vielleicht hatte Jakob recht und der Herzog hatte sich nicht selbst die Hände schmutzig gemacht. Wut stieg in ihr auf. Auch wenn er den Streich nicht selbst geführt hatte, machte ihn das dennoch zu demjenigen, der für den Tod ihres Vaters und ihres Verlobten verantwortlich war. Sie fühlte Jakobs Puls und fasste einen Entschluss. Sollte Jakob überleben, hatte sie keine andere Wahl.

Eine Woche später war Jakob zu Simons gewaltiger Verwunderung auf dem Weg der Besserung. »Ich habe keine Ahnung, mit welchem Teufel du im Bunde bist, mein Freund«, sagte er, als er erneut nach den Wunden sah. »Aber du scheinst mehr Leben zu haben als eine Katze.«

Jakob grinste schief. Inzwischen konnte er sich in den Kissen aufsetzen und einen seiner Arme bewegen. »Ich hatte einen Engel, der sich um mich gekümmert hat.«

Franziska senkte beschämt den Blick. Engel … wenn er gewusst hätte!

»Du wirst dich noch eine ganze Weile schonen müssen«, ermahnte ihn Simon, nachdem er ihm den Kopfverband gewechselt hatte. »Das Loch in deinem Dickschädel muss zuwachsen.«

»Keine Angst«, erwiderte Jakob. »Ich gehe so schnell nirgendwohin.« Er bedachte Franziska mit einem dankbaren Blick. »Wenn Franzi nicht wäre …«

»Ach, jetzt hör aber auf damit!«, fiel sie ihm ins Wort. »*Du* hast *mir* das Leben gerettet! Wenn du nicht gewesen wärst, hätten mich die Männer der Herzogin oder die des Herzogs längst gefasst und in irgendein Rattenloch geworfen, um mich dort verrotten zu lassen.«

»Franziska hat mir erzählt, was du ihr gesagt hast.« Simon setzte sich ans Fußende von Jakobs Bett. »Du hast Lutz von Ehingen bei dem Überfall erkannt?«

Jakob verzog das Gesicht. »Jetzt bin ich mir nicht mehr so sicher. Vielleicht war es nichts weiter als ein Fiebertraum.«

»Das glaube ich nicht.« Franziska schüttelte energisch den Kopf. »Für mich klang es nicht wie das Gerede eines Fiebernden.«

»Selbst wenn Lutz von Ehingen etwas damit zu tun hatte«, wandte Simon ein, »können wir nicht viel unternehmen. Er wird behaupten, Jakob sei nicht bei Sinnen. Und wenn die Stadtwächter dich fragen, woran du dich sonst noch erinnerst …« Er bedachte Jakob mit einem forschenden Blick.

»Werde ich ihnen keine große Hilfe sein«, seufzte er. »Ich bin mir nicht mal sicher, ob ich mich genau entsinnen kann, wie viele von den Kerlen auf mich eingedroschen haben.«

»Vielleicht sollten wir warten, bis du wieder auf den Beinen bist, ehe wir etwas unternehmen«, schlug Simon vor. »Die anderen und ich versuchen in der Zwischenzeit, mehr in Erfahrung zu bringen. Irgendjemand *muss* etwas wissen, das den Herzog belastet!« Er warf Franziska einen Blick zu. »Franziska kann dich so lange bei den ›Kanzleien‹ vertreten.«

»Was ist mit Ursula Thumb von Neuenburg?«, fragte Jakob.

»Ich halte es für keinen guten Einfall, zu versuchen, an sie heranzukommen«, warnte Simon. »Wenn sie den Herzog wirklich liebt, wird sie es ihm brühwarm erzählen. Und dann wird er alles daransetzen, jeden einzelnen von uns zu Fall zu bringen.« Er bearbeitete seine Lippe mit den Zähnen. »Wir dürfen die ›Kanzlei‹ nicht gefährden. Es geht nicht nur um Stuttgart, im ganzen Herzogtum sind Männer wie wir bereit, gegen den Herzog und seine verschwenderische Herrschaft aufzustehen.«

Franziska schluckte den Protest, der ihr auf der Zunge lag, hinunter. Sie würde den Entschluss, den sie gefasst hatte, noch an diesem Abend in die Tat umsetzen. Auch wenn es sie die Freiheit kosten konnte.

Sechzig

Als nach einem langen Tag an Jakobs Lager endlich die Sonne am Horizont sank, flößte Franziska ihm ein letztes Mal etwas Mohnsaft und Schafgarbentee ein, bevor sie seine Kammer verließ. »Sieh in einer Stunde nach ihm«, trug sie einer der Mägde auf, dann ging sie in den Anbau, in dem sie schlief, und zog die Männersachen aus. Hastig schlüpfte sie in ihr Kleid, verbarg ihr kurzes Haar unter einem dunklen Tuch und zog sich einen Mantel an. Mit wild klopfendem Herzen steckte sie einen Dolch in den Gürtel und machte sich auf den Weg zum Hoftor. »Ich komme bald wieder«, ließ sie einen Knecht wissen. »Lass das Tor unverriegelt, bis ich zurück bin.«

Der Mann nickte.

Als Franziska auf die Straße hinaustrat, lief ihr ein Schauer über den Rücken. Da sie die letzte Zeit ausschließlich in Verkleidung unterwegs gewesen war, kam sie sich in ihren Röcken seltsam verletzlich vor. Als Franz hatte sie nicht fürchten müssen, von den Stadtwachen oder den Männern des Herzogs erkannt zu werden, doch in ihrem jetzigen Aufzug würde man sofort sehen, wer sie war. Deshalb hielt sie sich dicht bei den Häusern, zog die Kapuze in die Stirn und lief leicht gebückt. So wirkte sie wie eine alte Frau, vom Leben gebeugt und harmlos.

Sie mied den Weg, der sie über den Marktplatz geführt hätte, und ging stattdessen am Wassergraben entlang zur Waag, um schließlich durchs Obere Tor die Innere Stadt zu betreten. Sie warf einen Blick zum Himmel, an dem die Sonne rot glühend ihren Weg zum Horizont fortsetzte. Wenn sie vor dem Schließen der Tore zurück bei Jakob sein wollte, musste sie sich beeilen.

Obwohl ihr vor Angst ganz schlecht war, machte sie sich auf zu dem Haus, das sie gehofft hatte, nie wieder betreten zu müssen. Dort angekommen, zögerte sie einen Augenblick, bevor sie all ihren Mut zusammennahm und den Türklopfer bestätigte.

Nichts rührte sich.

Erleichterung und Enttäuschung wechselten sich ab, doch Franziska war nicht bereit, so schnell aufzugeben. Erneut hob sie den schweren Klopfer an und ließ ihn fallen.

Wieder nichts.

Sie wollte gerade kehrtmachen, um sich zu ihrem zweiten Ziel an diesem Abend aufzumachen, als sich von drinnen Schritte näherten. Dann ging die Tür einen Spalt breit auf.

»Was willst du?«, fragte der Bedienstete, der Franziska offensichtlich von ihren vorherigen Besuchen erkannte. Verachtung lag in seinem Blick.

Sie versuchte, sich die Scham nicht anmerken zu lassen, reckte das Kinn und sagte: »Ich muss Ehingen sprechen!«

Der Mann schnaubte. »So, musst du das?«

»Ja«, erwiderte Franziska kühl. »Und wenn du keine Schwierigkeiten bekommen willst, solltest du ihm schleunigst sagen, dass ich hier bin, um ihn zu sehen!«

Unsicherheit stahl sich in den Blick des Bediensteten. Dennoch setzte er eine hochmütige Miene auf, schüttelte den Kopf und machte Anstalten, ihr die Tür vor der Nase zuzuschlagen.

Franziska stellte den Fuß in den Türspalt. »Wenn er mich nicht empfängt, gehe ich zur Wache!«, drohte sie.

»Er ist sehr beschäftigt.«

»Das ist mir gleichgültig. Sag ihm, dass ich ihn auf der Stelle sprechen will! Sonst komme ich mit den Stadtwächtern zurück.« Sie hoffte, dass der Mann ihre Lüge nicht durchschauen würde.

»Warte hier!«, knurrte er widerwillig und schlug die Tür zu.

Franziskas Angst verstärkte sich. Was, wenn sie sich durch ihr unbedachtes Handeln in eine Falle begab? Sie war allein, niemand wusste, wohin sie gegangen war. Es würde für Rudolf von Ehingen ein Leichtes sein, sie für immer verschwinden zu lassen. Sie schlang die Arme um sich. Und was würde geschehen, wenn er sich wieder an ihr vergehen wollte? Nicht nur die Erinnerung an seine widerlichen Berührungen, an die Demütigung und Entehrung ließ sie schaudern. Auch die Vorstellung, dass er ihr kurzes Haar entdecken könnte, bereitete ihr Bauchschmerzen. Einen Moment lang war sie versucht, kehrtzumachen und einfach fortzulaufen. Doch dann bestand die Gefahr, dass erneut ein Anschlag auf Jakobs Leben verübt wurde. Sie durfte nicht wegrennen wie ein Feigling.

Als eine Gruppe laut lachender Jünglinge in ihre Richtung kam, drückte sie sich an die Hauswand und hoffte, dass sie sie nicht bemerken würden. Wenn einer von ihnen Lutz von Ehingen war …

Das Quietschen der Türangeln ließ sie herumfahren.

»Der Herr will dich sehen«, brummte der Bedienstete. Ihm war deutlich anzusehen, dass er nicht begriff, warum er Franziska nicht davonjagen durfte wie einen streunenden Köter.

Franziskas Magen fühlte sich an, als machte er einen Überschlag, als sie dem Mann ins Haus folgte. Er führte sie über die breite Treppe ins Obergeschoss, wo sie an der Rundbogentür mit den aufwendigen Schnitzereien vorbeigingen, hinter der sich die protzige Stube befand. Darin schienen sich mehrere Männer aufzuhalten, da tiefes Stimmengewirr an Franziskas Ohr drang. Offenbar hatte Rudolf von Ehingen Besuch.

»Da rein!« Der Bedienstete öffnete die Tür zu einem kleineren Raum, dessen Einrichtung ebenso teuer war wie die der Stube. Auch hier gab es ein hohes Fenster, bunte Fliesen und mehrere Heiligenbilder an den Wänden. Franziskas Herz setzte einen Schlag aus, als ihr Blick auf ein Bett in der Ecke fiel.

Ohne ein weiteres Wort ließ der Mann sie allein, allerdings betrat wenige Augenblicke später ein wütend aussehender Rudolf von Ehingen den Raum. Er steckte in einem prächtigen Wams und schien ein wenig angeheitert zu sein. »Was willst du?«, stieß er ungehalten hervor. »Beeil dich, ich habe Gäste!«

Franziska unterdrückte den Drang, vor ihm zurückzuweichen, und biss die Zähne zusammen. Sie durfte sich ihre Furcht nicht anmerken lassen. Wenn er sie durchschaute, war sie so gut wie tot. »Ich will, dass Ihr Euren Sohn zurückpfeift«, sagte sie. Zu ihrem Verdruss zitterte ihre Stimme.

Rudolf von Ehingen kniff die Augen zusammen. »*Was* willst du? Was geht dich mein Sohn an?«

Franziska straffte die Schultern. »Euer Sohn hat zwei Freunden von mir aufgelauert und einen von ihnen so schwer verletzt, dass er fast gestorben wäre. Zum Glück hat er überlebt. Und er hat Euren Sohn erkannt.«

»Was redest du da für einen Unsinn?« Ehingen trat auf sie zu und stemmte die Hände in die Hüften.

»Euer Sohn weiß etwas über den Mord an Moritz Welling«, fuhr Franziska fort, ehe die Furcht ihr die Kehle so weit zuschnüren konnte, dass sie kein Wort mehr hervorbrachte. »Er weiß, dass mein Verlobter ihn nicht getötet hat.«

Rudolf von Ehingen blinzelte.

»Wenn Euer Sohn nicht aufhört, meinen Freunden nachzustellen, werde ich zur Stadtwache gehen und …«

Ehingen lachte. »Und was?« Er trat unvermittelt auf sie zu, packte sie bei den Schultern und schob sein Gesicht so nah an das ihre, dass sie den Wein in seinem Atem riechen konnte. »Du weißt gar nichts!«, zischte er. »Wenn du mir ernsthaft damit drohen willst, Lügen über meinen Sohn zu verbreiten, wirst du deine Dummheit bereuen.«

»Habt Ihr vor, mir etwas antun?«, fragte Franziska. Ihr Herz hämmerte so heftig, dass Ehingen es zweifellos hören musste. »Vergesst nicht, dass Ihr Gäste im Haus habt.«

»Ich werde mir ganz gewiss nicht selbst die Hände an dir schmutzig machen«, schnaubte er. »Du bist nichts weiter als eine Hure, die Tochter eines Verbrechers.«

Franziska hätte ihm am liebsten ins Gesicht gespuckt. »Mag sein«, erwiderte sie heftig. »Aber *Ihr* seid derjenige, der mich zur Hure gemacht hat. Wollt Ihr, dass die anderen Räte erfahren, wie Ihr mich benutzt habt?«

»Wen würde das schon interessieren?«

Franziska spürte, wie die Wut ihre Angst verdrängte. »Auch wenn Euch Euer Ruf gleichgültig ist, wollt Ihr wirklich riskieren, dass man Euren Sohn verhaftet und befragt? Unter der Folter hat schon so mancher etwas gestanden, was er nicht getan hat. Selbst unschuldige Männer«, setzte sie hasserfüllt hinzu.

»Du wirst es nicht wagen, dir dein dreckiges Maul über meinen Sohn zu zerreißen«, knurrte Rudolf von Ehingen. Er legte so unvermittelt die Hände um ihre Kehle, dass Franziska nicht vor ihm zurückweichen konnte.

»Lasst mich los!«, keuchte sie.

Aber er verstärkte den Druck weiter.

Einundsechzig

Die Todesangst verlieh Franziska ungeahnte Kräfte. Während Rudolf von Ehingen ihr immer weiter die Luft abschnürte, trat sie wie wild um sich und schlug auf ihn ein.

»Es war ein wirklich dummer Fehler hierherzukommen«, presste Ehingen hervor. Auf seiner Stirn pochte eine Ader.

Franziska rang verzweifelt nach Luft und trat heftig nach seinem Schienbein.

Er gab einen zornigen Laut von sich. »Du Miststück!«

Franziska trat erneut zu.

Sein Griff lockerte sich ein wenig.

Mit letzter Kraft befreite sie sich von ihm, duckte sich unter einem Schlag weg und taumelte zur Tür. Sie hatte sie fast erreicht, als er sie beim Kragen packte und zurückzerrte.

»Du wirst dieses Haus nicht lebend verlassen!« Seine Wut war furchteinflößend.

Ehe er die Hände erneut um ihren Hals legen konnte, zückte sie ihren Dolch und hielt ihn drohend von sich. »Bleibt mir vom Leib!«

Doch er zog ebenfalls ein langes Messer.

Da sich in diesem Augenblick Stimmen auf dem Korridor näherten, stieß Franziska mit dem Ellbogen gegen die Tür.

Augenblicklich ging Rudolf von Ehingen mit der Waffe auf sie los.

»Ehingen? Wo bleibt Ihr denn so lange?«, rief jemand auf dem Gang. »Seid Ihr da drin?«

Es klopfte an der Tür.

Franziska wusste, dass dies ihre einzige Chance war. Wenn der Mann weiterging, würde Rudolf von Ehingen sie aufschlitzen wie ein Stück Schlachtvieh.

»Er ist hier!«, rief sie. »Kommt nur herein!«

Ihr Gegenüber reagierte im Bruchteil eines Augenblicks. So schnell, dass sie kaum mit den Augen folgen konnte, verbarg er seine Waffe hinter dem Rücken und setzte ein krampfhaftes Lächeln auf.

Keinen Moment zu früh, ehe die Tür aufging und ein Mann mittleren Alters den Kopf in den Raum steckte.

Auch Franziska versteckte ihren Dolch.

»Ah.« Ein anzügliches Lächeln huschte über das Gesicht des Mannes. »Warum habt Ihr nicht gesagt, dass Ihr …« Er zeigte auf Franziska.

»O nein, hoher Herr«, beeilte sie sich zu sagen und zog die Tür weiter auf. »Ihr irrt Euch. Der ehrenwerte Rat von Ehingen war gerade auf dem Weg zurück in die Stube.«

Aus dem Augenwinkel sah sie, dass Rudolf von Ehingens Hand zuckte. Doch er hielt sich zurück.

»Alter Schwerenöter«, bemerkte der Mann mit einem Grinsen, als Franziska sich an ihm vorbei in den Korridor drückte. »Und wir dachten, Euch wäre vielleicht der viele Wein zu Kopf gestiegen.«

Franziska hörte ihn kichern, doch sie war bereits am Treppenabsatz. So schnell sie konnte, rannte sie ins Erdgeschoss und verließ das Haus in dem Moment, in dem Rudolf von Ehingen oben einen lautstarken Fluch ausstieß. Sie drehte sich nicht um. Mit gerafften Röcken floh sie zurück zum Oberen

Tor und den Wassergraben entlang, bis sie Jakobs Haus erreichte. Mehrmals sah sie sich dabei um, doch Ehingen schien es nicht gewagt zu haben, ihr Männer hinterherzuschicken. Hastig schlüpfte sie durch das Tor und verriegelte es hinter sich. Die Furcht saß ihr immer noch im Nacken. Wie hatte sie nur so unglaublich dumm sein können anzunehmen, dass sie mit ihrem Besuch etwas ausrichten würde? Anstatt die Gefahr von Jakob abzuwenden, hatte sie jetzt vermutlich alles nur noch schlimmer gemacht. Wenn Ehingen seinen Sohn nach dem Überfall fragte, würde der ihm sicher sagen, um wen es sich bei den Opfern gehandelt hatte. Und dann würde es nicht lange dauern, bis der nächste Hinterhalt auf Jakob wartete. Sie hätte sich am liebsten selbst geohrfeigt. Es wäre nur gerecht gewesen, wenn Ehingen sie erwürgt hätte. Dann könnte sie wenigstens niemanden mehr in Gefahr bringen.

Was für eine unglaublich dumme Gans sie war! Sie lauschte eine Weile auf die Geräusche der hereinbrechenden Nacht, dann ging sie in ihre Kammer, um wieder in die Männerkleider zu schlüpfen. Mit ihrem unüberlegten Besuch bei Rudolf von Ehingen hatte sie es für Franziska Hochperger für alle Zeit unmöglich gemacht, sich jemals wieder auf den Straßen von Stuttgart blicken zu lassen. Sie hatte gedacht, sie hätte nichts mehr zu verlieren. Aber während sie ihre Röcke zusammenlegte und die Beinlinge befestigte, wurde ihr klar, dass sie sich geirrt hatte.

Nur sie war daran schuld, dass Jakob um sein Leben kämpfen musste. Wäre sie nicht zu ihm gelaufen, als sie nicht gewusst hatte, wohin sie sonst fliehen sollte, läge er jetzt nicht verletzt und fiebernd in seinem Bett. Sie durfte nicht zulassen, dass er noch einmal zur Zielscheibe der Männer wurde, die ihren Vater und Martin auf dem Gewissen hatten. Kurz spielte sie mit dem Gedanken, sein Haus zu verlassen, aus der Stadt zu fliehen und irgendwo in der Ferne ihr Glück zu versuchen. Als

Franz drohten ihr vielleicht nicht ganz so viele Gefahren auf der Flucht. Doch ihr Herz zog sich schmerzhaft zusammen bei dem Gedanken, Jakob nie wiederzusehen. Sie hatte ihn gern. Er war ein guter Freund, ein … Sie wagte nicht, den Gedanken weiterzuspinnen, da sich die unwillkommenen Gefühle in ihr regten und sie dazu brachten, sich selbst zu verachten. Martin war ihr Verlobter gewesen. Er war noch keine drei Monate unter der Erde, doch diese Zeit kam ihr länger vor als ihr halbes Leben.

Mit einem Seufzen beschloss sie abzuwarten. Falls Jakob überlebte, würde er das Haus für sehr lange Zeit nicht verlassen können. Vielleicht vergaß Rudolf von Ehingen sie bis dahin. Sie verließ ihre Kammer wieder, um ins Haupthaus zu gehen und nach Jakob zu sehen. Auch in dieser Nacht würde sie ihn nicht allein lassen.

Am nächsten Morgen erwartete sie eine unangenehme Überraschung. Als sie den Hof verlassen wollte, um zum Markt zu gehen und beim Apotheker neue Arzneien zu holen, sah sie, dass etwa ein halbes Dutzend Männer in der Nähe von Jakobs Anwesen herumlungerte. Da sich das Hauptstätter Tor in unmittelbarer Nähe befand, konnten es Reisende sein, allerdings schienen sie wenig Interesse daran zu haben, sich weiter in die Stadt hineinzubegeben. Als einer von ihnen einen Schritt zur Seite machte, um einem Fuhrwerk auszuweichen, sah Franziska das Schwert an seinem Gürtel.

Die Furcht ließ sie mitten im Schritt innehalten. Was sollte sie tun? Hatten die Kerle vor, Jakob am helllichten Tag zu überfallen? Oder warteten sie darauf, dass er das Haus verließ? Sollte sie die Stadtwache holen? Sie trat in den Hof zurück und überlegte, was sie tun konnte. Würden sie ihr folgen, wenn sie sich auf den Weg zum Leonhardsplatz machte? Sie beschloss, am gegenüberliegenden Ende des Anwesens über die Mauer zu klettern, um zu Simon zu laufen. Auch wenn sie sich für ihr törichtes Verhalten schämte, würde er sicher Rat wissen.

Mithilfe einer Leiter und eines der Knechte gelang es ihr mühelos, auf die Mauerkrone zu klettern. »Lass niemanden in den Hof«, ermahnte sie den Mann. »Auf der Straße treiben sich ein paar von den Kerlen herum, die Jakob und mich überfallen haben.«

»Soll ich die Wache holen?«, fragte der Knecht.

Franziska schüttelte den Kopf. »Lass sie nur nicht ins Haus. Sag Jakob, was los ist, ich hole Hilfe.« Dann sprang sie auf der anderen Seite von der Mauer und lief zu Simon.

»Franziska!«, begrüßte der sie besorgt. »Geht es Jakob schlechter?«

»Nein, deshalb bin ich nicht gekommen«, erwiderte sie. Dann erzählte sie ihm von den Männern, die vor Jakobs Anwesen herumlungerten.

»Wieso ausgerechnet jetzt?«, fragte er verwundert. »Haben sie erfahren, dass Jakob noch lebt? Wollen sie ihn weiter einschüchtern?«

Franziska wich seinem Blick aus.

»Warst du schon bei der Stadtwache?«, hakte Simon nach.

Sie schüttelte erneut den Kopf.

»Dann sollten wir schleunigst dorthin. Danach sehe ich mir Jakobs Kopf noch mal an.« Er packte seine Tasche und ging voran zur Wache beim Marktplatz. Dort berichtete Franziska von den Kerlen, die sie gesehen hatte.

»Sind es dieselben Männer, die euch überfallen haben?«, wollte der Hauptmann wissen.

Sie zuckte mit den Schultern. »Ich weiß nicht, es war so dunkel und ich …«

»Schon gut«, unterbrach sie der Hauptmann. »Wir werden sie selbst befragen.« Er gab seinen Männern ein Zeichen, ihm zu folgen. Wenig später näherten sie sich Jakobs Haus.

Als die Kerle, die Franziska gesehen hatte, die Wachen entdeckten, stieß einer von ihnen einen Pfiff aus, woraufhin sie sich schleunigst in Richtung Hauptstätter Tor entfernten.

»Hinterher!«, befahl der Hauptmann.

Doch die Kerle waren bereits im Gewimmel beim Tor untergetaucht.

»Ich rate dir und deinem Vetter, Wachen einzustellen«, sagte der Hauptmann, als seine Leute unverrichteter Dinge zurückkehrten. »Falls man euch erneut belästigt, schickt sofort nach uns. Diese Art von Überfällen wird nicht geduldet!« Er nickte Franziska und Simon zu, dann machte er sich mit seinen Männern auf den Weg zurück zur Wache.

»Das ist vielleicht gar kein so schlechter Einfall«, stimmte Simon dem Vorschlag zu. »Vielleicht begreifen die Kerle dann, dass es keinen Sinn hat, Jakob einzuschüchtern. Derweil werden wir anderen weiter alles daransetzen, um mehr in Erfahrung zu bringen. Früher oder später finden wir heraus, ob der Herzog Moritz Welling selbst ermordet oder jemanden dafür bezahlt hat.«

Franziska schnaubte. Sie wusste ganz genau, wer für den Überfall und vermutlich auch für den Mord am Sohn des Bürgermeisters verantwortlich war. Allerdings konnte sie weder Simon noch Jakob von ihrem Besuch bei Rudolf von Ehingen erzählen. Jakob hatte den Sohn des herzoglichen Rates erkannt. Gewiss würde es den anderen bald gelingen, ihn des Verbrechens zu überführen, für das Martin und ihr Vater ihr Leben gelassen hatten. Jedenfalls hoffte sie das.

Zweiundsechzig

Sobald Simon das Haus wieder verlassen hatte, ging Franziska in Jakobs Kammer, um nach ihm zu sehen.

»Sind die Kerle weg?«, fragte er, als sie den Raum betrat.

Sie nickte. »Die Stadtsoldaten haben sie verjagt. Der Hauptmann hat gemeint, wir sollen Wachen einstellen.«

»Diese verdammten Mistkerle!«, schimpfte Jakob. »Hoffentlich halten sie sich in Zukunft von hier fern.«

»Das hoffe ich auch«, seufzte Franziska.

Jakob richtete sich in den Kissen auf und bedachte sie mit einem forschenden Blick. »Ist sonst noch etwas vorgefallen? Du bist ja weiß wie die Wand.«

Franziska spürte, wie das Blut aus ihrem Gesicht wich. Auf keinen Fall durfte er erfahren, was sie getan hatte, wo sie letzte Nacht gewesen war. Sie schüttelte den Kopf. »Ich mache mir Sorgen um dich«, sagte sie. Das war nicht einmal gelogen, da ihre Gedanken unablässig um Rudolf von Ehingen kreisten. Er würde ganz gewiss keine Ruhe geben, bis er ihrer habhaft geworden war. Wenn er herausfand, wo sie wohnte, war sie so gut wie tot. Und Jakob vermutlich auch.

»Das brauchst du nicht«, versuchte Jakob, sie zu beruhigen. »Simon hat gemeint, das Schlimmste sei überstanden. Es wird noch eine Weile dauern, bis alle Knochen wieder heil sind ...« Er zuckte mit den Schultern. »Aber der Hauptmann hat recht. Schick einen der Knechte, am besten Dietz, er soll ein paar Männer einstellen, die das Haus bewachen, vielleicht ertappen sie die Kerle auf frischer Tat und sie wandern ins Loch.«

Franziska bezweifelte, dass so etwas passieren würde. Dazu waren Rudolf von Ehingen und sein Sohn viel zu gerissen.

»Keine Angst, die anderen werden herausfinden, wer für den Mord verantwortlich ist«, setzte Jakob hinzu. »Und dann werden die Richtigen bestraft ...« Er brach den Satz ab.

Franziska wusste, dass er an Martin und ihren Vater dachte. Sie biss die Zähne zusammen, um die Trauer zu unterdrücken. Sie durfte jetzt alles sein, nur nicht schwach. Sie hoffte inständig, dass die Mitglieder der »Kanzlei« mehr Glück hatten als sie; wenn nicht, war alles umsonst gewesen. Dann würden Rudolf von Ehingen und sein Sohn ungeschoren davonkommen.

Jakob seufzte. »Wenn ich mich doch nur besser an den Überfall erinnern könnte! Je länger ich darüber nachdenke, desto mehr zweifle ich an dem, was ich gesehen habe.«

»Das darfst du nicht!« Franziska griff nach seiner Hand. »Es *war* Lutz von Ehingen.«

»Hast du ihn auch erkannt?«

»Nein.« Sie ließ seine Hand wieder los, da die Berührung ihr plötzlich unangenehm war. »Aber ich bin sicher, du hast dich nicht getäuscht.«

Jakob fasste sich vorsichtig an den Kopf. »Vielleicht bilde ich mir das ja alles nur ein. Immerhin haben die mir einen ordentlichen Schlag verpasst.«

»Sie haben dich fast umgebracht.«

Er lächelte schief. »Wie gut, dass ich so einen dicken Schädel hab.«

Franziska erhob sich. »Du solltest dich ausruhen. Simon sagt, du darfst dich nicht anstrengen.«

»Es strengt mich nicht an, mit dir zu reden.«

»Ich kümmere mich um die Wachen. Schlaf ein bisschen!«

»Ich bin nicht müde.« Er griff nach ihrer Hand, aber sie zog sie zurück, ehe er sie zu fassen bekam.

»Schlaf!«

»Franzi, warte«, bat er, als sie Anstalten machte, die Kammer zu verlassen. »Ich …«

Sie sah ihn fragend an.

»Versprich mir, auf dich aufzupassen. Geh nie allein aus dem Haus, solange diese Kerle nicht gefasst sind.«

Sie schlug die Augen nieder und hoffte, dass er ihr nicht ansehen konnte, wie unwohl sie sich in ihrer Haut fühlte.

»Franzi?«

»Ich verspreche es«, erwiderte sie, obwohl sie schon in diesem Moment sicher war, dass sie ihr Wort nicht halten würde. Ganz gleich, wie sehr sie den Mitgliedern der »Kanzlei« vertraute, sie durfte und würde sich nicht nur auf sie verlassen. Sie schenkte Jakob ein letztes Lächeln, dann ließ sie ihn in seiner Kammer allein und machte sich auf die Suche nach dem Knecht Dietz.

»Wir müssen Wachen einstellen«, erklärte sie, als sie vor dem Stall den Mann fand, der ihr über die Mauer geholfen hatte.

Der Knecht legte das Zaumzeug, das er ausgebessert hatte, beiseite und nickte erleichtert. »Eine weise Entscheidung«, murmelte er. »Ich kümmere mich darum.«

»Kennst du jemanden, dem wir vertrauen können?«, fragte Franziska. Sie hatte Angst, dass sich vielleicht Handlanger von Rudolf von Ehingen in Jakobs Haus einschleichen könnten, um zu beenden, was ihnen auf offener Straße nicht gelungen war.

»Meine fünf Schwäger«, war die Antwort. »Auf sie ist Verlass. Jetzt, wo die Weinlese vorbei ist, suchen sie bestimmt neue Arbeit.«

»Soll ich mitkommen?«, fragte Franziska.

Dietz schüttelte den Kopf. »Jakob braucht deine Hilfe sicher nötiger als ich.«

Obwohl Franziska ihm nur zu gern widersprochen hätte, machte sie kehrt, ging in das Gebäude, in dem sich ihre Kammer befand, und setzte sich dort aufs Bett. Was sollte sie jetzt tun? Sie konnte doch nicht einfach bloß herumhocken und untätig abwarten, was geschah! Sie nahm die Kappe ab und fuhr sich mit einem Stöhnen durch ihr kurzes Haar. Was konnte sie unternehmen, ohne Jakob erneut in Gefahr zu bringen?

Nachdem sie eine Weile vor sich hin gestarrt hatte, kam sie wieder auf die Beine und trat ans Fenster, dessen Scheiben an einigen Stellen stumpf vor Schmutz waren. Geistesabwesend wischte sie mit dem Ärmel über die blinden Stellen und sah in den Hof hinab. Als ihr Blick dabei auf ihr Spiegelbild fiel, kam ihr ein Einfall, der so kühn und gleichzeitig so dumm war, dass ihr ein kurzes Lachen entfuhr.

»Vollkommen verrückt«, murmelte sie, schüttelte den Kopf und kehrte dem Fenster den Rücken. Doch der Gedanke ließ sie nicht los. Rudolf von Ehingen und die Männer, die Jakob und sie überfallen hatten, würden Franziska Hochperger und vielleicht auch Jakobs Vetter, den Kleinen Franz, wiedererkennen. Was, wenn sie sich von Jakob andere Kleider und Geld lieh und sich in einer der Tavernen unter die Spieler mischte? Würden die Kerle bei einem fein gekleideten Jüngling Verdacht schöpfen? Sie war sich fast sicher, dass keiner der Männer sie in der Nacht des Überfalls genau gesehen hatte.

Sie nahm ihre Kappe und drehte sie nachdenklich hin und her. Jakob würde ihr niemals gestatten, sich in Gefahr zu begeben. Schließlich hatte auch er versucht, von Martins Zech- und Spielkumpanen etwas in Erfahrung zu bringen, was zu dem ersten Überfall auf ihn geführt hatte. *Und wenn ich ohne sein Wissen handle?*, dachte sie. Die Vorstellung, ihn zu belügen, bereitete ihr Magenschmerzen. Doch je länger sie darüber nachdachte, desto klarer wurde ihr, dass es ihre einzige Chance war. Sie warf die Kappe aufs Bett und setzte sich erneut auf die Matratze. Ihr Verstand riet ihr, sich auf die anderen Mitglieder der »Kanzlei« zu verlassen, aber ihr Gefühl drängte sie, die Sache trotz aller Furcht in die eigenen Hände zu nehmen. Wenn sie es richtig anstellte, würde niemand sie erkennen. Und wenn sie vorsichtig genug vorging, erzählte ihr vielleicht jemand freiwillig, was sie wissen wollte. Obwohl der Gedanke, sich ein weiteres Mal direkt in die Höhle des Löwen zu begeben, Übelkeit in ihr aufsteigen ließ, erhob sie sich schließlich wieder und machte sich zurück auf den Weg ins Haupthaus.

Dort schlich sie sich in den kleinen, an Jakobs Schlafkammer angrenzenden Raum, in dem er seine Kleidertruhen und andere Dinge aufbewahrte. Auf Zehenspitzen huschte sie über die Dielen, öffnete einen Deckel nach dem anderen, bis sie schließlich das Richtige fand. Behutsam faltete sie die Sachen zusammen und hielt die Luft an, als Jakob nebenan hustete. Kurz darauf verstummten die Geräusche jedoch wieder, und Franziska wagte es, zurück zur Tür zu schleichen. Vorsichtig lugte sie den Gang entlang; vom Gesinde war weit und breit nichts zu sehen.

Mit einem erleichterten Aufatmen brachte sie die Kleider ins Nebengebäude und breitete sie auf ihrem Bett aus. Nachdem sie die Tür von innen verriegelt hatte, schlüpfte sie hinein und betrachtete sich in der halb blinden Fensterscheibe. Ein kecker Jüngling in einem Samtwams, einer modischen Kappe und zweifarbigen Hosen blickte ihr entgegen. Wenn sie sich die Wangen mit etwas Ruß färbte, würde jeder sie im schummrigen Licht eines Gasthauses für den Spross einer der Familien der Ehrbarkeit halten. Sie verzog das Gesicht zu einer Grimasse. Bis vor Kurzem *war* sie sehr wohl Mitglied einer ehrbaren Familie gewesen, doch diese Zeiten waren längst vorbei.

Sie zog die Kleider wieder aus, versteckte sie unter dem Bett und überlegte, wie sie Jakob etwas Geld stehlen konnte. Wenn sie sich unter die Zecher und Spieler mischen wollte, durfte sie wohl kaum mit ein paar Pfennigen daherkommen. Ihr Einsatz musste glaubwürdig sein, auch wenn sie keine Ahnung hatte, wie man spielte.

Dreiundsechzig

Als der Knecht einige Stunden später mit seinen Schwägern zurückkehrte, war Franziska einerseits erleichtert, andererseits fürchtete sie, dass ihr Vorhaben durch die Männer erschwert werden könnte. Da sie das Haus nicht durchs Hoftor verlassen wollte, würde sie den Weg über die Mauer nehmen müssen. Allerdings bestand die Gefahr, dass die Wachen ihre Leiter entdeckten und sie wegnahmen, bevor sie aus der Stadt zurückkehrte. Einen Augenblick überlegte sie, Jakob einzuweihen, ihm zu sagen, was sie vorhatte. Doch sie wusste genau, dass er sie davon abhalten würde. Immerhin hatte er ihr ein Versprechen abgenommen, das sie im Begriff war zu brechen. Ganz sicher würde er die Männer anweisen, sie nicht ohne Begleitung in die Stadt gehen zu lassen.

Während die Gedanken in ihrem Kopf wild durcheinanderwirbelten, machte sie sich auf zu Jakobs Kontor, das sie allerdings verschlossen vorfand. Den Schlüssel trug er für gewöhnlich bei sich, fiel ihr ein, vermutlich lag er auf dem Tischchen, das neben seinem Bett stand. Obwohl sie keine Ahnung hatte, wie sie es bewerkstelligen sollte, beschloss sie, den Schlüssel an sich zu bringen. In seinem Kontor bewahrte

Jakob das Geld auf, das er für die Bezahlung von Fuhrleuten und Tagelöhnern benötigte.

Mit einem Gewissen, das bereits jetzt schwer war wie Blei, verharrte sie einige Momente vor der Tür von Jakobs Kammer, ehe sie mit einem Seufzen den Knauf drehte. Zu ihrer Erleichterung schien er fest zu schlafen, da seine Atemzüge tief und gleichmäßig waren. So leise sie konnte, ging sie zu dem kleinen Tisch, fand nach einigem Suchen seine Geldkatze und öffnete sie. Darin waren nicht nur etwa zwanzig Gulden, sondern auch der Schlüssel, nach dem sie gesucht hatte. Mit spitzen Fingern fischte sie ihn aus dem Beutel, steckte außerdem fünf Gulden ein und legte alles wieder so hin, wie sie es vorgefunden hatte. Dann ging sie auf Zehenspitzen zurück zur Tür.

»Franzi?«

Sie fuhr zusammen und unterdrückte nur mit Mühe einen erschreckten Ausruf.

»Ich bin wach.« Jakob rieb sich mit einem Gähnen die Augen und stemmte sich in den Kissen hoch. »Geh nicht.«

Sie spürte, wie ihr das Blut ins Gesicht schoss, und war sicher, ihre Ohren leuchteten feuerrot. »Ich wollte nur kurz nach dir sehen«, log sie. Mit einem aufgesetzten Lächeln wandte sie sich ganz zu ihm um, als ihr ein Einfall kam. »Simon hat gesagt, du sollst mehr von der Arznei nehmen.« Sie zeigte auf eine kleine Flasche mit dem Mohnsaft gegen Jakobs Schmerzen. Außerdem machte der Trank müde, und sie hoffte, dass er bis zum nächsten Tag durchschlafen würde, wenn er noch etwas davon nahm. Vielleicht hätte sie bis dahin genug Geld gewonnen, um ihm alles zurückzugeben.

»Bleibst du dann noch ein bisschen?«, fragte er.

Sie nickte. Warum nicht? Es war noch zu früh, sich aus dem Haus zu stehlen, und das Kontor konnte warten. Jetzt, wo sie den Schlüssel hatte … Sie entkorkte die Flasche, gab ein paar Tropfen von der Arznei in einen Becher mit verdünntem Wein und half

Jakob beim Trinken. Dann setzte sie sich auf einen Schemel neben dem Bett und versuchte, das Kribbeln in ihrem Inneren zu ignorieren. Er sah so unglaublich verletzlich aus in dem großen Bett. Die Blutergüsse in seinem Gesicht schillerten in allen Farben des Regenbogens, und der riesige Verband um seinen Kopf verlieh ihm das Aussehen eines Reisenden aus dem Morgenland.

»Ich habe von früher geträumt«, sagte er, nachdem er den Becher geleert hatte.

»Von früher?« Franziska sah ihn fragend an.

»Als wir Kinder waren.«

»Nicht!« Sie hob abwehrend die Hand. Sie wollte und konnte keine Geschichten hören, die ihre Wunden wieder aufreißen würden. »Ich will nicht mehr an früher denken«, sagte sie.

Jakob schien zu begreifen, da er betreten den Blick senkte. Nach einigen Augenblicken des Schweigens blinzelte er müde. Der Mohnsaft schien seine Wirkung bereits zu entfalten. »Es tut mir leid.« Er zuckte entschuldigend mit einer Schulter. Dann schloss er mit einem Seufzer die Augen, rutschte in den Kissen nach unten und fing kurz darauf an, leise zu schnarchen.

Erleichtert zog Franziska ihm die Decke bis ans Kinn, erhob sich und verließ seine Kammer. Auf dem Gang lauschte sie auf die Geräusche im Haus, auf das Klappern des Kochgeschirrs im Erdgeschoss und die Rufe, die von draußen hereindrangen. Da sich keine der Mägde im oberen Stockwerk befand, beschloss sie nach kurzem Zögern, gleich ins Kontor zu gehen. Je eher sie es hinter sich brachte, desto eher konnte sie Jakob seinen Schlüssel zurückgeben. Die fünf Gulden würde er vielleicht nicht vermissen, aber den fehlenden Schlüssel konnte sie ihm vermutlich nur schwer erklären.

Mit einem Gefühl der Beklemmung blieb sie vor der Tür stehen und schloss sie auf, ohne lange zu überlegen. Ihr Herz klopfte heftig, als sie in den dämmrigen Raum schlüpfte. Sie kam sich vor wie eine gemeine Einbrecherin. Nachdem sich ihr

Herzschlag ein wenig beruhigt hatte, sah sie sich um und ließ den Blick über die hohen Regale gleiten. Wie im Kontor ihres Vaters stapelten sich auch hier zahllose Papierrollen, in Leder gebundene Bücher und Kästen. Es roch nach Leder und dem Wachs, mit dem das Holz behandelt war. Der Raum war hoch und lang, die Decke wurde von dicken Eichenbalken getragen. Ein buntes Bleiglasfenster mit einem Blumenmuster ließ etwas Sonne herein, allerdings wurde das meiste Licht von der hohen Linde im Hof geschluckt.

Es dauerte nicht lange, bis Franziska eine eisenbeschlagene Truhe entdeckte, die sich halb hinter einem Schreibpult verbarg. Sie war mit einem schweren Vorhängeschloss gesichert. Ihre Hände zitterten, als sie den Schlüssel hineinsteckte, ihn drehte und den Deckel öffnete.

»Gütiger Gott!«, hauchte sie. Jakob war reicher, als sie gedacht hatte. Die Truhe war bis zum Rand gefüllt mit Gold- und Silbermünzen, von denen einige Prägungen trugen, die sie noch nie gesehen hatte. Obwohl sich alles in ihr dagegen sträubte, Jakob zu bestehlen, fasste sie tief hinein und steckte zwei Dutzend Gulden in ihre Tasche, ehe sie den Deckel wieder schloss. Mit so viel Geld sollte es ihr ohne Probleme gelingen, sich für jemanden auszugeben, der sie nicht war.

Während ihr die Münzen ein Loch in die Tasche brannten, schlich sie zurück in Jakobs Kammer, steckte den Schlüssel wieder in seine Geldkatze und bat ihn still um Vergebung für den Diebstahl. Ich gebe alles zurück, schwor sie sich, obwohl ein Teil von ihr daran zweifelte, dass das so einfach sein würde. Doch sie durfte nicht aufgeben, bevor sie angefangen hatte.

Mit einem Kloß im Hals machte sie sich wieder auf den Weg ins Nebengebäude, wo sie wartete, bis es endlich dämmerte. Nach einem einfachen Abendessen, das sie mit dem Gesinde in der Küche einnahm, verabschiedete sie sich und schlüpfte in ihre Verkleidung. Dann versteckte sie sich hinter einem kleinen

Werkzeugschuppen im Garten und sammelte einige Augenblicke Mut. Die Leiter stand zu ihrer Erleichterung noch dort, wo sie sie zurückgelassen hatte, vor Blicken geschützt durch die Rückseite des Stalls und einen Kirschbaum. Erst als sie sicher war, dass die Wachen noch im Haus waren, holte sie die Leiter, lehnte sie an die Mauer und kletterte flink hinauf. Auf der Mauerkrone angekommen, zog sie sie hoch und ließ sie auf der anderen Seite hinab. Als ihre Füße den Boden berührten, schloss sie für einen Moment die Augen und sandte ein Stoßgebet zum Himmel, dass sie ungesehen wieder in den Hof gelangen würde. Nachdem sie die Leiter versteckt hatte, zog sie ihre Kappe tief ins Gesicht und eilte zum Inneren Esslinger Tor, das bald geschlossen werden würde. Ihr war klar, dass sie sich damit den Rückweg abschnitt, doch ihr blieb ja keine andere Wahl. Zur Not konnte sie in einem Gasthof übernachten, Geld genug hatte sie dabei.

Außer Atem war sie wenig später am Tor, bei dem zu ihrer Erleichterung noch reger Verkehr herrschte. Handwerker strömten zurück in die Esslinger Vorstadt, Fuhrleute und anderes Volk in die Innere Stadt. Viele hatten den gleichen Weg wie Franziska, die sich für einen Umweg entschied, um den Marktplatz zu meiden. Vorbei am Spital beim Oberen Tor ging sie zum Graben und steuerte dann mit weichen Knien auf die Tavernen zu, in denen sich Martin offenbar häufig aufgehalten hatte. Einen kurzen Moment lang schwand ihr Mut, und sie war versucht umzudrehen, doch dann gewann ihre Entschlossenheit die Oberhand. Wenn sie ihr Ziel erreichen wollte, durfte sie sich nicht von ihrer Angst lähmen lassen.

Da sie nicht wusste, in welchem Gasthaus sich Lutz von Ehingen und Konrad Krafft aufhielten, suchte sie sich willkürlich eines der Häuser aus, durch deren geöffnete Fenster fröhliches Lachen drang. Obwohl es inzwischen empfindlich kalt war, schwitzte Franziska, als sie die Tür aufstieß und die dämmrige Schankstube betrat.

Vierundsechzig

Der Lärm, der ihr entgegenschlug, war ohrenbetäubend. Der Qualm eines Kamins mit schlechtem Abzug lag in der Luft, so dicht, dass sie einige Male blinzeln musste, ehe sie sich an das Dämmerlicht gewöhnte. In der Schankstube befanden sich ausschließlich Männer, und plötzlich hatte sie das Gefühl, einen gewaltigen Fehler begangen zu haben. Sie machte einen Schritt rückwärts und wollte den Gasthof gerade wieder verlassen, als sich von hinten eine schwere Hand auf ihre Schulter legte.

Sie zuckte zusammen.

»Na, Bürschchen, fremd hier?« Der Mann, der sie um Haupteslänge überragte, grinste auf sie herab. Er musterte sie unverhohlen von Kopf bis Fuß und schien zufrieden mit dem, was er sah. »Suchst du nach ein bisschen Vergnügen?«

Franziska rang den Drang nieder, seine Hand abzuschütteln und davonzulaufen wie ein Hase. Stattdessen nickte sie tapfer.

»Dann bist du hier richtig.« Der Kerl schlug ihr kräftig auf den Rücken und brachte sie damit zum Husten.

Er lachte. »Willst du ein Spielchen wagen oder nur saufen?«

Franziska zuckte mit den Schultern.

»Hast du Geld?«

»Klar.« Sie bemühte sich um eine tiefe Stimme.

»Dann spiel mit uns. Wir brauchen noch einen Mann. Einer von uns musste leider frühzeitig gehen.«

Damit erntete er brüllendes Gelächter von den Umstehenden, die seine Worte gehört hatten. Sie beäugten Franziska mit etwas im Blick, das sie als Gier erkannte. Offenbar hatte sie die richtige Kleiderwahl getroffen, da die Männer sie eindeutig für ein leichtes Opfer hielten. *Bin ich das nicht auch?*, dachte sie und sah sich in der Runde um, zu der der Mann sie führte. Vermutlich würden die Kerle sie ausnehmen wie eine Weihnachtsgans, noch bevor sie den ersten Becher Wein geleert hatte.

»Setz dich!«, forderte einer von ihnen sie auf. Er rutschte zur Seite, um ihr Platz zu machen.

Voller Unbehagen folgte Franziska der Aufforderung und bemühte sich um eine steinerne Miene.

»Bring uns noch einen Krug Trollinger!«, brüllte der Hüne, der sich ihr gegenüber auf einen Stuhl fallen ließ. »Was willst du spielen?«, fragte er sie.

Sie zuckte mit den Schultern, da sie keine Ahnung hatte, was für Spiele es gab.

»Wie wäre es mit Würfeln?«, schlug der Mann neben ihr vor. Er hob einen Lederbecher auf und schüttelte ihn vor ihren Augen hin und her. »Die höchste Augenzahl gewinnt. Ganz einfach.«

Franziska verbarg ihre Erleichterung. Bei einem solchen Spiel gab es vermutlich nicht viele Möglichkeiten, Fehler zu machen. »Warum nicht?«, gab sie zurück. Auch wenn sie weder Lutz von Ehingen noch Konrad Krafft in der Schankstube entdeckt hatte, kannten die Männer die beiden vielleicht.

»Dann lass uns deinen Einsatz sehen!«

»Wie viel setzt ihr?«, wollte Franziska wissen.

»Keine Kupfermünzen«, war die Antwort.

»Ihr spielt um *Schillinge*?«

»Und um Gulden.« Die Männer lachten. »Ist das zu viel für dich?«

»Nein«, beeilte Franziska sich zu sagen und kramte einen Gulden aus ihrer Geldkatze. Das entsprach zwanzig Schillingen und brachte ihr anerkennendes Raunen ein.

»Du bist neu, du darfst anfangen.« Der Kerl neben ihr schob ihr den Becher zu, in dem sich drei Würfel befanden. Da Franziska oft genug gesehen hatte, wie die Knechte im Hof ihres Vaters würfelten, wusste sie, was zu tun war. Mit einer Hand verschloss sie den Becher, schüttelte ihn und knallte ihn dann auf den Tisch. »Dreizehn«, sagte sie stolz, nachdem sie den Becher gelüftet hatte.

»Nicht schlecht«, bemerkte der Mann, der rechts von ihr saß, wischte die Würfel vom Tisch zurück in den Becher und schüttelte ihn ebenfalls. Seine Augenzahl war eine magere Acht.

»Heute ist wohl nicht dein Glückstag«, bemerkte der nächste Spieler. »Sechzehn!«, rief er triumphierend aus, als er nach seinem Wurf den Becher hob.

»Du bist doch mit dem Leibhaftigen im Bunde«, brummte der Mann, der Franziska zu dem Tisch gebracht hatte, und machte ebenfalls einen Wurf. Allerdings schien auch ihm das Glück nicht hold zu sein. »Du gewinnst«, sagte er an den mit der Sechzehn gewandt, und schob alles Geld auf dem Tisch zu einem Haufen zusammen, den der Gewinner mit einem Grinsen einsackte.

»Moment mal!«, protestierte Franziska. »Ich hab nur einen Schilling gesetzt!«

»Hast du nicht«, war die Antwort. »Alles, was auf dem Tisch liegt, gehört zum Einsatz. Also hast du einen Gulden im Spiel gehabt.«

»Aber …«

»Wenn du dich nicht an die Regeln halten willst, bist du hier fehl am Platz«, sagte der Mann rechts von ihr mit einem drohenden Blick. »Betrüger können wir hier nicht gebrauchen.«

»Ich bin doch kein Betrüger!«

»Dann halt dich an die Regeln!«

Franziska überlegte einen Moment, ob sie protestieren sollte, doch sie sah ein, dass es keinen Zweck hatte.

»Spielst du noch eine Runde mit?«

»Ich muss erst wechseln«, antwortete sie und schob sich von der Bank. Noch einen Gulden durfte sie nicht verlieren, sonst waren ihre Mittel erschöpft, bevor sie überhaupt richtig angefangen hatte. Wütend über ihre eigene Dummheit bahnte sie sich einen Weg durch eine Gruppe von Trinkern zum Tresen. »Kannst du wechseln?«, fragte sie den Wirt.

Der zog die Brauen hoch. »Kommt drauf an.«

»Worauf?«

»Ob du etwas zu trinken bestellst oder nicht.«

»Aber die anderen …«

»Die anderen interessieren mich nicht«, fiel ihr der Wirt ins Wort. »Wenn ich dir Geld wechseln soll, dann bestell etwas zu trinken!« Er griff nach einem großen Krug Wein, goss einen Becher voll und schob ihn ihr hin. »Macht zwei Pfennige.«

Franziska schluckte den Widerspruch, der ihr auf der Zunge lag, suchte einen weiteren Gulden aus ihrer Geldkatze hervor und bezahlte den Wein. Mit dem Becher und dem Wechselgeld ging sie zurück zum Spieltisch.

Dort legte sie einen Schilling auf den Tisch, nippte an ihrem Wein und versuchte erneut ihr Glück. Tatsächlich gelang es ihr in dieser Runde, die höchste Augenzahl zu werfen, was ihr die stolze Summe von zwei Gulden einbrachte.

»Nicht schlecht«, kommentierte der Hüne. »Willst du den Einsatz erhöhen?«

Franziska schüttelte den Kopf und beschloss, die Frage zu wagen, die ihr seit Betreten der Schankstube auf der Zunge lag. »Eigentlich suche ich nach einem bestimmten Spieler. Kennt ihr Konrad Krafft?« Nach Lutz von Ehingen wagte sie nicht zu fragen.

Einige der Männer verschränkten abwartend die Arme vor der Brust. Ein anderer kniff die Augen zusammen.

»Sind wir dir nicht gut genug?«, fragte der Spieler neben ihr.

»Nein!« Franziska lachte gezwungen. Dann beugte sie sich vor, hielt die Hand neben den Mund und flüsterte: »Aber man hat mir gesagt, dass dort, wo dieser Spieler ist, um richtig hohe Einsätze gespielt wird.«

Der Hüne schnaubte. »Gerade war dir ein Gulden noch zu viel, und jetzt willst du plötzlich um höhere Einsätze spielen?« Er warf einen Blick in die Runde. »Das kannst du hier auch haben.«

Die anderen nickten, griffen in ihre Geldkatzen und legten Goldmünze um Goldmünze auf den Tisch.

Verdammt!, dachte Franziska. Dieser Vorstoß schien gründlich danebengegangen zu sein.

»Reicht dir das?«

Sie fuhr sich mit der Zunge über die plötzlich trockenen Lippen. Was sollte sie jetzt machen? Sie konnte wohl kaum kneifen, sonst würden die Kerle Verdacht schöpfen.

»Um wie viel willst du spielen?«, fragte ihr Nebenmann, als sie nicht antwortete. »Um alles, was du hast?«

Franziska schüttelte hastig den Kopf.

»Dann fangen wir mit einem Einsatz von zehn Gulden an«, entschied der Hüne.

Fünfundsechzig

Franziska spürte, wie ihr Herz raste. Zehn Gulden waren eine gewaltige Summe, die sie Jakob niemals würde zurückzahlen können. Wie sollte sie ihm erklären, was sie getan hatte, falls die Kerle ihr alles abnahmen? Einen Augenblick war sie versucht, aufzustehen und davonzulaufen, doch ein Blick in die Runde verriet ihr, dass die Männer jede ihrer Bewegungen beobachteten. Falls sie sich keine gewaltige Tracht Prügel einfangen wollte, musste sie so tun, als wäre alles in Ordnung.

Zu ihrem Verdruss zitterten ihr die Hände, als sie ihre Geldkatze aufschnürte und die Münzen auf den Tisch zählte.

»Aufgeregt?«, fragte einer der Männer mit einem Grinsen. »Hast den Mund wohl doch ein bisschen zu voll genommen?«

Die anderen lachten.

Franziska hatte Mühe, ruhig zu atmen, da ihr der Raum plötzlich viel zu heiß vorkam.

»Noch jemand?«, fragte der Hüne, da nicht alle Spieler gesetzt hatten.

»Das ist mir zu viel«, sagte ein Mann, der den Haufen Goldmünzen auf dem Tisch mit einem Kopfschütteln betrachtete. »Ich hatte nicht vor, heute Abend Haus und Hof zu verspielen.«

»Ich auch nicht«, pflichtete ihm ein anderer bei.

»Dann halt nur wir drei«, stellte der Mann zu ihrer Linken fest und griff nach dem Becher. Mit einer geschmeidigen Bewegung steckte er die Würfel hinein, schüttelte den Becher und warf. Doch anstatt den Becher zu lüften, hielt er die Hand darauf, bekreuzigte sich und murmelte etwas.

»Mach schon!«, drängten die anderen. »Lass sehen!«

Franziska wischte sich die feuchten Hände an der Hose ab und hätte fast selbst nach dem Becher gegriffen, um endlich zu sehen, welche Augenzahl sich darunter verbarg.

Doch bevor sie und die anderen die Geduld verloren, hob der Mann den Becher hoch und stieß einen triumphierenden Ruf aus.

Die Umsitzenden pfiffen durch die Zähne.

»Achtzehn«, sagte er mit einem breiten Grinsen. »Wollt ihr gleich aufgeben?«

Franziska spürte, wie ihr bittere Galle in die Kehle stieg.

»Du bist dran«, sagte ihr Nebenmann und schob ihr den Becher zu. Als er die Würfel vom Tisch aufhob, sah Franziska aus dem Augenwinkel, wie er sie mit einer blitzschnellen Bewegung in die Tasche steckte und andere Würfel hervorzog, die er in den Becher warf.

Den Männern am Tisch schien nichts aufgefallen zu sein, da ihr Blick auf Franziska gerichtet war.

»Mach schon!«, drängte der Kerl, der allem Anschein nach ein Falschspieler war.

Franziska biss sich auf die Lippe. Wenn sie ihn ohne Beweise vor seinen Freunden beschuldigte, würden sie ihr vermutlich nicht glauben. Ihr blieb nur übrig, gute Miene zum bösen Spiel zu machen und eine Gelegenheit abzuwarten, um ihn als Betrüger zu entlarven. Durch ihre Frage nach Konrad Krafft hatte sie sich selbst diese Suppe eingebrockt, die sie wohl oder übel würde auslöffeln müssen. Daher griff sie nach dem Becher, schüttelte ihn und warf.

»Das reicht leider nicht«, stellte ihr Nebenmann zufrieden fest. »Jetzt du, Lukas«, wandte er sich an den Hünen.

Allerdings blieb auch dessen Augenzahl hinter der des Falschspielers zurück.

»Noch mal?«, fragte der, nachdem er die Goldmünzen eingesammelt hatte.

»Ich nicht«, brummte Lukas. »Dein Glück ist mir unheimlich.«

»Ich schon«, sagte Franziska, da ihr ein Einfall gekommen war.

Er zog erstaunt die Brauen hoch. »Du hast Mut, Bürschchen«, meinte er anerkennend.

»Oder kein Hirn«, kommentierte einer der anderen Spieler.

»Der Gewinner fängt an«, sagte der Kerl neben ihr und tauschte wieder so geschickt die Würfel aus, dass Franziska es fast übersehen hätte. Nur weil sie wusste, in welcher Tasche er sie hatte verschwinden lassen, gelang es ihr, der blitzschnellen Bewegung mit den Augen zu folgen. Nachdem erneut ein Einsatz von zehn Gulden auf den Tisch gelegt worden war, würfelte er mit großer Geste und hatte wieder die maximale Punktzahl.

Bevor er jedoch nach den Würfeln greifen und sie erneut austauschen konnte, hob Franziska sie rasch vom Tisch auf und steckte sie mit einem dünnen Lächeln in den Becher.

Sie spürte, wie sich der Mann neben ihr versteifte. Während ihr das Herz in der Kehle hämmerte, warf auch sie und erreichte ebenfalls achtzehn Punkte.

»Unentschieden«, stellte Lukas erstaunt fest. »Das gab's noch nie.«

»Ich bin mir sicher, wenn wir weiterspielen, geht es genauso aus«, erwiderte Franziska. Jetzt, wo sie die Würfel hatte, konnte sie es wagen, den Mann zu beschuldigen. »Euer Freund spielt falsch.«

»Was?«

»Das ist eine gemeine Lüge!«, empörte sich der Betrüger. »Was soll das, du Rotzlöffel?« Er wollte Franziska den Becher und die Würfel entreißen, aber die anderen waren schneller.

»Gib her!«, knurrte der Hüne, griff nach dem Becher und nahm die Würfel in die Hand. »Heiliger Strohsack! Der Bursche hat recht!«, stieß er wütend hervor. »Die Würfel sind gezinkt! Lauter Sechsen, auf allen Seiten!«

»Das gibt's doch nicht!« Einer der Männer zückte ein Messer und setzte es dem Falschspieler an die Kehle. »Du hast uns die ganze Zeit betrogen.«

»Nein! Ich schwöre bei Gott, das war das erste Mal.«

»Und das sollen wir dir glauben?« Lukas erhob sich, packte Franziska beim Arm und zog sie von der Bank. Dann beugte er sich über ihren Nebenmann und zückte ebenfalls sein Messer. »Her mit der Geldkatze!«, knurrte er. Als der Kerl nicht reagierte, schnitt er sie ihm kurzerhand vom Gürtel, um ihren Inhalt auf den Tisch zu schütten. »Hier.« Er schob Franziska die verlorenen zehn Gulden zu, außerdem ihren Einsatz vom letzten Spiel.

Vor Erleichterung wurden ihr die Knie weich. Hastig steckte sie das Geld wieder ein und wich von dem Tisch zurück, da inzwischen auch die anderen Spieler aufgestanden waren. Vermutlich drohte dem Falschspieler eine Abreibung, die er so schnell nicht vergessen würde.

»Hoch mit dir!«, blaffte Lukas und zerrte den Betrüger auf die Beine. Dann schob er ihn unsanft auf den Ausgang zu.

Franziska beeilte sich, an ihnen vorbeizukommen, und war froh, als die Tür des Gasthofes hinter ihr zufiel. Im Freien atmete sie erst einmal tief durch, ehe sie sich so schnell sie konnte davonmachte. Während hinter ihr die Geräusche eines

Kampfes laut wurden, eilte sie die Straße entlang bis zu einem Gasthaus, das von außen etwas respektabler aussah. Die bunten Butzenscheiben waren hell erleuchtet, über der Tür hing ein Schild mit silbernen Beschlägen. Mehrere teure Pferde standen in einem Unterstand, in dem sich ein Junge darum kümmerte, sie zu füttern und zu tränken.

Vielleicht hatte sie hier mehr Glück.

Obwohl ihr Verstand ihr sagte, dass sie so schnell wie möglich kehrtmachen und in die Esslinger Vorstadt zurücklaufen sollte, straffte sie die Schultern und erklomm die Stufen zum Eingang.

Die Stube, die sie betrat, hätte kaum unterschiedlicher sein können als der verrauchte Gasthof, aus dem sie geflohen war. Der Raum war erhellt von zahllosen Kerzen, der Boden sauber gefegt. Es roch nach Braten und frischem Kraut, und hier saßen auch nicht nur Männer an den Tischen. Mehrere junge Frauen in farbenfrohen Kleidern leisteten den Besuchern Gesellschaft, waren jedoch erst auf den zweiten Blick als Hübschlerinnen zu erkennen. Zwei Musikanten spielten in einer Ecke muntere Lieder, begleitet vom Klatschen einiger Gäste. Obwohl Franziskas Kleider teuer waren, kam sie sich inmitten der herausgeputzten Gecken beinahe schäbig vor. Da sie außer den Huren keiner eines Blickes würdigte, suchte sie sich einen kleinen Tisch in einer Ecke, setzte sich und bestellte einen Becher Wein.

»Na? Ganz allein?«

Franziska schrak zusammen, als unvermittelt eine der Hübschlerinnen neben ihr auftauchte und ihr die Hand auf den Arm legte. Sie schüttelte sie mit einer hastigen Bewegung ab.

»Bist wohl schüchtern?« Die Hure lachte.

Zu ihrem Entsetzen erkannte Franziska eine der Frauen, die sie nach dem Tod ihres Vaters und ihres Verlobten über den Sohn des Bürgermeisters befragt hatte. Sie zog die Kappe tiefer in die Stirn und umklammerte ihren Weinbecher. »Lass mich in Ruhe!«, brummte sie.

»Ach, komm schon!« Die Hure kniff ihr in die Wange und fasste ihr in den Schritt.

Franziska stieß einen Schrei aus.

»Sieh mal einer an«, bemerkte die Frau mit einem misstrauischen Blick. »Was bist denn du für einer?«

Franziska sprang so abrupt auf, dass sie den Weinbecher umstieß und den Inhalt über den Tisch verschüttete.

»He! Bleib hier!«

Als Franziska durch die Stube zur Tür floh, wandten sich einige der Gäste neugierig zu ihr um.

»Das ist kein Mann!«, hörte sie die Hure rufen, allerdings schnitt die hinter ihr zuschlagende Tür alle anderen Geräusche ab.

Sechsundsechzig

»Gooooooooott!«, stöhnte sie, sobald sie weit genug gelaufen war, dass sie es wagen konnte, ihre Schritte zu verlangsamen. Wie hatte so etwas nur passieren können? Warum hatte sie die Frau nicht sofort verscheucht? Sie stemmte die Hände in die Seiten und rang nach Luft. Was hatte sie sich nur dabei gedacht, sich allein in den Gasthäusern herumzutreiben? Offensichtlich war sie nicht einmal den einfachsten Herausforderungen gewachsen. Sie verzog das Gesicht und versuchte, nicht an das Gefühl der fremden Hand zwischen ihren Beinen zu denken. Die Berührung hatte ein beinahe wohliges Frösteln ausgelöst, für das sie sich zutiefst schämte.

Mit einem Stöhnen sah sie sich in der dämmrigen Gasse um, in die sie gelaufen war, und überlegte, ob sie nicht lieber aufgeben sollte. Wenn sie doch nur einen Schleichweg in die Esslinger Vorstadt gekannt hätte! Zwar gab es irgendwo bei der Mauer zwischen Innerer Stadt und Vorstadt einen winzigen Durchgang, doch sie hatte keine Ahnung, wo der sich befand. Angeblich führte er zu einem schmalen Steg über den Wassergraben, von dem aus man den Nesenbach erreichen konnte.

Da sie fürchtete, im nächsten Wirtshaus noch mehr Pech zu haben als bisher, beschloss sie, das Wagnis auf sich zu nehmen und sich auf die Suche nach dem Durchgang zu machen. Ihr Plan war gescheitert. Allein würde sie niemals etwas ausrichten können.

Obwohl ein Teil von ihr sie dazu drängte, weiterzusuchen und kein Feigling zu sein, gewann ihre Vernunft die Oberhand. Nur durch eine glückliche Fügung hatte das Schicksal sie davor bewahrt, eine Unsumme an einen Falschspieler zu verlieren. Wer wusste schon, an wen sie als Nächstes geraten würde? Sie brauchte die Hilfe der anderen. Irgendwie würde sie ihnen klarmachen müssen, warum sie sicher war, dass Lutz von Ehingen und sein Vater etwas mit dem Mord am Sohn des Bürgermeisters zu tun hatten. Wie sie das anstellen sollte, wusste sie zwar noch nicht, aber ihr würde etwas einfallen. Jedenfalls hoffte sie das.

Nachdem sie eine Weile gewartet hatte, wagte sie es, die Gasse wieder zu verlassen und zum Oberen Tor zu laufen. Vorbei am Spital und der Stadtschreiberei huschte sie in Richtung Süden, wich zwei Nachtwächtern aus und erreichte schließlich die Gaisgasse. Dort standen schmale Häuser dicht an dicht und bildeten einen Teil der alten Stadtmauer, hinter der sich der Wassergraben befand. Irgendwo in der Nähe musste der Steg sein, den sie suchte. Da kaum Licht aus den Häusern auf die Straße fiel, war es so dunkel, dass sie mehr als einmal fast gestolpert wäre. Mit ausgestreckten Händen tastete sie sich an den Mauern entlang und blinzelte erleichtert, als vom Ende der Gasse her Lichtschein auftauchte. Um nicht gesehen zu werden, verkroch sie sich hinter einem kleinen Bretterverschlag, lugte jedoch neugierig hervor, als sich Hufschlag näherte. Zu ihrem Schrecken erkannte sie, dass es sich bei den Reitern um Soldaten des Herzogs handelte. Während sie die Luft anhielt, machte sie sich so klein wie möglich.

»Da vorn!«, hörte sie einen der Männer sagen.

»Warum willst du ausgerechnet hier dein Geld loswerden?«, fragte ein anderer. »Was ist an dem Hurenhaus beim Letzentor verkehrt?«

»Da sind zu viele andere«, brummte der, der zuerst gesprochen hatte. »Ich will die Weiber nicht mit so vielen teilen.«

Franziska machte sich noch kleiner, als sie keine fünf Schritte von ihr entfernt vorbeiritten und derbe Scherze austauschten. Es dauerte viel zu lange, bis sie endlich außer Sichtweite waren und sie sich wieder hinter dem Verschlag hervorwagen konnte. Obwohl die Dunkelheit ihr die Suche erschwerte, war sie plötzlich froh darüber. Dennoch prickelte es in ihrem Nacken, als würde sie beobachtet, als sie von einem Haus zum anderen schlich und schließlich einen kaum zwei Fuß breiten Weg entdeckte, der zum Wassergraben zu führen schien. Mit wild klopfendem Herzen zwängte sie sich zwischen den Häusern hindurch und erreichte kurz darauf tatsächlich einen Steg, der allerdings wenig vertrauenserweckend aussah. Obwohl es kalt war, stank das Wasser des Grabens erbärmlich. Sie rümpfte die Nase, als sie vorsichtig einen Fuß auf den Steg setzte. Die Bohlen gaben ein Ächzen von sich, schienen ihr Gewicht aber auszuhalten. Mit Mühe unterdrückte sie alle Gedanken an einen Sturz und tastete sich Schritt für Schritt bis zur anderen Seite vor.

Erleichtert ließ sie die Luft aus der Lunge entweichen und sah sich um. Zu ihrer Rechten ragte das Letzentor in den von einem Sichelmond schwach erhellten Nachthimmel, links von ihr zeichneten sich die Umrisse mehrerer großer Gebäude ab. Wenn sie sich nicht täuschte, mussten sich der Nesenbach und der Befestigungsturm vor ihr befinden, weshalb sie nicht lange zögerte und sich auf den Weg dorthin machte. Tatsächlich erreichte sie schon bald den Bach und sah in der Ferne die spitzen Dächer des Hauptstätter Tores auftauchen.

Jakobs Haus war jetzt nicht mehr weit.

Ich danke dir, gütiger Jesus, dachte sie. Dann schlich sie zur Rückseite von Jakobs Anwesen, fand nach einigem Suchen die Leiter und lehnte sie an die Mauer. So leise wie möglich kletterte sie nach oben. Behutsam zog sie die Leiter in die Höhe, ließ sie auf der anderen Seite hinab und spürte wenig später wieder festen Boden unter den Füßen. Sie war froh, dass Jakob noch keine Wachhunde im Hof hatte, auch wenn sie sicher war, dass sich das bald ändern würde. Als sie die Leiter hinlegen wollte, sah sie aus dem Augenwinkel unvermittelt Fackelschein aufleuchten.

»Wer da?«, ertönte eine Stimme.

Franziska erstarrte.

»Da drüben!«, hörte sie einen anderen Mann sagen. »Ein Einbrecher!«

Das Geräusch von Waffen, die gezogen wurden, hallte durch die Nacht.

Franziska sah sich hektisch um wie ein gefangenes Tier. Es gab keinen Fluchtweg, sie saß in der Falle. Wenn sie sich nicht zu erkennen gab, würden die neu eingestellten Wachen sie vermutlich grün und blau schlagen, wenn nicht gar Schlimmeres.

»Keine Bewegung!«, blaffte einer der fünf Männer, die in einem Halbkreis auf sie zukamen. Einer von ihnen trug eine Fackel, in den Händen der anderen blitzten Klingen auf.

»Fasst ihn!«

»Nein!« Franziska hob abwehrend die Hände. »Ich bin kein Einbrecher!«

Die Männer lachten.

»Holt euren Schwager! Er kennt mich«, setzte Franziska hastig hinzu, als einer der Kerle sie beim Schlafittchen packte und grob vom Boden hochhob. Zappelnd versuchte sie, sich aus seinem Griff zu befreien.

»Der lügt doch!«, knurrte ein anderer. »Wir sollten ihn den Wachen übergeben.«

»Nein!« Franziska konnte kaum mehr atmen, da der Knecht ihr die Luft abschnürte. »Ich bin Jakobs Vetter Franz.«

»Wer ist Jakob?«

»Der Hausherr, du Depp.«

»Und du willst sein Vetter sein?« Der Mann, der Franziska gepackt hatte, setzte sie wieder ab.

Sie rang keuchend nach Luft.

»Hol Dietz!«, befahl der Größte von ihnen, woraufhin sich einer der Männer in Bewegung setzte, um kurz darauf mit seinem Schwager zurückzukommen.

Dem war anzusehen, dass er aus dem tiefsten Schlaf gerissen worden war. Sein Haar war zerzaust, sein Hemd steckte nur halb in der Hose. Als er bei der Mauer ankam, kniff er die Augen zusammen und musterte Franziska von Kopf bis Fuß. »Franz?«

»Du kennst den Kerl?«

Er nickte. »Was tust du hier mitten in der Nacht?« Sein Blick fiel auf die Leiter. »Was soll das?«

»Ich wollte …« Franziska brach den Satz ab, da sie nicht wusste, was sie sagen sollte. Sie konnte den Männern nicht erklären, was sie getrieben hatte, da sie es sonst brühwarm Jakob erzählen würden. Daher senkte sie den Kopf und schwieg.

»Wolltest du über die Mauer klettern?«, hakte Dietz nach.

Franziska schwieg weiter.

»Was sollen wir mit ihm machen?«, fragte einer seiner Schwäger.

Dietz überlegte einige Augenblicke, dann zuckte er mit den Schultern und fasste Franziska beim Arm. »Das muss der Herr entscheiden«, antwortete er.

»Was hast du vor?«, fragte Franziska entsetzt.

»Dich zu Jakob bringen«, war die Antwort.

»Aber er darf nicht gestört werden!«, protestierte sie.

»Das hättest du dir überlegen sollen, bevor du dich benommen hast wie ein gemeiner Dieb.«

»Ich bin sein Vetter!«

Dietz zeigte sich unbeeindruckt. »Vetter hin, Vetter her, er muss wissen, was vorgefallen ist.« Mit diesen Worten schob er Franziska vor sich her aufs Haus zu. »Ihr haltet weiter Wache!«, befahl er den anderen Männern. »Und schließt die Leiter im Schuppen ein.«

»Lass mich los!«, forderte Franziska, aber der Knecht dachte nicht daran, seinen Griff zu lockern. Schweigend führte er sie durch die Halle zur Treppe und blieb erst vor der Tür von Jakobs Kammer stehen. Auf dem Weg dorthin hatte er sich eine Kerzenlampe aus einem der Halter genommen, die die Korridore säumten. »Jakob!« Er klopfte energisch an die Tür.

Nichts regte sich.

»Er schläft«, sagte Franziska.

Dietz klopfte erneut, dieses Mal noch stärker.

Hinter der Tür rührte sich etwas. »Wer ist da?«, hörte Franziska Jakob fragen.

»Ich bin's, Dietz. Es ist wichtig.«

Siebenundsechzig

Franziska wäre am liebsten im Erdboden versunken, als Dietz nach dem Knauf griff und die Tür öffnete. Da Jakob nicht aufstehen konnte, war die Tür zu seiner Kammer nicht verschlossen. »Jakob?«, fragte er und hob die Lampe.

»Was ist denn?«, ertönte Jakobs verschlafene Stimme. Im Lichtschein sah Franziska, dass er sich mühsam aufrichtete und ihnen entgegenblinzelte.

»Die Wachen haben deinen Vetter erwischt, als er über die Mauer klettern wollte«, kam Dietz ohne Umschweife zur Sache. Er schob Franziska nach vorn.

Jakob fuhr sich mit einer Hand über das stoppelige Kinn. »Franzi?«

Sie schüttelte warnend den Kopf.

Doch Dietz schien den Ausrutscher nicht bemerkt zu haben. »Ich dachte, das solltest du wissen.«

Jakob überlegte einige Augenblicke, ehe er sich in den Kissen aufsetzte und an Dietz gewandt sagte: »Lass uns allein.«

»Bist du sicher?«

»Natürlich bin ich sicher!«

»Wie du meinst.« Als der Knecht Anstalten machte, die Kammer zu verlassen, gab Jakob ihm zu verstehen, vorher noch die Kerzen auf dem Tisch anzuzünden. Dann verscheuchte er ihn mit einer ungeduldigen Handbewegung.

Sobald sich die Tür hinter Dietz geschlossen hatte, musterte Jakob Franziska von oben bis unten. »Was sind das für Kleider?«, fragte er.

Franziska spürte, wie ihr heiß und kalt zugleich wurde. Sie wollte Jakob nicht anlügen, aber sie konnte ihm unmöglich sagen, warum sie sich aus dem Haus geschlichen hatte. Die Gedanken in ihrem Kopf überschlugen sich. Da die Wachen nicht gesehen hatten, dass sie von draußen *in* den Hof geklettert war, konnte sie Jakob vielleicht eine Lüge auftischen.

»Was sind das für Kleider?«, wiederholte er seine Frage, jedes Wort einzeln betonend. Ungeduld und Ärger schwangen in seiner Stimme mit.

Franziska wich seinem Blick aus und starrte auf ihre Schuhspitzen. Ihr Kopf war wie leergefegt. Sie hatte keine Ahnung, was sie ihm erzählen sollte.

»Franzi, was hattest du vor?«, bohrte er weiter. »Wolltest du dich allein auf die Suche nach den Mördern machen?«

Zu Franziskas Verdruss schoss ihr das Blut in die Wangen.

»Ich sehe dir an, dass du etwas vor mir verbergen willst«, fuhr Jakob fort. »Ich habe schon immer gesehen, wenn du gelogen hast.«

»Hast du nicht!« Franziska hob den Kopf und funkelte ihn an. »Ich lüge nicht!«

Er lachte. »Dann erklär mir, warum du dir andere Kleider geholt hast.«

Sie presste die Lippen aufeinander. Was sollte sie ihm nur sagen? Wenn er erfuhr, dass sie ohne Schutz durch die Wirtshäuser gezogen war, würde er sich ganz gewiss aufregen. Und Aufregung war nicht gut für ihn, hatte Simon gewarnt. Daher beschloss sie, ihn mit einer Halbwahrheit abzuspeisen.

»Du hast recht«, gestand sie mit einem Seufzen. »Ich wollte versuchen, mehr in Erfahrung zu bringen.«

»Mehr als ich?«, fragte er ärgerlich. »Du weißt, was passiert ist, als ich mich umgehört habe. Willst du, dass sie dir auch auflauern?«

»Natürlich nicht«, erwiderte Franziska.

»Du wirst dich nicht allein auf die Suche nach diesen Kerlen machen!«, presste Jakob mühsam beherrscht hervor. »Überlass das Simon und den anderen!«

»Aber …«

»Kein Aber!« Er sah sie mit einer Mischung aus Ärger und Sorge an. »Ich will nicht, dass dir was passiert. Geht das in deinen Dickschädel rein?« Er schloss einen Moment lang die Augen. »Du bedeutest mir viel, Franzi.«

Sie spürte, wie ihr Herz zu rasen begann. *Ich darf mich nicht in ihn verlieben!*, schoss es ihr durch den Kopf.

»Ich weiß nicht, wie ich weiterleben sollte, wenn dir etwas zustößt«, seufzte er. »Schwör, dass du keine Dummheiten machen wirst!« Er sah sie fordernd an. Als sie sich nicht rührte, schüttelte er den Kopf. »Warum musst du nur so stur sein?«

Sie überlegte fieberhaft. Wenn sie den Schwur leistete, konnte sie trotzdem weiter nach Lutz von Ehingen und Konrad Krafft suchen, da das in ihren Augen keine Dummheit war. Deshalb hob sie nach einigen Augenblicken des Zögerns die Hand und sagte: »Ich schwöre. Zufrieden?«

Jakob verzog das Gesicht. »Zum Glück haben die Wachen dich erwischt«, brummte er. »Wer weiß, in was du sonst reingeraten wärst.«

Franziska wollte etwas erwidern, doch in diesem Moment klopfte es an der Tür.

»Was gibt's denn jetzt schon wieder?«, fragte Jakob und stöhnte auf.

Dietz steckte den Kopf in die Kammer. »Die Kerle sind wieder da«, sagte er mit grimmiger Miene. Er war inzwischen vollständig angezogen, sogar eine Kappe saß auf seinem Kopf.

»Welche Kerle?«

»Die, deretwegen du die Wachen eingestellt hast«, war die Antwort.

»Mist!«, schimpfte Jakob. »Wie viele sind es?«

»Ein halbes Dutzend. Sollen wir ihnen eine Abreibung verpassen?«

Jakob überlegte einen Moment.

»Meinen Schwägern juckt es schwer in den Fingern«, sagte Dietz. »Wenn wir ihnen klarmachen, dass dein Haus bewacht wird, hauen sie vermutlich ab.«

»Seid ihr ihnen denn gewachsen?«, fragte Jakob.

Dietz nickte. »Und wie wir denen gewachsen sind!« Ohne auf weitere Anweisungen zu warten, machte er kehrt und polterte die Treppe hinab ins Erdgeschoss.

Franziska machte Anstalten, ihm zu folgen.

»Wo willst du hin?«, wollte Jakob wissen.

»In den Hof«, antwortete Franziska. Und bevor Jakob protestieren konnte, rannte sie aus der Kammer und folgte Dietz ins Freie.

»Franzi!«, hörte sie Jakob hinter sich rufen, beschloss jedoch, ihn zu ignorieren. Sie würde ganz gewiss nicht im Haus sitzen und abwarten, was geschah.

Als sie auf den Hof trat, stand das Tor bereits offen, und Dietz und seine Schwäger hatten sich mit gezogenen Waffen davor aufgebaut. Im Licht einer Fackel konnte Franziska ein halbes Dutzend Kerle erkennen, die sich den Männern bedrohlich näherten. Auch sie hatten die Waffen gezogen, allerdings schienen sie jetzt zu zögern.

»Was ist?«, höhnte Dietz. »Ihr seid wohl zu feige, es mit uns aufzunehmen?«

Er erhielt keine Antwort.

»Kommt nur«, rief einer seiner Schwäger. »Dann könnt ihr euer blaues Wunder erleben!«

Selbst aus der Entfernung sah Franziska, dass die Männer unsichere Blicke tauschten. Es mit sechs großen Kerlen aufzunehmen war etwas anderes, als ihr und Jakob im Dunkeln aufzulauern. Falls sie Pech hatten, wurden sie entweder getötet, oder Dietz und seine Schwäger übergaben sie den Wachen.

»Worauf wartet ihr?«

Franziska sah, dass einer der Männer den anderen ein Handzeichen gab. Daraufhin begannen sie sich zurückzuziehen.

»Wollt ihr abhauen?«, rief einer der Schwäger. »Feiglinge!«

Die Kerle machten kehrt und liefen in Richtung Leonhardskirche davon.

»Lasst euch bloß nie wieder hier blicken!«, brüllte Dietz ihnen hinterher. »Sonst gerben wir euch das Fell!« Er steckte seine Waffe zurück in den Gürtel. »Verdammte Scheißkerle!« Er machte mit seinen Schwägern kehrt, kam zurück in den Hof und verschloss das Tor mit dem schweren Riegel. »Du kannst Jakob sagen, dass er sich um die vermutlich keine Sorgen mehr machen muss«, trug er Franziska auf. »Sie sind weggerannt wie die Hasen.«

Die anderen Männer lachten.

Franziska, die sich in Gegenwart der Männer nicht besonders wohlfühlte, nickte, ging zurück ins Haus und informierte Jakob über das, was gerade vorgefallen war. »Sieht so aus, als hätte der Hauptmann recht gehabt«, sagte sie. »Wachen einzustellen war ein guter Einfall.«

Jakob machte ein zufriedenes Gesicht.

»Du musst schlafen«, sagte Franziska, da er im Kerzenschein erschreckend bleich wirkte.

»Das würde ich ja gern«, gab Jakob zurück. »Aber es scheint, als ob heute Nacht alle auf den Beinen wären.«

»Es tut mir leid«, sagte Franziska. »Ich wollte nicht, dass du meinetwegen geweckt wirst.« Sie blies eine der Kerzen aus.

»Versprich mir, dass du dich an deinen Schwur hältst«, forderte Jakob.

Sie nickte. »Das verspreche ich dir.« Mit diesen Worten löschte sie auch die anderen Kerzen und verließ seine Kammer, um ebenfalls noch ein paar Stunden Schlaf zu finden.

Achtundsechzig

Der nächste Morgen zog kalt, grau und regnerisch herauf. Ein eisiger Wind pfiff über die Dächer. Als Franziska sich nach einer viel zu kurzen Nacht anzog, waren ihre Finger so steif, dass sie Schwierigkeiten hatte, die Knöpfe an ihrem Wams zu schließen. Froh darüber, warme Männerkleider tragen zu können, schlüpfte sie in ihre Schuhe und machte sich auf den Weg in die Stube, um sich am Feuer zu wärmen. Obwohl weder sie noch Jakob zurzeit ihre Mahlzeiten in der Stube einnahmen, wurde der Kachelofen jeden Morgen angeheizt, damit der Raum nicht so sehr auskühlte. Mit einem Frösteln legte Franziska die Handflächen auf die Kacheln und wartete, bis ihr nicht mehr so kalt war. Dann machte sie sich auf in die Küche, um mit dem Gesinde zu frühstücken.

Allerdings kam sie nicht weit. Als sie auf den Gang hinaustrat, sah sie, wie Dietz in Jakobs Kammer verschwand. Seine Miene war düster. Augenblicklich regten sich Furcht und Neugier in ihr, und sie beschloss, an der Tür zu lauschen. Waren die Angreifer doch zurückgekehrt? Obwohl sie sich dabei fühlte wie eine gemeine Verbrecherin, schlich sie auf Zehenspitzen den Korridor entlang. Sie wollte gerade das Ohr an die Tür drücken, als diese aufging und Dietz wieder auftauchte.

»Du kommst gerade richtig«, sagte er grimmig.

Franziska wich einen Schritt vor ihm zurück, da er allem Anschein nach wütend auf sie war.

»Dein Vetter ist hier«, ließ Dietz Jakob wissen.

»Bring ihn rein!«, befahl Jakob. Auch er klang zornig.

Dietz fasste Franziska unsanft beim Arm und schob sie in die Kammer.

»Was ist denn?«, fragte sie unsicher. Jakobs Gewittermiene ließ sie Schlimmes befürchten. Hatte er herausgefunden, was zwischen ihr und Rudolf von Ehingen vorgefallen war? Wusste er, dass sie eine Hure war? Würde er sie aus dem Haus werfen? Ihre Knie wurden mit jedem Schritt weicher.

»Lass uns allein!«, sagte Jakob, an Dietz gewandt.

Der nickte, ließ Franziska los und schloss kurz darauf die Tür hinter sich.

Jakob, auf dessen Nachttisch bereits eine Schale Hirsebrei dampfte, setzte sich weiter in den Kissen auf und musterte Franziska mit zusammengekniffenen Augen. »Warum hast du mich angelogen?«, fragte er schließlich.

Franziska biss sich auf die Lippe. Was sollte sie ihm sagen? Wie konnte sie erklären, warum sie so dumm gewesen war, den leeren Versprechungen von Rudolf von Ehingen zu glauben? Es gab keine Entschuldigung für das, was sie getan hatte. Deshalb schwieg sie und starrte auf den Boden.

»Sieh mich an!«

Sie hob widerwillig den Blick.

»Wie konntest du mich nur so belügen?« Die Enttäuschung in seinen Augen versetzte Franziska einen Stich ins Herz.

»Ich … Ich wusste nicht …«, hob sie an, verstummte jedoch, als er ihr mit einer Handbewegung das Wort abschnitt.

»Warum hast du mir verschwiegen, dass die Wachen dich erwischt haben, als du *zurückgekommen* bist? Wie konntest du mich in dem Glauben lassen, sie hätten dich davon abgehalten, den Hof zu verlassen?«

Franziska glaubte, ihren Ohren nicht zu trauen. Darum ging es? Um letzte Nacht? Die Erleichterung vermischte sich mit Scham, weil sie ihm ins Gesicht gelogen hatte.

»Dietz hat die Abdrücke der Leiter *vor* der Mauer entdeckt«, fuhr Jakob fort. Er sah sie wütend an. »Wo warst du?«

Franziska trat von einem Fuß auf den anderen.

»Sag mir die Wahrheit! Hast du nach den Kerlen gesucht, mit denen Martin gezecht hat?«

Sie nickte. »Nach Lutz von Ehingen und Konrad Krafft«, gestand sie.

»Bist du vollkommen von Sinnen? Siehst du nicht, was sie mit mir gemacht haben?« Er zeigte auf seinen Kopf. »Sie haben mich fast umgebracht. Diese Leute verstehen keinen Spaß. Wenn sie dich erkannt hätten! Was, glaubst du, wäre dann passiert?«

»Sie konnten mich nicht erkennen«, entgegnete Franziska. »Ich war verkleidet.«

Jakob lachte freudlos. »Ich bin nicht einmal mehr sicher, dass ich Ehingen erkannt habe.«

»Aber ich bin sicher, dass er es war«, erwiderte Franziska trotzig.

»Wieso? Hast du ihn auch erkannt?«

Sie verschränkte die Arme vor der Brust. »Ich bin sicher, dass er und sein Vater hinter dem Mord an Moritz Welling stecken. Und es gibt nur einen Weg, das zu beweisen.«

»Indem du dich aus dem Haus schleichst?« Er fasste sie noch schärfer ins Auge. »Wo warst du?«, wiederholte er seine Frage. »Ich will die Wahrheit wissen! Hat es etwas mit dir zu tun, dass die Kerle wieder aufgetaucht sind?«

»Nein«, gab Franziska zurück. »Ich war nur in zwei Gasthäusern.«

»Und was hast du da gemacht?«

»Gespielt«, sagte sie so leise, dass Jakob es kaum hören konnte.

»Gespielt?«

Sie nickte. »Aber ich habe nichts verloren«, setzte sie hastig hinzu und machte die Geldkatze von ihrem Gürtel los. Es hatte keinen Zweck, Jakob weiter zu belügen. Sie hatte ihm das Geld ja ohnehin wieder zurückgeben wollen. Allerdings hatte sie geplant, es heimlich zu tun. »Ich habe mir von dir ein paar Gulden ausgeliehen.« Sie legte die Goldmünzen auf den Tisch.

Jakob sah sie fassungslos an. »Warum hast du mich nicht gefragt?«, wollte er schließlich wissen. Er klang enttäuscht.

»Weil ich nicht wollte, dass du dich aufregst«, sagte Franziska. »Aber ich konnte doch nicht einfach tatenlos herumsitzen und warten, was passiert. Lutz von Ehingen ist schuldig.«

»Es könnte auch ein anderer Handlanger des Herzogs gewesen sein. Oder der Herzog selbst.«

Franziska schüttelte energisch den Kopf. »Lutz von Ehingen und sein Vater stecken dahinter. Ich bin mir sicher, sie haben für den Herzog die Drecksarbeit erledigt.«

»Hast du Beweise gefunden?«

»Nein.«

»Warum versteifst du dich dann so auf die Ehingens?« Er runzelte die Stirn, verzog jedoch gleich darauf schmerzhaft das Gesicht, da die Bewegung wehtat. »Ist es, weil er Teil des Gerichtes war, das Martin und deinen Vater verurteilt hat?«, fragte er etwas sanfter.

Franziska biss die Zähne aufeinander, um nicht mit der Wahrheit herauszuplatzen. »Sie stecken dahinter, ich weiß es einfach.«

»Hör zu.« Jakob versuchte, nach ihrer Hand zu greifen, aber sie zog sie zurück. »Ich kann verstehen, dass du die beiden hasst. Aber wir sollten uns nicht zu sehr auf sie versteifen. Selbst wenn Lutz von Ehingen einer der Männer war, die uns überfallen haben, heißt das noch gar nichts. Vielleicht hat der Herzog sie einfach dafür bezahlt.« Er seufzte. »Versprich mir, dass du die Suche nach den Schuldigen Simon und den anderen überlässt.«

»Das kann ich nicht!«, widersprach Franziska.

»Du hast geschworen, dass du keine Dummheiten machst.« Er blies die Wangen auf. »Ich werde Dietz und seinen Schwägern sagen, dass nach Einbruch der Dunkelheit niemand mehr das Haus verlassen darf. Das gilt auch für dich.«

»Willst du mich einsperren?«

»Nein, Himmel noch mal! Ich will nicht, dass du dich umbringst, weil du denkst, du könntest etwas ausrichten gegen den Herzog und seine Handlanger.« Er schloss einen Moment lang die Augen, da ihn der Streit zu ermüden schien. »Simon kommt nachher vorbei. Ich werde ihm sagen, dass sie Lutz von Ehingen besonders im Auge behalten sollen. *Du* wirst dich jedenfalls von den Gasthäusern fernhalten!«

Franziska schluckte den Widerspruch, der in ihr aufstieg, und nickte.

»Schwör es!«

»Genügt dir mein Wort nicht?«

»Nein. Ich will, dass du schwörst.«

Sie hätte sich am liebsten selbst in den Allerwertesten getreten. Wenn sie tat, was Jakob von ihr verlangte, waren ihr die Hände gebunden. Denn dieser Schwur war, anders als der vorherige, eindeutig.

Er griff nach dem Kruzifix, das auf dem Tisch stand, und hielt es ihr hin. Offensichtlich wollte er dieses Mal ganz sichergehen. »Worauf wartest du?«

Franziska legte widerwillig die Hand auf das Kreuz. »Ich schwöre, dass ich mich nicht mehr allein auf die Suche nach den Mördern mache.«

Jakob nickte zufrieden. »Die anderen werden bald etwas herausfinden, glaub mir«, versicherte er ihr. »Und dann können wir die Unschuld von Martin und deinem Vater beweisen.«

Neunundsechzig

Stuttgart, März 1514

Die Wintermonate brachten keine neuen Erkenntnisse über den Herzog und mögliche Handlanger. Zu Franziskas grenzenloser Erleichterung hatten sich Ehingens Männer zwar zurückgezogen, abgeschreckt von Dietz und seinen Schwägern. Doch zu ihrem Verdruss schien es keinem der Mitglieder der »Kanzlei« zu gelingen, etwas über die Nacht des Verbrechens, Martins Zechkumpane oder den Aufenthaltsort des Herzogs zu dieser Zeit in Erfahrung zu bringen. Obwohl sich Jakobs Zustand von Woche zu Woche besserte, durfte er das Haus auf Simons Rat noch nicht verlassen, weshalb Franziska an seiner Stelle an den Treffen im »Bären« teilnahm, die mit der Zeit immer hitziger wurden.

»Es ist, als würde man gegen eine unsichtbare Mauer rennen«, sagte einer der Weingärtner an einem Abend im März. »Sobald die Sprache auf Moritz Welling kommt, kochen die Gemüter entweder über, oder die Leute verstummen wie die Fische. Es ist wie verhext.«

»Vielleicht müssen wir uns damit abfinden, dass wir dieses Verbrechen doch nicht nutzen können, um den Herzog zu Fall zu bringen«, seufzte der Apotheker, der immer noch den Vorsitz bei den »Kanzleien« führte.

»Aber das darf nicht sein!«, brauste Franziska auf. »Er ist ein Mörder. Seine Handlanger haben meinen Vater …«

»Wir verstehen ja, wie du dich fühlst«, fiel ihr der Apotheker ins Wort. »Aber es gibt andere Dinge, die mehr Erfolg versprechen als dieser Weg.«

»Was denn?« Franziska ballte die Fäuste. »Was sollte besser sein, als den Herzog des Mordes zu überführen?«

»Es wird immer heftiger gepredigt im Land«, war die Antwort. »Die Leute murren und maulen, sie haben es endgültig satt. In wenigen Wochen soll das Umgeld eingeführt werden, neue Gewichte sind bereits an alle Städte und Ämter verteilt worden. Das bedeutet, dass man in Zukunft für denselben Preis ein Drittel weniger Fleisch bekommt als bisher. Außerdem lässt der Herzog neue Münzen prägen.«

»Damit er seiner Prunksucht weiter nachkommen kann!«, schimpfte ein Zimmermann.

»Bald können die einfachen Leute ihre Kinder nicht mehr ernähren«, fuhr der Apotheker fort. »Immer höhere Steuern, der Weinzoll …« Er warf die Hände in die Luft. »Überall prangern Bettelmönche das unmoralische Leben der Obrigkeit an. Der Ruf nach dem Evangelium, dem göttlichen Recht, nach Brüderlichkeit und Gerechtigkeit wird bald im ganzen Herzogtum erschallen.«

»Aber wird das ausreichen, um den Herzog zu stürzen?«, fragte Franziska.

»Das liegt an uns«, entgegnete der Apotheker. »Wenn es uns gelingt, uns mit den anderen Verschwörern im Land zu verständigen, kann es zu einem Aufstand kommen, wie ihn das Herzogtum noch nie gesehen hat.«

»Ich glaube, sie haben recht«, sagte Jakob, als Franziska an diesem Abend nach Hause kam. »Der ›Arme Konrad‹ wird den Herzog und seine Räte zu Fall bringen.«

Franziska setzte sich zu ihm an den Tisch in der Stube und griff nach seiner Hand. Woher der Einfall gekommen war, den Aufstand gegen den Herzog den »Armen Konrad« zu nennen, wusste sie nicht mehr. Plötzlich war der Name da gewesen, weil sie sich alle als einfache Leute sahen. Der »Arme Konrad« stand für alle, die unter der Willkür des Herzogs und seiner Vertreter litten. »Bist du sicher?«

Jakob nickte. »Absolut.« Er schlang die Finger um ihre Hand und sah sie mit einem Blick an, der ihren Herzschlag zum Flattern brachte. »Franzi«, hob er an.

Sie zog hastig ihre Hand zurück und stand auf. »Ich muss noch was erledigen«, log sie und floh aus der Stube, damit sie keinen Fehler begehen konnte, den sie bis ans Ende ihres Lebens bereuen würde. Inzwischen war sie Jakob so nah, wie sie Martin niemals gewesen war. Seine Gegenwart löste Gefühle in ihr aus, die sie nicht zulassen durfte. Sie war eine gefallene Frau, eine Sünderin. Lange Zeit hatte sie gefürchtet, ein Kind von Rudolf von Ehingen empfangen zu haben, doch Gott schien in dieser Sache Erbarmen mit ihr zu haben. Dennoch durfte sie niemals ihren Empfindungen nachgeben und zulassen, wonach Jakob sich so offensichtlich sehnte. Sie musste all ihre Kraft darauf verwenden, die Männer zu vernichten, die ihr Leben zerstört hatten. Mit jedem Tag, der verstrich, wurde ihr Durst nach Rache stärker.

Sie wusste nicht, wie oft sie sich inzwischen davon hatte abhalten müssen, zum Haus des Marschalls zu schleichen, um ein Gespräch mit Hans von Hutten, dem Verlobten ihrer ehemaligen Herrin, zu suchen. Sie hatte bereits eine gefährliche Eselei begangen, die sie beinahe das Leben gekostet hatte. Noch einmal durfte sie nicht so leichtsinnig vorgehen, sonst gefährdete sie vielleicht die anderen. Würde man sie festnehmen und unter der Folter befragen … Sie wagte nicht, sich auszumalen, wie lange sie die Qualen aushalten würde.

Während sie versuchte, nicht an Jakob zu denken, an die Liebe und den Schmerz in seinem Blick, ging sie in den Hof hinaus und zog sich in den Garten zurück. Die ersten Bäume öffneten bereits ihre Knospen, bald würden die Kirschblüten dem tristen Grau etwas Farbe verleihen. Mit einem Seufzen setzte sie sich auf den Rand des Brunnens und warf einen Kieselstein hinein. Ihr Leben war so unbegreiflich anders, als sie es sich in ihren Träumen ausgemalt hatte. Anstatt mit Martin eine Familie zu gründen, durfte sie nicht einmal mehr ihr wahres Geschlecht zeigen. Zwar war sie froh über den Schutz, den die Verkleidung ihr bot, doch es fühlte sich an, als wäre ein Teil von ihr gestorben.

Vielleicht war er das ja auch, zusammen mit Martin und ihrem Vater. Sie warf einen weiteren Stein in den Brunnen und lauschte auf das Geräusch tief unten. Alles würde sich ändern. Wenn die Mitglieder der »Kanzlei« recht behielten, würden der Herzog und seine Günstlinge schon bald aus dem Land gejagt wie gemeine Verbrecher. Sie biss die Zähne zusammen, als ihr klar wurde, dass ihr das nicht genügen würde. Sie wollte den Herzog und Rudolf von Ehingen nicht nur stürzen, sie wollte sie vernichten – auslöschen, wie sie ihre Familie und ihre Träume ausgelöscht hatten. Als ihr Tränen in die Augen stiegen, legte sie den Kopf in den Nacken und rang die Trauer nieder. Sie war kein kleines Mädchen mehr. Sie war eine Rächerin, ein Mitglied des »Armen Konrad«, und sie würde den Herzog und seine Handlanger bezwingen, koste es, was es wolle!

Nachwort

Fakten und Fiktion

Was ist Wahrheit, was ist erfunden? Das ist eine Frage, die Leser und Autoren von historischen Romanen sicherlich gleichermaßen bewegt. Denn auch beim Quellenstudium tauchen häufig Zweifel auf, ob das Beschriebene wirklich den Tatsachen entspricht oder ob die Geschichtsschreiber die Ereignisse etwas freier interpretiert haben. Gewiss ist es kein Zufall, dass in vielen Sprachen die Wörter für Historie und Erzählung nahezu identisch sind. Daher ist und bleibt es oft ein Puzzlespiel, die Historie zu erforschen, eines, bei dem immer einige Teile fehlen werden. Diese Teile müssen durch die Fantasie des Autors ergänzt werden. Wie bei all meinen Romanen habe ich ungeachtet dieser Tatsache auch hier versucht, mich so weit wie möglich an die geschichtlich verbrieften »Fakten« zu halten. An dieser Stelle möchte ich jedoch nachdrücklich darauf hinweisen, dass es sich bei einem Roman immer um ein Werk der Fiktion handelt, bei dem es die Handlung oftmals erfordert, dass Personen in einer bestimmten Art und Weise aktiv werden. Es kann durchaus vorkommen, dass dieses Handeln nicht immer vollkommen zeitgemäß ist. Ich habe allerdings versucht, diese kleinen Diskrepanzen auf ein Minimum zu beschränken. Bei Lesungen werde ich oft gefragt, ob man damals wirklich so gesprochen hat wie im Roman. Das ist natürlich nicht der Fall, denn ein Roman in »authentischer« Sprache wäre heutzutage kaum verständlich, geschweige denn ein Lesegenuss.

Die Idee zu diesem Roman kam mir bei einem meiner letzten Besuche in Stuttgart, als ich versucht habe, den Spuren der historischen Stadt zu folgen. Leider ist von dem Stuttgart, das im Roman beschrieben wird, heute so gut wie nichts mehr zu sehen. Das Alte Schloss hatte damals noch keine Türme, und es handelte sich um eine Wasserburg, deren Graben mit dem Wasser des Nesenbachs gespeist wurde. Der unterirdische Gang, durch den Franziska ins Schloss gebracht wird, wurde in den 1970er Jahren entdeckt. Es gab die Innere Stadt, deren Begrenzung einerseits die heutige Königsstraße darstellte, andererseits das Innere Esslinger Tor. Im Süden entstand zuerst die Esslinger oder Leonhardsvorstadt, in die man Berufsgruppen auslagerte, die man in der Inneren Stadt nicht haben wollte, weil sie entweder mit Feuer hantierten oder übel riechenden Handwerken nachgingen. Im Norden wuchs im Anschluss daran die Reiche Vorstadt oder Turnierackervorstadt in den Himmel, deren Gassen breiter und rechtwinklig angelegt waren, die Häuser groß und prunkvoll. Wichtigster Teil der Stadt blieb jedoch der Marktplatz mit Rathaus und Herrenhaus sowie der Bereich um die Stiftskirche, wo die reichsten und mächtigsten Familien wohnten.

Großen Einfluss besaßen die Weingärtner oder »Wengerter« in Stuttgart, die auch den Aufstand des »Armen Konrad« maßgeblich mittrugen. Dieser Aufstand entzündete sich an dem geplanten Umgeld, der zunehmenden Beschränkung der Rechte der Bevölkerung, der Güterzersplitterung, der Zunahme der Geldwirtschaft, der Einführung des Römischen Rechts, der Diskrepanz zwischen Arm und Reich und den gestiegenen

Steuern. Man kann fast sagen, dass es damals schon so etwas wie den modernen »Wutbürger« gab, der sich gegen die Obrigkeit auflehnte.

Dieser Roman stellt den Auftakt zu einer Trilogie rund um die dramatischen Ereignisse während der Regierungszeit des Herzogs Ulrich von Württemberg dar, der nicht nur als Verschwender und Ehebrecher, sondern auch als Mörder in die Geschichte einging.

An dieser Stelle möchte ich wieder einigen Leuten danken, die mir dabei geholfen haben, dass dieser Roman zu einem Buch mit allem, was dazugehört, geworden ist. Ein Riesendanke an meine wunderbare, zauberhafte und gründliche Lektorin Ulrike Strerath-Bolz und an meine unermüdlichen Agenten Gerd Rumler und Martina Kuscheck. Und, zu guter Letzt, vielen lieben Dank an all meine Leser, die mir seit Jahren die Treue halten und mich mit ihrem Lob, ihren Anregungen und auch ihrer Kritik immer wieder anspornen.
Heidenheim, den 15. März 2019

Quellen

Baldauf, Dieter: *Die Folter: Eine deutsche Rechtsgeschichte.* Köln, Weimar, Wien: Böhlau Verlag, 2004

Bookmann, Hartmut: *Die Stadt im späten Mittelalter.* München: C.H. Beck, 1986

Borst, Otto: *Stuttgart: Die Geschichte der Stadt.* Stuttgart und Aalen: Konrad Theiss Verlag, 1973

dtv Lexikon des Mittelalters. 9 Bde. München: Deutscher Taschenbuch Verlag, 2003

Frasch, Werner: *Ulrich von Württemberg: Herzog und Henker.* Erfurt: Sutton, 2011

Hirbodian, Sigrid; Wegner, Tjark: *Wein in Württemberg.* Ostfildern: Jan Thorbecke Verlag der Schwabenverlag AG, 2017

Isenmann, Eberhard: *Die deutsche Stadt im Mittelalter 1150–1550: Stadtgestalt, Recht, Verfassung, Stadtregiment, Kirche, Gesellschaft, Wirtschaft.* Köln: Böhlau Verlag, 2012

Kluge: *Etymologisches Wörterbuch der deutschen Sprache.* Berlin/ New York: Walter de Gruyter, 2002

Kotzurek, Annegret: *Kleine Geschichte des Alten Schlosses in Stuttgart.* Leinfelden-Echterdingen: DRW-Verlag Weinbrenner GmbH & Co., 2003

Kübler, Christian: *Der Stuttgarter Magistrat im Spätmittelalter: Prolegomena auf eine neue Sicht der württembergischen Ehrbarkeit.* Dissertation Universität Tübingen, 2014

Kuhn, Daniel; Quarthal, Franz; Weber, Reinhold: *Die Geschichte des Weins in Baden-Württemberg.* Stuttgart: Verlag W. Kohlhammer, 2015

Landesarchiv Baden-Württemberg: *Der Arme Konrad vor Gericht: Verhöre, Sprüche und Lieder in Württemberg 1514.* Bearbeitet von Peter Rückert. Stuttgart: Landesarchiv Baden-Württemberg, 2014

Mollat, Michel: *Die Armen im Mittelalter.* München: C.H.Beck, 1984

Pfaff, Karl: *Geschichte der Stadt Stuttgart.* Stuttgart: Verlag der C.A. Sonnenwald'schen Buchhandlung (unveränderter Nachdruck der Ausgabe von 1845), 1981

Reddig, Wolfgang F.: *Bader, Medicus und Weise Frau: Wege und Erfolge der mittelalterlichen Heilkunst.* München: Battenberg Verlag, 2000

Sauer, Paul: *Geschichte der Stadt Stuttgart.* Stuttgart: Verlag W. Kohlhammer GmbH, 1995

Schäfer, Hartmut: *Die Anfänge Stuttgarts: Vom Stutengarten bis zur württembergischen Residenz.* Stuttgart: Chr. Belser Gesellschaft für Verlagsgeschäfte GmbH & Co. KG, 2012

Schmauder, Andreas: *Württemberg im Aufstand: Der Arme Konrad 1514.* Leinfelden-Echterdingen: DRW-Verlag Weinbrenner GmbH & Co., 1998

Vogt-Lüerssen, Maike: *Der Alltag im Mittelalter.* Norderstedt: Books on Demand, 2006

Vogt-Lüerssen, Maike: *Zeitreise 1: Besuch einer spätmittelalterlichen Stadt.* Norderstedt: Books on Demand, 2005

Wais, Gustav: *Alt-Stuttgart: Die ältesten Bauten, Ansichten und Stadtpläne bis 1800.* Stuttgart: Deutsche Verlags-Anstalt GmbH, 1954

FSC
www.fsc.org
MIX
Papier | Fördert
gute Waldnutzung
FSC® C083411

Druck:
CPI Druckdienstleistungen GmbH
im Auftrag der
KNV Zeitfracht GmbH
Ein Unternehmen der Zeitfracht - Gruppe
Ferdinand-Jühlke-Str. 7
99095 Erfurt